Melissa Foster

Wogen der Liebe

Die Bradens (Weston, Colorado)

Die Autorin

Melissa Foster ist eine preisgekrönte *New-York-Times-* und *USA-Today*-Bestsellerautorin. Ihre Bücher werden vom *USA-Today-Bücherblog,* vom *Hagerstown Magazin,* von *The Patriot* und vielen anderen Printmedien empfohlen. Sie ist Gründerin von *Women's Nest,* einer Gemeinschaft von Frauen für Frauen, und des *World Literary Cafés.* Wenn sie nicht selbst schreibt, hilft Melissa mit der *Fostering-Success*-Plattform aufstrebenden Autoren und Autorinnen dabei, sich in der Welt der Buchveröffentlichungen zurechtzufinden und zu positionieren. Darüber hinaus veranstaltet Melissa Schreibwettbewerbe für Kinder und hat mehrere Wandgemälde für das *Hospital for Sick Children,* eine Kinderklinik in Washington, D. C., gemalt.

Besuchen Sie Melissa auf ihrer Website, chatten Sie mit ihr auf *The Women's Nest* oder in den sozialen Medien. Sie diskutiert gern mit Lesezirkeln und Bücherclubs über ihre Romane und freut sich über Einladungen. Melissas Bücher sind bei den meisten Online-Buchhändlern als Taschenbuch oder in digitaler Form erhältlich.

www.MelissaFoster.com

Melissa Foster

Wogen der Liebe

DIE BRADENS (WESTON, COLORADO)

LOVE IN BLOOM – HERZEN IM AUFBRUCH

Aus dem Amerikanischen von Usch Pilz

Die Originalausgabe erschien erstmals 2013 unter dem Titel
»Sea of Love – The Bradens« bei World Literary Press, MD, USA.

Deutsche Erstveröffentlichung
2018 bei World Literary Press, MD, USA
© 2013 der Originalausgabe: Melissa Foster
© 2018 der deutschsprachigen Ausgabe: Melissa Foster
Lektorat: Judith Zimmer, Hamburg
Umschlaggestaltung: Natasha Brown

ISBN: 978-1948004831

Für die Seestern-Mädchen.

Liebe Leserinnen und Leser

Wogen der Liebe ist das das vierte Buch über die Bradens in Weston, Colorado, und das siebte in der Reihe *Herzen im Aufbruch – Love in Bloom*. Chronologisch folgt es auf die drei Bände über die Snow-Schwestern, die Ihnen hier wiederbegegnen. Es ist aber in sich abgeschlossen und kann als Einzelroman gelesen werden. Für noch mehr Lesespaß sollten Sie auch zu den anderen Bänden der Serie greifen.

Melissa Foster

Kapitel 1

Lacy Snow saß zwischen ihren Halbschwestern Kaylie Crew und Danica Carter. Kennengelernt hatte sie die beiden erst vor eineinhalb Jahren. Inzwischen waren sie ihre besten Freundinnen, ihre Verbündeten und außerdem die Frauen, die sie am meisten bewunderte. Dass es die beiden gab, hatte sie ihr Leben lang gewusst. Doch als Tochter der Dauergeliebten ihres Vaters hatte sie schlecht einfach an Kaylies und Danicas Tür klopfen und sich vorstellen können.

Kaylie nahm mit einem schwesterlichen Lächeln Lacys Hand. Sie hatten beide dieselben strahlend blauen Augen und dasselbe hellblonde Haar. Kaylies fiel in sanften Wellen, während Lacy genau wie Danica wilde Korkenzieherlöckchen hatte. Danica wiederum hatte die dunkle Haarfarbe und den olivfarbenen Teint ihres Vaters geerbt.

»Ist es nicht absolut umwerfend?«, flüsterte Kaylie.

»Das Gebäude ist dem Chequesset Inn nachempfunden, das in den Dreißigern bei einem Wintersturm zerstört wurde«, raunte Lacy.

Das Wellfleet Inn, das sie bewunderte, war der auserwählte Ort für die Hochzeit ihrer Freunde Max und Treat. Die zwei hatten sich in Wellfleet auf Cape Cod, der Halbinsel im

Südosten von Massachusetts, ineinander verliebt. Deshalb feierten sie hier, in einem zweigeschossigen Hotel mit einem herrlichen Blick auf die Bucht. Treat besaß Luxusresorts auf der ganzen Welt. So hatte es niemanden gewundert, als er das Hotel gekauft und seinem Unternehmen damit ein weiteres Schmuckstück hinzugefügt hatte.

»Großer Gott«, flüsterte Kaylie. »Du bist ein wandelndes Lexikon.« Sie warf einen Blick zum Altar. »Aufgeregt?«

Nervös, formte Lacy mit den Lippen. Heute würde sie endlich Treats jüngeren Bruder Dane Braden wiedersehen. Nach fünfzehn langen Monaten voller E-Mails, sehnsüchtiger Telefonate, prickelnder Video-Chats und zahlloser unerfüllter Fantasien. Während der ganzen Zeit hatte Lacy fast alle Wochenenden durchgearbeitet und jede Menge Überstunden geschoben, um in ihrer Firma voranzukommen. Und nachts hatte sie von Dane geträumt. Sie griff nach Danicas Hand. Danica war in eine Unterhaltung mit ihrem Mann Blake vertieft, nahm Lacys Hand aber ganz selbstverständlich in ihre. Kennengelernt hatte Lacy ihre beiden Halbschwestern kurz vor deren Doppelhochzeit in Treat Bradens Luxusresort in Nassau. Jetzt schaute dieser unerhört gut aussehende, hochgewachsene, dunkelhaarige Mann vorn am Altar ihrer Freundin Max tief in die Augen. Max' dunkles Haar floss über die Spaghettiträger ihres Hochzeitskleides im Strandlook. Riley Banks, die Verlobte von Treats Bruder Josh, hatte es für sie entworfen. Attraktive Menschen sahen bei einer Hochzeit immer geradezu glamourös aus, und Treat und Max waren ein besonders schönes Paar.

Die Zeremonie begann. Als Treat Max' Hand nahm und ihr ewige Liebe schwor, hätte Lacy eigentlich ganz hingerissen sein müssen. Doch ihr Blick wanderte immer wieder nach rechts zu Treats Trauzeugen, seinen vier jüngeren Brüdern. Jeder einzelne von ihnen hätte seinen Lebensunterhalt mit Modeln verdienen können. Aufmerksam hörten sie zu, wie Treat gelobte, seine Frau für immer zu lieben, zu ehren und zu achten. Nur Danes Blick schweifte alle paar Sekunden hungrig zu Lacy. Versengende Blitze durchzuckten sie. *Verdammt, er ist so sexy.* Lacy konnte kaum blinzeln, geschweige denn wegschauen. Verflixt, sie konnte nicht mal mehr richtig atmen.

»Vorsicht«, flüsterte Kaylie. »Sonst besabberst du dein hübsches Kleid.«

Lacy spürte, wie sie rot wurde. Abwenden konnte sie sich trotzdem nicht. Alle Braden-Brüder hatten volles dunkles Haar. Treat und Josh trugen ihres kurz, Rex' Haar fiel im Cowboylook bis über seinen Kragen. Danes lag irgendwo dazwischen, so als hätte er seinen letzten Friseurtermin verpasst. Ein bisschen sah es aus, als wäre er gerade mit den Händen hindurchgefahren. *Stopp.* Lacy kniff die Augen zusammen. Während Danes Mundwinkel sich zu einem Lächeln hoben, biss sie sich auf die Unterlippe. *Es sieht aus, als käme er gerade aus dem Bett. Oder als wäre er auf dem Weg dorthin.*

Als er ihr zuzwinkerte, seufzte Lacy leise auf.

»Benimm dich«, frotzelte Kaylie.

»Oh mein Gott.« Lacy schlug die Augen nieder. »Er ist so …«

»Sexy? Umwerfend? Heiß?« Kaylie zog eine Braue hoch.

»Pssst.« Danica schüttelte missbilligend den Kopf. Lacy und Kaylie steckten die blonden Schöpfe zusammen und kicherten leise. Auch ohne Danicas Gesicht zu sehen, wusste Lacy, dass ihre älteste Schwester die Augen verdrehte und die Lippen zusammenkniff.

»Hiermit erkläre ich euch zu Mann und Frau.«

Die Worte lösten in Lacys Bauch ein wildes Flattern aus.

Einen Augenblick später schritten Treat und Max Hand in Hand durch den Mittelgang. Die Hochzeitsgäste erhoben sich. Max' Augen leuchteten. Treat ging stolz und aufrecht und strahlte mit seiner frischgebackenen Ehefrau um die Wette. Glücklich ruhte sein Blick auf ihr. Kaylie schlang die Arme um den Hals ihres Mannes Chaz und küsste ihn. Danica lächelte ihren Blake liebevoll an. Als er die Hand an ihr Kinn legte und sie küsste, wandte Lacy sich ab und dachte an Dane.

Als Treat und Max auf ihrer Höhe waren, warfen Lacy und ihre Schwestern Rosenblütenblätter.

»Herzlichen Glückwunsch!«, rief Lacy. Dabei hatte sie nur Augen für Dane. Seine Brust war noch breiter als in ihrer Erinnerung und sein Blick wirkte in natura noch viel verwegener als bei ihren Video-Chats.

»Du bist eine wunderschöne Braut!«, sagte Danica zu Max.

Jetzt kamen die Brüder des Bräutigams. Kaylie drückte Lacys Hand so fest, dass Lacy zusammenzuckte.

»Da ist er«, raunte sie.

»Hör auf«, zischte Lacy leise. »Ich bin total nervös.«

Dane kam auf sie zu. Er lächelte sie an. Seine perfekten, perlweißen Zähne blitzten, sein Blick bohrte sich in ihren. Lacys Beine verwandelten sich in Pudding. Sie musste sich an der Lehne des Stuhls vor ihr festhalten. Der ältere Mann, der dort gesessen hatte, streckte die Hand nach Dane aus.

»Hallo, mein Freund. Ich habe dich ewig nicht gesehen. Schön, dass du da bist«, sagte der Unbekannte.

Dane umarmte den hochgewachsenen, schmalen Mann, ohne dabei die Augen von Lacy zu lassen. »Ich freue mich auch, Smitty. Nachher beim Empfang können wir uns unterhalten.« Dane kam Lacy noch einen Schritt näher. Er umarmte seinen Cousin. »Blake. Endlich sehen wir uns mal wieder.« Auch

Danica drückte er an seine Brust und küsste sie auf die Wange. »Du siehst umwerfend aus, so wie immer.« Jetzt wandte er sich Kaylie zu.

Blake und Danica verließen die Stuhlreihe und folgten den anderen Gästen zum Empfang. Lacys Herz vollführte einen Trommelwirbel. Sie hatte vergessen, wie groß Dane war, wenn er leibhaftig vor einem stand, und als er jetzt Kaylie umarmte, stellte sie fest, dass sie auch vergessen hatte, wie groß seine Hände waren. Große Hände, großer … *Schluss jetzt!*

»Wir müssen vor dem Empfang noch kurz die Babysitterin anrufen. Bis gleich.« Kaylie zog Chaz hinter sich her und ließ Lacy mit Dane allein.

Zum letzten Mal hatten sie einander vor vierhundertsiebenundfünfzig Tagen gegenübergestanden. *Vor einer Ewigkeit.* Dane nahm Lacys Hände, zog sie zu sich und küsste sie sanft auf beide Wangen. Dabei sog er den süßen Duft ein, an den er sich so gut erinnerte: eine Kombination aus Zitrus und etwas Blumigem mit einer kaum merklichen Moschusnote. Für jeden anderen wäre das Chanel Coco Noir gewesen. Für Dane war es der Duft, den er seit der ersten Begegnung mit Lacy nicht vergessen konnte, seit ihrem einzigen gemeinsamen Nachmittag kurz vor der Doppelhochzeit ihrer Schwestern in Nassau. Von diesem Duft hatte er geträumt. Er hatte ihn auf den langen Nachmittagen draußen auf See begleitet, wo er viele Meilen von der Küste entfernt mit seinem Team Haie markierte und mit Sendern versah.

»Lacy.«

Ihre zarten Finger zitterten in seinen Händen. Ein scheues

Lächeln spielte um ihre Lippen und brachte Danes Puls zum Jagen.

»Hi«, sagte sie leise.

Die blonden Korkenzieherlocken fielen ihr über die sonnengebräunten, schlanken Schultern. Ihr königsblaues Halterkleid reichte bis zur Mitte ihrer Oberschenkel und zeigte ihre trainierten, schlanken Beine. Ihre Narbe lugte ein wenig darunter hervor. Dass diese Narbe der Schlüssel zu Lacys Ängsten sein musste, wusste Dane. Er drückte eine ihrer schmalen Hände an die Lippen und küsste sie. So viele Mails, so viele Anrufe und Video-Chats. Natürlich war das nicht genug gewesen. Aber als Gründer der Brave Foundation, einer Stiftung zum Schutz der Ozeane, vor allem aber von Haien, war er ständig unterwegs und konnte sich nur selten ein Wochenende freischaufeln. Gleichzeitig hatte Lacy fast rund um die Uhr gearbeitet, um die erhoffte Stelle zu bekommen, und hätte sicher nicht einfach eine Pause einlegen können, wenn er zufällig mal ein bisschen Zeit gehabt hätte. Danes Stiftung setzte auf Forschung, Information und Aufklärung, damit Haie in den Weltmeeren eine Zukunft hatten. Seine Begeisterung für diese Arbeit war seit dem College noch größer geworden. Die Stiftung war sein Leben. Im Augenblick wohnte er auf einem Boot an der Küste Floridas. Dort war auch der Hauptsitz der Brave Foundation. Einige wenige Mitarbeiter unterstützten ihn bei der Verwaltung und der Logistik. Für seine Einsätze auf See fand er stets genügend ehrenamtliche Helfer. Wenn er nicht gerade übers Meer schipperte, war er für die Stiftung unterwegs, ging zu Veranstaltungen und trieb Sponsoren auf. Sein Terminkalender platzte aus allen Nähten und Lacy war ebenfalls ungeheuer beschäftigt. Ein früheres Wiedersehen war einfach nicht möglich gewesen.

»Willst du uns einander vorstellen oder einfach nur weiter den Durchgang blockieren?« Danes Bruder Rex quetschte sich zwischen sie.

Dane landete wieder in der Gegenwart. Rex war eineinhalb Jahre jünger als er und hatte jahrelang die Ranch der Familie am Laufen gehalten. Der vielen harten Arbeit verdankte er seine kraftstrotzende Cowboystatur. Dane fixierte ihn mit einem herausfordernden Grinsen.

»Ist Jade denn nicht hier?«, fragte er.

Vor einem Jahr hatte Rex sich in Jade Johnson verliebt. Diese Liebe hatte eine uralte Familienfehde neu aufflammen lassen und ihr schließlich ein längst überfälliges Ende gesetzt. Nie zuvor hatte Dane seinen Bruder so glücklich gesehen. Rex und Jade hatten das Grundstück zwischen den Ranches der beiden Familien gekauft und sich dort ein Haus gebaut.

Einen Moment lang schaute Dane forschend in Rex' dunkle Augen. Mit knapp unter eins neunzig waren sie beide gleich groß, aber Rex hatte zudem Arme wie Baumstämme und die breite Brust unter seinem Smoking zog die Blicke aller Frauen auf sich. Die stets präsenten dunklen Stoppeln und sein etwas längeres Haar ließen Rex ein wenig ungezähmt wirken. Dieser Look machte auch ganz starke Frauen schwach. Eigentlich wusste Dane, dass er Rex wegen Lacy keine stumme Warnung senden musste. Rex war sonnenklar, dass er die Finger von Lacy zu lassen hatte, und außerdem hatte er nur Augen für Jade.

»Mach mal Platz.« Rex schob Dane zur Seite und streckte Lacy die Hand hin. »Ich bin Rex, Danes Bruder. Du musst Lacy sein.«

Lacy errötete. »Ja. Hi.« Ihr überraschter Blick flog zu Dane. »Er hat von mir gesprochen?«

Rex lachte. »Oh, kann sein, dass er dich ein-, zweimal

erwähnt hat.« Er grinste Dane spitzbübisch an. »Freut mich, dich kennenzulernen, Lacy. Kein Wunder, dass Dane während der Trauung so abgelenkt war. Nun ja …« Rex seufzte dramatisch auf. »Viel Spaß noch, Kinder. Und jetzt entschuldigt mich bitte. Ich muss zu meiner Freundin.«

»Idiot«, raunte Dane, während Rex ihn gutmütig in die Seite knuffte. Der Raum leerte sich schnell. Die Gäste strebten hinaus zu den Tischen.

»Es ist schön, dass du da bist«, sagte Dane.

»Ich freue mich unheimlich, hier zu sein.« Lacy lächelte. »Dein Bruder ist nett.«

»Ja, das ist er.« Plötzlich hatte Dane ein Bild von Lacy in Nassau im Kopf. Dort hatte sie einen knappen Bikini getragen. Er schluckte und schob die Erinnerung weg, damit sie nicht dieselbe Wirkung auf ihn hatte wie in den Nächten vor dem Wiedersehen mit dieser betörenden Frau.

»Reservierst du den ersten Tanz für mich?« Seine Vorfreude auf diesen Tag war riesig gewesen, aber dass er so nervös war, überraschte ihn fast ebenso sehr wie sein überwältigender Wunsch, Lacy auf der Stelle zu küssen. Er stand so dicht bei ihr, dass er nur den Kopf senken und die Lippen auf ihre legen musste. Dann könnte er die Hände ihn ihrem Haar vergraben und sie an sich ziehen.

»Sehr gern«, antwortete sie. Er hatte fast vergessen, dass er ihr eine Frage gestellt hatte.

»Dane.«

Die Stimme seines Vaters holte ihn von seiner Wolke.

Hal Braden trat zu ihnen. Er war ein paar Zentimeter größer als Dane und genauso braungebrannt wie er. Feine Falten zogen sich um Augen und Lippen des älteren Braden, zwischen seine Brauen hatte sich ein tiefes V gegraben. »Tut mir leid, wenn ich störe.« Er streckte Lacy die Hand hin. »Hal Braden, Danes Vater.«

Lacy schüttelte ihm die Hand. »Ich bin Lacy.«

»Dad, das ist Lacy Snow.« Dane sah, wie der ernste Blick seines Vaters wärmer wurde.

»Lacy Snow? Mit Blakes Frau Danica verwandt?«

»Ja. Ich bin ihre Halb… ihre jüngste Schwester.« Wieder spürte Lacy, wie sich ihre Wangen röteten.

Dane hätte am liebsten den Arm um sie gelegt und sie schützend an sich gezogen. Er hörte die Nervosität in ihrer Stimme.

Hal nickte. »Als Danicas Schwester gehörst du automatisch zum Kreis unserer Freunde. Ich freue mich, dich kennenzulernen. Die fangen da draußen schon mit den Fotos an. Lasst uns bitte nicht warten.«

»Wir sind gleich da, Dad.« Danes Herz füllte sich mit Stolz auf seinen Vater. Sie hatten schon immer ein gutes Verhältnis gehabt. Aber jetzt, mit sechsunddreißig Jahren, fing Dane an, seinen Vater noch einmal mit anderen Augen zu sehen. Als Dane neun gewesen war, war seine Mutter gestorben. Sein Vater hatte ihn, seine vier Brüder und seine Schwester allein aufgezogen, und bis zum heutigen Tag war die tiefe Liebe zu seiner Frau jedes Mal spürbar, wenn er von ihr sprach. Ans Heiraten hatte Dane bis vor Kurzem nie gedacht. Doch in letzter Zeit fragte er sich öfter, ob – nein, er hoffte, dass er eines Tages so lieben konnte, wie seine Eltern es getan hatten. Eine so tiefe Verbindung wollte auch er erleben.

»Ich glaube, du musst zum Fotografen.« Lacy wusste nicht, wohin mit ihren Händen.

Gott, sie ist süß, wenn sie so nervös ist. Dane fragte sich, ob sie merkte, dass er ebenso aufgeregt war. Eigentlich wollte er nicht von ihr weg. Aber je schneller die Bilder im Kasten waren, desto eher konnte er wieder mit ihr zusammen sein. »Ja, ich hoffe, es dauert nicht zu lange. Du denkst an unseren Tanz, okay?«

»Ich freue mich schon darauf.«

Kapitel 2

»Jetzt erzähl schon«, drängte Kaylie. Sie und Danica hatten Lacy in die Mitte genommen. Chaz und Blake holten sich gerade Drinks an der Bar. Der Fotograf war vor ein paar Minuten fertig geworden und Dane und seine Familie kamen in den Festsaal zurück.

»Ja, genau, was läuft bei euch?«, fragte Danica. »Du hast behauptet, ihr hättet euch seit unserer Hochzeit nicht mehr gesehen. Aber bei der Trauung war es, als hättet ihr kurz zuvor ein heißes Date gehabt und könntet es gar nicht erwarten, da weiterzumachen, wo ihr aufgehört habt.«

»Quatsch«, sagte Lacy. »Das ist wirklich unser erstes Wiedersehen. Es sei denn, du zählst die Video-Chats mit.«

Kaylie nahm einen Schluck von ihrem Drink. »Hm-hm. Virtueller Sex zählt auch, Schwesterchen.«

»Kaylie!«, flüsterte Lacy entrüstet.

»Wir sind Schwestern. Wir wollen Details.« Kaylie ließ nicht locker.

»Online-Sex gibt es bei mir nicht«, log Lacy. Manche Dinge waren einfach zu intim. Selbst für Schwestern. »Außerdem waren wir beide viel zu beschäftigt, um uns auf so etwas einlassen zu können.« Sie schaute über die Tanzfläche zu Dane.

»Unglaublich, wie gut sie alle aussehen.«

»Josh könnte man sich ohne Weiteres auf dem Laufsteg vorstellen«, sagte Kaylie.

»Er entwirft Klamotten. Modeln tun andere für ihn«, gab Lacy zurück.

»Ja, schon klar. Ach, und schaut euch Hugh an. Er ist Rennfahrer, nicht wahr? Seht nur, wie er die Frauen abcheckt.« Kaylie nickte in seine Richtung.

Max und Treat hatten ihre Plätze am Tisch eingenommen und konnten die Augen nicht voneinander lassen. Treat flüsterte Max etwas ins Ohr und sie errötete. »Die gute Max«, seufzte Kaylie. »Gott, könnt ihr euch vorstellen, was für wunderschöne Kinder sie und Treat mal bekommen werden?«

»Hatten wir nicht gerade von etwas anderem gesprochen?«, fragte Danica. »Aber du hast recht, die Braden-Jungs sind allesamt Schnittchen. An Blake und Chaz kommen sie trotzdem nicht ran. Stimmt's, Lace?«

Als Lacy nicht antwortete, knuffte Danica sie in die Seite. »Stimmt's?«

»Selbstverständlich.« Danes Blick suchte schon wieder ihren, und sie hatte das Gefühl, die Raumtemperatur hätte sich gerade um zehn Grad erhöht.

»Da kommt ja unser virtueller Knuddelbär«, frotzelte Kaylie.

Dane überquerte die Tanzfläche. Mit jedem seiner Schritte flatterten die Schmetterlinge in Lacys Bauch ein wenig heftiger.

Vor ihrem Tisch blieb er stehen und streckte die Hand aus. »Ich glaube, du hattest mir einen Tanz versprochen.« Seine Stimme klang tief und verführerisch. Er zog Lacy auf die Füße, legte ihr seine Hand ins Kreuz und führte sie zur Tanzfläche.

Ein wohliger Schauer überlief sie. An seiner Seite fühlte sie sich unglaublich weiblich. Sie schaute über die Schulter zu ihren Schwestern zurück. Danica lächelte verträumt hinter ihr her.

Dane legte die Arme um Lacys Taille. Sie verschlang ihre Finger in seinem Nacken und spürte, wie die Hitze zwischen ihnen pulsierte. Lacy konnte sich nicht erinnern, sich je so zu einem Mann hingezogen gefühlt zu haben. Danes freundliche Züge gefielen ihr viel besser als Rex' kantiges Kinn und Treats aristokratische Nase.

Dane lehnte die Stirn an ihre. »Ich habe dich vermisst.«

Lacy hatte das Gefühl, sich in seinen Augen verlieren zu können. Er sah sie an, als wäre sie das einzige Mädchen im Umkreis von Meilen.

»Ich dich auch.« Sie bewegte im langsamen Takt der Musik die Hüften. Dane tanzte in perfektem Einklang mit ihr.

»Warum haben wir mit diesem Wiedersehen so lange gewartet?«

Dieselbe Frage hatte Lacy sich schon x-mal gestellt.

»Zu wenig Zeit.« Mehr brachte sie nicht hervor. Sie wollte bei World Geographic vorankommen. Dort entwickelte sie Marketingstrategien und entwarf Werbekampagnen für Hilfsorganisationen und Stiftungen. Nachdem sie sich fünf Jahre lang immer weiter hochgearbeitet hatte, konnte sie jetzt eine Führungsposition ergattern, auf die aber auch einige andere scharf waren. Da war eine Pause einfach nicht drin.

Dane beugte sich näher. Lacy hielt den Atem an. Würde er sie hier, mitten auf der Tanzfläche küssen?

»Blöde Zeit«, flüsterte er ihr ins Ohr.

Sie spürte seinen warmen Atem auf der Haut.

»Du riechst so gut.« Er vergrub die Nase an ihrem Hals.

Lacys Nervenenden gerieten in Aufruhr. Auch die in den tieferen Regionen, die sie seit Monaten mit aller Macht ignoriert hatte und die sich nach Dane und nur nach Dane sehnten. Seit er ihr in Nassau begegnet war, hatte sie noch ein paar wenige Dates mit anderen Männern gehabt. Aber bald hatte ihre Fernbeziehung, wenn man es denn so nennen wollte, Fahrt aufgenommen. Längst konnte sie nachts nicht mehr einschlafen, wenn sie nicht zuvor Danes Stimme gehört hatte. Wenn er anrief und sein Name auf dem Display erschien, beschleunigte sich ihr Puls. Mit ein paar ihrer Dates hätte sie sicher ins Bett gehen können. Aber bevor es ernst geworden war, hatte sie immer einen Rückzieher gemacht. Echte Nähe wollte sie nur mit Dane. Nur nach ihm hatte sie Verlangen. *Wie zum Teufel kann das sein, nach nur einem gemeinsam verbrachten Nachmittag?* Die Antwort war nicht schwer. Fünfzehn Monate lang hatten sie ihre Hoffnungen, Träume und Ängste miteinander geteilt. Sex hatten sie wegen der Entfernung weder haben können noch müssen.

Dane sagte etwas, aber Lacy war zu sehr in ihre Gedanken verstrickt und hatte ihn nicht verstanden.

»Tut mir leid. Was hast du gesagt?« *Reiß dich zusammen.*

»Das Lied ist vorbei«, wiederholte er.

Lacy sah sich erschrocken um. Nur sie und Dane standen noch auf der Tanzfläche und wiegten sich in einem sinnlichen Rhythmus. Ganz ohne Musik.

»Oh mein Gott. Sorry.« Sie machte sich von ihm los.

Dane hielt ihre Hand fest. »Komm mit.« Er zog sie durch die Terrassentür nach draußen. Die kühle Abendluft trieb ihr eine Gänsehaut über die Arme. Vom schmiedeeisernen Geländer aus blickten sie gemeinsam auf die weite Rasenfläche. In der Ferne toste die Brandung.

Wie Millionen von Augen schauten die Sterne aus dem blauschwarzen Himmel auf sie hinab. Das Mondlicht verlieh der Nacht einen romantischen Schimmer. Leise drang die Musik aus dem Gebäude und wurde von der Brise davongetragen. Lacy klammerte sich am Geländer fest. Sie hoffte, dass Dane nicht merkte, wie aufgeregt sie war.

»Wir haben zwar andauernd telefoniert, aber sag, wie geht es dir jetzt?«, fragte Dane.

Ich bin nervös. Scharf auf dich. Verlegen. »Ganz gut.« *Ganz gut? Was für eine lahme Antwort.* »Das Fest ist wunderschön, nicht wahr?« Sie suchte nach einem unverfänglichen Thema, um nicht daran denken zu müssen, wie sehr sie ihn wollte.

»Als erfolgreicher Hotelier ist Treat ein Spezialist für rauschende Hochzeitsfeste.« Dane rückte näher an sie heran. »Lass uns reden.«

Sie schaute ihn an. Die vielen nächtlichen Gespräche liefen noch einmal vor ihr ab. Sie dachte an Danes Traurigkeit, als er ihr vom viel zu frühen Tod seiner Mutter erzählt hatte, und wie er einmal die ganze Nacht auf Skype mit ihr wach geblieben war, als sie sich übel den Magen verdorben hatte, nur damit sie die Sache nicht allein durchstehen musste. Dass ihre Unterhaltungen völlig ohne sexuelle Anspielungen verlaufen waren, wäre gelogen gewesen. Und im Lauf der Monate … Großer Gott, ja. Sogar virtuellen Sex hatte es gegeben. Weshalb hatten sie keine Möglichkeit gefunden, sich ganz real irgendwo zu treffen?

Dane strich mit dem Finger über ihre Wange. Dann hob er ihr Kinn, damit sie ihm in die Augen schauen musste.

»Warum haben wir einander nie besucht?« Sie bereute ihre Frage sofort. Dane hatte sicher Unmengen von Frauen in der Warteschleife und zahllose Termine. Weshalb sollte er seine wertvolle Zeit ausgerechnet mit ihr verbringen?

Er legte seine starken Hände auf ihre Arme, schaute ihr in

die Augen und schüttelte den Kopf. »Aus purer Dummheit?«

Lacy lachte, aber ihr Herz bekam einen Riss. Sie war ganz mit ihrer Arbeit beschäftigt und auf ihre Karriere fixiert gewesen. Aber wenn er auch nur angedeutet hätte, dass die Chance für ein Treffen bestand, hätte sie einen Weg gefunden, mit ihm zusammen zu sein.

»Im Ernst, Lace. Ich hätte dafür sorgen sollen, dass wir uns sehen. Ich habe es nicht hingekriegt, aber wenigstens haben wir fast jeden Abend geredet. Inzwischen kommt es mir vor, als würde ich dich schon mein Leben lang kennen. Nach unserer ersten Begegnung in Nassau war ich sicher, dass wir uns bald wiedersehen würden. Aber dann musste ich nach Maui, danach nach Belize und schließlich nach Kalifornien.«

»In Florida warst du auch«, sagte sie. Wenn Dane nicht gerade im Einsatz war, lebte er dort auf seinem Boot.

»Das stimmt. Nur nach Massachusetts bin ich nie gekommen, und das war schlechte Planung.« Er rückte noch näher. Seine Augen wirkten jetzt fast schwarz. Sie sah den Hunger darin und hielt den Atem an. »Es tut mir leid. Aber ich habe jede Sekunde an dich gedacht.«

Sie schluckte. Jetzt, wo sie so nahe beieinander standen und sie die Hitze zwischen ihnen fühlen konnte, überlegte Lacy, ob die Entscheidung, sich sieben Tage die Woche ihrer Karriere zu widmen, nicht die dümmste ihres Lebens gewesen war. *Ich hätte mit dir zusammen sein können.* Aber sie wusste, dass sie sich etwas vormachte. Danes Terminkalender war noch viel voller als ihrer.

»Lacy«, flüsterte er. »Es tut mir leid.«

Sie wollte etwas sagen, brachte aber kein Wort über die Lippen. Der Hunger in seinen dunklen Augen lähmte ihr Gehirn. Ihr Herz lief fast über und sie wollte ihn mehr denn je.

Er zog sie an sich. Sie legte die Hände auf seine Brust und spürte seinen Herzschlag.

»Ich muss dich küssen, Lacy.« Danes Blick versengte sie.

Weil ihre Beine wie aus Gummi waren, hielt sie sich an seinem Kragen fest. Erst berührten seine Lippen ihre ganz zärtlich, dann küsste er sie voller Gier und Leidenschaft. Jede Bewegung seiner Zunge brachte ihren Magen noch heftiger zum Flattern. Seine Hände glitten über ihre schlanke Taille zu ihrer Hüfte. Er drückte sie an sich und sie spürte jeden Zentimeter seiner Härte.

Als sie sich schließlich voneinander lösten, war Lacy wie betrunken. Der süße Geschmack von Alkohol und Lust blieb auf ihrer Zunge. Dane legte die Hände links und rechts von ihr aufs Terrassengeländer und schloss sie zwischen seinen Armen ein. Er beugte sich vor. Sein Atem strich warm über ihren Hals, sein Körper sandte Hitzewellen aus.

»Fünfzehn Monate voller Fantasien über dich, Lacy. Was sollen wir bloß tun? Ich kann keinen klaren Gedanken mehr fassen«, flüsterte Dane.

Lacy hoffte, dass ihre Stimme sie nicht im Stich ließ, wenn sie jetzt den Mund aufmachte. »Wer braucht schon klare Gedanken?« *Küss mich noch mal. Bitte küss mich noch mal.*

Danes Augen schossen heiße Blitze. Lacy hielt seinem Blick stand. Er sagte kein weiteres Wort und das war auch nicht nötig. Sie war zu allem bereit.

Die Tür des Festsaals ging auf und Max und Treat standen hinter ihnen. »Da seid ihr ja«, sagte Treat.

Dane nahm Lacys Hand und drehte sich zu seinem Bruder. Lacys Puls jagte. Musste sie auf den nächsten Kuss etwa bis nach dem Fest warten? Wie sollte sie das ertragen? Dane drückte ihre Hand. Sie biss sich auf die Lippen, damit ihr nicht vor lauter

Nervosität irgendetwas Peinliches herausrutschte.

Treat schaute zwischen ihr und Dane hin und her. »Lacy. Wie schön, dich wiederzusehen.« Ohne dabei Max' Hand loszulassen, küsste er sie auf die Wange.

»Was für ein schönes Fest«, sagte Lacy. Sie war froh, dass ihre Stimme nicht zitterte. »Max, du siehst großartig aus. Ich freue mich so für euch beide.« Max arbeitete für Chaz. Sie und Lacy kannten sich seit der Doppelhochzeit von Lacys Schwestern und waren seither gute Freundinnen geworden.

»Ist es okay, wenn ich kurz mit Lacy verschwinde?«, fragte Max.

»Kein Problem, Mrs. Braden. Ich habe dich ja noch für den Rest unseres Lebens.« Treat zog sie an sich und küsste sie. Als er sie wieder losließ, waren Max' Wangen knallrot. Sie nahm Lacy an der Hand und machte einen Schritt Richtung Saal. Aber Dane hielt Lacys andere Hand fest, sodass ihre Arme lang gezogen wurden.

»Im Ernst, Dane?« Max schüttelte den Kopf.

»Ist ja gut. Aber bring sie mir wieder«, sagte er.

Über die Schulter warf Lacy ihm noch einen Blick zu, dann ließ sie sich ins Gebäude und zu Kaylies und Danicas Tisch führen. Ein Teil von ihr wünschte sich, sie wäre einfach bei Dane geblieben.

»Du siehst aus, als kämst du direkt aus dem Bett«, raunte Max.

»Max!« Die Miene ihrer Freundin verriet Lacy, dass sie das nur halb im Scherz gesagt hatte. Sie sah Dane mit Treat in den Saal zurückkommen.

»Du hast rote Wangen und einen echten Schlafzimmerblick. Wenn du nicht willst, dass deine Schwestern etwas mitbekommen, reißt du dich jetzt besser zusammen.«

Lacy sah, wie Kaylie Danica etwas ins Ohr flüsterte. Beide starrten dabei zu ihr herüber. Lacy atmete tief durch, dann sank sie auf einen Stuhl am Tisch ihrer Schwestern. Zusammenreißen würde sie sich ein andermal.

»Und?«, fragten Danica und Kaylie wie aus einem Mund.

»Wir haben uns geküsst. Oh mein Gott. Und wie«, gestand Lacy atemlos.

Kaylie streckte die Hand aus. »Du schuldest mir einen Fünfer«, sagte sie zu Danica.

Danica kramte nach ihrer Geldbörse. »Wirklich, Lacy? Hättest du nicht wenigstens bis nach der Feier warten können? Wäre das zu viel verlangt gewesen? Die paar Stündchen?« Mit einem Augenzwinkern gab Danica Kaylie den Schein.

»Ihr habt gewettet, wann wir uns küssen würden?« Lacy versuchte, empört zu klingen, musste aber ein Grinsen unterdrücken. Insgeheim liebte sie das schwesterliche Gefrotzel und holte gerne nach, was sie all die Jahre verpasst hatte. »Hättest du bei solchen Aussichten etwa noch ein paar Stündchen warten können, Danica?« Lacy deutete mit dem Kinn auf Dane. Sein Blick hypnotisierte sie. *Ich will dich,* stand in seinen Augen geschrieben.

Max beugte sich über den Tisch. »Ich bezahle später«, flüsterte sie.

»Du auch Max?« Missbilligend schnalzte Lacy mit der Zunge und Max betrachtete angelegentlich ihre frisch manikürten Fingernägel.

Lacy gab ihr einen Klaps auf die Hand. »Ihr seid wirklich unmöglich. Deswegen habt ihr mich von Dane weggezerrt?« *Ich könnte gerade draußen stehen und seine sinnlichen Lippen küssen.* Schon der Gedanke ließ sie wohlig erschauern.

»Jap. Was dachtest du denn?« Kaylie verdrehte die Augen

und warf sich das Haar über die Schulter. »Dass wir über dich und Dane tratschen, ist doch logisch. Seit Nassau hören wir andauernd deine Dane-Geschichten.«

»Gar nicht wahr.« Lacy bekam ihn seit Monaten nicht mehr aus dem Kopf und redete von nichts anderem. Es abzustreiten, war sinnlos. »Okay, du hast recht. Gott, was soll ich bloß machen? Wenn ich ihn ansehe, habe ich das Gefühl, fünfzehn Monate Sehnsucht würden gleich aus mir herausbrechen. Aber irgendwie bin ich auch enttäuscht und verletzt, dass er in der ganzen Zeit nicht ein einziges Mal zu mir gekommen ist.«

»Das diskutieren wir jetzt seit über einem Jahr. Du hast behauptet, du könntest nicht von deiner Arbeit weg und er hätte andauernd Termine. Oder glaubst du, es ist was anderes? Meinst du, er ist ein unverbesserlicher Playboy?«, fragte Danica.

Denke ich das? »Nein, aber ihr müsst zugeben, fünfzehn Monate sind eine sehr lange Zeit.«

»Richtig. Aber das weißt du nicht erst seit heute. Du hast gesagt, ihr hättet darüber gesprochen. Und jetzt willst du wissen, weshalb du so durcheinander bist, oder?«, fragte Danica. Sie ließ Lacy keine Zeit für eine Antwort. »Das liegt daran, dass jetzt der nächste Schritt ansteht. Bisher wart ihr nur Freunde, jetzt kommt noch etwas anderes ins Spiel, und du kriegst weiche Knie.«

»Aus dir spricht immer noch die Therapeutin«, stellte Kaylie fest. Danica hatte ihre Praxis aufgegeben, nachdem sie sich in einen Patienten verliebt hatte. In Blake.

Lacy seufzte. »Für mich ist zwischen Dane und mir viel mehr als nur Lust.«

»Weiß er eigentlich von deiner Angst vor Haien?«, fragte Kaylie unvermittelt.

Lacy wand sich. »Mehr oder weniger.« Je näher das

Wiedersehen gerückt war, desto weiter hatte sie dieses Thema von sich weggeschoben.

»Du hast Angst vor Haien?«, fragte Max. »Aber in Nassau warst du doch im Wasser.«

»Es ist nicht so einfach. Ich glaube, dass ich Angst vor Haien habe. Es gab mal einen Vorfall. Eigentlich will ich nicht darüber reden und im Grunde ist meine Angst bloß eine Theorie. Bewiesen ist gar nichts. Trotzdem fürchte ich, dass sie vielleicht zum Problem werden könnte.«

»Du weißt schon, dass Dane den lieben langen Tag Haie markiert, oder?«, fragte Max.

»Klar weiß ich das. Aber können wir jetzt bitte das Thema wechseln?« Lacy atmete tief durch. »Sagt mir bitte, dass ich keinen Fehler mache. Seht ihr irgendwelche Alarmlämpchen blinken?« *Bitte sagt nein und lasst mich ihn weiterküssen.*

»Nein, Lace«, antwortete Danica.

»Was kann schlimmstenfalls passieren? Sagen wir, du schläfst mit ihm und stellst dann fest, dass er doch nicht dein Traummann ist.« Kaylie zuckte die Achseln. »Na und? Du lebst nur einmal und du würdest drüber wegkommen.«

Max tätschelte Lacys Schulter. »Dane ist ein prima Kerl, Lacy. Er und Treat stehen einander sehr nahe und Treat spricht nur gut über ihn. Okay, es gab da mal etwas, aber … Ach, nicht so wichtig.«

»Wovon redest du?« Danica hakte nach.

Lacy entging Max' kurzes Kopfschütteln nicht.

»Schon gut, Max. Sag es einfach.« *Wir haben einander alles erzählt.*

»Okay, aber …« Max schaute Lacy fragend an. Lacy wedelte lässig mit der Hand. »Es ist so: Dane hat damals während der Collegezeit mit Treats Freundin geschlafen.«

»Oha!«, sagten Kaylie und Danica gleichzeitig.

»Das weiß ich schon. Von Dane. Ich sage doch, wir haben so gut wie keine Geheimnisse voreinander.« An dieses Gespräch erinnerte sie sich, als wäre es gestern gewesen. Während des gesamten Video-Chats hatte Dane nicht ein einziges Mal weggeschaut und war keiner ihrer Fragen ausgewichen. Seit diesem Abend hatte sie das Gefühl, diesem Mann vertrauen zu können. »Das ist ewig her und es war nicht *bloß* komplett daneben. Letztes Jahr hat er Treat gesagt, dass er wegen der Sache noch immer ein furchtbar schlechtes Gewissen hat. Als Jugendlicher hat er darunter gelitten, immer in Treats Schatten zu stehen, und wollte seinen großen Bruder dieses eine Mal übertrumpfen.«

»Ich würde sagen, nach dem, was wir in Nassau gesehen haben, ist Dane auf diesem Gebiet so gut wie unschlagbar.« Kaylie grinste.

»Kaylie«, schnaubte Lacy. Mit Scherzen darüber, wie gut Dane bestückt war, hatte sie gerechnet. Beim Schwimmen auf den Bahamas war das unübersehbar gewesen, und eine Bemerkung von Treat von wegen fünfundzwanzig Zentimeter hatte Lacy in ungläubiges Staunen versetzt.

»Was ist? Du hast doch auch Augen im Kopf«, sagte Kaylie. Lacy schnaubte.

»Vergesst nicht, wir sprechen von Männern, die beim Tod ihrer Mutter noch kleine Jungs waren«, sagte Danica nachdenklich. »Sie hatten zwar ihren Dad, aber nach allem, was ich weiß, sind sie sehr eng zusammengerückt. Sicher hatten sie jahrelang mit unterschwelligem Zorn und unverarbeiteter Trauer zu kämpfen. Da kommt es schon mal zu Konflikten. Aber wenn Dane dir von diesem Vorfall erzählt hat, Lacy, musst du dir wohl keine großen Sorgen machen, dass er irgendwas vor dir verbirgt.«

Lacys Blick wanderte bereits wieder zu ihm. Treat hatte ihm freundschaftlich den Arm über die Schulter gelegt. Die Brüder lächelten entspannt. Sie sahen überhaupt nicht aus, als hätte es zwischen ihnen irgendwann ein Zerwürfnis gegeben. *Sieht man einem Menschen jemals an, was er erlitten hat?* Lacy schaute zu Danica und Kaylie. Inzwischen war es, als würde sie ihre Schwestern schon ein Leben lang kennen. Dabei hatte Kaylie anfangs nicht einmal mit ihr reden wollen. *Wunden können heilen. Auch wenn sie tief sind.*

Kapitel 3

Dane sah mit Treat zusammen von der Bar aus zu, wie Lacy sich mit ihren Schwestern und Max unterhielt. Er bemerkte Lacys nervöses Lächeln und fragte sich, worüber sie wohl redeten. Und ob der Kuss sie ebenso beschäftigte wie ihn.

»Hör mal, Dane. Lacy ist Danicas Schwester und damit Blakes Schwägerin. Falls du also nur auf ein Abenteuer aus bist, dann sag's ihr lieber gleich.« Treat sprach leise und so nahe an Danes Ohr, dass ihn sonst niemand hören konnte.

Wirklich scharf war Dane auf Ratschläge von seinem ältesten Bruder nicht. Aber er hatte sich bereits ganz ähnliche Gedanken gemacht. Weil er Lacy nicht wehtun oder sie in peinliche Situationen bringen wollte, hatte er beschlossen, die Sache mit ihr ganz ruhig anzugehen. Aber verdammt, sie hatte ihn während der Trauung mit ihren blauen Augen fast verschlungen. Er konnte ihr einfach nicht widerstehen. Sein Balanceakt zwischen Lacy auf der einen und seinem beruflichen Engagement gepaart mit Bindungsangst auf der anderen Seite dauerte jetzt schon eineinviertel Jahre. Die Bindungsangst versuchte er gerade hinter sich zu lassen. Bis vor nicht allzu langer Zeit hatte er von einer Frau nie mehr gewollt als ein paar Dates und ein bisschen Spaß. Er war ein Mann, auf den buchstäblich in jedem Hafen ein Mädchen wartete. In manchen sogar zwei. Keine dieser Schönheiten verlangte mehr, als er zu geben bereit war, und wenn er wieder in See stach, hatte er sie auf der Stelle vergessen. Bis er zum nächsten Mal in denselben Hafen einfuhr.

Bei Lacy war es vom ersten Moment an anders gewesen. Nicht nur ihr verführerischer Körper und die süße, unschuldige Fassade, hinter die er gern einen langen Blick werfen wollte, zogen ihn magisch an. Mit ihr hatte er in den letzten Monaten offener gesprochen als je mit seinen Geschwistern. Selbst sein bester Freund und engster Mitarbeiter, Rob Mann, wusste nicht halb so viel über ihn wie Lacy.

Eine Frau, die mit seinem Nomadenleben und seiner nicht ungefährlichen Arbeit klarkam, war Dane noch nicht begegnet. Und vor Lacy hatte er auch nie nach einer solchen Frau gesucht. Noch wusste er nicht, wie Lacy sich ihre Zukunft vorstellte. Aber ziemlich schnell war ihm klar gewesen, dass er mit ihr zu neuen Ufern aufbrechen wollte. Nur seine Angst stand ihm im Weg. Wenn er sich auf diese Frau einließ, gab es kein Zurück. Und wenn ihr Kuss ein Vorgeschmack auf weitere prickelnde Genüsse war, würde es ihm schwerfallen, seine Gefühle unter Kontrolle zu halten. Was, wenn er sich in sie verliebte und ihr seine Reisen, seine Arbeit, die Haie und die Spenden-Events nicht zusagten? Sein Bruder Treat hatte für Max sein Leben umgekrempelt. Dane wusste, dass er das nicht fertigbringen würde. Gleichzeitig musste er zugeben, dass er noch bis vor fünfzehn Monaten nie an eine monogame Beziehung gedacht hatte. Seit Lacy änderte sich das.

Bevor Dane Treat antworten konnte, gesellte sich ihre Schwester Savannah zu ihnen.

»Drei Brüder in festen Händen«, seufzte sie. »Da waren's

nur noch zwei.« Das rotbraune Haar floss ihr in seidigen Wellen über den Rücken. Eine Strähne fiel ihr über die spitzbübisch blitzenden Augen.

Josh stellte sich neben sie. »Mach dir keine Hoffnungen. Hugh und Dane? Die halten uns andere doch für völlig bekloppt.« Er zwinkerte Treat zu. Josh war etwa so groß wie Dane und Rex und durch und durch maskulin. Als gefragter Modedesigner achtete er auf einen schlanken, durchtrainierten Körper, während seine Brüder ihrem Lebensstil entsprechend mit beachtlichen Muskelpaketen ausgestattet waren. Joshs stylische Kleidung betonte seine breiten Schultern und schmalen Hüften. Mit dem extrem kurz geschnittenen Haar sah er aus, als wäre er direkt aus einem Männermodemagazin spaziert.

»Wie läuft es denn bei dir, Savannah?«, fragte Josh. Seine Verlobte Riley Banks gesellte sich zu ihnen.

»Du wärst eine wunderschöne Braut«, sagte sie zu ihrer zukünftigen Schwägerin.

Dass Josh sich in Riley verliebt hatte, war für die Braden-Geschwister eine Riesenüberraschung gewesen. Vor ihr hatte er nie von einer Frau gesprochen, geschweige denn eine mit nach Hause gebracht. Und plötzlich war aus seiner Freundschaft mit Riley eine Liebesbeziehung geworden. Über Nacht hatte Josh sich von einem der begehrtesten Junggesellen der Vereinigten Staaten in Rileys Verlobten und Geschäftspartner verwandelt.

»Gibt's was Neues von Connor Dean?«, fragte Treat. Als die Geschwister einander zum letzten Mal gesehen hatten, hatte Savannah den Schauspieler, ihren Lover und Mandanten, gerade in die Wüste geschickt. Aus ihrer ursprünglich rein beruflichen Verbindung zu Connor – Savannah hatte sich als Anwältin auf die Unterhaltungsbranche spezialisiert – war irgendwann mehr geworden. Details hatte sie ihren Brüdern allerdings nie anvertraut.

Dane hörte nur mit einem Ohr zu. Ihn beschäftigte Treats Mahnung. *Wenn du nur auf ein Abenteuer aus bist …* Lacy war mehr als ein Abenteuer.

Savannah verdrehte die Augen. »Ich habe euch doch gesagt, das ist sehr kompliziert. Außerdem sind Josh und Riley vorerst voll und ganz mit dem Entwurf von Rileys Hochzeitskleid beschäftigt.«

So leicht gab Josh nicht auf. »Nach allen, was man hört, ist auch dein neuester Mandant ein absoluter Liebling des schönen Geschlechts.« Josh und Savannah lebten beide in New York. Normalerweise hielt Josh sich aus den beruflichen Angelegenheiten seiner Schwester heraus. Trotzdem war er gern auf dem Laufenden.

»Dylan Ross? Ja, der lässt nichts anbrennen. Aber was würdest du tun, wenn du der momentan angesagteste Country-Star wärst?« Savannah wischte einen Fussel von ihrem roséfarbenen Brautjungfern-Corsagenkleid. »Aber lasst uns nicht über die Arbeit reden. Das ist Treats Abend und ich habe endlich ganz offiziell eine Schwägerin. Durch unsere Familie wabert genügend Testosteron für mehrere Football-Mannschaften. Es war höchste Zeit für mehr weiblichen Einfluss.«

»Das kannst du laut sagen.« Jade kam zu ihnen. Sie und Rex waren vor einer Weile zusammengezogen. Das rabenschwarze Haar reichte ihr bis fast zur Hüfte und ihr cremefarbenes Kleid bildete einen aparten Kontrast zu ihrer olivfarbenen Haut. Sie streckte die Hand nach Rex aus und klimperte mit ihren langen Wimpern. »Was sagst du denn dazu, Rexy?«

Rex stöhnte auf und küsste sie. »Du weißt, dass ich komplett willenlos werde, wenn du mich so anschaust.« Er deutete mit dem Kinn auf Dane. »Aber vielleicht möchtest du

Dane fragen, was er gerade draußen auf der Terrasse gemacht hat. Ich glaube, in nächster Zukunft dürfen wir mit weiterem weiblichem Einfluss rechnen.«

Jade legte eine Hand auf Rex' Brust und kniff die Augen zusammen. »Mach deinen Bruder nicht verlegen.«

»Von Verlegenheit kann nicht dir Rede sein.« Dane straffte die Schultern. »Ich war mit Danicas Schwester Lacy da draußen.« *Mit der süßen, aufregenden Lacy.*

»Und?« Savannah wollte mehr hören.

»Das geht euch nichts an.« Dane küsste Savannah auf die Wange und ließ seine Geschwister stehen. Sicher gingen ihnen jetzt beinahe so viele Fragen durch den Kopf wie ihm.

Doch kaum hatte er zwei Schritte gemacht, da landete Treats Hand auf seiner Schulter. »Ich will nur hören, dass ich morgen bei unserem Familientreffen nicht für Schadensbegrenzung sorgen muss.«

Dane warf Treat einen unwirschen Blick zu, sah die Wärme in den Augen seines Bruders und wurde sofort versöhnlicher. »Willst du die Wahrheit wissen?«

»Immer«, antwortete Treat.

»Ich weiß selbst noch nicht, was Sache ist.« Dane schaute hinüber zu Lacy und sein verdammtes Herz setzte einen Schlag lang aus.

»Ich kann dir nur sagen, dass ich seit Nassau jede Minute an sie gedacht habe und sie im Lauf dieses Wochenendes gern noch besser kennenlernen würde.«

Treat folgte Danes Blick zu dem Tisch, an dem Max und Lacy, Danica und Kaylie saßen. Dane sah eine Liebe in Treats Augen, die vor zwei Jahren noch nicht da gewesen war. Diese Liebe hatte Max in ihm geweckt. Seither hatte Treat sich gewaltig verändert.

»Und Lacy?« Treats Frage unterbrach seine Gedanken.

Dane schüttelte den Kopf. »Sie ist nicht abgeneigt. Interessiert. Wir sind einander schon ungeheuer nahe gekommen. Allerdings nicht körperlich.« Dane dachte an seine Teenagerzeit und hoffte, dass sein Bruder genau wie damals die Antworten parat hatte, nach denen er suchte.

»Lern sie noch besser kennen«, sagte Treat. Max stand auf und steuerte auf ihren Ehemann zu. »Nur so findest du heraus, was sie will, und ob sie diejenige ist, die du willst.«

»Danke, Bruderherz.« Dane lächelte Max an. »Müsst ihr beide nicht zuerst gehen?«

»Genau so will es der Brauch«, sagte die tiefe Stimme ihres Vaters. Hal gesellte sich zu ihnen.

»Schmeißt du uns etwa bei unserer eigenen Hochzeitsfeier raus?«, fragte Treat.

»Ja, verdammt. Ich bin ein alter Mann und brauche meinen Schlaf. Und jetzt nimm deine hübsche kleine Frau und verschwinde mit ihr in eure Suite, damit ich ins Bett gehen kann.« Hal tätschelte Danes Wange. »Außerdem hat mein anderer Sohn für heute Nacht noch Pläne.«

Dane schüttelte den Kopf.

Hugh klopfte mit einem Löffel gegen sein Glas. Bald taten alle anderen Gäste das auch und Treat nahm lachend seine Max in die Arme. Dane fand Max an diesem Abend schöner denn je. Nie zuvor hatte sie so verliebt ausgesehen. Voller Zuneigung schaute sie Treat an, ihre Wangen waren gerötet, ihr Lippen leicht geöffnet. Treat beugte sich zu ihr. *Ich liebe dich*, formte sein Mund. Dann küsste er seine Frau, bis alle johlten und applaudierten.

Einen Augenblick später rannten die beiden lachend Hand in Hand zum Ausgang. Max' Kleid wehte hinter ihnen her.

Sobald sie aus der Tür waren, machte Dane sich auf den Weg zu Lacy.

Kapitel 4

Lacy hielt sich an ihrem Stuhl fest. Mit pochendem Herzen schaute sie Dane entgegen. *Es ist so weit.* Dies war die Nacht, von der sie geträumt hatte. Sein Blick hing an ihr, aber mit jedem seiner entschlossenen Schritte kam ein neuer Zweifel. *Was, wenn meine Erwartungen zu hoch sind? Was, wenn es mit uns beiden im Bett nicht klappt?*

»Lace, schau mich an, Süße.« Danica nahm ihre Hand. »Jetzt, Lacy. Bevor er hier ist.«

Lacy schaute in Danicas ernstes Gesicht. »Du bist eine schöne, selbstbewusste Frau. Sei nicht so nervös und setz dich nicht unter Druck. Du musst nichts machen, was du nicht machen willst.«

Lacy schätzte Danicas Rat vielleicht gerade, weil er manchmal etwas mütterlich klang.

»Was ist, wenn ich mit ihm Dinge tun will, die ich noch nie zuvor tun wollte?« Lacys Stimme klang dünn und zittrig. Sie drückte Danicas Hand. »Dan, sollte ich mir vielleicht wegen der fünfundzwanzig Zentimeter Sorgen machen, von denen Treat in Nassau mal gesprochen hat?« *Oh Gott. Habe ich diese Frage wirklich gestellt?*

Danica beugte sich näher. »Alle Männer übertreiben. Wenn

sie zehn sagen, meinen sie wohl eher acht. Und außerdem: Wir Frauen bringen Babys zur Welt. Wir sind für wirklich Großes gemacht.« Sie drückte ihre jüngste Schwester an sich. »Das ist deine Nacht«, flüsterte sie. »Alles, was du dir wünschst, kann heute passieren. Und was du nicht willst, passiert auch nicht. Wo es lang geht, bestimmst du. Also genieß es. Versprichst du mir das?« Danica schaute Lacy forschend ins Gesicht.

Lacy fühlte sich ein bisschen besser. *Wie bin ich je ohne dich klargekommen?* »Ja, versprochen.«

Kaylie beugte sich von hinten zwischen ihre Schwestern. »Vergiss nicht, wir wollen morgen die Details. Frühstück?«

»Okay.« Lacy wurde plötzlich bewusst, dass sie zur Frühstückszeit vielleicht noch bei Dane war. Sie hatte keinen festen Plan. *Brauche ich denn einen?* »Ähm, das lassen wir am besten auf uns zukommen. Wir können uns ja morgen früh schreiben.«

»Diese Wette werde ich haushoch gewinnen«, frotzelte Kaylie. Sie küsste ihre kleine Schwester auf die Wange. »Hi, Dane. Wir wollten gerade gehen.«

»Ihr könnt gerne bleiben.« Dane rückte sich einen Stuhl zurecht.

»Ich bin todmüde und Chaz drückt sich schon seit zwanzig Minuten an der Tür herum. Ich glaube, er möchte langsam los.« Sie legte Lacy eine Hand auf die Schulter. »Gute Nacht, Schwesterchen.«

»Das war eine wirklich schöne Hochzeit.« Danica stand auf.

»Ja, es war toll. Sehe ich dich morgen Nachmittag?« Dane lächelte entspannt.

»Klar. Das Familientreffen lassen wir uns nicht entgehen. Also dann, vielleicht bis zum Frühstück, Lacy.« Danica winkte und ging davon.

Dane beugte sich zu Lacy und flüsterte: »Hast du auch das Gefühl, dass wir ewig getrennt waren?«

Sein warmer Atem strich über ihre Wange, und als sie aufblickte, sah sie das Verlangen in seinen Augen. »Oder noch länger«, sagte sie.

»Wollen wir einen Spaziergang machen?« Dane griff nach ihrer Hand.

»Ja gern.« Auf dem Weg über die Terrasse hinunter zum Rasen zitterten Lacy vor Aufregung die Knie.

Das sanfte Klimpern der Windspiele in den Bäumen mischte sich mit dem Rauschen der Blätter zu einer romantischen Melodie. In der Nachtluft lagen der Salzduft des Meeres und das würzige Aroma von Danes Rasierwasser. Lacy war sicher, dass sie diesen ganz besonderen Geruch niemals vergessen würde. Genau wie bei ihrer ersten Begegnung knisterte die Luft zwischen ihnen. Die Erinnerung an den ersten Blick in Danes Augen hatte sich tief in Lacys Gedächtnis gegraben.

Der Rasen führte hinunter zum Strand. »Meine Heels lasse ich besser hier stehen.« Lacy streifte den ersten Schuh ab. Als sie sich zum zweiten beugte, verlor sie das Gleichgewicht.

Dane hielt sie fest. »Hoppla.«

Lacy biss sich auf die Unterlippe. »Danke. Sehr graziös war das nicht.«

Er rückte näher an sie heran und strich ihr über die Wange. »Graziös ist langweilig.«

Er schaute sie so lange und mit so viel Verlangen an, dass Lacy kaum zu atmen wagte.

»Ich lasse meine Schuhe auch hier.« Das klang, als wollte er sagen: *Ich möchte dich ausziehen und mit Haut und Haar verschlingen.* Dane setzte sich auf die Rasenkante und zog sich

Schuhe und Socken aus.

»Hast du keine Angst um deinen Smoking?«, fragte Lacy, um die Vorstellung zu vertreiben, wie er sie verschlang.

»Für so was gibt es Reinigungen.« Er krempelte seine Hosenbeine hoch und streckte ihr die Hand hin.

Erst nach einer Sekunde wurde Lacy klar, dass er sie um Hilfe beim Aufstehen bat – ganz so als hätten sie einander schon ihr Leben lang bei allen großen und kleinen Dingen Beistand geleistet. Sie nahm seine Hand und zog ihn mit seiner Unterstützung hoch. Nur wenige Zentimeter trennten sie noch voneinander. Lacys Puls beschleunigte sich. *Küss mich. Ich sollte dich küssen. Ich bin so nervös.*

Dane befeuchtete mit der Zunge seine Lippen. Lacy schluckte und wartete auf den Kuss.

»Lass uns … runter zum Wasser gehen«, sagte Dane.

Runter zum Wasser? Oh mein Gott. Ich habe deine Signale völlig falsch gedeutet.

Ihre Füße sanken tief in den Sand. Lacys Hand lag in Danes wie in einem warmen Handschuh, aber sie war furchtbar verlegen, weil sie ihn so missverstanden hatte. Nach dem Kuss auf der Terrasse hatte sie geglaubt, er würde sie bei der nächsten Gelegenheit noch einmal küssen. Jetzt fragte sie sich, weshalb er es nicht tat.

Das Geräusch der Brandung wurde lauter. Erleichtert stellte Lacy fest, dass der Spaziergang ihre Nerven beruhigte. Der Sand unter ihren Füßen wurde feucht und fest. Sie folgten dem Wellensaum.

»Bist du auch so nervös?«, fragte Dane.

Lacy stieß die Luft aus. Dass sie den Atem angehalten hatte, war ihr gar nicht aufgefallen. »Mein Gott, ja. Und ich dachte, das geht nur mir so.«

»Ich kann kaum glauben, dass du endlich bei mir bist. Manchmal kommt es mir vor, als sei das letzte Jahr wie im Flug vergangen, und manchmal fühlt es sich an, als hätte es sich im Schneckentempo dahingeschleppt. Aber die Entfernung zwischen uns war immer viel zu groß.« Dane hob eine Muschel auf. »Ich kann dir gar nicht sagen, wie oft ich alles stehen- und liegenlassen und in ein Flugzeug steigen wollte. Vor heute habe ich einen Riesenbammel gehabt. Unser Verhältnis ist so eng geworden, dass ich mir Sorgen gemacht habe, was wohl passieren wird, wenn wir uns endlich tatsächlich gegenüberstehen.«

Genau wie ich.

Dane liebte das Gefühl von Lacys zarter Hand in seiner und wie sich ihre schlanken Finger um seine Fingerknöchel legten. Jedes Mal wenn er sie ansah, zog sich sein Magen zusammen. Selbst beim Nachrichtenschreiben und bei ihren Online-Video-Chats war er manchmal furchtbar aufgeregt gewesen.

»Ich bin sechsunddreißig Jahre alt, Lacy, und kann mich nicht erinnern, wann ich in Gegenwart einer Frau zuletzt so nervös war.« Dane sah, wie Lacys Schultern lockerer wurden. »Wie ich mich gleichzeitig mit dir so wohlfühlen kann, ist mir ein Rätsel.«

»Ja, es ist seltsam. Aber mir geht es genauso.«

»Wirklich? Das ist gut. Dann können wir zusammen aufgeregt sein.« Er drückte ihre Hand und dachte an Treats Worte. »Mein Bruder hat mich ermahnt, dir keinen Kummer zu machen.«

»Dein Bruder?« Die Verwunderung machte Lacys Stimme

höher als gewöhnlich.

»Ja. Treat. Die Familie geht ihm über alles und du bist Danicas Schwester.« Dane zuckte die Achseln. »Er hat gesagt, ich soll dir nicht wehtun.« Fragend schaute er Lacy in die Augen. Ihn interessierte, wie seine Offenheit bei ihr ankam. Ehrlichkeit ging ihm über alles. Der Vertrauensbruch, den er begangen hatte, als er vor vielen Jahren mit Treats Freundin ins Bett gegangen war, hatte das Verhältnis zu seinem ältesten Bruder lange belastet. Das war ihm eine Lehre gewesen. Nie wieder würde er einen solchen Fehler begehen.

»Und? Hast du das vor? Mir wehzutun, meine ich.« Lacys Augen waren wie zwei große, blaue Monde. Sie zog die Augenbrauen zusammen und biss sich erneut auf die Unterlippe. Ihre nackten Schultern schimmerten im Mondlicht. Dane strich mit dem Zeigefinger an ihrem Arm entlang bis zu ihrem Ellbogen. Er schüttelte den Kopf.

»Lacy«, flüsterte er. »Ich weiß nicht, was zwischen uns ist und was daraus werden kann. Ich kann nur sagen, dass ich seit über einem Jahr an keine andere Frau gedacht habe.« Treats Rat fiel ihm ein. *Lern sie noch besser kennen.* »Es ist schade, dass wir in Nassau so wenig Zeit hatten und ich so schnell wieder wegmusste. Aber ich fand dich so anziehend, dass ich zum ersten Mal seit Ewigkeiten wieder Schmetterlinge im Bauch hatte. Und einen Kuss wie den vorhin habe ich noch nie erlebt.«

Lacy senkte die Lider. Im Mondlicht sah er, wie ihre Wangen sich röteten. Er strich ihr das Haar aus dem Gesicht.

»Ging es dir auch so?« Er musste es wissen.

Sie nickte ihn unter ihren herrlichen blonden Locken hervor an. Dane gab dem Wunsch, sie an sich zu ziehen, nicht nach. Treat hatte recht. Mit Lacy musste er behutsam umgehen, und nicht nur, weil sie Danicas Schwester war. Die Verletzlichkeit in ihren Augen weckte seinen Beschützerinstinkt. Mit ihr wollte er nicht einfach nur Spaß haben, und das sollte sie auch wissen.

»Ich bin ein großes Mädchen, Dane. Ich treffe meine eigenen Entscheidungen und mache meine eigenen Fehler. Du kannst Treat sagen, dass er sich keine Sorgen um mich machen muss.«

Sie sah so sexy aus, dass Dane versucht war, all seine guten Vorsätze über Bord zu werfen. Aber das Gefühl ihrer zarten Hand in seiner erinnerte ihn an das, was er sich vorgenommen hatte.

»Ich weiß auch nicht, was zwischen uns beiden ist. Aber ich möchte es gern herausfinden.« Sie schaute ihm einen Moment zu lange in die Augen. Ihr Blick verriet, wie groß ihr Verlangen nach ihm war. »Wann musst du wieder weg?«

»Ich denke, ein, zwei Wochen lang bin ich bestimmt hier in Massachusetts. Es kommt ganz darauf an, wie schnell wir die Markierungen und die Sender anbringen können. Im Lauf des Sommers wurden in der Gegend um das Kap einige Weiße Haie gesichtet, und meine Stiftung soll sie aufspüren.« Dane liebte solche Einsätze und jeder einzelne spornte ihn zum Weitermachen an. Er freute sich auf jede neue Mission in jedem neuen Land und an jedem neuen Ort. Aber heute Nacht wünschte er sich, er hätte einen Monat oder besser noch ein ganzes Jahr Zeit, bevor er wieder losmusste. Er wollte mit Lacy zusammen sein.

»Ist Rob auch hier?«, fragte Lacy. Dane hatte ihr von seinem Freund erzählt. Sie wusste, wie gut sich die Männer verstanden.

»Er kommt am Sonntag. Wann musst du denn zurück nach Hause?«

Lacy wohnte in der Nähe von Boston, gerade mal zwei Stunden von Cape Cod entfernt. »Auch am Sonntag. Am

Montag muss ich wieder arbeiten. Von den Haien in der Gegend von Chatham habe ich gehört. Sind das die, denen du einen Sender verpassen sollst?«

»Lass uns jetzt nicht über meine Arbeit reden, Lace. Wir haben achtundvierzig Stunden und ich will keine Minute verschwenden.«

»Und wie möchtest du diese achtundvierzig Stunden verbringen?«

»Über die Details habe ich mir noch keine Gedanken gemacht. Aber erst mal will ich dich küssen.« Er beugte sich zu ihr, dann zögerte er einen Moment. Lacys Augen waren dunkler geworden, und er wollte sicher sein, dass sie einverstanden war. Sie hielt seine Hand noch fester als zuvor und schloss die Lider. Dann trafen sich ihre Lippen. Lacy schlang die Arme um seine Taille und küsste ihn tief. Adrenalin schoss in seine Adern und er spürte das altbekannte Ziehen zwischen seinen Beinen. Dane erforschte Lacys Mund mit seiner Zunge, legte eine Hand in ihren Nacken und küsste sie fester. Nur mit Mühe löste er schließlich die Lippen von ihren.

»Großer Gott, Lacy. Am liebsten würde ich gleich hier mit dir schlafen.«

»Hier«, flüsterte sie.

Dane wusste nicht, ob das eine Frage oder eine Feststellung war. Was war bloß in ihn gefahren? Auch wenn noch nicht klar war, was sich zwischen ihnen entwickelte – eins konnte er mit Sicherheit sagen: Lacy war kein Mädchen, das er wieder vergessen wollte oder konnte. Er brauchte eine Ablenkung, damit seine Lust ihn nicht übermannte.

»Wir müssen reden«, sagte er mit unsicherer Stimme. Er nahm ihre Hand und ging weiter mit ihr den Strand entlang. »Es tut mir leid. Ich weiß, das muss ein ziemliches Wechselbad für dich sein. Normalerweise bin ich nicht so.«

»Liegt das an mir?«

Er hörte die Beklommenheit in ihrer Stimme, blieb stehen und schaute ihr in die Augen. »Ja, es liegt an dir, Lacy. Aber versteh das bitte nicht als Zurückweisung. Ich will hier und jetzt mit dir Liebe machen. Aber ich habe mir vorgenommen, nichts zu überstürzen. Es ist …« Er rieb sich die Stirn. Wie sollte er ihr etwas erklären, was er selber nicht verstand? »Lacy, mir jagen die Fantasien aus vielen Monaten durch den Kopf. Wunschträume, was ich mit dir machen möchte, und die Vorstellung, wie es sein wird, dich zu berühren. Herrje, ich spüre dich schon beinahe unter mir.« Er zog sie fester an sich. »Aber ich habe beschlossen, dich erst noch besser kennenzulernen.« Wieder schaute er ihr tief in die Augen. Zu gern hätte er gewusst, was ihr jetzt durch den Kopf ging. Dann sah er etwas, was er nicht erwartet hatte: Verblüffung.

Lacy atmete tief aus. »Dane, mir geht es genau wie dir. Einerseits will ich sofort alles tun, wonach ich mich in den letzten Monaten gesehnt habe. Andererseits will ich erst noch mehr über dich herausfinden, damit es sich nicht so … ich weiß nicht … so schmutzig anfühlt.«

»Mit dir könnte nie etwas schmutzig sein.« Lächelnd küsste er ihre Nasenspitze. »Es sei denn, du möchtest gern etwas Schmutziges tun.« Er zuckte vielsagend mit den Augenbrauen.

Lacy klappte ihre Kinnlade herunter und riss die Augen extra weit auf.

»Das war ein Witz«, sagte er schnell.

»Genau wie meine Reaktion. Hast du nicht gesehen, wie übertrieben meine Grimasse war?«

Er zog sie an sich und küsste sie.

»Du überraschst mich.« Er berührte ihre Wange und küsste

sie gleich noch einmal. »Du findest also, wir sollen es langsam angehen lassen?«, fragte er, als ihre Lippen sich wieder trennten. »Und die Kennenlernphase noch etwas ausdehnen?«

»Ich finde, wir sollten der Natur ihren Lauf lassen.« Sie lehnte sich an ihn und küsste ihn.

Großer Gott. Ein Kuss von ihr und sein Verlangen war kaum noch im Zaum zu halten. Zur Hölle mit den guten Vorsätzen. Er nahm ihre Hand. Ohne die Lippen voneinander zu lösen, stolperten sie gemeinsam über den Strand und hinauf in die Dünen. Dane nahm den Mund gerade lange genug von ihrem, um einen Weg durch das hohe Gras zu suchen, das hier oben in Büscheln wuchs. Sie erreichten einen sandigen Hügel.

Er warf sein Jackett in den Sand, und noch bevor er die Arme nach Lacy ausstrecken konnte, drückte sie sich an ihn und küsste ihn. Ihre Zunge drängte sich in seinen Mund. Sie zog ihm das Hemd aus der Hose und legte ihre warmen Hände auf seine Haut. Er hörte sich aufstöhnen und ärgerte sich beinahe. Sie sollte nicht glauben, er könnte es nicht erwarten. Doch sie antwortete mit einem Seufzen und das spornte ihn an. Sein Beschluss, nichts zu überhasten, war wie von der Brandung weggerissen. Mit zitternden Händen öffnete er den Reißverschluss an Lacys Kleid. Auf diesen Augenblick hatte er so lange gewartet. Er küsste ihr Schlüsselbein, leckte das Salz von ihrer Haut und genoss ihren Geschmack. Von dieser Frau konnte er nicht genug bekommen. Quer über ihre Brust küsste er sich von einer Schulter zur anderen, dann fiel ihr Kleid in den Sand. Er streichelte ihre unglaublich sinnlichen Kurven mit seinen Blicken, dachte an jedes Wort, das sie einander in den letzten Monaten gesagt, an jedes Geheimnis, das sie einander verraten, und an jeden heimlichen Wunsch, den sie im Dunkeln geflüstert hatten.

»Gütiger Himmel, Lacy. Du bist so schön.« Monatelang hatte er davon geträumt, sie zu sehen. Aber dass ihr Anblick sein Herz so erfüllen würde, hatte er nicht geahnt. Er streichelte ihr süßes Fleisch und sein Körper schrie nach mehr.

Die frische Nachtluft jagte Lacy eine Gänsehaut über die Arme. Dane drückte sie an sich und küsste sie, bis ihr Hören und Sehen verging. Monatelang hatte sie ihr Verlangen unterdrückt. Jetzt wollte sie seine Haut an ihrer spüren. Viel zu lange hatte sie sich danach gesehnt, ihn zu berühren, und sie wusste, dass sie nichts überhasten sollte. Doch seine Haut war so heiß und sie konnte sich nicht zurückhalten. Sie ließ ihre Hände an ihm hinab gleiten, strich über seine stählernen Bauchmuskeln und spürte ein Kribbeln zwischen ihren Schenkeln.

Seine Hand glitt über ihren nackten Rücken zu ihrem String. Dane drückte sein Becken an ihres. Ihre nackte Brust lag an seiner. Sie atmeten beide schnell und flach. Lacys Hände fanden erst den Knopf seiner Hose, dann den Reißverschluss. Die Hose fiel in den Sand, Dane stöhnte an ihrem Mund. Durch seine Boxershorts hindurch rieb sie seine Härte.

Er schloss die Lippen um eine ihrer Brustwarzen. Lacy schnappte nach Luft. Heiß lag sein Mund auf ihrer kühlen Haut. Ihre Finger gruben sich in sein Haar. Sie zog ihn fester an sich. Seine Zähne knabberten an ihrem Nippel und brachten sie fast um dem Verstand. Sie zog seine Boxershorts nach unten und er suchte erneut mit dem Mund ihre Lippen. Er küsste sie, bis ihr schwindelig wurde. Gemeinsam sanken sie in den Sand. Dass sie neben sein Jackett fielen, störte sie nicht.

»Lacy«, hauchte er zwischen zwei Atemzügen. Er schaute ihr

tief in die Augen.

Zitternd lag sie neben ihm. Seine Hand glitt über ihren Schenkel. Als er die Narbe dort berührte, erstarrte sie.

»Was ist?«

Sie sagte nichts. Stattdessen legte sie seine Hand zwischen ihre Beine. Er streichelte sie und die Narbe war vergessen. Sie öffnete sich ihm. Er ließ zwei Finger in sie gleiten. Seine heiße Härte drückte gegen ihr Bein. Der Sand, der an ihren Schultern rieb, während sie sich an ihn drängte, erinnerte sie daran, wo sie sich befanden. Eine Sekunde lang hatte Lacy Angst, man könnte sie so zusammen sehen. Sie richtete sich halb auf und schaute sich hektisch um.

»Was ist? Habe ich dir wehgetan?«, fragte Dane besorgt.

»Nein.« *Warum klingt meine Stimme so dünn?* »Ich will nur nicht mittendrin von jemandem überrascht werden.«

Selbst in der Dunkelheit sah sie Danes unglaublich verführerisches Lächeln. Plötzlich war ihr völlig egal, ob jemand sie bei ihrem Liebesspiel ertappte. Auf keinen Fall würde sie jetzt aufhören.

»Wir sind zwischen den Dünen.« Er küsste sie sanft. »Und weit weg vom Hotel. Ich glaube nicht, dass uns irgendwer sieht. Aber wenn du dich hier nicht wohlfühlst, gehen wir lieber in eins unserer Zimmer.«

Nein, bitte nicht. Lacy bezähmte ihre Lust lange genug, um ihre Stimme wiederzufinden. »Nein. Es ist schön hier.«

Dane legte seine Hand wieder in ihren Nacken, küsste sie tief und leckte am Ende des Kusses zart ihre Unterlippe.

»Noch nervös?« Seine Stimme war warm und beruhigend.

»Ein bisschen«, gab sie zu.

»Leg dich einfach zurück.« Sanft drückte er sie in den Sand und streckte sich neben ihr aus. Sie schauten hinauf zu den

Sternen und er griff nach ihrer Hand.

Lacy schloss die Augen. Sie atmete tief durch. Was war bloß mit ihr los? Endlich war sie mit dem Mann zusammen, von dem sie seit Monaten träumte. Sie wollte ihn so sehr, dass sie fast verging, und jetzt lag sie hier und zitterte wie ein verängstigtes Kind. Mit aller Macht kämpfte sie gegen ihre Verwirrung an.

»Erinnerst du dich an unsere erste Begegnung?«, fragte er.

»Ja, klar.«

Er stützte sich auf einen Ellbogen und zeichnete ihre Rippen mit dem Finger nach. »Mein ganzes Leben lang schaue ich nach unten. Nach unten ins Wasser zu den Haien. Nach unten auf den Computermonitor, wenn ich nach neuen Sponsoren suche. Und selbst im Alltag – immer schauen wir nach unten. Wie oft schauen wir im Leben eigentlich nach oben?«

Lacy wusste nicht, wann sie zuletzt zu den Sternen hinaufgeschaut hatte.

»In der Nacht nach dem einen Nachmittag mit dir habe ich in den Himmel geschaut und an dich gedacht. Auch während wir uns Nachrichten geschrieben oder telefoniert haben, habe ich oft zu den Sternen hinauf gesehen. Manchmal sogar in verregneten Nächten. Irgendwann ist mir aufgegangen, dass ich gar nicht nach den Sternen suche, Lace, sondern nach dir. Manchmal frage ich mich, ob du nicht schon immer da warst und auf mich gewartet hast. Mein Lacy-Stern.« Dane lächelte.

Lacy schmiegte sich an ihn. Ihr Kopf ruhte auf seiner Schulter, ihre Hand lag auf seinem Bauch. Der Nachtwind streichelte das Gras in den Dünen. Dane legte die Arme um Lacy und zog sie an sich. Er hob ihr Kinn an und schaute ihr in die Augen.

»Ich würde für immer auf dich warten, Lacy.«

Sein Blick verriet ihr, wie aufrichtig er das meinte.

»Wir müssen heute Nacht nicht miteinander schlafen. Wir können uns anziehen und noch ein Stück am Strand entlang spazieren. Oder wir gehen ins Hotel. Wie du willst. Diese Nacht gehört dir. Ich möchte einfach nur mit dir zusammen sein.«

Dieser Mann war perfekt. Lacy wünschte sich nichts mehr, als ihre Nerven unter Kontrolle bekommen und Dane noch näher zu sein. Seine zärtlichen Worte trafen sie ins Herz und sein wunderbarer Körper erweckte ihre empfindlichsten Stellen zum Leben. Sie dachte an Danicas Worte und nahm ihren Mut zusammen. *Alles, was du willst, wird passieren.*

Entschlossen beugte sie sich über ihn und küsste ihn. Als er nach dem Kuss etwas sagen wollte, legte sie die Lippen erneut auf seine und küsste ihn tiefer. Ihre Botschaft war klar. Ihre Hand tastete sich an seinem Bauch nach unten bis zur Spitze seiner Härte. Nur den Bruchteil einer Sekunde lang zögerte sie, dann legte sie die Finger um ihn. Überrascht stellte sie fest, dass sie ihn nicht vollständig umfassen konnte. Sie riss die Augen auf und spürte sein Lächeln an ihrem Mund. Weil sie nicht wusste, wie sie reagieren sollte, streichelte sie ihn einfach.

Er legte seine Hand über ihre und hielt sie fest.

»Lacy.« Seine Stimme klang ernst.

Lacy wusste nicht, ob ihre Nerven ihr einen Streich spielten oder ob sie die Situation einfach lustig fand. Aber sie prustete los. Als er fragend die Augenbrauen zusammenzog, lachte sie nur noch mehr. Sie ließ ihn los. Schwungvoll drehte er sie auf den Rücken und grinste ihr neugierig ins Gesicht.

»Du bist nicht sehr gut für mein Ego«, frotzelte er.

»Das ist mir einfach so rausgerutscht. Tut mir leid.« Er hielt sie mit seinem Gewicht am Boden fest. Seine Erektion warf einen Schatten auf ihren Bauch. Der Anblick führte zu einem neuen Lachanfall. *Die fünfundzwanzig Zentimeter waren absolut keine Übertreibung.*

Dane bohrte die Fingerspitzen in Lacys Seiten. »Na warte. Gleich weißt du, warum du lachst.« Er kitzelte sie, bis sie die Beine anzog und versuchte, sich unter ihm wegzuschlängeln. Doch er war zu schwer und sein Penis stieß an ihre Rippen, sodass sie noch mehr lachen musste.

»Nimm deine Waffe weg«, japste sie zwischen zwei Lachsalven.

»Man hat ihm schon viele Namen gegeben. Aber als Waffe hat ihn noch niemand bezeichnet«, sagte Dane streng. Doch sie sah, dass auch er kurz davor war loszuprusten.

Lacy lachte Tränen. Sie versuchte, tief zu atmen, um sich wieder in den Griff zu bekommen.

Dane hatte sich immer gefragt, was Frauen wirklich dachten, wenn sie sahen, wie groß sein bestes Stück war. Erstaunte oder hungrige Blicke war er gewöhnt. Aber Lacys Lachen war die vielleicht ehrlichste Reaktion. Als Junge hatte er versucht, diese Größe zu verstecken. Wer so viele Brüder hatte, merkte früh, dass er mehr als großzügig ausgestattet war. Er hatte eine Python in der Hose. Während der Collegezeit hatte er dieses Geschenk zu schätzen gelernt. Es hatte ihm Selbstbewusstsein gegeben, ihm den Ruf eines Draufgängers und jede Menge heiße Dates eingebracht. Doch seit er Lacy kannte, war er auf seine zahllosen Eroberungen nicht mehr stolz. Und seit einige seiner Brüder in ihren festen Beziehungen so glücklich waren, wünschte auch er sich mehr als kurze Abenteuer und unverbindlichen Sex.

Er wollte sich von Lacy herunterschieben, aber sie hielt ihn fest.

»Bleib«, bat sie ihn. Sie zog sein Becken an ihres. »Tut mir leid, dass ich gelacht habe.« Sie legte die Hände an seine Wangen und küsste ihn.

Danes Lippen wanderten von ihrem Mund zu ihrem Hals und von dort zwischen ihre Brüste. Er rieb ihre Brustwarzen zwischen Daumen und Zeigefinger, bis sie hart waren. Dann schob er seine Hand tiefer. Er achtete darauf, die Narbe nicht zu berühren, und tastete sich vor zu der Hitze zwischen Lacys Beinen. Zärtlich streichelte er sie, bis sie sich ihm öffnete. Er ließ zwei Finger in sie gleiten und reizte gleichzeitig mit der Daumenkuppe ihren empfindlichen kleinen Knubbel. Bald wand sie sich vor Lust.

»Ich will dich in mir, Dane«, hauchte sie atemlos.

Dane wünschte sich nichts mehr als das. Doch zu sehen, wie sie vor Verlangen fast verging, war viel zu prickelnd. Zudem fürchtete er, dass nach der langen Wartezeit alles viel zu schnell vorbei sein würde, wenn er erst in sie drang.

Er küsste sich an ihrem Bauch hinab zu der zarten Haut an der Innenseite ihrer Oberschenkel. Dabei bewegte er seine Finger weiter langsam und rhythmisch in ihr auf und ab. Als Lacy die Hände zu Fäusten ballte, nahm er seine Finger weg.

Bei der ersten Berührung seiner Zunge hielt sie die Luft an. Ihre Hände fanden zu seinen Schultern. Bald steigerte er sein Tempo und sie grub die Nägel in sein Fleisch. In dem Augenblick, in dem all ihre Muskeln sich spannten, ließ er erneut einen Finger in sie gleiten. Einen Sekundenbruchteil vor ihrem Höhepunkt, schob er sich auf sie, rieb seine Hoden an ihrer Feuchtigkeit und seine Härte an ihrem Bauch. Hart und fordernd küsste er sie, während sie unter ihm kam. Sein Mund fing ihren Lustschrei auf.

Als ihr Zittern langsam verebbte, tastete er nach seiner Hose. Er fischte ein Kondom aus seiner Geldbörse und riss mit den Zähnen die Verpackung auf.

»Mach schnell«, drängte Lacy.

Dane rollte sich das Kondom über, dann schaute er ihr in die schönen, blauen Augen. »Bist du sicher, Lacy?« Er wollte sie so sehr, dass er kaum noch atmen konnte. Aber dass sie so schnell so weit gegangen waren, bereitete ihm Sorgen. Lacy sollte nicht glauben, dass er nur auf Sex aus war.

»Mehr als sicher.«

Sie spreizte die Beine noch weiter. Er legte den Mund auf ihren und drang vorsichtig in sie ein. Auf keinen Fall wollte er ihr wehtun. Sie packte ihn an den Hüften und zog ihn in sich, bis er ganz in ihr begraben war.

Lacy schnappte nach Luft. Das Verlangen in ihren Augen berührte sein Herz.

Nie zuvor hatte er sich so gut gefühlt. Kaum eine Frau, mit der er zusammen gewesen war, hatte ihn ganz in sich aufnehmen können. Als Lacys seidiges Fleisch seine Wurzel berührte, stöhnte er auf und küsste sie leidenschaftlich.

Er prägte sich die Form ihres Mundes und die Süße ihrer Lippen ein. Lacy schob die Arme unter seinen hindurch und drängte sich an ihn. Sie bewegten sich in perfektem Einklang. Lacys Zunge an seinem Hals verwandelte sein Blut in flüssiges Feuer. Als sie die Beine um seine Hüften schlang, war er sicher, dass er sich nicht mehr lange würde zurückhalten können. Er stieß tiefer, härter und schneller in sie hinein, holte bei jedem Stoß neu Atem und kämpfte gegen den Drang zu kommen.

Trotz der kühlen Nachtluft bedeckte Schweiß ihre Körper. Sandkörner gruben sich in seine Knie und seine Zehen, aber er spürte sie kaum. Der Geschmack von Lacys salziger Haut und ihr süßer, sinnlicher Geruch betörten seine Sinne. Auch die letzten Vorsätze, sanft und vorsichtig zu sein, waren dahin, als sie sich unter ihm aufbäumte. Dane fühlte, wie Lacy sich um ihn zusammenzog, und gab jede Zurückhaltung auf. Mit schnellen Stößen trieb er sie dem gemeinsamen Höhepunkt zu, bei dem die Erde einen Moment lang aufhörte, sich zu drehen. Wieder und wieder stieß er in sie hinein, bis seine Muskeln vor Erschöpfung zuckten und alle angestaute Energie verebbt war. Erschöpft und glücklich lagen sie hinterher zusammen im Sand. Dane küsste Lacy lange und zärtlich.

Dann rollte er sich von ihrem schönen Körper. Die Frage, warum er sich nicht früher mit ihr getroffen hatte, war beantwortet. Er hatte befürchtet, sich nie mehr von ihr abwenden zu können, wenn sie erst zusammen gewesen waren. Und es war tatsächlich so. Genau wie Treat für Max, so würde er für Lacy alles tun, was in seiner Macht stand, damit sie zusammen sein konnten.

Kapitel 5

Die Meeresbrise strich über Lacys nackte Brüste. Ihre Nerven kribbelten und ihre müden Muskeln konnten der Kälte nichts entgegensetzen. Aus ihrem versteckten Nest in den Dünen heraus betrachtete sie den Lichtkranz um den Mond. Einzelne Worte tanzten durch ihren Kopf. *Wow. Umwerfend. Atemberaubend.* Sie spürte, wie Dane näher an sie heranrückte. Ihre Arme berührten sich, sein Schenkel lag an ihrem. Lacy erschauerte.

»Lace«, flüsterte Dane.

»Ja?« *Gott, ich liebe deine Stimme.*

»So hatte ich das nicht geplant.«

Seine Aufrichtigkeit berührte ihr Herz. Sie drehte den Kopf zu ihm und schaute ihn an. »Ich weiß.«

Als seine Hand ihren Schenkel berührte, erstarrte sie.

»Hab keine Angst.« Er drückte die vernarbte Stelle.

Lacy dachte selten an die Narbe und den Vorfall, dem sie sie zu verdanken hatte. *Den Vorfall.* So nannten sie und ihre Schwestern das, was geschehen war. Als der Hai sie gerammt und ihr dabei mit seiner Reibeisenhaut das Bein aufgerissen hatte, war sie erst sieben gewesen. Sie schloss die Augen und drängte die Erinnerung daran weg wie so viele Male zuvor. Wenn ein Mann die Narbe bemerkte, gab er sich meist mit einer knappen Erklärung zufrieden und wechselte dann das Thema. Dane wollte mehr. Ihn interessierte die ganze Geschichte, aber noch konnte sie sie ihm nicht erzählen. Sie nahm seine Hand und hob sie von der knotigen Haut an der Oberseite ihres rechten Oberschenkels. Sie hatte ihm gesagt, dass sie möglicherweise Angst vor Haien hätte. Den Grund dafür hatte sie ihm nicht verraten. Jetzt lag ihr das Geständnis auf der Zunge, aber sie schluckte es ängstlich hinunter. Sie wollte mit Dane zusammen sein, und wenn sie ihre Angst im Zaum halten konnte, hatten sie vielleicht eine Chance.

Er stützte sich auf einen Ellbogen und küsste sie zärtlich. Dabei wand er seine Hand aus ihrer und legte sie wieder auf ihren Schenkel.

»Dane.« Ihr Herzschlag beschleunigte sich. Sie griff nach seinem Handgelenk, doch er ließ nicht zu, dass sie seine Hand von der Narbe wegzog.

»Schhh. Du bist wunderschön«, flüsterte er, küsste sich hinunter zu ihrem Schenkel und strich mit dem Finger über die langen, schmalen Rillen in ihrem Fleisch. Behutsam folgte er dem Verlauf der einzelnen Narben. Es gab tiefere und flachere Stellen.

Lacy schloss die Augen, während Danes Finger ertasteten, was sie am liebsten vergessen wollte. Als seine warmen Lippen ihren Schenkel berührten, hielt sie den Atem an und machte die Augen fest zu. Sie zog sich an den ruhigen, dunklen inneren Ort zurück, an den sie immer flüchtete, wenn die Erinnerungen kamen, konzentrierte sich auf das Rauschen der Wellen und die salzige Luft. Dass Dane ihre Narbe streichelte und liebkoste, wollte sie nicht spüren.

»Willst du darüber reden?« Er legte seinen Kopf auf ihren Bauch.

»Mir wird langsam ein bisschen kalt.« Das war geflunkert, denn sein Körper hielt sie warm. Er hob den Kopf und schaute ihr in die Augen. Lacy hielt erneut den Atem an. Sie fürchtete, dass Dane weitere Fragen stellen würde und sich Antworten erhoffte, an die sie sich nicht heranwagte. Sie war zu glücklich. Sie hatte viele Monate darauf gewartet, mit Dane zusammen sein zu können. Mit der stummen Bitte, das Thema nicht weiter zu verfolgen, schaute sie ihn an. Wie sie einen Tag, eine Woche oder gar ein weiteres Jahr ohne ihn überstehen sollte, wusste sie nicht.

Er zog sie an sich und rieb nachdenklich ihren Rücken. »Komm, wir bringen dich ins Warme.«

Mit einem erleichterten Seufzer griff sie nach ihrem Kleid. Doch Dane hielt sie zurück. Er wischte den Sand von ihren Beinen, ihrem Hinterteil und ihrem Rücken. Mit den Fingern kämmte er Sandkörner aus ihrem Haar und wärmte ihren Nacken mit zärtlichen Küssen. Erst dann zog er ihr das Kleid über den Kopf.

»Hier.« Nachdem er ihr sein Jackett über die Schultern gelegt hatte, stieg er in seine Hose und schlüpfte in sein Hemd. Die beiden oberen Knöpfe ließ er offen. Ein paar dunkle Löckchen lugten hervor.

Er sieht einfach umwerfend aus. Und er ist so unglaublich lieb. Irgendeinen versteckten Fehler musste er doch haben.

Dane streckte die Hand aus. »Wollen wir?«

Durch den kühlen Sand spazierten sie auf die Lichter des Hotels zu. Wie würde es jetzt weitergehen? Lacy war besorgt. Würde er vor seiner Familie so tun, als wäre nichts geschehen? Sollte sie es auch so machen?

Als hätte er ihre Gedanken gelesen, fragte er: »Bist du morgen immer noch mein Date?« Er lächelte.

Lacys Puls beschleunigte sich. »Willst du, dass ich das bin?«

Dane blieb stehen und berührte ihre Wange. »Noch nie im Leben habe ich mir etwas so sehr gewünscht.«

Er rückte näher an sie heran. Die Erinnerung an seine Küsse zauberte ein Lächeln auf ihre Lippen.

»Lace, so glücklich wie heute war ich schon lange nicht mehr.«

Oh Himmel! »Ich auch nicht.« *Ich auch nicht? Was für eine lahme Antwort.*

»Prima, dann steht es also fest. Wir haben ein Date.«

Bei ihren Schuhen blieben sie stehen. Dane hakte zwei Finger in die Riemchen ihrer Heels und nahm seine Schuhe in dieselbe Hand. Lacys Hand ließ er dabei nicht eine Sekunde lang los.

Die Lichter im Hotel erschienen ihnen viel zu hell, der Holzboden zu glatt unter ihren nackten Füßen. Lacy hielt sich an Danes Hand fest. Sie wollte den Abend nicht enden lassen. Die Frau am Empfang lächelte sie an, und Lacy fragte sich, ob sie ahnte, was sie gerade getan hatten. Als sie an ihr Haar fasste, erschrak sie über die wilde Krause, in die sich ihre Korkenzieherlocken verwandelt hatten. *Was habe ich mir bloß gedacht?* Bei der Vorstellung, wie sie aussehen musste, wurde ihr ganz flau. Auf dem Weg in den ersten Stock kamen sie an einem Spiegel vorbei. Lacy wandte sich verlegen ab. Morgen würde sie wieder vorzeigbar sein.

Angespannt stand sie schließlich vor der Tür ihres Zimmers. Sollte sie Dane hereinbitten? Würde er mitkommen? Sie suchte in ihrer Handtasche nach der Schlüsselkarte.

»Das war ein wirklich schöner Abend«, sagte Dane.

Lacy biss sich auf die Lippen. Sie hatte Angst, ihm in die Augen zu schauen. Gleichzeitig sehnte sie sich danach, ihn noch einmal zu küssen. »Hm-hm.«

»Du frühstückst morgen mit deinen Schwestern, oder?«

Das hatte sie beinahe vergessen. Endlich fand sie die Schlüsselkarte und versuchte, sie in den Schlitz an der Tür zu stecken. »Ja.«

Dane nickte. Lacy sah die Frage in seinen zusammengekniffenen Augen. Er nahm ihr die Karte aus der Hand und öffnete die Tür für sie.

»Vielleicht können wir nach dem Frühstück aufs Meer raus fahren? Das Familientreffen fängt erst am späten Nachmittag an«, sagte er.

»Mit dem Boot, auf dem du wohnst?« Dane hatte sich für die Zeit am Kap eines von Treats Booten geliehen. Er hatte schon so lange auf dem Wasser gelebt, dass er das Gefühl vermisste, wenn er an Land schlafen musste. Das hatte er Lacy einmal nachts am Telefon erzählt.

»Nein. Das liegt bereits in Chatham. Treat hat noch zwei andere flotte Kähne. Heute Nacht schlafe ich im Hotel.«

Hier? Bitte geh nicht.

Dane drückte die Tür auf und rückte noch näher an Lacy heran.

»Am liebsten würde ich mit reinkommen und dich in meinen Armen halten, bis wir beide einschlafen. Aber ich habe Angst, dich zu erdrücken«, sagte er.

Sie legte eine Hand auf seine Taille.

»Bitte erdrück mich.«

Kapitel 6

»Das überrascht mich kein bisschen.« Kaylie trug ein apricotfarbenes Top und weiße Shorts. Ihr blondes Haar fiel in Wellen über ihre Schultern. Sie schob sich die Sonnenbrille auf die Nasenspitze und schaute Lacy über den Rand hinweg an. »Ihr beide seid seit über einem Jahr heiß aufeinander. Dass es nicht bei einem Strandspaziergang bleibt, war doch klar.«

Lacy saß mit ihren Schwestern bei Kaffee und Croissants an einem kleinen Tisch auf der Terrasse des Bookstore Restaurants.

»Nur wie es jetzt weitergehen soll, ist mir schleierhaft«, gab Lacy zu.

Danica stellte ihren Kaffeebecher ab. »Ein paar One-Night-Stands hast du doch schon gehabt. Fühlt es sich für dich so an?«

Lacy seufzte. »Nein. Definitiv nicht. Ehrlich gesagt, hinterher war alles irgendwie normal. So, als wären wir schon ewig zusammen. Aber ihr wisst ja, wie das ist. Ich bin immer noch in der Nachglühphase, im Oh-Gott-es-ist-zu-schön-um-wahr-zu-sein-Modus.« Sie ließ den Blick über den Strand gleiten und dachte an die wunderbare Nacht. Bis zum frühen Morgen hatten sie sich geliebt. Danes Berührungen waren zärtlich und gleichzeitig zutiefst männlich und leidenschaftlich gewesen. Lacy spürte, wie ihre Wangen heiß wurden, und schob die Erinnerung beiseite.

»Die eigentliche Frage ist doch, wie du dir die Sache vorstellst. Die meisten Frauen überlassen die Entscheidung dem Mann. Dabei haben wir ein gewaltiges Wörtchen mitzureden.« Danica nickte in Richtung Strand. »Hast du keine Angst gehabt, dass euch jemand sieht?« Sie hatte sich die dunklen Locken im Nacken zusammengebunden, aber einige Strähnen befreiten sich bereits wieder aus dem Haarband.

»Wir haben zwischen den Dünen gelegen. Ein bisschen Sorgen hab ich mir schon gemacht, aber nur eine Sekunde lang.« Lacy dachte daran, wie schnell sie in Danes Arme gesunken war und wie sehr sie ihn gewollt hatte. Um wirklich abschätzen zu können, was aus ihnen werden konnte, musste sie erst einmal ihre Lust in den Griff bekommen. Bei ihren Kunden fiel es ihr ganz leicht zu analysieren, wo sie standen und was sie brauchten. Basierend auf diesen Vorüberlegungen entwickelte Lacy dann eine Strategie, wie sie ihre Ziele erreichen konnten. Das ließ sich ganz gut auf eine Beziehung übertragen. Doch während die Ausgangslage bei ihren Kunden dank großer Datenmengen meist recht klar war, fehlten ihr zu Dane noch wesentliche Informationen, und in die Zielvorstellungen mischte sich jede Menge Leidenschaft.

»Er ist so lieb, ein echter Gentleman, und ein großartiger … Ihr wisst schon. Aber wie soll das mit uns beiden weitergehen, wenn er die ganze Zeit auf Reisen ist?« Die Frage bereitete Lacy Kopfzerbrechen. Dane hatte ihr keine Versprechungen gemacht, ja noch nicht einmal angedeutet, dass er mehr in ihnen sah als zwei Menschen, die einander anziehend fanden und keine Ahnung hatten, wie sich die Sache entwickeln könnte. »Er hat meine Narbe angefasst«, sagte sie leise.

»Ach herrje. Daran habe ich gar nicht mehr gedacht.«

Danica griff nach Lacys Hand. »Was der *Vorfall* für eure Zukunft bedeutet, ist wohl noch ziemlich offen.«

»Moment mal«, schaltete Kaylie sich ein. »Du warst in Nassau mit uns schnorcheln. Wie viel Angst vor Haien kannst du da haben? Und warum sollte die Narbe irgendwie wichtig für euch sein?« Kaylie trank ihren Kaffee aus und lehnte sich zurück.

»Beim Schnorcheln waren wir im seichten Wasser und ihr wart immer um mich herum. Ehrlich gesagt, ist mir klar geworden, dass ich bisher auf Ausflüge in tiefes Wasser geflissentlich verzichtet habe.« Lacy legte die Hand auf ihren Schenkel. »Ich glaube, ich weiß jetzt, warum Mom mich früher in den Ferien mit Tagesausflügen beschäftigt hat. Wir waren andauernd in Museen und im Schwimmbad. Dabei haben wir nur zwei Stunden von der Küste entfernt gewohnt. Man sollte doch annehmen, dass wir gelegentlich ans Meer gefahren wären. Aber das haben wir nie getan. Und wenn wir doch mal übers Wochenende an der Küste waren, sind wir nie am Wasser gewesen.«

Danica drückte ihre Hand. »Deine Mom hat es sicher nur gut gemeint. Sie dachte wohl, dass du dich nach dem Vorfall vor Haien fürchtest, und hat dich deshalb vom Meer ferngehalten. Vielleicht hast du ja nicht wirklich Angst vor ihnen, sondern nur gelernt zu glauben, dass es so ist.«

Lacy schaute mit zusammengekniffenen Augen zum Strand. *Habe ich Angst vor Haien?* »Ich erinnere mich noch, dass ich nach dem Vorfall wie erstarrt war. Aber viel darüber nachgedacht habe ich nie. Es ist alles so lange her.«

Danica schaute Kaylie an. Kaylie nahm ihre Sonnenbrille ab. »Wenn ich eines von Danica gelernt habe, dann das: Manchmal verbergen wir unsere Ängste sogar vor uns selbst.«

»Ich weiß nicht.« Lacy rieb sich die Schläfen. »Womöglich kann ich mir das Grübeln sowieso sparen. Dane und ich werden uns zwar heute noch mal sehen. Aber bisher hat er keinerlei Andeutungen gemacht, wie er sich das mit uns vorstellt.« *Und das beschäftigt mich sehr.*

»Heißt das, du willst dich weiterhin mit Textnachrichten und einem prickelnden Video-Chat hier und da begnügen?« Kaylie schüttelte den Kopf. »Ich weiß nicht, wie du das aushältst. An deiner Stelle würde ich im Lauf des Wochenendes überlegen, wie ich weitermachen will, und dann Klartext mit ihm sprechen.«

»Setz sie nicht so unter Druck, Kay. Sie hat ihn gerade nach einer Ewigkeit zum ersten Mal wiedergesehen.« Danica schaute Lacy ernst ins Gesicht. »Ein Ultimatum ist keine gute Idee. Meist funktioniert so etwas nicht. Genieß einfach eure gemeinsame Zeit und lass den Dingen ihren Lauf. Aber falls du merken solltest, dass Haie wirklich ein Problem für dich sind – und nach dem Vorfall damals würde mich das nicht wundern –, solltest du ihm das so bald wie möglich sagen.«

»Wenn man vom Teufel spricht«, sagte Kaylie lächelnd.

Lacy wandte sich um. Dane und Hugh betraten gerade die Terrasse des Restaurants. Als Dane ihr in die Augen schaute, schlug ihr das Herz bis zum Hals. Sein hungriger Blick verriet, dass auch er noch in der Nachglühphase war.

»Hey, Ladys.« Hugh schnappte sich einen Stuhl vom Nachbartisch und setzte sich rittlings darauf. »Wie ist der Kaffee?«

Als Dane Lacys Schulter drückte, glaubte sie, das Herz müsste ihr aus der Brust springen. Er beugte sich zu ihr und küsste sie auf die Wange.

»Hey, meine Schöne«, flüsterte er. »Schon eine ganze

Stunde ohne dich. Ich habe dich vermisst.«

Lacy spürte, wie ihre Wangen heiß wurden. Jetzt, wo sie wusste, was sich unter Danes weißen Shorts und dem hellbraunen Brave-Foundation-T-Shirt verbarg, juckten ihr die Finger. Zu gerne wollte sie ihn anfassen. Damit sie keine Dummheiten machte, legte sie beide Hände fest um ihren Kaffeebecher.

»Habt ihr gut geschlafen? Ich habe geratzt wie ein Murmeltier.« Hughs hellgelbes Poloshirt dehnte sich über seiner breiten Brust. Sein Haar sah aus, als hätte ihm der Wind die dichten Wellen aus dem Gesicht geföhnt. Danes Schopf hingegen wirkte wie mit den Fingern gekämmt und hing ihm vorn bis in die Augen. »Savannah, Josh und ich hatten in Savannahs Zimmer ein paar Drinks. Als ich endlich ins Bett gefallen bin, war ich hinüber. Ihr hättet auch kommen sollen«, sagte er zu Danica und Kaylie. »Blake und Chaz wussten, wo wir sind.«

Danica schlug die Augen nieder. Ihre geröteten Wangen sagten Lacy deutlich, womit ihre Schwester nach der Hochzeitsfeier beschäftigt gewesen war.

»Chaz war zu müde«, erklärte Kaylie. »Aber vielleicht können wir uns ja heute nach dem Familientreffen noch zusammensetzen.«

»Guter Plan«, sagte Hugh. »Allerdings muss ich am Dienstag für ein Benefiz-Rennen in Kalifornien sein. Viel trinken kann ich nicht. Aber treffen können wir uns gern.« Er winkte eine Bedienung an den Tisch und bestellte sich Kaffee. »Möchte sonst noch jemand welchen haben?«

»Nein danke«, sagte Dane. »Lace, Treat leiht uns seine ›Talaria‹. Sie ist zwar kein Segelboot, aber trotzdem ein Traum. Wir könnten eine Runde durch die Bucht drehen.« Er hob die

Augenbrauen in Richtung der anderen.

Lacy war hin- und hergerissen zwischen der Vorfreude auf einen Nachmittag mit Dane und der Angst, was draußen im tiefen Wasser lauern könnte. Sie rieb ihre Narbe. »Klingt wunderbar. Schwimmen wir auch?«

»Nur, wenn ich es nicht verhindern kann.« Dane zwinkerte. »Möchte sonst noch jemand mitkommen?«

Lacy wusste, wie wichtig Dane seine Familie war. Deshalb wunderte sie sich nicht, dass er die anderen einlud. Trotzdem war sie ein wenig enttäuscht, denn sie wollte lieber mit ihm allein sein.

»Savannah und ich wollten eigentlich zum Strand. Aber wenn es euch nichts ausmacht, kommen wir mit«, sagte Hugh.

»Wir fahren mit Kaylie und Chaz nach Chatham. Aber danke für das Angebot«, antwortete Danica.

»Prima«, sagte Dane zu Hugh. Er drückte Lacys Schulter. »Schön.« Er schaute auf die Uhr. »Ich bereite schon mal alles vor und sehe euch dann in einer halben Stunde am Dock.«

»Ich helfe dir.« Hugh trank seinen Kaffee mit zwei großen Schlucken aus und sprang auf. »Dann bis später.«

Dane küsste Lacy auf die Wange. Während sie ihm nachschaute, spürte sie die bohrenden Blicke ihrer Schwestern.

»Sieht aus, als würdest du zu einer Bootsparty gehen«, sagte Kaylie.

Danica beugte sich vor. »Hat Dane gerade gesagt, er hätte dich *in der letzten Stunde* vermisst? Heißt das, ihr wart bis heute Morgen zusammen?«

Lacy merkte, dass sie schon wieder rot wurde. »Okay, ja. Er hat in meinem Zimmer übernachtet.« Sie seufzte. »Ich wollte es euch gerade erzählen, aber …«

»Gut gemacht, Lace.« Kaylie grinste.

»Ich freue mich für dich«, sagte Danica. »Aber bevor die Sache noch ernster wird, solltest du mit ihm über die Narbe sprechen. Etwas zu verbergen, führt irgendwann immer zu Problemen.«

Noch ernster? Ich stecke schon drin bis über beide Ohren.

Kapitel 7

Am Morgen Lacys Zimmer zu verlassen, anstatt bis zum Mittag mit ihr im Bett zu bleiben, war Dane unendlich schwergefallen. Aber noch viel schwerer war es gewesen, sie im Bookstore Restaurant nicht direkt vor ihren Schwestern in seine Arme zu reißen. Als er sie jetzt über das Dock zum Boot kommen sah, wäre er gern ganz cool geblieben. Aber sein Herz klopfte wie wild und jeder Nerv in seinem Körper schrie nach ihr. Wenn er seine Gefühle nicht unter Kontrolle bekam, würde er Lacy womöglich nie mehr gehenlassen können.

Sein Körper folgte eigenen Gesetzen. Ihr vertrauensvolles Lächeln und ihre strahlenden Augen trafen ihn mitten ins Herz. Dane sprang von Bord und eilte Lacy entgegen. Welchen Eindruck er damit machte, war ihm egal. Er zog sie an sich und küsste sie leidenschaftlich, dann hob er sie hoch und wirbelte sie herum. Ihre Brust lag an seiner, ihre Herzen schlugen im selben Takt. Er freute sich über das breite Grinsen auf Lacys Lippen. *Gott, bist du schön.*

Gerade als Hugh und Savannah am Dock ankamen, stellte er Lacy wieder auf die Füße.

»Was ist das? Das Traumschiff?«, frotzelte Savannah. »Hi, Lacy.« Sie winkte. Savannahs brauner Bikini schimmerte durch ihr weißes Wickeltuch. Hugh trug zu seiner Badehose ein ärmelloses Shirt. Die beiden lächelten Dane und Lacy freundlich an. Savannah hob eine Braue. »Wird das eine Knutsch-Party? Müssen Hugh und ich uns Dates besorgen?«

Lacy errötete, aber Dane zog sie an seine Seite. »Wir haben viel nachzuholen. Aber wir werden artig sein. Versprochen.«

Er zwinkerte Lacy zu.

Lacy trug denselben blauen Bikini wie damals in Nassau — den Bikini, in dem Dane sie sich bis letzte Nacht immer vorgestellt hatte. Inzwischen war Kleidung in seinen Tagträumen völlig überflüssig.

Dane und Hugh stiegen an Bord der tannengrünen Talaria, einer achtundvierzig Fuß langen Hinckley-Jacht. Dane half Lacy an Deck und einen Moment lang schauten sie einander in die Augen.

»Lasst uns ablegen, ihr Turteltäubchen.« Savannah nahm Lacys Hand und zog sie zum Bug.

Lacy schaute lächelnd über die Schulter zurück und Dane spürte ein Ziehen im Herzen. Was machte sie so anders als die vielen Frauen, mit denen er im Lauf der Jahre zusammen gewesen war?

»Junge, wollen wir eine Runde drehen oder einfach nur verträumt in die Gegend starren?« Hugh knuffte Dane in die Seite. Er war das Nesthäkchen unter den Braden-Geschwistern und sechseinhalb Jahre jünger als Dane. In seiner Jugend hatte er von den anderen viel einstecken müssen. Aber auch, wie man austeilte, hatte er gelernt.

Dane knuffte zurück. Gemeinsam machten sie die Leinen los. Dane übernahm das Steuer und sah Lacy am Bug stehen. Die blonden Locken wehten ihr um den Kopf, ihr Wickeltuch flatterte im Wind. Er freute sich aufs offene Wasser, denn dort konnte er sich zu ihr setzen. Auf dem Meer fühlte er sich zu Hause, und er hatte sich oft vorgestellt, wie es sein würde, Lacy mit hinauszunehmen. Inzwischen wusste er, dass es mit Lacy zusammen überall schön sein würde.

Lacy legte ihr Wickeltuch ab. Sie und Savannah drehten sich um und winkten den Brüdern zu.

»Verdammt, Bruderherz. Sie ist heiß«, sagte Hugh.

Hugh klang für Danes Geschmack fast ein bisschen zu begeistert. Dass sein Bruder Kommentare über Frauen machte, egal ob single oder verheiratet, war Dane gewöhnt. Hugh war ein erfolgreicher Rennfahrer und ihm rannten noch mehr Supermodels hinterher als Josh. Und das obwohl Josh Kleider entwarf, für die viele Models alles tun würden.

Dass er, was Lacy betraf, von Hugh nichts zu befürchten hatte, wusste Dane. Trotzdem hatte er das Bedürfnis, sein Territorium abzustecken.

»Vorsicht«, warnte er.

»Cool bleiben, Kumpel. Sieht aus, als wärest du die Vorspeise, der Hauptgang und das Dessert. Auf mich hat sie keinen Appetit.«

Das ganze Menü? Dane lächelte. Wieder warf er einen Blick zu Lacy, die jetzt zu den Sitzen hinten im Boot ging. Sie winkte und Dane warf ihr eine Kusshand zu. Savannah war direkt hinter ihr. Sie tat, als würde sie den Kuss auffangen, und streckte ihrem Bruder die Zunge heraus. Dane schüttelte den Kopf. Savannah brachte jeden zum Grinsen.

Die Sonne strahlte und auf dem Wasser wehte eine angenehme Brise. Dane stellte den Motor ab.

»Lust auf ein Sonnenbad?«, fragte er.

Hugh feixte. »So nennst du das also?«

»Denkst du auch mal an was anderes als an Sex?« Dane zog

sein Shirt aus und schnappte sich ein Handtuch.

Hugh zuckte die Achseln. »Nicht, wenn ich es verhindern kann.« Er folgte Dane aus dem Cockpit hinunter in die Kabine. Mit vier Gläsern und einer Flasche Didier Dagueneaux Silex kamen sie zurück an Deck.

Hugh goss den Weißwein ein, gab jedem ein Glas und hob dann seines. »Auf einen perfekten Nachmittag.«

»Mhm, lecker.« Savannah nahm die Flasche und las das Etikett. »Ist das nicht der Wein, den der wilde Franzose gemacht hat?«

»Ja«, sagte Dane. »Didier Dagueneau hatte ein Weingut an der Loire. Sein Sauvignon Blanc ist Kult. Und mit seinem buschigen Haar und dem Bart hat er tatsächlich ziemlich verwegen ausgesehen. Leider ist er mit einem Leichtflugzeug abgestürzt. Ich glaube, sein Sohn hat das Weingut übernommen.«

»Das ist eine traurige Geschichte«, sagte Lacy.

»Deshalb sind Boote mir lieber als Flugzeuge.« Dane zwinkerte Lacy zu.

»Dabei steigst du zu den tödlichsten Viechern des Meeres ins Wasser.« Savannah verdrehte die Augen.

»Immer noch harmloser als du und deine Zunft«, gab Dane zurück.

»Haha. Der Witz ist uralt.« Savannah schnaubte. »Ich wünschte, es würde sich endlich herumsprechen, dass Anwälte engagierte, wunderbare Menschen und keine skrupellosen Haie sind.«

»Du bist die große Ausnahme, Vanny.« Dane hob sein Glas. »Auf einen perfekten Nachmittag in Gesellschaft wunderbarer Menschen.« Er stieß mit Lacy an.

»Lacy hat mir erzählt, dass sie in der Nähe von Boston lebt«, sagte Savannah.

Dane hatte sich schon gefragt, wann Savannah anfangen würde, tiefer zu bohren. Er setzte sich zu Lacy und legte ihr einen Arm um die sonnenwarmen Schultern. Sie wirkte kurz ein wenig verlegen, doch dann lehnte sie sich an ihn.

»Wie lange bleibst du hier am Kap?« Savannahs Frage war an Lacy gerichtet.

»Nur noch bis morgen. Am Montag muss ich wieder arbeiten.« Lacy nahm einen Schluck Wein.

»Dane ist ein, zwei Wochen lang in der Gegend. Nicht wahr, Dane?« Savannah winkte heftig mit dem Zaunpfahl.

»Ich glaube, Savannah will uns sagen, dass wir uns in nächster Zeit öfter mal treffen sollten, wo wir doch nur zwei Stunden voneinander entfernt sein werden.« Dane legte den anderen Arm um Lacys Oberkörper und küsste sie aufs Haar. »Keine Sorge, Savannah. Lacy und ich werden unsere gemeinsame Zeit gut nutzen.« Er beugte sich zu Lacy und flüsterte: »Savannah sagt ihren Brüdern immer gerne, wo's langgeht.«

Lacy lächelte. »Es wäre wirklich schön, wenn wir uns öfter mal sehen könnten.«

»Gut.« Er hatte bereits überlegt, ob er sie bitten sollte, einen Tag länger zu bleiben. Aber er wollte sie auf keinen Fall unter Druck setzen, indem er das vor seinen Geschwistern tat. »Irgendwie kriegen wir das hin.«

»Geh einfach mit ihm Haie markieren. In einem hautengen Tauchanzug sieht Dane unglaublich sexy aus. Wie ein echter Bilderbuch-Macho.« Hugh grinste. Sein Blick sprang von Lacy zu Dane und wieder zurück.

»Jetzt lass die beiden doch ihre eigenen Pläne machen.« Savannah gab Hugh einen Schubs.

»Ich meine ja nur«, protestierte er.

»Ich habe am Montag eine wichtige Besprechung. Ich kann

unmöglich bleiben. In ein paar Wochen fällt die Entscheidung, ob ich den Job kriege, für den ich seit Monaten hart gearbeitet habe. Da will ich jetzt kein Risiko eingehen.«

Verdammt. »Wir lassen uns was einfallen«, versicherte Dane. Sie bitten zu bleiben, konnte er unter diesen Umständen nicht.

»Wo hast du denn die Narbe her?« Savannah zeigte auf Lacys Schenkel.

Dane spürte, wie sie zusammenzuckte. Er musste Lacy vor Savannahs gnadenloser Neugier in Sicherheit bringen. Er stand auf.

»Hilfst du mir, die Snacks raufzubringen? Dann zeige ich dir auch gleich den Rest vom Boot.«

»Gern.« Lacy folgte ihm hinunter in die Kabine. Außer Hörweite seiner Geschwister griff Dane nach ihren Händen. »Tut mir leid. Sie sind oft ziemlich direkt. Aber sie meinen es nicht böse.«

»Schon okay. Ich mag deine Geschwister. Sie sind wirklich nett.«

Dane berührte ihre Wange. Seine Sehnsucht gewann wieder die Oberhand. Er küsste sie. Die Süße des Weins verband sich mit der Hitze ihrer Körper. Lacy sank gegen ihn und küsste ihn tief. Ihre Zunge streichelte seine und sandte eine Botschaft direkt zwischen seine Beine.

Er hob den Kopf. Sein Körper war kaum zu bezähmen. »Lace«, flüsterte er.

Sie legte die Hände an seine Wangen, zog sein Gesicht zu sich und küsste ihn erneut. Fast erschrocken zuckte sie plötzlich zurück. »Tut mir leid. Ich weiß nicht, was in mich gefahren ist.« Sie küsste ihn gleich noch einmal. »Aber ich kann die Finger nicht von dir lassen.«

Er nahm sie an der Hand und zog sie ins Schlafzimmer.

Leise schloss er die Tür hinter ihnen.

»Das können wir nicht machen, Dane«, protestierte Lacy. »Deine Geschwister sitzen da oben.«

»Wofür hältst du mich?« Er führte sie zum Bett und setzte sich neben sie. »Ich will dich nur küssen, mehr nicht.« Er zog sie an sich und ließ den Worten Taten folgen. Sein Körper schrie nach mehr. Lacy nahm seine Hand und führte sie zu ihrer Brust. Unter dem Bikini waren ihre Brustwarzen längst hart.

Er nahm die Lippen lange genug von ihren, um zu sagen: »Das ist nicht fair.«

»Nichts sagen, nur anfassen«, erwiderte Lacy.

Er legte die Hand um ihre Brust und massierte die weiche Rundung. Aber natürlich war das nicht genug. Er musste sie schmecken. Nur ein kleines bisschen, um den Nachmittag irgendwie zu überstehen. Er schob ihr Bikinioberteil zur Seite und streichelte ihren Nippel mit der Zunge. Lacy stöhnte auf und rieb ihn durch die Badehose hindurch.

»Ich bin nur ein Mensch, Lace«, flüsterte er.

Die Worte waren kaum heraus, da sprang sie vom Bett, schloss die Tür ab und ließ den Bikini fallen. Mit verführerisch schwingenden Hüften und hungrigem Blick kam sie zu ihm zurück.

»Genau wie ich. Ich weiß nicht, was mit mir geschieht, wenn wir zusammen sind. Aber ich gerate völlig außer Kontrolle. Ich bin wie süchtig nach deinen Berührungen.« Lacy strich mit dem Finger über seine Brust.

»Ich habe keine Kondome dabei.« *Mist.*

Sie ging neben dem Bett auf die Knie, nahm ihn in die Hände und dann in den Mund. Dane stöhnte auf. Es gehörte sich nicht, dass er nur wenige Meter von seinen Geschwistern entfernt mit Lacy im siebten Himmel schwebte. Sie rieb ihn fest und schnell, leckte und saugte von der Spitze bis zur Wurzel und brachte ihn damit fast um den Verstand.

Er berührte ihre Wange. »Lace, hör auf. Bitte.«

Sie schaute ihm in die Augen, behielt ihn im Mund und schüttelte den Kopf.

Großer Gott, sie will, dass ich komme. »Nicht so.« Sie war nicht irgendein Mädchen. In ihrem Mund zu kommen, fühlte sich falsch an.

Langsam ließ sie ihn herausgleiten und drückte ihn aufs Bett. Wer war diese wilde Verführerin? Einen Atemzug später kniete sie über ihm und nahm ihn ohne Schutz in sich auf.

»Ich nehme die Pille.« Sie ritt ihn schnell und hart.

Dane war bisher immer auf Nummer sicher gegangen. Mehr um eine ungewollte Schwangerschaft zu verhindern als aus irgendwelchen anderen Gründen. In diesem Moment verschwendete er keinen Gedanken an die Risiken von Sex ohne Kondom. Er wollte Lacy noch mehr als in der Nacht zuvor. Schwungvoll setzte er sich auf. Sie klammerte sich mit den Beinen an ihm fest und er drehte sie auf den Rücken. Er stieß kraftvoll in sie hinein. Dabei saugte er an ihrem Hals, ihrer Schulter, an jedem Fleckchen Haut, das er erreichen konnte. Er vergrub sich tief in ihr und binnen Minuten krallten sie sich in wilder Leidenschaft aneinander fest. Sekunden später kamen sie in perfektem Einklang.

Dane erstickte Lacys Stöhnen mit Küssen und fing ihre Lustschreie in seinem Mund auf.

Hinterher fragte er sich, was zum Teufel in ihn gefahren war. So wollte er mit Lacy nicht umgehen. Er wollte jeden Quadratzentimeter ihrer Haut liebkosen, sie schmecken und streicheln, bis sie um mehr bettelte. Er wollte sie verwöhnen, genau herausfinden, was ihr gefiel. Und doch hatte er sie schon zum zweiten Mal an einem wenig passenden Ort genommen.

»Es tut mir leid, Lace«, sagte er.

»Was denn? Warum?«

Ihre Augen waren groß und arglos. Dane hatte das Gefühl, dass sie tatsächlich nicht wusste, wofür er sich entschuldigte. Er nahm sie in die Arme. »Weil ich dich für solche Quickies viel zu sehr mag.«

»Gut zu wissen. Aber nach fünfzehn Monaten Wartezeit muss uns nichts leidtun.«

Großer Gott. Diese Frau steckt voller Überraschungen.

Zehn Minuten später hatten sie sich abgeduscht und dabei gut aufgepasst, dass ihr Haar nicht nass wurde. Jetzt trugen sie die Snacks an Deck. Dane wusste, dass seine Geschwister die Dusche gehört hatten, aber das verriet er Lacy nicht, weil ihr das sicher peinlich gewesen wäre.

»Musstet ihr das Brot erst backen?« Savannah zwinkerte.

»Ja, das könnte man sagen. Habt ihr uns vermisst?«, fragte Dane.

»Ein bisschen, aber nur weil wir hungrig sind«, antwortete Hugh.

Dane stellte das Tablett mit Sandwiches auf den Tisch. Lacy setzte sich lächelnd neben Hugh.

»Autorennen fahren muss unglaublich aufregend sein. Wie bist du denn Rennfahrer geworden?«, fragte sie.

Dane schob sich neben sie. Wie Hugh seine Laufbahn beschrieb, hatte er schon unzählige Male gehört. Auch das Leuchten in Hughs Augen bei diesem Thema kannte er gut.

»Eigentlich ist mein Dad an allem schuld«, sagte Hugh.

Wie bitte? Dane kniff die Augen zusammen. Was hatte sein jüngster Bruder sich denn jetzt wieder ausgedacht? Hugh war ein absoluter Adrenalin-Junkie und mit ihrem Dad hatte das nicht das Geringste zu tun.

Hugh erzählte unbeirrt weiter. »Meine Geschwister haben alle tolle Berufe und tolle Karrieren. Bei ihnen habe ich mitgekriegt, dass am Anfang nicht mehr stand als eine Idee oder eine Leidenschaft. Von mir wollte mein Vater in meinem zweiten Collegejahr wissen, wie es nach meinem Abschluss weitergehen soll. Ich habe Betriebswirtschaft studiert und war ziemlich sicher, dass ich hinter einem Schreibtisch enden würde.«

»Unter einem Schreibtisch vielleicht. Von mir aus auch auf einem. Aber hinter?« Savannah schüttelte den Kopf. »Undenkbar.«

»Jedenfalls …« Hugh ließ sich von Savannahs Kommentar nicht aus der Ruhe bringen. »Ich war in den Semesterferien zu Hause und mein Dad hat gefragt, welcher Job mir vorschwebt. Ich hatte keine Ahnung. Keinen Schimmer. Als ich ihm das gesagt habe, hat er mir eine Frage gestellt. Er wollte wissen, was mich glücklich macht und mir niemals langweilig wird.« Hugh zuckte die Achseln. »Und das war's. *Schnell fahren*, habe ich geantwortet. Und er sagte einfach: *Dann solltest du das tun.*«

»Dieselbe Frage hat Dad mir auch gestellt«, sagte Savannah.

»Mir auch.« Dane nickte. »Warum habe ich diese Version der Geschichte noch nie gehört, Hugh?«

Lacy fuhr zu Dane herum. »Dein größtes Glück ist es, mit Haien zu schwimmen?«

Hugh lachte. »Nein. Ihn macht es glücklich, anderen Menschen ihre Angst und ihre Vorbehalte zu nehmen, damit sie diese Viecher nicht mehr hassen, sondern retten.« Hugh lehnte sich zurück und verschränkte die Hände hinter dem Kopf. Sein welliges Haar wehte im Wind. Er lächelte zufrieden.

»Ja, so könnte man es ausdrücken«, sagte Dane. Den Tag, an dem sein Vater ihn gefragt hatte, was er tun wollte, hatte er noch bestens in Erinnerung. Sie hatten im Wohnzimmer gesessen, sein Vater in seinem Lieblingssessel, er auf dem Sofa. »Es war kurz nach meinem doppelten Abschluss in Biologie und Sozialwissenschaften. Je mehr ich studiert habe, desto mehr wollte ich wissen. Im Sommer vor meinem Masterstudiengang habe ich ein Forschungspraktikum gemacht. Und dabei ist etwas passiert. Aus meiner Begeisterung für Wissen und Forschung wurde Leidenschaft für Tierschutz und Bildungsarbeit. Ich hatte plötzlich eine Mission. Ich glaube, ich habe Dad geantwortet: *Ich will mehr über Haie wissen als jeder andere auf der Welt.* Er hat mich angeschaut, als hätte ich den Verstand verloren. Für ihn hat es sicher so geklungen.« Dane lächelte. »Aber Dad ist nun mal, wie er ist. Deshalb hat er geantwortet: *Dann sieh zu, dass dir das gelingt.*«

Lacy legte ihre Hand auf sein Bein. »Klingt, als hätte euer Dad euch immer sehr unterstützt.«

»Die Jungs offenbar mehr als mich«, stellte Savannah trocken fest. »Ich habe ihm geantwortet: *Ich will Buchhalterin werden.*«

»Nie im Leben.« Hugh lachte.

»Du warst immer gut in Mathe«, sagte Dane.

»Ja. Ich mag kniffelige Aufgaben. Aber er hat gesagt, ich sei zu schlau, um nur mit Zahlen zu jonglieren, und ich solle noch mal drüber nachdenken. Am nächsten Tag habe ich ihm erklärt, es sei mir egal, was ich mache, solange ich der Boss wäre. Und er hat geantwortet ...«

»*Das ist die Vanny, die ich kenne*«, sagten Dane und Hugh wie aus einem Mund.

»Das sagt euer Dad wohl öfter?«, fragte Lacy. Wie die drei miteinander herumalberten und einander aufzogen, gefiel ihr gut. Auch der Blick, den Dane und Hugh austauschten, wenn sie Savannah Vanny nannten, entging ihr nicht. Sie kannten einander in- und auswendig.

»Dad weiß, wie er uns in die richtigen Bahnen lenken kann. Und wenn Savannah sich gelegentlich in die falsche Richtung verrennt, leitet er sie behutsam zurück auf den richtigen Weg«, erklärte Dane. Er prostete Savannah zu. »Du bist eine großartige Anwältin und dein Spezialgebiet ist spannend.«

»Ja, du triffst Leute wie Connor Dean.« Hugh hüstelte.

Savannah nahm einen Schluck Wein und verdrehte die Augen.

»Du kennst Connor Dean? *Den* Connor Dean?«, fragte Lacy.

»Ja. Wir daten. Mal mehr, mal weniger«, antwortete Savannah. Sie drehte ihr langes Haar zusammen und legte es sich über eine Schulter. Sofort löste es sich wieder und floss ihr über die Brust.

Lacys Reaktion auf Connor Deans Namen gab Dane einen Stich. Er stellte fest, dass er eifersüchtig war, legte besitzergreifend einen Arm um sie und zog sie an sich.

Lacy drückte seinen Arm. Dann führte sie seine Hand zu ihrem Mund, küsste sie und legte sie wieder an ihre Taille. »Du wolltest also dein eigener Boss sein, Savannah. Aber wie bist du darauf gekommen, ausgerechnet Anwältin zu werden?«, fragte Lacy.

»Mein Vater meinte, das sei der einzige Beruf, in dem ich meine Manipulationskünste für einen guten Zweck einsetzen könnte.« Savannah lachte. »Er hat Humor. Die meisten Leute mögen Anwälte nicht. Aber er sagte, wenn ich mich auf die

Unterhaltungsbranche spezialisieren würde, könnte ich dort ein wenig aufräumen. Inzwischen kann ich mir keinen anderen Beruf mehr vorstellen.«

»Was machst du eigentlich, Lacy?«, fragte Hugh.

»Mein Job ist längst nicht so aufregend wie das, was ihr macht. Ich bin bei World Geographic und entwerfe Marketingstrategien für Hilfsorganisationen, Stiftungen und gemeinnützige Einrichtungen. Ich unterstütze sie dabei, ihr Profil zu schärfen, mache sie in der Öffentlichkeit bekannter und versuche, die Medien für sie zu interessieren. Man könnte sagen, ich helfe ihnen dabei, den Weg für ihre guten Taten zu ebnen und sich einen Namen zu machen.«

»Gefällt dir deine Arbeit?«, fragte Hugh.

Dane fiel auf, dass Hugh sich nicht wie üblich nur für sich selbst interessierte, und rätselte, was der Grund dafür sein könnte. Hugh suchte Blickkontakt mit Lacy, aber er checkte sie nicht ab und flirtete auch nicht mit ihr. Auch Savannah schien Hugh mit einiger Verwunderung zu beobachten.

»Oh ja, sehr. Ich mag meine Arbeit, meinen Boss und meine Kollegen. Ich habe unheimliches Glück, und die Stelle, um die ich gerade kämpfe, könnte alles noch viel besser und interessanter machen. Ich bin schon ein paar Jahre bei World Geographic und kann mir nicht vorstellen, etwas anderes zu tun.«

Sie aßen das Obst und die Sandwiches, die Dane vom Hotel mitgebracht hatte.

Hugh hob die Weinflasche. »Nachschub?« Ohne auf eine Antwort zu warten, schenkte er Lacy und Savannah nach.

»Für mich nicht, danke. Ich muss dieses Baby wieder sicher nach Hause bringen.« Dane zwinkerte Lacy zu.

Savannah stand auf und ging zur Reling. Das rotbraune

Haar wehte ihr ins Gesicht. Sie nahm ihre dichte Mähne mit einer Hand zusammen und legte sie sich über die Schulter. »Wir sind mitten auf dem Ozean. Kannst du nicht ein paar Haie für uns anlocken, Dane?«

»Haie?«, fragte er. »Dafür ist dieses Boot nicht ausgerüstet. Wir haben weder Köder noch das nötige Equipment an Bord.«

»Wir könnten Savannah ins Wasser werfen. Die Haie wären sicher begeistert«, scherzte Hugh.

Dane bemerkte, wie Lacy die Stirn runzelte. Ihr Blick flog zwischen Hugh und Dane hin und her.

»Heute schippern wir nur ein bisschen durch die Gegend.« Er bemühte sich um einen lässigen Ton.

»Jetzt komm schon. Vor Monomoy Island gibt es fast immer Haie, die Jagd auf Seehunde machen. Könnten wir nicht hinfahren und nachsehen?«

Lacy wurde leichenblass.

Lacys Hände zitterten. Ihr Atem ging flach und ihr wurde plötzlich eiskalt. *Was zum Teufel ist mit mir los?*

»Lace?«

Dane? Die anderen schienen mit einem Mal sehr weit weg. Ihr war, als würde sie in ein Vakuum gesogen, aus dem es kein Entrinnen gab. Sie hatte das Gefühl, dass sie den Mund öffnete. Aber sicher war sie sich nicht.

»Mit etwas Glück sehen wir vielleicht sogar einen Weißen Hai«, beharrte Savannah.

Einen Weißen Hai? Lacys Kehle wurde eng. Sie krallte die Hände so fest in ihren Sitz, dass ihre Fingerknöchel weiß wurden.

»Lacy?«

Dane. Reiß dich zusammen. Es ist Dane. Sie hörte seine Stimme, doch sie war zu sehr damit beschäftigt, gegen die Vorstellung anzukämpfen, dass ein Weißer Hai das Boot umkreiste.

»Lace?«

Dane kniete vor ihr. Seine Hände lagen auf ihren zitternden Knien. Lacy versuchte, ihm in die besorgten Augen zu sehen. Doch ihre Gedanken jagten zurück zu dem sonnigen Nachmittag vor zwanzig Jahren, den sie so lange aus ihrer Erinnerung verbannt hatte. Die Bilder hatten sich in einem versteckten Winkel ihres Gehirns eingenistet und arbeiteten sich jetzt unaufhaltsam an die Oberfläche. Unter der sengenden Sonne hatte sie mit ihren Eltern einen Spaziergang durch ein Dorf auf Bora Bora gemacht. In einem kleinen Restaurant am Ende des Piers hatten sie sich ausgeruht. Die Holzpfähle unter dem Steg hatten ausgesehen, als wären sie von selbst aus dem Wasser gewachsen, und der gesamte Pier schien sachte auf den Wellen zu schaukeln. Sie war sieben Jahre alt, und ihr Vater hatte gesagt, diese Reise sei ein Abenteuer. Ihre Mutter hatte immer von Bora Bora geträumt. Deshalb waren sie jetzt hier. Lacy hatte ein schlechtes Gewissen, weil sie ihrer Mutter mit dem Gequengel über die Hitze die Stimmung verdarb. Weil sie trotzdem weiter stöhnte, hatte ihr Vater gescherzt: »Du kannst doch schwimmen. Also ab ins Wasser mit dir.« Lacy war total verschwitzt, ihre Locken waren vom Schweiß so kraus und verfilzt wie der Topfreiniger zu Hause am Spülbecken. Das Meer wirkte so einladend. Sie konnte schon fast spüren, wie gut es tun würde, in die Fluten abzutauchen. Ihre Mutter hatte lachend gesagt, nach Sonnenuntergang würde die Hitze nachlassen. Doch Lacy hatte bereits den heimlichen Entschluss gefasst, zur Abkühlung ins Wasser zu springen. Allerdings musste es aussehen, als würde sie hineinfallen, damit sie keinen Ärger bekam.

»Lace. Schau mich an. Lacy.«

Wie aus weiter Ferne drang Danes Stimme zu ihr durch. Noch immer konnte Lacy das raue Holz des Piers unter Füßen spüren, als sie vorgab, das Gleichgewicht zu verlieren. Sie spürte das kalte Wasser, das sie umfing, und kniff die Augen so fest zu, als wäre sie wieder sieben Jahre alt. Schnell tauchte sie wieder auf und schlug kräftig mit den Beinen. Sie war aufgeregt und ein bisschen ängstlich, weil sie ihre Eltern zum Narren hielt. Und plötzlich wurde sie gerammt. Was da so hart und kalt an ihr entlangschrammte, konnte nur ein Auto sein. Schmerz durchzuckte sie und der Schreck fuhr ihr in die Glieder. *Ein Auto hat mich angefahren!* Das Wasser um sie färbte sich rot, und es dauerte eine Sekunde, bis sie merkte, dass das Blut war. Ihr Blut. *Moment mal. Da stimmt doch was nicht. Autos fahren nicht im Wasser. Daddy! Daddy!*

Danes Gesicht verschwamm vor ihren Augen. Aber seine Stimme übertönte ihren Herzschlag.

»Lacy!«

Jemand berührte ihre Wange. Zog sie hoch. Sie wurde getragen. Auf den Rücken gelegt. Lacy schlug um sich, wollte aus dem Wasser entkommen. Doch ihre Arme trafen auf etwas Festes. *Eine Matratze. Ich liege auf einem Bett.*

»Lace. Es ist alles in Ordnung.«

Dane. Ich bin mit Dane auf einem Boot. Langsam kehrte sie in die Gegenwart zurück. Savannahs Stimme drang zu ihr durch.

»Ich hole ihr ein Glas Wasser«, sagte sie.

»Das ist eine Panikattacke. Habe ich schon tausendmal

gesehen«, erklärte Hugh gelassen.

Die Matratze senkte sich unter jemandes Gewicht. Dann lag sie in Danes Armen. Er hielt sie fest und drückte sie schützend an sich. Sie erkannte seinen Geruch. *Dane. Dane.*

Sein warmer Atem strich über ihre Wange. »Alles ist gut, Lacy. Ich bin bei dir. Keine Angst.«

Ich muss keine Angst haben. Mir passiert nichts. Lacy blinzelte. Sie versuchte, die Erinnerung abzuschütteln. Aber ihr war eiskalt. Obwohl sie Danes Wärme spürte, zitterte sie. Sie klammerte sich an ihn und endlich lichteten sich die Nebel vor ihren Augen. *Was zum Teufel ist gerade passiert?*

»Es … Es tut mir leid.«

»Schhhh. Schon gut.« Dane küsste sie auf die Stirn. Savannah kam durch die Tür geeilt, die Lacy vor kaum einer Stunde abgeschlossen hatte, damit sie und Dane ihren Spaß haben konnten.

»Wie geht es ihr?« Savannah hielt Dane ein Glas Wasser hin.

»Schon besser.« Dane setzte sich auf. Lacy legte ihre Arme um seine Taille und hielt sich an ihm fest. »Trink einen Schluck, Lace.« Er half ihr mit dem Wasserglas. Ihre Hände waren zu zittrig.

Lacy nickte. »Mir geht's gut.« Savannahs besorgtem Blick wich sie aus.

»Was ist denn passiert? Gerade haben wir noch harmlos geplaudert, und plötzlich sah Lacy aus, als hätte sie ein Gespenst gesehen«, sagte Savannah.

Lacy legte eine Hand an ihre Narbe. Sofort überlief sie ein neuer Schauer. Sie rückte noch näher an Dane heran. Am liebsten wäre sie unter seine Haut gekrochen.

»Ich kann das Boot zurückfahren«, bot Hugh an. »Willst du bei Lacy bleiben, Dane? Savannah, komm. Wir lassen die beiden ein bisschen allein.« Hugh fuhr nicht nur Autorennen. Ein paarmal hatte er in der Sommersaison auch an Bootsrennen teilgenommen.

»Kommst du klar? Dieser Kahn ist nicht ohne«, gab Dane zu bedenken.

Sein Blick löste sich nicht von Lacy, seine starken Hände hielten sie fest. Lacy wusste, dass er bei ihr bleiben würde, und wenn sie alle die ganze Nacht auf dem Boot verbringen mussten.

»Pfft. Kinderspiel«, schnaubte Hugh.

Gemeinsam mit Savannah ging er hinauf an Deck. Die Stille in der Kabine verstärkte Lacys Verlegenheit.

»Was war denn los mit dir?«, fragte Dane schließlich.

»Mir ist das alles furchtbar peinlich.« *Ja, was war los?* So intensiv hatte sie sich schon jahrelang nicht mehr an ihre Begegnung mit dem Hai erinnert. Warum reagierte sie nach all der Zeit plötzlich panisch? Nie hatte sich auch nur angedeutet, dass ihre Angst so groß sein könnte. Sie suchte nach Antworten. Gerne hätte sie jetzt Danica bei sich gehabt. Danica würde weiterwissen und ihr helfen zu verstehen, was in ihrem verrückten Kopf vor sich ging.

»Ach was, das muss dir doch nicht peinlich sein. Als ich das erste Mal in einen Haikäfig gestiegen bin, hatte ich die Hosen voll und wäre fast durchgedreht.« Lächelnd schob Dane ihr eine Locke hinters Ohr. »Willst du mir erzählen, was passiert ist?«

Eine Wurzelbehandlung beim Zahnarzt wäre mir lieber. Lacy schüttelte den Kopf.

»Okay. Wenn du es dir anders überlegst, ich stehe zur Verfügung.«

Langsam wich die Spannung aus ihrem Körper. Das Zittern ließ nach. Im Grund hatte Danica ihr den entscheidenden Rat bereits gegeben. Lacy hörte die Stimme ihrer Schwester. *Du musst es ihm sagen.* Sie musste Dane von dem Vorfall erzählen, auch wenn sie selbst nicht verstand, warum ihre Angst so riesig war.

»Dass du möglicherweise Angst vor Haien hast, hast du mal erwähnt. Aber dass es so schlimm ist, hätte ich nicht gedacht.«

Ich auch nicht. Sicher würde Dane sie jetzt nie wieder sehen wollen. Am liebsten hätte sie sich unsichtbar gemacht. Aber wenn sie eines aus der Affäre ihrer Mutter mit einem verheirateten Mann gelernt hatte, dann, dass Ehrlichkeit nicht nur gut und richtig, sondern das A und O im Leben war. Trotz all ihrer Befürchtungen, wie es nun weitergehen würde, schöpfte sie Kraft aus dieser Gewissheit.

»Eigentlich will ich schon darüber reden.« *Von Wollen kann nicht die Rede sein. Aber ich muss es tun.*

Dane drängte sie nicht. Er hielt einfach nur ihre Hand, rieb ihr den Rücken und ließ sie seine Wärme spüren. So geliebt wie in diesem Augenblick hatte Lacy sich noch nie gefühlt. Dabei wusste sie, wie lächerlich das war. Dane war verständnisvoll und wollte sie trösten. Nicht mehr und nicht weniger. Das durfte sie nicht vergessen. Er tat nur, was jeder andere in dieser Situation auch getan hätte. *Oder nicht?* Hätte irgendein Mann, den sie vor ihm gedatet hatte, sich ebenso verhalten? Sie bezweifelte es. Die meisten hätten nicht gewusst, was sie tun sollten. *Warum weiß er es?*

Savannah steckte den Kopf zur Tür herein. »Alles in Ordnung bei euch?« Sie kam ins Zimmer und legte Dane eine Hand auf die Schulter. »Was kann ich tun?«

In dem Blick, den Dane und Savannah austauschten, lag so viel Wärme und Zuneigung, dass Lacys Frage sofort beantwortet war. Selbstverständlich wusste er, wie man mit unausgesprochenen Ängsten und Gefühlen umging. Immerhin war er der Zweitälteste unter den Braden-Geschwistern und hatte sich nach dem Tod ihrer Mutter sicher um die Kleineren gekümmert.

»Wir kommen klar«, antwortete Dane. »Danke, Vanny.«

Vanny. Lacy gefiel, wie liebevoll die Geschwister miteinander umgingen. Und sie war froh, dass in Savannahs grünen Augen so viel Mitgefühl und Verständnis für sie lagen.

»Okay. Hugh hat alles unter Kontrolle. Also lasst euch Zeit.« Sie berührte Lacy an der Schulter. »Bei meiner ersten Begegnung mit einem Promi hatte ich auch eine Panikattacke. Ich war wie gelähmt und habe zwanzig Minuten gebraucht, bis ich wieder wusste, wie ich heiße.« Sie lächelte. »Das ist eine gute Gelegenheit, Stärke zu zeigen.«

Lacy schaute sie fragend an.

»Überleg doch mal«, sagte Savannah achselzuckend. »Eine Show abziehen und cool und überlegen wirken, kann jeder. Sich wieder aufzurappeln, nachdem man sich in aller Öffentlichkeit eine Blöße gegeben hat, ist viel schwerer.« Sie beugte sich vor. »Halte durch. Er ist es wert«, flüsterte sie Lacy ins Ohr, als könnte sie ihre Gedanken lesen.

Überrascht blickte Lacy auf. Savannah drückte ihre Schulter und Lacy spürte erneut die typische Braden-Wärme und -Fürsorglichkeit. Als Savannah gegangen war, atmete sie tief durch.

»Deine Schwester ist so lieb zu mir«, sagte sie.

»Sie mag dich. Das merkt man.« Dane hob Lacys Kinn an, damit sie ihm in die Augen schauen musste. »Ich mag dich.«

Lacy senkte lächelnd die Lider. *Ich mag dich auch. Viel zu sehr.* Ein paar Minuten lang saßen sie schweigend auf dem Bett. Das Boot jagte geschmeidig übers Wasser. Sein leichtes

Schaukeln beruhigte Lacys Nerven.

»Die ist von einem Hai.« Sie berührte ihre Narbe. »Ich war damals sieben.«

»So etwas in der Art habe ich vermutet.« Dane legte seine Hand über ihre.

»Wie bist du darauf gekommen?«

»Erst habe ich an einen Kletterunfall gedacht. Oder du hättest einen verbissenen Kampf mit einem Stück Schmirgelpapier verloren. Aber ich arbeite mit Haien, Lacy, und habe schon so einiges gesehen.«

»Ach so, ja.« *Natürlich war dir klar, woher die Narbe stammt.*

»Es gab hundert Möglichkeiten. Aber wie du auf Savannahs Vorschlag mit den Haien reagiert und dabei die Hand auf die Narbe gelegt hast, hat mir alles gesagt. Außerdem hast du die Beine bewegt. Das sah nicht aus, als wolltest du davonlaufen, sondern so, als würdest du schwimmen.« Er hob ihre Hand an seinen Mund und küsste sie.

»Wir waren in einem Restaurant in Bora Bora. Es war kaum mehr als eine Hütte auf Stelzen. Ich bin gleich neben der Küche ins Wasser gesprungen.« Ihr Blick hing an ihrer Narbe.

»Genau an der Stelle, an der Essenreste, Fisch- und Fleischabfälle ins Wasser geworfen wurden. Das hat Haie angelockt«, sagte er.

»Woher weißt du das?« *Warum wussten meine Eltern das nicht?*

»Du sprichst von einem Vorfall vor zwanzig Jahren auf einer abgelegenen Insel. Dort gab es nicht wie hier und heute in den Staaten jede Menge Regeln und Vorschriften, wie man ein Restaurant zu führen hat. Und in der langen Zeit, in der ich mich schon mit Haien beschäftige, habe ich viele Geschichten gehört und manches selbst erlebt.« Er legte seine Hand auf ihre

Narbe und ließ nicht zu, dass sie sie wegschob. »Haie machen keine Jagd auf Menschen. Aber du bist leider mitten in ihrem Futtertrog gelandet. Ich wünschte, du hättest mir davon erzählt.«

Damit du unsere Beziehung hättest beenden können, bevor sie richtig angefangen hat? Du kannst ja nicht ernsthaft mit einer Frau zusammen sein wollen, die auf Haie panisch reagiert. »Ich wusste nicht, dass meine Angst so groß ist«, gestand sie.

»In Nassau bist du wie selbstverständlich ins Wasser gegangen.«

Er schaute ihr in die Augen, und Lacy war klar, dass er auf eine Erklärung wartete. Sie überlegte angestrengt, weshalb ihre Angst gerade heute hervorgebrochen war, fand aber keine Erklärung. Schließlich sah sie weg. »Ich verstehe das alles selbst nicht.« *Aber ich weiß, es ist ein Problem. Ein großes Problem.*

»Jeder Mensch hat Ängste.«

Lacy rückte ein wenig von ihm ab. Es war nicht fair, ihn so nahe an sie heranzulassen. Nach dem, was eben mit ihr passiert war, wusste sie, dass sie ihre Angst nicht unter Kontrolle hatte. Sie konnte sie nicht besiegen. Aber Dane brauchte eine Frau, die sein Leben mit ihm teilte, die mit ihm reiste und sich für seinen Beruf begeisterte. *Ich kann nicht noch mehr Nähe zwischen uns beiden zulassen. Wir können nicht zusammen sein. Ich darf sein Leben nicht ruinieren. Der Himmel steh mir bei.*

Kapitel 8

Im Hotel flüchtete Lacy in ihr Zimmer, warf sich aufs Bett und vergrub den Kopf unter einem Kissen. Kaum fünf Minuten später klopfte jemand hektisch an ihre Tür. Sie stöhnte in die Matratze.

»Ich weiß, dass du da drin bist, Lacy. Mach auf.«

Kaylie.

»Geh weg«, schrie Lacy in die Matratze. Eigentlich wollte sie gar nicht, dass ihre Schwester wegging, aber sie konnte sich nicht vorstellen, ihr Versteck zu verlassen. Am liebsten wäre sie für immer im Bett geblieben.

»Mach auf. Sonst sage ich beim Zimmerservice, ich hätte Angst, dass du dir etwas antust, und lasse sie die Tür aufschließen.«

Widerstrebend stemmte Lacy sich vom Bett hoch und ließ Kaylie ins Zimmer. »Du bist eine echte Drama-Queen.«

Kaylie zog Lacy an der Hand zum Bett und setzte sich neben sie.

»Woher hast du gewusst, dass ich hier bin?«, fragte Lacy. Sie wollte sich am liebsten unter der Decke verkriechen.

Nach dem sonnigen Nachmittag war Kaylies Haut goldbraun. Ihr Pferdeschwanz schwang bei jeder Bewegung keck hin und her. »Savannah hat Josh geschrieben, dass Hugh das Boot zurückfährt. Und sie hat Josh gebeten, nach Danica und mir Ausschau zu halten, weil sie sich Sorgen um dich macht.«

Lacy ließ sich stöhnend auf den Rücken plumpsen und bedeckte das Gesicht mit den Händen. »Gott, wie peinlich.«

Jemand klopfte an die Tür und Kaylie machte auf.

»Wo ist sie?« Danica rauschte an Kaylie vorbei zu Lacy. »Ist alles in Ordnung mit dir? Wie geht es dir? Was ist passiert?«

»Lass sie doch erst mal Luft holen«, sagte Kaylie.

»Ich will einfach nur nach Hause.« Lacy setzte sich auf und schaute in die besorgten Gesichter ihrer Schwestern.

»Du Ärmste.« Danica setzte sich neben sie und legte ihr einen Arm um die Schultern.

»Sie hatte eine Panikattacke. Das ist kein Beinbruch«, erklärte Kaylie. Sie ließ sich an Lacys anderer Seite nieder. »Sie ist nicht verletzt, sie schämt sich nur, weil sie in Danes Gegenwart ausgeflippt ist. Würdest du das nicht?«

»Darf ich dich daran erinnern, dass ich am Tag meiner Hochzeit umgekippt bin?« Danica warf Kaylie einen strengen Blick zu.

»Jap. Und bei mir haben mitten während der Babyparty mit den Mädels die Wehen eingesetzt.« Kaylies Zwillinge Lexi und Trevor waren inzwischen drei Jahre alt.

»Können wir vielleicht einen Moment lang von mir reden?«, sagte Lacy lauter als beabsichtigt. »Was zum Teufel ist mit mir passiert, Danica? Savannah hat vorgeschlagen, nach Haien Ausschau zu halten, und plötzlich war ich wieder sieben. Ich verstehe das nicht. Nach zwanzig Jahren? Warum sind die Erinnerungen so heftig über mich hereingebrochen?« Lacy wand sich kopfschüttelnd aus der fürsorglichen Umklammerung durch ihre Schwestern. Sie stand auf und verschränkte die

Arme. In Wickeltuch und Bikini ging sie im Zimmer auf und ab. »Was soll ich jetzt bloß machen?«

»Ganz einfach. Es ist fast vier. Stell dich unter die Dusche, zieh dir was an und dann ab zum Familientreffen. Dort isst du hübsch zu Abend und vergisst die ganze Sache«, antwortete Kaylie. Sie ging zu Lacys Kleiderschrank. »Soll ich dir helfen, dich fertig zu machen?«

»Herrje, Kay. Jetzt lass sie doch mal eine Minute lang nachdenken.« Danica stand auf und lehnte sich an die Kommode. »Du hattest eine Panikattacke. So was ist nicht so ungewöhnlich, Lacy. Das braucht dir nicht peinlich zu sein.«

»Ja, na klar. Als ob ein Mann wie Dane sich mit einer Frau herumschlagen will, die ausgerechnet vor dem Angst hat, womit er sich den ganzen Tag beschäftigt. Ein Mann wie Dane braucht kein Mädchen, das ohne Vorwarnung die Nerven verliert. Ein Mann wie Dane ...« Lacy schluckte den wachsenden Kloß in ihrem Hals hinunter. *Warum war er ihr schon jetzt so wichtig?*

Danica verstellte ihr den Weg und zwang sie stehenzubleiben. »Ein Mann wie Dane ist so besorgt um dich, dass er mich gebeten hat, nach dir zu sehen.«

»Ein Mann wie Dane kann sich glücklich schätzen, dich daten zu dürfen, Schwesterchen«, sagte Kaylie. »Vielleicht sieht er gut aus und vielleicht hat er Geld. Aber du bist umwerfend, klug, lustig und unglaublich sexy.« Kaylie zwinkerte und Lacy konnte nicht anders, sie musste lächeln.

»Ihr seid meine Schwestern. Ihr müsst das jetzt sagen.« Sie schlug stöhnend die Hände vors Gesicht.

»Keine Sorge. Ich bin bei dir. Wenn du willst, weiche ich dir den ganzen Abend nicht von der Seite«, versicherte Danica.

»Und wenn es nicht bloß eine Panikattacke war? Wenn es etwas anderes ist? Etwas Schlimmeres?« Lacy schnappte nach

Luft. »Was, wenn …«

Danica nahm sie an den Schultern. »Atmen, Süße. Sonst geht es womöglich noch mal von vorn los. Eigentlich ist alles ganz logisch.«

»Hat er dich wirklich gebeten, nach mir zu sehen?« *Natürlich hat er das.* Lacy dachte an die Besorgnis in Danes Stimme und an das Verständnis in seinem Blick, während sie auf dem Boot langsam wieder ruhiger geworden war.

»Ja, das hat er.«

»Vermutlich hatte er Angst, ich könnte ein Versicherungsfall werden«, blaffte Lacy. Das glaubte sie selbst nicht, aber sie verbot sich, in Dane ihren zukünftigen festen Freund und Geliebten zu sehen. Noch mehr Nähe zu ihm zuzulassen, war nicht gut. Sie musste vergessen, wie wohl sie sich mit ihm fühlte und wie lieb er sich um sie kümmerte. Sie musste ihn loslassen, damit sie nicht zur Schlinge um seinen Hals wurde. Jetzt, wo sie erlebt hatte, wie tief die Angst in ihr verwurzelt war, verspürte sie keinerlei Lust, noch einmal in die Nähe von Haien zu geraten. Es war Zeit, nach Hause zu fahren, sich in die Arbeit zu stürzen und zu vergessen, wie seine Lippen auf ihrer Haut sich anfühlten und wie schön es war, in seinen starken Armen zu liegen. *Hör auf damit!*

»Ich bitte dich. Um einen Versicherungsfall muss der Mann sich in etwa so viele Gedanken machen, wie du über einen Mangel an Locken«, erklärte Kaylie.

Danica schüttelte den Kopf über Kaylies schnodderigen Kommentar. »Panikattacken bekommt man in den Griff, Lacy. Sicher hast du einen Riesenschreck gekriegt, aber man kann lernen, mit seinen Ängsten umzugehen.«

Lacy schüttelte den Kopf. Im Augenblick war sie viel zu durcheinander, um sich damit auseinanderzusetzen. Sobald sie die Augen schloss, sah sie Dane vor sich. Sie roch sein Rasierwasser und spürte seine Berührungen. Wenn sie die Augen wieder öffnete, erfasste sie aufs Neue die Panik, die sie auf dem Boot empfunden hatte. Lacy wünschte sich, sie könnte sich auf dem schmalen Grat zwischen beiden Extremen aufrecht halten. Doch das war ziemlich aussichtslos. Nachher an dem Familientreffen teilzunehmen, als wäre nichts geschehen, konnte sie sich nicht vorstellen.

»Ich weiß nicht, Danica. Diese grauenhafte Angst ist aus heiterem Himmel gekommen und hat mich völlig überrascht. Aber heute ist mir etwas klar geworden. Dass meine Mutter in den Sommerferien so oft mit mir in Museen und Bibliotheken gegangen ist – überallhin, nur nicht ans Meer –, hatte wohl vor allem den einen Grund: Sie wollte verhindern, dass ich durchdrehe. Ich kann unmöglich mit Dane zu dem Treffen gehen.« Lacy biss die Zähne zusammen und griff nach ihrem Telefon.

Kaylie hielt sie am Arm fest. »Willst du nicht erst noch mal mit Dane sprechen, bevor du dich zu sehr verrennst? Vermutlich kennt er eine Million Leute, die Angst vor Haien haben, und es macht ihm gar nicht so viel aus.«

Lacy schaute in die Augen ihrer Schwester, die ihren eigenen normalerweise so ähnlich waren. Doch im Augenblick las sie in Kaylies Blick vor allem Zuversicht, während ihrer vermutlich einer unüberwindlichen Betonwand glich.

Sie machte sich von Kaylie los. »Wir haben uns fünfzehn Monate lang nicht gesehen. Auf seinem Radar bin ich nur ein kurzes Blinken. Mehr nicht.« Lacy wandte sich ab, damit ihre Schwestern die Tränen in ihren Augen nicht sahen.

Danica und Kaylie verließen das Zimmer erst, nachdem sie Lacy überredet hatten, mit Dane zum Familientreffen zu gehen und sich persönlich von Treat, Max und ihren anderen Freunden zu verabschieden. Ihr blieb kaum Zeit zum Duschen und Anziehen. Schließlich stand sie in ihrem goldfarbenen Cocktailkleid vor dem Spiegel und dachte an den Tag, an dem sie es gekauft hatte. Sie hatte geglaubt, die Kombination aus figurbetontem Schnitt und der edlen Farbe würde ihr Danes Aufmerksamkeit sichern. Jetzt machte ihr Spiegelbild ihr das Herz schwer und ihr Blick wirkte trüb.

Als ihr Handy klingelte, schreckte sie auf. Dann fiel ihr ein, dass sie es schon während des Duschens zweimal gehört hatte. Rasch angelte sie das Telefon von der Matratze, aber das Klingeln war verstummt. *Dane.* Wie sollte sie es schaffen, ihn loszulassen, wenn sie in seiner Nähe war?

Sie war schon viel zu spät dran. Hastig schminkte sie sich die Lippen und legte Eyeliner auf. Dann setzte sie sich aufs Bett und rief Dane zurück.

»Hi, Lace.«

Seine Stimme klang glücklich. Die Sehnsucht nach ihm packte Lacy aufs Neue.

»Hi.«

»Hast du meine Nachrichten bekommen? Ich habe gesehen, wie Danica in dein Zimmer gegangen ist, und dachte mir, du brauchst sicher ein bisschen Zeit mit deinen Schwestern.«

Sie warf einen Blick auf das Display. Tatsächlich, zwei Nachrichten waren eingegangen. »Ich habe meine Mailbox noch nicht abgehört. Aber Danica hat gesagt, du hättest nach mir gefragt. Danke. Es war alles ein bisschen gaga hier.« *Ich bin ein bisschen gaga.*

»Mach dir keine Gedanken. Bist du fertig? Können wir

los?«, fragte er.

»Willst du wirklich noch, dass ich mitkomme? Nach dem, was heute passiert ist?«

»Was ist denn das für eine Frage?«

Lacy schloss die Augen und seufzte erleichtert auf. Doch schon im nächsten Moment fiel ihr wieder ein, dass sie eigentlich auf Distanz gehen wollte. Dane machte ihr das nicht leicht. Sie spürte ein schmerzhaftes Ziehen im Herzen.

»Lace?«

»Ja?«

»Ich bin da«, sagte er. »Mach die Tür auf.«

Lacy öffnete die Tür ihres Hotelzimmers. Davor stand Dane mit einem Strauß exquisiter weißer Lilien in der Hand. Seine Augen strahlten auf, als er sie sah.

»Hi«, sagte er.

Er trug jetzt ein weißes Hemd und eine khakifarbene Leinenhose mit Schnürbund. Lacy konnte sich nur mit Mühe davon abhalten, die Hand nach der Haut unter seinem offenen Hemdkragen auszustrecken.

»Die Lilien sind wunderschön.« Eine Sekunde lang erlaubte sie sich, nicht an das zu denken, was am Nachmittag geschehen war. Es war erst ein paar Stunden her, aber sie hatte das Gefühl, tagelang von Dane getrennt gewesen zu sein. Sie wollte sich in seine Arme kuscheln und seine Wärme aufsaugen. Die Sehnsucht zerrte an ihrem Herzen. Sehnsucht nach Dane. *Vielleicht doch noch eine gemeinsame Nacht? Nur eine einzige?*

»Ich dachte, die heitern dich vielleicht etwas auf.« Er gab ihr die Blumen.

»Woher weißt du, dass ich Madonnenlilien mag?« Sie sog den schweren Honigduft der Blüten ein, dann legte sie den Strauß auf den Beistelltisch. Dane folgte ihr ins Zimmer.

»Wie sehr Lilien dir gefallen, hast du mir vor einer Weile mal erzählt. Aber dass du Madonnenlilien besonders gerne hast, konnte ich nicht ahnen. Es gibt wohl so einiges, was ich noch nicht weiß.«

Das ist wahrscheinlich auch besser so.

Er griff nach ihrer Hand. »Aber das möchte ich gerne ändern.«

Eine Nacht. Nur noch eine einzige Nacht. Dann lasse ich ihn gehen, damit er eine Frau finden kann, die keine Probleme mit Haien hat. Lacy spürte, wie ihre Vorsätze mit jedem Herzschlag weiter in sich zusammenschmolzen.

»Was vorhin passiert ist, tut mir leid.« *Was soll das? Hör auf, ihn zu mögen.*

»Du brauchst dich doch nicht zu entschuldigen. So was kann passieren. Ich bin für dich da, Lacy. Wenn du über heute Nachmittag oder irgendetwas anderes reden willst, ich bin ein guter Zuhörer.«

Lacy suchte nach ihrer Stimme. *Bitte sei nicht so nett zu mir. Ich will nicht die Schlinge sein, die dich erstickt.*

Dane zog sie zu sich und schmiegte seine Wange an ihre. »Du siehst umwerfend aus«, flüsterte er.

Lacy schloss die Augen. Sie prägte sich ein, wie es sich anfühlte, wenn sein Herz an ihrem schlug. Wie konnte sie zulassen, dass ein so wunderbarer Mann sich mit ihr einließ? Wie konnte sie ihn zurückweisen?

»Danke«, presste sie hervor. Sie war völlig durcheinander. So lange er sie in den Armen hielt, wusste sie nicht, was richtig war und was falsch. Was auf dem Boot geschehen war, hatte sie überwältigt. Dane schien zuversichtlich, dass sie irgendwie damit klarkommen würden. Doch Lacy fürchtete, ihre Angst könnte größer sein als sie beide.

Kapitel 9

Der sattgrüne Rasen des Hotels war von einem üppigen Neuengland-Garten voller prächtiger Blüten und Ziergräser umgeben. Kleine Rankpflanzen wanden sich in jede Ritze. Unter federleichten weißen Pavillons standen weiß gedeckte, mit weißen Blumenarrangements geschmückte Tische. Die Sonne ging langsam unter und vom Meer wehte eine kühle Brise herüber. Eigentlich hatte Dane nach dem Bootsausflug bei Lacy bleiben wollen. Aber er hatte das Gefühl gehabt, ihre Schwestern könnten ihr vielleicht eher helfen als er. Jetzt fragte er sich, ob seine Zurückhaltung ein Fehler gewesen war. Lacy verhielt sich seltsam distanziert. Es war, als würde sie ihm entgleiten. *Vielleicht ist sie einfach nur verlegen.*

Savannah steuerte auf sie zu. Dane behielt Lacys Hand in seiner. Seine Schwester konnte sehr direkt sein.

»Schön, dass ihr hier seid. Ich hatte ein bisschen Angst, dass Lacy nicht kommen würde.« Savannah umarmte Dane. Dann legte sie eine Hand auf Lacys Schulter. »Geht es dir besser?«

»Viel besser. Danke.«

Dane spürte, wie der Griff ihrer Hand um seine fester wurde.

»Dass ich euch den Nachmittag verdorben habe, tut mir

sehr leid«, sagte sie.

»Pfft.« Savannah wedelte mit der Hand. »Sei nicht albern. Wenn alles immer nach Plan gehen würde, wäre das Leben langweilig.« Sie zeigte zu Max und Treat. »Schaut nur, wie glücklich die beiden sind. Glaubt ihr, Liebe ist ansteckend?« Schelmisch hob sie eine Augenbraue.

Lacy errötete.

»Keine Ahnung«, sagte Dane. »Aber dich würde ich auch gern mal mit einem Mann an deiner Seite sehen.«

»Ach ja? Immer wenn ich mit einem Kerl auftauche, umkreist ihr Jungs ihn wie die Aasgeier.« Savannah verdrehte die Augen.

»Das machen Brüder nun mal so. Und gib's zu, dir gefällt das.« Dane drehte sich zu Lacy. »Möchtest du etwas trinken?«

»Gern. Ich nehme dasselbe wie du«, antwortete sie.

»Herrje, fängt das jetzt schon an?«, stöhnte Savannah.

»Wovon sprichst du?«, fragte Lacy.

»Von dieser Pärchen-Geschichte. Beide trinken immer dasselbe und beenden gegenseitig ihre Sätze.«

Dane küsste Lacys Hand. »Hör nicht auf sie. Ich bin gleich wieder da.« Er musterte Savannah mit zusammengekniffenen Augen. »Glaubst du, du kannst dich fünf Minuten lang benehmen?«

»Nur wenn du mir einen Sea-Breeze-Cocktail mitbringst.«

Dane machte sich auf den Weg zur Bar. Während er auf die Drinks wartete, spürte er das Gewicht eines vertrauten Arms auf seinen Schultern.

»Wie ich höre, hatte Lacy heute ein paar Schwierigkeiten.«

Dass sein Vater bereits davon wusste, wunderte Dane nicht. Er und seine Geschwister standen einander sehr nahe, und jeder nahm Anteil an allem, was die anderen bewegte.

»Geht es ihr wieder besser?«

Dane war nicht sicher. Trotzdem nickte er. Eine Panikattacke war keine Kleinigkeit, und von Danica hatte er später erfahren, wie sehr die Heftigkeit ihrer Angst Lacy überrascht hatte. Dane hatte oft erlebt, wie tief eine Haiphobie sitzen konnte. Aber wenn die betroffene Person bereit war, sich auf einen schwierigen, mitunter kräftezehrenden Prozess einzulassen, war es durchaus möglich, die Angst loszuwerden.

Sein Vater schaute zu Lacy und Savannah hinüber. »Savannah meint, es sei ziemlich schlimm gewesen.«

»Stimmt. Aber welche Panikattacke ist das nicht?« Dane nahm einen Schluck von seinem Drink. Das helle Kleid brachte Lacys sonnengebräunte Haut zur Geltung. Sie sah großartig aus. Doch ihr bekümmerter Blick tat ihm weh.

»Ja. So was ist wirklich kein Spaß.« Sein Vater verschränkte die Arme und sah forschend zu Lacy hinüber. »Dein Bruder hat mir erzählt, du hättest Lacy bisher nie besucht. Ist das wahr?«

Dane schaute zur Seite, trank einen Schluck und fuhr sich durchs Haar. Sein Vater kannte ihn gut, und er hatte gehofft, dieses Thema vermeiden zu können. Um keine Ausflüchte erfinden zu müssen, versuchte er es mit Schweigen.

»Wovor hast du Angst?« Hal sah ihm fest ins Gesicht.

Dane drehte sich zu Lacy. »Ich habe keine Angst Dad, ich war nur ununterbrochen auf Achse.« Er spürte die Zweifel seines Vaters.

»Hm-hm.«

Dane schüttelte den Kopf.

»Über Weihnachten warst du es nicht, so viel steht fest.«

»Dad.«

»Das soll kein Vorwurf sein.« Sein Vater schaute zu Lacy. »Aber sieh dich vor, mein Sohn. Sie scheint ein nettes Mädchen zu sein, und Treat sagt, sie hätte einiges durchgemacht.« Hal nahm einen Schluck von seinem Drink. »Hat sie dir von ihrem Vater erzählt?«

Dane nickte. Er wusste, dass Lacys Mutter die Dauergeliebte ihres Vaters gewesen war. Als sie schwanger geworden war, war Lacys Vater noch mit Danicas und Kaylies Mutter verheiratet. Lacy war wohl buchstäblich ein Kind der Liebe. Sie hatte ihm erzählt, wie sehr sie sich gefreut hatte, endlich ihre Halbschwestern Kaylie und Danica kennenzulernen. Auch dass sie plötzlich einen unbändigen Zorn auf ihren Vater empfunden hatte, hatte sie ihm anvertraut. Bei der Hochzeit ihrer Halbschwestern waren die Emotionen hochgeschlagen. Als Lacy ihm per Skype ihr Herz ausgeschüttet hatte, hatte er sich gewünscht, er könnte bei ihr sein und sie trösten.

»Ja«, sagte Dane.

»Fünfzehn Monate sind eine lange Zeit, mein Sohn. Für manche Menschen wäre das eine kleine Ewigkeit.« Sein Vater nahm kein Blatt vor den Mund, doch aus seiner Stimme sprachen Zuneigung und Sorge. »Das Leben ist kurz. Finde raus, was dein Herz begehrt, und lebe deine Träume.«

»Das ist leichter gesagt als getan, Dad. Du hast in geordneten Verhältnissen und dein Leben lang im selben Staat gelebt. Ich bin immer unterwegs und so zu Hause wie auf meinem Boot fühle ich mich nur bei dir auf der Ranch. Schon für einen allein ist mein Leben ziemlich kompliziert. Zu zweit würde es sicher nicht leichter werden – vor allem, wenn jemand bei mir Sicherheit und Halt sucht.« Über seine unsichere berufliche Zukunft hatte Dane noch mit niemandem gesprochen. Aber jetzt, wo die Worte heraus waren, machten sie ihn beklommen.

»Du hast dich für diesen Weg entschieden. Du wirst auch

dafür sorgen, dass es weitergeht. Aber siehst du die Frau dort?« Er nickte Lacy zu, die seinen Blick lächelnd erwiderte.

Dane hob sein Glas und warf ihr eine Kusshand zu.

»Du darfst sie nicht hinhalten, das weißt du. Du bist ein guter Mann, Dane. Du wirst die richtige Entscheidung treffen.«

Es geht doch nichts über ein kleines bisschen Druck. »Das hoffe ich.«

Lacy stand neben Dane, versuchte, sich auf das Geplänkel zwischen Hugh und Savannah zu konzentrieren, hatte aber das Gefühl zu ertrinken. Ihre Gedanken konnten sich nicht von dem Nachmittag auf dem Boot lösen. Verzweifelt versuchte sie zu verstehen, was mit ihr passiert war, und immer wenn sie Dane anschaute, sah sie die Schlinge um seinen Hals. Diejenige, die die Schlinge zuzog, war sie. Wie hatte sie jahrelang ein ganz normales Leben führen, sogar Schnorcheln und Bootfahren können, ohne zu merken, dass eine überwältigende Angst vor Haien in ihrem Unterbewusstsein schlummerte? *Ich bin wirklich ziemlich gaga.*

Dane drückte ihre Hand.

Lacy schaute ihn an. Sie hoffte, dass er ihr keine Frage gestellt hatte. Falls doch, dann hatte sie sie nicht gehört. Sie hatte ein flaues Gefühl im Magen. Die kühle Brise strich über ihre Schultern, und während sie an Danes Seite erschauerte, wünschte sie sich, der Wind würde sie davontragen.

»Geht's dir gut?« Savannah schaute Lacy forschend an.

»Ja, mir ist bloß kalt«, log Lacy. *Ich will nach Hause.*

Dane legte den Arm um ihre Schultern. »Wir wollten gerade ein Stück gehen.«

»Wohin denn?«, fragte Savannah.

»Ich möchte Lacy die Gegend zeigen.«

»Ein bisschen kenne ich mich schon aus«, sagte Lacy. »Als Kind war ich hin und wieder in einem Ferienhaus hier in der Nähe.« Sie dachte an die Kurztrips mit ihren Eltern. Damals war ihr das nicht aufgefallen, aber zum Schwimmen waren sie immer nur an Seen und Teiche gefahren. *Verdammt.* Wenn ihre Eltern sie stattdessen ans Meer gebracht hätten, hätte sie sich ihrer Angst vielleicht stellen können, anstatt sie zu verdrängen.

»Wirklich?«, fragte Dane.

»Das ist lange her«, antwortete Lacy.

»Sicher gibt es ein paar Fleckchen, die du noch nicht kennst.« Dane schaute ihr in die Augen.

»Oh.« Savannah ließ die Augenbrauen tanzen. »Das klingt nach einem sehr romantischen Abend.«

Sie parkten am Hafen von Wellfleet. Dane öffnete Lacy die Wagentür und nahm ihre Hand. Ohne die besorgten Blicke von Danes Familie und ihren Schwestern fiel Lacy das Atmen ein wenig leichter.

Dane lächelte sie an. »Komm. Wir holen uns ein Eis.« Er zog sie zu *Mac's Seafood and Icecream.*

»Für Eiscreme bin ich immer zu haben.« *Eine Nacht. Nur noch eine einzige Nacht.*

»Dann haben wir noch etwas gemeinsam«, sagte Dane.

Mit dem Eis in der Hand machten sie sich auf den Weg zum Pier. Lacy musste ununterbrochen an die Panikattacke denken. Als sie sich dem Ende des Piers näherten, wurde sie langsamer.

»Alles in Ordnung?«, fragte Dane.

Sie schaute aufs Wasser und spürte, wie ihr Puls sich beschleunigte. *Verdammt, das ist albern.* »Ja«, presste sie hervor. Sie warf einen Blick über die Schulter und entdeckte ein kleines Geschäft.

»Willst du umkehren?« Dane drehte sich mit ihr um. »Komm, dieser Laden ist wirklich was Besonderes.«

The Flying Pan war eine Kombination aus Kunstatelier und Verkaufsraum. In dem Gebäude aus weiß gekalkten Holzplanken gab es allerhand faszinierende Metallskulpturen. Einige waren größer als Lacy und Dane, andere geradezu winzig und filigran. Dazwischen hingen Gemälde von Fischen, Austern und anderem Meeresgetier.

»Die Künstler stellen jeden Monat neue Stücke aus.« Dane zeigte auf eine Installation, die sehr lebensecht wirkte. Ein Schwarm kleiner Metallfische flüchtete in Fächerformation vor zwei größeren Fischen, die sie jagten.

Lacy betrachtete das Kunstwerk gebannt. Vorsichtig fuhr sie mit der Fingerspitze die schimmernden Flossen und Schuppen nach.

»Die wirken unfassbar echt«, sagte sie.

»Seltsam, wie etwas so Starres aussehen kann, als würde es leben und atmen«, meinte Dane.

»Das stimmt. Ich kann geradezu den Herzschlag der kleinen Fische spüren, die um ihr Leben schwimmen.« Wieder merkte sie, wie ihr Puls schneller schlug. *Oh nein. Hör auf. Denk nicht an Fische, und an Haie schon gar nicht.* »Können wir ein Stück gehen, Dane?«

»Klar, gerne.« Sie verließen das Atelier, spazierten die Straße entlang und an einem Pavillon vorbei, wo gerade eine Band spielte, bis zu einem Spielplatz. Dort kletterte Dane auf eine erhöhte Plattform und klopfte neben sich.

Lächelnd folgte Lacy ihm auf das Klettergestell. »Auf einem Spielplatz war ich schon jahrelang nicht mehr.«

»Ich auch nicht. Am liebsten bin ich sowieso auf dem Wasser«, sagte er.

Wieder zog Lacys Magen sich zusammen. *Was tue ich hier? Nur eine weitere Nacht? Das geht doch nicht.* Eine weitere Nacht würde Danes Platz in ihrem wunden Herzen festigen. Er war einfach zu lieb und zu süß, um ihm den Laufpass zu geben. Das schaffte sie nicht. *Ich muss es tun.*

Während sie der Musik lauschten, versuchte Lacy, sich eine Zukunft mit Dane auszumalen. Aber schon bei dem Gedanken an ein Leben auf einem Boot zog ihre Kehle sich zusammen. Sie klammerte sich an die kalten Streben des Klettergestells. Sie musste die Sache beenden, und zwar schnell. Wenn sie noch eine weitere Nacht mit ihm verbrachte, würde ihr das nie gelingen. Sie betrachtete sein Profil, sah das Lächeln, das sie von Anfang an so anziehend gefunden hatte, und die ehrlichen Augen, die ihr während ihrer Online-Chats das Herz gestohlen hatten. Sie hasste sich für das, was sie ihm antun würde. Aber wenn sie ihm die Wahrheit sagte, würde er sie nicht gehen lassen. Und dann würde sie sein Leben ruinieren und sich für den Rest ihrer Tage mit ihrem schlechten Gewissen herum-quälen. Sie sammelte Kraft für die Frage, deren Antwort sie eigentlich gar nicht hören wollte.

»Dane, was war der wahre Grund, weshalb du mich nie besucht hast?«, fragte sie. »Und bitte keine Ausflüchte. Sei ehrlich zu mir.« *Lass das. Hör auf.* Sie wollte keinen Streit vom Zaun brechen, den er nicht gewinnen konnte.

Sein Blick war warm, seine braunen Augen unglaublich anziehend. Er legte seine Hand auf ihre und schaute zum

Strand.

»Schon gut. Ich ... ich habe verstanden.« *Was tue ich da?* Wut zerrte an ihren Eingeweiden. Die Wut auf sie selbst, weil sie eine Panikattacke gehabt hatte, und die Wut auf Dane, weil er so verdammt perfekt war, wenn sie zusammen waren.

»Ich habe verstanden«, sagte sie noch einmal lauter und zog ihre Hand weg. »Ich weiß nicht, wie ich mir die Sache mit uns beiden vorgestellt habe und weshalb ich dachte, es sei in Ordnung, dass du mich nie besucht hast. Aber ...« *Hör auf! Ich kann nicht. Ich muss es beenden, warum also nicht Klartext reden?*

»Es ist nicht, wie du denkst, Lace.«

Sie sprang zu Boden. »Ach ja?« Sie wandte sich ab, hörte ihn hinter sich landen und spürte seine Hand im Kreuz.

»Ich habe keine gute Antwort parat, Lacy«, sagte er.

»Das Gefühl habe ich auch.« Sie wand sich aus seiner Reichweite. *Lass ihn einfach stehen. Geh davon.*

Dane packte sie an der Hand. »Lacy, warte, bitte.«

Er schaute ihr in die Augen. Ihre Tränen ließen sein Gesicht verschwimmen.

»Immer wenn wir geredet haben, Lace, wäre ich am liebsten sofort zu dir gerannt. Ich wollte dich daten, dich zu meiner Königin machen. Aber ...«

»Aber?«, schnaubte sie.

»Aber irgendwas hat mich immer zurückgehalten. Vielleicht war es Angst. Ich weiß es nicht. Aber eines wusste ich genau: Sobald ich dich in den Armen halten würde, würde ich dich nie wieder loslassen wollen. Und ...« Er zuckte die Achseln.

Das Achselzucken sagte nicht: *Du bist mir egal.* Es sagte: *Ich verstehe nicht, was los war.* Lacy seufzte. Sie hätte gern etwas anderes gehört. Notfalls sogar eine Lüge. Er sollte etwas sagen, was es ihr leichter machte, ihn stehenzulassen. Doch seine

Aufrichtigkeit und die Hoffnung in seinem Blick brachten etwas in ihr zum Schmelzen. Sie ahnte, was er ihr sagen wollte. Einerseits wünschte sie sich, er wäre wie ein Ritter auf einem weißen Pferd in ihr Leben geprescht und hätte Fakten geschaffen. Andererseits hatte sie Angst davor gehabt, was in einem solchen Fall geschehen würde.

Wieder griff er nach ihren Händen. Diesmal war die Liebe, die sie bereits für Dane empfand, stärker als ihre Wut und ihre Verwirrung. Sie ließ zu, dass er ihre Hände in seine nahm.

»Es ist genau, wie ich vermutet habe, Lace. Ich will dich nicht mehr loslassen«, sagte er.

Die Erinnerung an den Nachmittag auf dem Boot kam zurück. Das Atmen fiel ihr plötzlich schwer. »Mir geht es mit dir genauso. Aber …«

»Aber?«, fragte er.

»Ich muss morgen früh abreisen.« *Ich schaffe das.* »Und ich weiß nicht, ob wir danach weiter in Kontakt bleiben sollten.« Tränen quollen ihr aus den Augen.

»Was? Aber warum denn, Lacy?«

»Ich bin nicht die Richtige für dich, Dane. Ich habe das hier.« Sie schlug auf ihren Schenkel und weinte noch mehr. »Keine Ahnung, was ich mir gedacht habe. Ich wusste ja noch nicht einmal, dass meine Angst vor Haien so groß ist. Aber jetzt weiß ich es und du arbeitest mit Haien.« Sie lachte durch die Tränen hindurch. »Wie lächerlich. Wie albern.«

»Es ist eine Herausforderung«, sagte Dane.

»Eine Herausforderung? Dane, vermutlich wartet auf dich in jedem Hafen der Welt eine Frau. Vielleicht sogar zwei oder drei. Eine Herausforderung brauchst du nicht.« Sie wischte ihre Tränen weg.

»Verdammt, Lacy. Denkst du wirklich, du bist nur irgendeine Frau für mich?« Er fuhr sich übers Gesicht. »Es war nicht klug, gestern gleich so weit zu gehen. Du hast einen ganz falschen Eindruck von mir bekommen.«

»Ich weiß, welchen Eindruck ich hatte, wenn wir telefoniert oder gechattet haben. Oder wenn ich eine deiner süßen Mails gelesen habe, in denen du mir von deinem Tag erzählt und geschrieben hast, wie oft du an mich denkst.« Sie wandte sich ab und verschränkte die Arme über dem Bauch. »Und deine Stimme hat immer geklungen, als wärst du glücklich, meine zu hören.« Bevor er etwas sagen konnte, fuhr sie zu ihm herum. Der ganze Schmerz über ihre eigene Schwäche und der ganze Frust, weil sie fünfzehn Monate auf einen Mann gewartet hatte, von dem sie sich nun abwenden musste, brachen aus ihr heraus. »Auch ich wollte, dass du mich nie wieder loslässt, als ich in deinen Armen lag. Aber eine Herausforderung will ich nicht sein.«

»Das bist du auch nicht. Ich wollte damit nur sagen, dass deine Haiangst keine Katastrophe ist. Und ich will keine Frau in jedem Hafen, Lacy.« Er berührte ihr Kinn und schaute ihr in die Augen. »Ich will dich nicht anlügen. Natürlich kenne ich da, wo ich öfter arbeite, einige Frauen und sehe sie hin und wieder. Aber wenn ich wieder auf See bin, sind sie sofort vergessen. Ich weiß, wie das für dich klingen muss, und mir ist klar, wie meine bisherige Beziehungsbilanz aussieht. Das war ein weiterer Grund, warum ich Angst vor einem Treffen hatte. Herrje, Lace. Hast du bei unserem Zusammensein nicht gefühlt, dass wir so viel mehr füreinander sind als nur ein flüchtiges Abenteuer?« Er schaute ihr forschend ins Gesicht.

»Ich habe jede einzelne magische Sekunde ganz intensiv erlebt und dabei alles andere vergessen. Aber ich bin kein Mann. Ich bin aufgewacht und habe mich erinnert.« Lacy hatte geglaubt, sie würde künstlich einen Streit vom Zaun brechen. Aber jetzt spürte sie, dass sie wirklich verletzt und zornig war.

»Was willst du damit sagen?«, fragte Dane.

Lacy biss die Zähne zusammen, denn am liebsten wollte sie davonlaufen oder sich zusammenrollen und losschluchzen. Aber sie war schon so weit gegangen. Jetzt musste sie die Sache auch zu Ende bringen. »Während du auf der ganzen Welt mit Frauen geschlafen hast, habe ich darauf gewartet, dass du irgendwann vor meiner Tür stehst«, fauchte sie. Erst jetzt wurde ihr bewusst, wie sehr ihr die langen Monate zugesetzt hatten. Die Telefongespräche und Chats hatten ihr durch die Tage geholfen. Die Tage waren zu Wochen und Monaten geworden, und immer wenn sie traurig gewesen war, dass sie sich nie trafen, hatten neue süße Nachrichten oder E-Mails ihr gezeigt, dass er es wert war, zu warten. *Und verdammt, so ist es auch. Dass es nicht funktioniert, liegt allein an mir.*

Sobald festgestanden hatte, dass sie sich bei der Hochzeit sehen würden, war sie höllisch nervös geworden. In fünfzehn Monaten konnten sich riesige Erwartungen aufbauen. Doch ihr Wiedersehen war anfangs so perfekt verlaufen, dass sie ihn vom Fleck weg geheiratet hätte. Aber das tat jetzt nichts mehr zur Sache, denn zu dem tiefen Frust über die lange Zeit ohne ein einziges Treffen, kam nun noch sein Geständnis, dass er mit anderen Frauen zusammen gewesen war. Das war einfach zu viel. Machtlos hörte sie, wie fremd die Stimme klang, die aus ihrer schmerzenden Brust stieg.

»Ich habe mich so nach dir gesehnt und mich unendlich einsam gefühlt. Ich habe mich in die Arbeit geflüchtet, damit ich nicht ununterbrochen an dich denke.« Sie wischte sich die Augen ab und brachte ihre Stimme unter Kontrolle. »Nächtelang habe ich im Bett gelegen und mich gefragt, ob du mit einer andern zusammen bist. Und wenn ja, ob du dabei an mich denkst.«

»Lace«, flüsterte er.

Sie wusste, dass sie eine Kluft zwischen ihnen aufriss, die kaum zu überbrücken sein würde. Aber genau darum ging es ja. Je leichter sie es ihm machte, jetzt zu gehen, desto leichter würde es ihr fallen, dasselbe zu tun. Sie schlug einen letzten Nagel in den Sarg ihrer Beziehung. Eine einzelne Träne rann ihr dabei übers Gesicht.

»Wenn ich wieder zu Hause bin, will ich keine einzige solche Nacht mehr erleben. Ich hatte eine Panikattacke, und wir haben beide Dinge erfahren, die wir vorher nicht über einander wussten. Das sind Herausforderungen, die keiner von uns braucht.«

Kapitel 10

Am Sonntagmorgen um halb sechs klingelte Danes Wecker. Mit Lacy hatte er seit dem Abend zuvor nicht mehr gesprochen. Sie reagierte weder auf seine Anrufe noch auf seine Nachrichten. Er hatte versucht, sie umzustimmen. Doch wie sollte das gehen? Sie hatte ihn durchschaut.

Er packte seine Sachen und schrieb an seinen Freund und Mitarbeiter Rob, den er im Hafen von Chatham treffen sollte. Enttäuscht, dass er nichts von Lacy hörte, steckte er sein Telefon ein und stieg die Treppe hinunter. Zu seiner Überraschung standen Josh und Riley ebenfalls bereits an der Rezeption.

»Ihr seid früh unterwegs«, sagte Dane.

»Ja. Wir haben einen Termin mit unserem Anwalt, um unseren Vertrag unter Dach und Fach zu bringen.« Josh sah Riley lächelnd ins Gesicht. Bei ihrer Verlobung hatte er sie zur Partnerin in seiner Designfirma JBD gemacht, die jetzt zu *JRB Designs* werden sollte. »Von heute an werden wir unzertrennlich sein.«

»Als wären wir das nicht längst.« Riley grinste, dann musterte sie Dane. »Stimmt was nicht mit dir? Du siehst müde aus.«

»Nein, alles klar«, log er.

»Auweia. Ärger mit Lacy?«, hakte Josh nach.

»Okay, ja.« Dane stellte sein Gepäck ab und vergrub die Hände in den Taschen seiner Shorts.

»Das tut mir leid, Dane.« Riley legte die Stirn in Falten und strich sich das wellige braune Haar aus dem Gesicht. Sie lehnte sich an Josh. »Ich finde sie sehr süß.«

»Ist sie auch«, antwortete Dane.

»Was ist denn passiert?«, fragte Riley.

»Sagen wir einfach, sie sieht mich als denjenigen, der ich bin, und nicht als den, der ich gern wäre.«

»Autsch«, sagte Josh. »Das klingt hart, Bruderherz.« Er umarmte Dane. »Der Einzige, der sie vielleicht umstimmen kann, bist du. Aber bevor du das in Angriff nimmst, solltest du dir darüber klar werden, ob du wirklich mit ihr zusammen sein willst.«

Dane atmete aus. »Danke, Josh.« *Weshalb habe ich wohl die ganze Nacht wachgelegen?* »Die Braden-Buschtrommeln haben anscheinend wieder mal gesprochen. Ich denke, es steckt noch mehr dahinter. Lacys Panikattacke hat auch etwas damit zu tun.«

»Kannst du nicht mit ihr reden?«

Dane schüttelte den Kopf. »Ich habe es versucht.«

»Hey, Hugh hat gestern Abend nach dir gesucht. Vielleicht rufst du ihn an, bevor du gehst. Er wollte heute zu dir nach Chatham rauskommen. Er meinte, er bräuchte dringend eine Dosis Adrenalin.«

Dane liebte Hugh von Herzen. Aber im Moment verspürte er nicht die geringste Lust, seinen selbstverliebten kleinen Bruder zu bespaßen. »Ich rufe ihn an.«

Als Josh und Riley weg waren, checkte Dane aus und schrieb eine weitere Nachricht an Lacy. *Es tut mir wirklich furchtbar leid. Die Sache mit uns einfach so hängen zu lassen, gefällt mir gar nicht. Und du fehlst mir. Können wir reden? Bitte?* Er warf sein Gepäck in den Kofferraum des Mietwagens, dann schrieb er an Hugh. *Fahre gleich nach Chatham. Schon wach?* Eine Minute später vibrierte sein Telefon. *Lacy?* Seine Hoffnung verpuffte, als er Hughs Namen auf dem Display sah. Er las die Nachricht.

Keine Pläne für heute. Kann ich mit? Fliege erst heute Abend.

Verdammt. Dane warf einen letzten langen Blick auf die Dünen, zwischen denen er und Lacy sich geliebt hatten. Anders als mit anderen Frauen hatte sein Gehirn sich dabei nicht abgemeldet. Wenn er mit Lacy schlief, war nicht nur sein Körper ganz bei ihr, sondern auch sein Herz, seine Seele und sein Geist. Das Gefühl ihrer Haut blieb auf seinen Handflächen, ihr Geschmack auf seinen Lippen. Die Erinnerung an diese ungewohnten Empfindungen durchbohrte sein Herz wie ein Speer.

Seine Probleme mit Lacy an Hugh auszulassen, war nicht fair. Außerdem sah er seinen Bruder zu selten, um ihm einen Korb zu geben. Vielleicht würde die Ablenkung durch Hugh ihm ja helfen, den Tag irgendwie zu überstehen. Dane tippte eine Antwort. *Klar. In 10 Min auf dem Parkplatz.*

Dane schaute zurück zum Hotel. Eine Welle von Traurigkeit überrollte ihn. Eigentlich hätte er bleiben und sich von seinem Vater und seinen Geschwistern verabschieden sollen, die alle in den nächsten Stunden abreisen würden. Aber er wollte sich nicht anhören müssen, dass sie es hatten kommen sehen. Und auf keinen Fall wollte er untätig im Hotel sitzen und daran denken, dass er seine Chance mit Lacy vertan hatte.

Noch wärmte die Sonne die Luft an diesem kühlen Neuengland-Morgen nicht. Dane hielt einen Kaffeebecher in der einen Hand, mit der anderen zog er sich die Kapuze seines Brave-Foundation-Sweatshirts über den Kopf. Er steckte seine Geldbörse und sein Telefon in die Taschen seiner Cargo-Shorts und machte sich zusammen mit Hugh auf den Weg zum Landesteg. An jedem anderen Tag hätte er sich auf die Buchten von Neuengland gefreut und gespürt, wie das Adrenalin seine Adern flutete. Heute dachte er nur an Wellfleet und den Augenblick absoluter Hilflosigkeit, in dem Lacy ihr Herz von seinem weggerissen hatte. Zum ersten Mal im Leben war es ihm nicht gelungen, sich in die Arme einer Frau zu reden.

»Wo ist Rob?«, fragte Hugh.

»Gute Frage.« Vielleicht hätte er Hugh doch nicht mitnehmen sollen. Dane war nicht sicher, ob er die nötige Geduld aufbringen würde.

Er betrachtete den zwanzig Meter langen Hummerkutter. *Verlässlich und hochseetüchtig.* Noch einmal schaute er auf sein Display. *Wo zur Hölle steckt Rob?* Rob arbeitete seit zehn Jahren für die Stiftung und war bei fast jedem Projekt dabei. Hughs Blick hing an einer Frau auf einem Sportfischerboot, das in der Näher vertäut war. *Das ist nicht dein Ernst.* Nach dieser Art Blödsinn stand Dane jetzt nicht der Sinn. Er ging an Bord.

»Komm jetzt«, blaffte er seinen Bruder an.

»Cool bleiben, Bruderherz. Gucken ist ja wohl erlaubt. Und die brandheiße Figur unter den dicken Klamotten ist dir sicher auch aufgefallen«, gab Hugh zurück.

Bis vor nicht allzu langer Zeit hätte Dane zusammen mit seinem kleinen Bruder die Unbekannte abgecheckt. Aber die einzigen Kurven, die er im Augenblick sehen wollte, gehörten einer Frau, die nicht einmal auf seine verdammten Textnachrichten reagierte. *Zum wahnsinnig werden.*

Dane sah Rob auf den Landesteg zusteuern. Seine Klamotten sahen aus, als hätte er darin geschlafen. Mit ihm kam der Helfer, den sie für das Projekt angeheuert hatten.

»Alles in Ordnung?« Dane musterte Robs Kleider.

»Jap. Das ist Tim.« Rob drehte sich zu Hugh. »Schön, dich zu sehen, Hugh.«

»Rob.« Hugh verfolgte Robs Bewegungen mit kritischem Blick.

Dane sah das und wunderte sich. Dass sein Bruder sich für jemand anderen so sehr interessierte wie sonst nur für sich selbst, war überraschend. Normalerweise war Hugh dafür viel zu ich-bezogen. Doch schon gestern auf dem Boot hatte Dane diese neue Seite an ihm erlebt. Vielleicht wurde das Braden-Nesthäkchen endlich erwachsen.

Mechanisch überprüfte Rob die Ausrüstungsteile an Bord. Der kräftige Mann mit dem stets etwas stoppeligen Kinn war einen knappen halben Kopf kleiner als Dane. An den Schläfen war Robs dichtes braunes Haar inzwischen von Grau durchzogen. Normalerweise war er stark und souverän wie ein Löwe. Heute glich er eher einer verwundeten Hauskatze.

»Was ist los mit ihm?«, fragte Hugh leise. »Als ich ihn das letzte Mal gesehen habe, hat er vor Energie gesprüht und jede Menge Sprüche geklopft.«

»Keine Ahnung«, antwortete Dane. Rob war vierundvierzig, Vater von zwei Kindern, und bislang hatte Dane sich voll und ganz auf ihn verlassen können. In den letzten Wochen hatte er gewisse Veränderungen an seinem Freund bemerkt, aber so wie heute hatte er ihn noch nie erlebt.

Dane sah sich nach den Fässern mit den Ködern um. »Wo ist das Fischfutter?«

»Mist.« Rob schüttelte den Kopf. »Geh und mach die Fässer klar, Tim. Wir kommen sie gleich abholen. Sie sind unten an der Werft.«

»Wir wollten eigentlich seit einer halben Stunde unterwegs sein, Kumpel.« Dane schüttelte den Kopf.

»Tut mir leid, Mann. Ich war die ganze Nacht wach. Mit Sheila und mir läuft es nicht besonders«, sagte Rob.

»Probleme?«

Rob spuckte ins Wasser. »Ja. Eigentlich wollte ich's für mich behalten. Aber sie ist gegangen, Dane. Sagt, sie braucht eine Denkpause oder irgendeinen Quatsch in der Art.«

»Und das wolltest du mir nicht sagen? Verdammt, Rob. Sonst erzählst du mir sogar, wenn sie sich einen Fingernagel abgebrochen hat.« Dane schnaubte. »Als wir vor ein paar Wochen zusammen essen waren, hat doch alles ganz gut ausgesehen. Du lieber Himmel, Rob. Nach vierzehn Jahren …«

»Nach vierzehn Jahren Ehe? Sie hat mich an den Eiern«, sagte Rob. »Vor drei Tagen ist sie mit den Kindern zu ihren Eltern gefahren.«

»Was war denn? Ist es wegen deiner vielen Touren?«, fragte Dane. In all den Jahren, die sie sich schon kannten, hatte Dane seinen Freund nie mit anderen Frauen flirten sehen. Von seiner Familie wusste Rob nur Gutes zu berichten, und soweit Dane das beurteilen konnte, war er ein prima Vater. Warum Sheila Rob sitzenließ, konnte er sich beim besten Willen nicht vorstellen.

Rob schüttelte den Kopf. »Keine Ahnung.« Danes Blick wich er aus.

Dane nahm an, dass Rob durchaus wusste, warum Sheila ihre Sachen gepackt hatte. Nur reden wollte er darüber offenbar nicht. »Wir müssen heute nicht rausfahren.« Er legte Rob eine

Hand auf die Schulter. »Nimm dir einen Tag frei.«

Rob schüttelte seine Hand ab. »Blödsinn. Ich komme schon klar.«

»Rob …«

»Ich komme klar. Lass uns die Sache durchziehen.« Rob stapfte zum Heck des Bootes.

Dane schaute hinter ihm her und fragte sich, wie vierzehn Jahre Ehe einfach so enden konnten. *Wie konnten fünfzehn Monate … ja, was eigentlich? Fernflirten? Wie konnten die einfach so enden?*

Dane steuerte das Boot aus dem Hafen. Dabei grübelte er ununterbrochen weiter. Gestern Abend hatte Lacy nicht gewollt, dass er sie zu ihrem Zimmer begleitete. Die Fahrstuhltür hatte sich zwischen ihnen geschlossen und dabei sein Herz entzweigeschnitten. Während das Boot aufs offene Meer hinausglitt, machte sich Ärger in ihm breit. *Warum habe ich die Panikattacke nicht kommen sehen? Warum zum Teufel habe ich ihr von den anderen Frauen erzählt? Verdammt, warum bin ich nie zu ihr gefahren?*

»Entschuldige? Dane?«

Dane fuhr herum. Tim hatte sich ein Tuch um den Kopf gebunden. Seine blonde Mähne lugte darunter hervor und fiel ihm bis zum Hemdkragen. Er hatte eine breite Brust und eine schmale Taille. Sein beachtlicher Bizeps konnte es mit Danes aufnehmen, aber Tim war mindestens zehn Jahre jünger. »Ja?«

»Ich will nicht nerven, aber Rob kotzt sich da hinten die Seele aus dem Leib. Willst du vielleicht nach ihm sehen? Ich kann hier übernehmen.«

»Scheiße«, sagte Dane. Er überließ Tim das Steuer und ging zu Rob an die Reling. Hugh stand ein paar Schritte entfernt. Er hatte die Arme verschränkt und schüttelte den Kopf.

»Was ist los mit dir?«, fragte Dane.

»Nichts.«

»Warum sagst du mir nicht, dass dir schlecht ist? Du hättest an Land bleiben können. Hugh und Tim sind doch da. Meine Güte, Rob. Wir können uns auch mal eine Pause leisten.« Dane schnappte sich ein Handtuch und gab es seinem Freund.

»Es geht schon wieder.« Rob nahm das Handtuch und stapfte davon.

Hugh schob sich neben Dane. »Kater?«, raunte er.

»Ich denke nicht. So ein Risiko würde er nicht eingehen.« Rob war ein trockener Alkoholiker. Seit fünfzehn Jahren hatte er keinen Tropfen angerührt. Seinem Vater und Treat hatte Dane von Robs Vergangenheit erzählt. Vielleicht war die Information auch zu Hugh durchgesickert. Dane schaute sich nach Rob um. Der hing schon wieder über der Reling. Ungläubig schüttelte Dane den Kopf. Er ging hin und stellte sich neben seinen Freund. »Möchtest du mir irgendwas sagen?«

»Nein.«

»So lange du in dieser Verfassung bist, können wir uns nicht um irgendwelche Haie kümmern. Warum bist du nicht zu mir gekommen?« Dane schob die Gedanken an Lacy lange genug beiseite, um sich auf Rob konzentrieren zu können.

»Ich weiß nicht, wovon du redest. Ich habe einfach einen schlechten Tag«, blaffte Rob.

»So schlecht, dass wir abbrechen müssen?« Dane schaute seinem Freund direkt ins Gesicht.

»Nein.«

Seit zwei Stunden warfen sie Köder ins Wasser und suchten nach Haien. Dane ließ Rob nicht aus den Augen. Anscheinend hatte er sich wieder im Griff. Vielleicht hatte er tatsächlich nur einen schlechten Tag.

»Finne!«, schrie Hugh.

»Großer Gott, Hugh! Warum alarmierst du nicht gleich die Kavallerie?«, schimpfte Rob.

»Wurde auch langsam Zeit«, murrte Dane. Seine Probleme mit Lacy und Rob machten ihn ungeduldig. Mit verschränkten Armen stand er neben seinem Bruder. Gemeinsam schauten sie erwartungsvoll aufs Wasser.

»Jetzt komm schon, du blöder Fisch«, knurrte Rob. »Schnapp dir den Köder.«

»Dauert das immer so lange?« Hugh und Dane streiften ihre Shirts ab. Schweiß glänzte auf ihren muskulösen Oberkörpern.

»Das hier ist noch gar nichts. Rob und ich sind manchmal fünf Stunden unterwegs, ohne die kleinste Finne zu sichten. Das liegt in der Natur der Sache«, erklärte Dane.

»Scheiß Natur«, maulte Rob.

Seine schlechte Laune ging Dane auf die Nerven. Seit Hugh von einem Kater gesprochen hatte, beobachtete er Rob noch aufmerksamer als zuvor. Angesichts der geplatzten Äderchen in dessen Augen fragte Dane sich, ob Hugh vielleicht doch richtiglag.

»Verdammt. Die Biester sind ganz nahe. Schaut euch diesen Prachtkerl an. Wann geht endlich einer an den Haken?«, fragte Hugh.

Rob lehnte an der Reling. »Wenn er so weit ist«, antwortete er barsch.

»Ihm geht's nicht gut«, sagte Dane entschuldigend zu Hugh.

»Mach dir keine Gedanken. Schön, dass ihr mich überhaupt mitgenommen habt. Ich habe gestern Abend nach dir gesucht. Du bist früh gegangen.«

Dane mahlte mit den Zähnen. Über den vergangenen Abend wollte er jetzt nicht sprechen, geschweige denn daran denken, dass Lacy seine Anrufe ignorierte.

»Wo warst du überhaupt?«, fragte Hugh. »Ich habe Lacy in der Lobby getroffen.«

»In der Lobby?« *Was zum Teufel …*

»Ja. Ich habe sie gefragt, wo du bist, und sie meinte, du seist wohl früh ins Bett gegangen. Oder mit jemand anderem zusammen.« Hugh zuckte die Achseln. »Das klang, als wäre zwischen euch etwas schiefgelaufen.«

»Mit jemand anderem? Was denkt sie von mir?« Die Rolle an der Angel klickte. Die Schnur fing an zu laufen. »Ein Biss. Wir haben einen Biss«, rief Dane.

Rob sprang auf und half Dane, die Gurte anzulegen. Dane schaute ihm dabei ins Gesicht. Vielleicht lag es am Adrenalin, vielleicht auch an der frischen Luft. Jedenfalls wirkte Rob jetzt deutlich wacher und klarer als noch vor ein paar Minuten. Er hatte endlich wieder etwas Farbe in den Wangen. Die gewohnten Handgriffe hatten sie binnen Sekunden erledigt, dann schnallte Dane sich auf dem Sessel fest, den er manchmal scherzhaft den Todesstuhl nannte. Das Sitzgestell aus Holz und Metall war mit dem Boot verschraubt. Eine Fußstütze gab Dane zusätzlich Halt, wenn er versuchte, den Hai zum Boot zu ziehen. Der Sessel drehte sich in die Bewegungsrichtung des Hais und Dane stemmte sich mit den Beinen gegen den Zug.

»Und das hält?«, fragte Hugh.

»Besser wäre es«, gab Dane zurück. Er zog die Schnur straff und ruckte dann drei- oder viermal kräftig daran.

»Gib ihm erst mal viel Leine«, sagte Rob.

Dane kannte das Spiel. Der Zug an der Angel sagte ihm, dass ihm ein etwa zweistündiger Drill bevorstand. So lange würde es dauern, bis der Hai müde wurde und sich zum Markieren längsseits ans Boot ziehen ließ. Dane stellte sich auf einen langen, heißen Nachmittag ein. *Gut. Dann kann ich schon mal nicht an Lacy denken.*

Eineinhalb Stunden später traten die Venen an Danes Armen und Beinen blau hervor. Seine Hände waren fest um die Rolle und die Rute geschlossen, sein Bizeps gespannt. Schweiß lief ihm über die Stirn, doch es gelang ihm, den fast drei Meter langen Weißen Hai immer näher zu ziehen.

»Rob!« *Wo zum Teufel ist er?* »Mist. Tim! Schnapp dir die Schwanzschlinge. Hugh, wo zum Teufel ist Rob?«

»Ich hole ihn. Er wollte pinkeln gehen.«

Dane ließ die Augen nicht von dem Hai. »Was?« *Wenn ein Hai am Haken hängt, geht man nicht pinkeln.* Darum konnte er sich jetzt nicht kümmern. Er hatte einen Hai zu markieren. »Das ist der schwierigste Teil, Tim. Die Schlinge muss über die Schwanzflosse.«

Tim griff nach der Metallstange. Dane sah ihn die D-förmige Schlinge an ihrem Ende prüfen. »Alles klar«, sagte Tim.

Dane schnallte sich vom Sessel los und legte sich noch einmal richtig ins Zeug, um den Hai vollends ans Boot zu holen. »Rob!«

»Ja, hier.« Robs Lider waren schwer, seine Wangen gerötet.

»Kriegst du das hin?«, fragte Dane.

»Ja, verdammt.« Rob hatte das Markierungswerkzeug in der Hand.

Dane packte ihn am Arm. »Kein Risiko, Kumpel. Wenn du nicht fit bist, fasst du den Hai nicht an.«

Rob riss seinen Arm weg. »Ich bin fit. Mach dir keine Gedanken.«

»Was kann ich tun?«, fragte Hugh.

Dane beobachtete Rob aus dem Augenwinkel. Er erkannte die Reaktion auf den Adrenalinstoß, den jeder Hai auslöste, wenn er endlich in Reichweite war. Rob bewegte sich jetzt viel sicherer und Dane fragte sich, ob Hugh sich doch getäuscht hatte. Er hoffte es. »Tim zieht ihm die Schlinge über die Schwanzflosse, ich bleibe am Kopf. Du hältst die Rückenflosse fest, während Rob die Markierung anbringt. Halte die Flosse so ruhig wie möglich«, sagte Dane.

»Was ist mit der Schockstarre, von der ich irgendwo gelesen habe?«, fragte Hugh.

»Du weißt was über tonische Immobilität?« Dane konnte kaum glauben, dass sein Bruder sich mehr als nur oberflächlich für das interessierte, was er machte. Manche Spezialisten versetzten Haie zum Markieren in eine Art Lähmungszustand oder Trance, indem sie sie auf den Rücken drehten. Nach ein paar Minuten kam wieder Leben in das Tier und es konnte unverletzt davonschwimmen.

»Mit schnellen Autos und Frauen kenne ich mich besser aus«, antwortete Hugh.

»Was du nicht sagst.« Dane zwinkerte ihm zu. »Wir benutzen diese Technik auch hin und wieder. Aber meistens gehen wir anders vor.« Der Hai wehrte sich. Er wand sich, schlug mit dem Kopf und peitschte mit dem Schwanz. Tim hatte Mühe, ihm die Schlinge übers Hinterende zu schieben.

Beeindruckt von Hughs Wissen und im Vertrauen auf seine Kraft und Geschicklichkeit rief Dane: »Hilfst du ihm, Hugh?«

»Klar.« Als hätte er nie etwas anderes getan, wartete Hugh den richtigen Moment ab. Schon beim ersten Versuch gelang es ihm, die Schlinge über die Schwanzflosse zu ziehen und das Hinterende des Hais zu fixieren. »Ha!«, schrie Hugh. »Die Bradens sind unschlagbar.«

Rob machte sich an die Arbeit. Er stach die Verankerung für den kleinen Sender in die Fettschicht an der Rückenflosse.

»Normalerweise nehmen wir auch Blutproben, messen die Haie und versuchen, ihr Gewicht abzuschätzen. Aber heute machen wir nur das kleine Programm«, sagte Dane zu Hugh. Schnaufend hielt er den Hai mit der Angelrute am Boot. »Eigentlich schade. Dieses Prachtstück hätte ich gern vermessen.«

Rob grinste ihn an. »Wo ist das Problem?«

»Wie bitte?« Hughs Blick flog zwischen Rob und Dane hin und her.

»Dein Bruder will ins Wasser, den Fisch umarmen«, erklärte Rob trocken.

»Du willst da rein?« Hugh war fassungslos.

Dane hielt inne, löste sich aus seinem Adrenalinrausch und schaute Rob ins Gesicht. »Du siehst heute nicht wirklich frisch aus, Mann.«

Rob hatte die Markierung angebracht und rieb sich die Augen. »Jetzt mach schon«, blaffte er.

»Du siehst aus, als wäre dir schlecht. Wir lassen den Fisch besser ziehen.«

»Mir geht's blendend«, gab Rob zurück. »Machst du es jetzt oder lässt du es bleiben? Viel Zeit haben wir nicht mehr.« Um die Haie nicht übermäßig zu stressen, durfte die ganze Prozedur mit dem Markieren und allen zusätzlichen Untersuchungen nie mehr als fünfzehn Minuten dauern. »Jetzt mach schon und beweg deinen Arsch ins Wasser. Vorhin war ich müde, jetzt bin ich fit«, schnauzte Rob.

»Müdigkeit ist riskant«, erwiderte Dane.

»Mir reicht's.« Rob streifte sein Shirt ab und sprang eine Armlänge vom Schwanz des Hais entfernt ins Wasser.

»Verdammt. Halt den Fisch fest, Hugh. Tim! Gib mir die Schlinge.« *Großer Gott, Rob. Was soll das?* Danes Herz raste. Er versuchte, durch das aufgewühlte Wasser etwas zu sehen, und hielt mit aller Kraft die Schlinge fest. Er wusste, dass Rob unter den Hai tauchen und mit Hilfe seiner Arme den Umfang des Tiers abschätzen würde.

Rob kam neben dem Hai an die Oberfläche. »Erledigt.« Grinsend schwamm er zum Boot. Gerade als er hochklettern wollte, schlug der Hai um sich. Rob rutschte ab und fiel zurück ins Wasser.

»Scheiße. Tim! Hol ihn in das verdammte Boot!«, schrie Dane.

Rob schwamm zur Bordwand und ließ sich von Tim aus dem Wasser helfen. Dane befreite den Hai von Schnur und Schlinge.

»Was war das denn, verdammt noch mal? Regel Nummer eins: Jede Aktion wird vorher abgesprochen. Was soll der Scheiß, Rob?«, schrie Dane.

Rob setzte sich auf die Planken, stützte die Ellbogen auf die Knie und wischte sich grinsend das Wasser aus dem Gesicht. »Bauchumfang etwa eins fünfzig.«

»Idiot«, sagte Dane.

Gegen vier Uhr nachmittags legten sie im Hafen an. Dane war zufrieden, dass sie einen Hai markiert hatten, und gleichzeitig stinksauer. Er schaute zu, wie Rob an Land ging und sich mit dem Arm übers Gesicht wischte. Zum ersten Mal nach zehn Jahren war Danes Vertrauen in seinen Freund erschüttert.

»Was sollte die Scheiße da draußen?«, fragte er noch einmal.

»Hey, weißt du was? Man lebt nur einmal. Immer habe ich auf Sicherheit geachtet. Und was hat's mir gebracht?« Rob zuckte die Achseln. »Es war Zeit für einen Kick.« Er klopfte Dane auf den Rücken. »Das war ein guter Tag.«

»Ein guter Tag? So einen will ich nicht noch mal erleben. Ich mache mir Sorgen um dich, Rob. Sollen wir etwas essen gehen und reden?«, fragte Dane.

»Nee. Ich bin platt. Ich stelle mich jetzt unter die Dusche und dann kippe ich ins Bett.« Rob winkte Tim zu.

Robs Probleme mit Sheila und sein Verhalten auf dem Boot ließen Dane nicht los. Dass Rob wieder trank, glaubte er nicht. Aber so leichtsinnig wie heute war er noch nie gewesen.

Er hielt ihn am Arm fest. »Deine Eheprobleme gehen mich vielleicht nichts an. Aber so was wie vorhin kannst du nicht machen. Bist du sicher, dass du nicht doch reden willst?«

»Ganz sicher. Ich komme klar«, presste Rob hervor. »Bis morgen.«

Dane schaute ihm hinterher. So lange die Sache nicht geklärt war, würde er Rob nicht wieder mit aufs Wasser nehmen. Er würde ihm Zeit zum Nachdenken und zum Reden geben und abwarten, bis er sich wieder im Griff hatte.

»Ich muss zum Flugplatz«, sagte Hugh. »Smitty schließt Treats Wochenendhaus für mich auf, damit ich vorher noch duschen kann. Ich fliege über Boston nach Kalifornien. Es war toll heute. Danke, dass ihr mich mitgenommen habt.« Er legte einen Arm über Danes Schulter.

»Es war schön, dich dabeizuhaben. Und du hast dich tatsächlich über Haie informiert?«, fragte Dane. Obwohl er andauernd an Lacy und Rob denken musste, machte dieser neue Zug an seinem Bruder ihn neugierig.

Hugh zuckte die Achseln. »Ich wollte wissen, was meine beeindruckenden älteren Brüder so machen. Über Fusionen und Übernahmen habe ich auch was gelesen. Treat hat ein paar fantastische Deals gemacht. Willst du heute Nacht tatsächlich auf seinem Boot schlafen?«

»Ja. Auf dem Wasser fühle ich mich wohler als an Land«, antwortete Dane. Er zog sein Telefon aus der Tasche und warf einen Blick auf die eingegangenen Nachrichten. *Verdammt.* Er steckte das Telefon wieder weg.

»Nichts von Lacy?«

»Nichts.«

»Bringst du mich zum Wochenendhaus?«, fragte Hugh.

»Klar doch.«

Unterwegs holten sie sich Krabben-Sandwiches, dann fuhren sie weiter zu Treats kleinem Haus in der Bucht.

»Willst du drüber reden?«, fragte Hugh.

Überrascht blickte Dane auf. Er sah echtes Interesse in Hughs Augen. »Lieber nicht«, sagte er.

»Wie du meinst. Aber ich bin ein guter Zuhörer«, gab Hugh zurück. »Und mit Frauen kenne ich mich aus.«

Dane lachte.

»Okay. Das mit dem guten Zuhörer ist vielleicht übertrieben. Aber dass ich was über Frauen weiß, steht fest.«

»Hör mal, kleiner Bruder, ich habe auch so meine Erfahrungen mit den Damen. Das ist ja das Problem«, sagte Dane.

Hugh legte die Stirn in Falten. »Das heißt ... sie ist sauer, weil du zu viele Bettgeschichten hattest?«

Dane warf ihm einen düsteren Blick zu. »Ich hab keinen blassen Schimmer, verdammt.«

»Dann kennst du dich mit Frauen eben doch nicht aus.«

Hugh kippte seufzend die Sitzlehne nach hinten. »Ich an deiner Stelle wüsste längst, was los ist. Könnte es etwas mit ihrer Panikattacke zu tun haben?«

»Hugh, ich weiß es wirklich nicht.« Dane wollte nicht über Lacy reden. Seine Laune war schon schlecht genug und reden würde zu nichts führen. Fünfzehn Monate lang hatte er die Frage verdrängt, warum er nicht alles stehen und liegen ließ und zu ihr nach Massachusetts flog. Und jetzt, wo er die Antwort kannte, war es zu spät.

»Hab dich nicht so. Ich will dir nur helfen. Du bändigst jeden Tag Haie, kannst aber nicht über ein heißes Babe sprechen?« Hugh schüttelte den Kopf.

Dane trat auf die Bremse und fuhr rechts ran. »Jetzt hör mal zu. Sie ist nicht irgendein heißes Babe. Und ich weiß einfach nicht, was los ist, okay? Ich weiß nur, dass ich sie nie wieder gehenlassen wollte, als ich sie erst mal in den Armen hatte. So was ist mir vorher noch nie passiert.« Danes Nasenflügel bebten. Sein Atem ging stoßweise. »Verdammt, Hugh. Sie ist keine Frau für ein kurzes Abenteuer.«

Hugh stellte die Sitzlehne wieder aufrecht. »Reg dich ab, Kumpel. So habe ich es doch gar nicht gemeint.«

»Weißt du, warum ich sie nie besucht habe? Ich hatte Angst, verdammt noch mal. Normalerweise verbringe ich keine Viertelstunde damit, eine Frau näher kennenzulernen. Wenn mir eine gefällt, tue ich ein paar Minuten lang so, als würde ich ihr zuhören. Dabei denke ich die ganze Zeit nur darüber nach, wie ihre Brüste sich wohl anfühlen werden und wie ich sie am schnellsten ins Bett kriege. Bei Lacy war das anders. Ich habe ständig an sie gedacht, mich gefragt, was sie macht und mit wem sie wohl zusammen ist.« Dane sank stöhnend auf dem Sitz zusammen. »Verdammt. Ich mochte sie, obwohl wir uns nicht mal anfassen konnten. Und unser Wiedersehen hier bei Treats

Hochzeit war noch schöner und besser als in meinen wildesten Träumen.«

»Dane«, sagte Hugh.

»Dann kriegt sie eine beschissene Panikattacke und meint plötzlich, wir könnten nicht zusammen sein.« Danes Brust wurde immer enger. »Ich habe mit Danica und Kaylie gesprochen. Ich habe sogar Blake gebeten, Danica dazu zu überreden, dass sie Lacy überredet, mit mir zu sprechen. Aber sie ignoriert meine Anrufe und antwortet nicht auf meine Nachrichten.« Zornestränen brannten in seinen Augen. Er wandte sich ab, damit Hugh sie nicht sah.

»Dane«, sagte Hugh noch einmal.

»Sie hat Schluss gemacht. Einfach so. Sie meint, während ich jede erreichbare Frau gevögelt hätte, hätte sie zu Hause gesessen und darauf gewartet, dass ich endlich vor ihrer Tür stehe. Ich hab's vermasselt, bevor es überhaupt angefangen hat.«

»Dane!« Hugh wedelte mit den Händen, damit sein Bruder ihn anschaute.

»Was?« Dane fuhr hoch.

»Willst du mit ihr zusammen sein?«

»Was ist das denn für eine dämliche Frage?«, blaffte Dane.

»Willst du?«

»Ja, das will ich. Ja. Mehr als du dir vorstellen kannst.« Dane rieb sich das Gesicht und stöhnte noch einmal auf.

»Wenn sie ein Hai wäre, was würdest du dann tun?«, fragte Hugh.

»Alles, was nötig ist, verdammt. Ich würde ihr nachjagen, bis ich sie am Haken habe. Ich würde kämpfen, bis sie aufgibt.«

»Klingt romantisch.«

»Du weißt, was ich meine. Ich würde nicht lockerlassen. Aber Lacy ist kein Hai, sie ist eine Frau. Eine kluge, warmherzige, charmante, schöne und sinnliche Frau, die nicht umzustimmen ist und nicht nach dem Köder schnappt«, sagte Dane. Er steuerte den Wagen zurück auf die Straße.

»Wo ist das Problem? Arbeitet sie nicht bei World Geographic? In der Werbung?«

»Als Kundenbetreuerin im Marketing«, korrigierte Dane.

»Und du hast eine Stiftung. Brauchst du denn keine Marketingstrategie?«, fragte Hugh.

»Nein.« *Eine Marketingstrategie?*

»Ganz sicher? Ich finde, du solltest eine haben.« Hugh lächelte hintersinnig.

»Marketing.« Dane legte die Stirn in Falten. »Ich soll ihr einen Job anbieten? Darauf würde sie sich nie einlassen.«

»Nein. Du gibst World Geographic den Auftrag. Du bist Dane Braden. Du bist ein bekannter Haiforscher und deine Stiftung hat einen guten Namen. Den Auftrag verknüpfst du mit der Bedingung, dass Lacy ihn übernimmt. Ganz einfach.«

»Einfach?«, fragte Dane. »Und was dann? Ich fahre in ihr Büro und starre an die Wand?«

»So einfach nun auch wieder nicht, Dane. Denk nach.«

Dane atmete laut aus. *Ihrer Firma den Auftrag geben und dann was?*

»Dane, komm mal von der Leitung runter. Sie hat Angst vor Haien. Du kannst ihr helfen. Und sie kann sich um dein Marketing kümmern. Vielleicht muss sie dazu ein Forschungs- und Markierungsprojekt begleiten. Für eine Woche oder so. Vielleicht muss sie deine Arbeit gründlich kennenlernen, damit sie ein maßgeschneidertes Konzept auf die Beine stellen kann.«

Dane bog in die Einfahrt des Wochenendhauses ein. »Das ist ein bisschen weit hergeholt.«

»Na und? Ungewöhnliche Probleme brauchen ungewöhnliche Lösungen. Du bist doch sonst nicht so zaghaft«, sagte Hugh. »Komm mit rein, stell dich unter die Dusche, zieh dich um und entscheide dich.«

»Das ist verrückt«, sagte Dane.

»Nicht verrückter, als mit Haien zu tauchen.«

Zwanzig Minuten später hing Dane am Telefon. Er würde sein derzeitiges Markierungsprojekt unterbrechen, denn für sein Vorhaben brauchte er etwas Zeit. Rob hinterließ er eine Nachricht. »Nimm dir die nächsten zwei Tage frei. Ruh dich aus. Wir machen am Mittwoch weiter. Ich bin morgen nicht hier in der Stadt. Falls du über Sheila reden willst, ruf mich an. Und, Kumpel, nach dem was heute gelaufen ist, mache ich mir ernsthaft Gedanken.«

Als Nächstes rief er Danica an und bat sie um Ratschläge, wie er Lacy mit ihrer Haiphobie helfen konnte. Von seinem Plan sagte er ihr nichts. Er musste seine ganze Überredungs-kunst aufbieten, geradezu betteln und mehrmals versichern, wie ernst er es mit Lacy meinte. Aber eine Dreiviertelstunde später war er mit wertvollen Informationen zu Desensibilisie-rungstechniken ausgestattet und hatte etwas über Konfronta-tionstherapien erfahren, bei denen Menschen mit Phobien lernten, mit angstauslösenden Reizen umzugehen.

Ein letzter Anruf stand noch aus, und während er online nach der Nummer von World Geographic in Boston suchte, hatte er das Gefühl, auf dem richtigen Weg zu sein.

Kapitel 11

Mit schwerem Herzen schleppte Lacy sich am Montagmorgen durch die gläserne Eingangstür von World Geographic. Danes Anrufe hatte sie genauso ignoriert wie seine Nachrichten. Ihre E-Mails hatte sie sich mit Absicht nicht angesehen. Sie wollte weder Danes Stimme hören noch irgendwelche Worte lesen, die ihre Entschlossenheit untergraben konnten. Sie musste ihr gebeuteltes Herz vor ihm schützen. Wie sehr es sie verletzt hatte, dass er monatelang nicht zu ihr gekommen war, wusste sie erst, seit er ihr in die Augen geschaut und ihr gestanden hatte, dass er mit anderen Frauen zusammen gewesen war. Mittlerweile hatte sie sich aber klargemacht, dass sie einander nie eine monogame Beziehung versprochen hatten. Seine Abenteuer konnte sie ihm also nicht vorhalten, auch wenn es wehtat, das zu akzeptieren. Lacy atmete tief durch. Das ganze Schlamassel brachte sie komplett durcheinander. *Eine Trennung ist die beste Lösung. Ganz gleich, wie sehr ich mich nach ihm sehne. Danach, ihn zu berühren. Ihn zu küssen. Oh Gott, sei still!* Sie konnte nicht zur Belastung für sein Leben werden, wollte keine »Herausforderung« sein. Er brauchte eine Frau, die das Meer und seinen Job so lieben konnte wie er selbst.

Der vergangene Abend hatte sich wie in Zeitlupe

dahingeschleppt. Dane war überall. Sobald sie die Augen schloss, hatte sie sein Gesicht gesehen, und seine dunklen Augen, die sie baten, nicht wütend auf ihn zu sein, sondern mit ihm zu reden. Eine Zeit lang war sie im Netz gesurft und bald bei einem Artikel über neuere Sichtungen von Weißen Haien vor Cape Cod gelandet. Auch die Brave Foundation wurde in dem Artikel erwähnt. Die Stiftung hatte den Auftrag bekommen, die Haie aufzuspüren und zu markieren. Eigentlich hatte Lacy den Link gar nicht anklicken wollen, aber sie hatte nicht widerstehen können. Stundenlang hatte sie sich Haivideos angeschaut und Texte über verschiedene Haiarten gelesen. Je mehr sie erfahren hatte, desto interessanter war das Thema für sie geworden. Mit dem Kopf voller Informationen über Haie hatte sie schließlich den Computer ausgeschaltet, war ins Bett gefallen und hatte sich dort für den Rest der Nacht hin und her gewälzt.

Hier bei der Arbeit warteten wenigstens Projekte auf sie, und es gab Kunden, die angerufen werden wollten. Ihr Gehirn würde beschäftigt sein. *Zu beschäftigt, um an Dane zu denken.*

Sie schaltete den Computer ein. Sofort erschien eine hausinterne Nachricht auf ihrem Bildschirm. Sie kam von Fred, ihrem Boss. *Neuer Kunde. Non-Profit. Dein Zuständigkeitsbereich. Meeting um neun in meinem Büro.* Wunderbar. Eine neue Aufgabe.

Die erste externe E-Mail stammte von Danica. *Mist.* Auch auf Danicas Anrufe hatte Lacy gestern Abend nicht reagiert. Sie hatte nicht getröstet werden wollen, und jetzt hatte sie ein schlechtes Gewissen. Lacy griff nach ihrem Handy und rief ihre Schwester an.

»Lacy, alles in Ordnung?«, fragte Danica.

»Geht so. Ich wollte ein bisschen allein sein.«

»Oh je. Was ist passiert? Ich habe am Sonntagmorgen Ausschau nach dir gehalten, aber du warst schon weg. Savannah sagt, zwischen dir und Dane hätte es Knatsch gegeben.«

Lacy verdrehte die Augen, um die Tränen zurückzudrängen. »Gibt es denn keine Geheimnisse auf dieser Welt?«, presste sie hervor.

»Savannah mag dich.«

»Ach ja? Es wäre besser, sie täte es nicht«, sagte Lacy.

»Ach, Kleine. Du klingst so traurig. Was ist denn los?«, fragte Danica.

Lacy hoffte, dass Danica ihr helfen würde, stark zu bleiben. »Sagen wir einfach, mir ist endlich klar geworden, dass es nicht in Ordnung ist, fünfzehn Monate lang auf jemanden zu warten. Ich hätte die Alarmlämpchen früher blinken sehen müssen. Du warst mal Therapeutin. Du hättest mich warnen können.«

»Im Ernst? Jetzt ist es also meine Schuld? Hast du nicht immer gesagt, es wäre okay, dass er nie zu dir kommt? Du hattest selbst unheimlich viel um die Ohren und hast behauptet, du würdest ihn verstehen. Was hat sich denn plötzlich geändert?«, fragte Danica.

Lacy schwieg. Lügen lag ihr einfach nicht.

»Lacy?« Als sie nicht antwortete, sagte Danica: »Hör mal, Liebes, falls es wegen der Panikattacke ist, da kannst du was tun. Sicher gab es mehr als einen Auslöser dafür. Deine Gefühle für Dane sind noch intensiver geworden, all deine aufgestauten Erwartungen wurden einem Realitätstest unterzogen, aus Lust und Begehren ist echte Intimität geworden, und zu all dem kam deine Sorge, du könntest Angst vor Haien haben. Angst ist eine seltsame Sache, Lacy. Sie kann sehr plötzlich kommen und tausend verschiedene Ursachen haben.«

Lacy wollte nur raus aus ihrem Gefühlssumpf. Sie liebte

Dane schon viel zu sehr, um die Frau zu sein, um die er sich immer Sorgen machen musste. Er war so aufmerksam auf ihre Bedürfnisse eingegangen, und sie wusste, dass er das weiterhin unermüdlich tun würde, wenn es nötig war. Aber sie durfte nicht zulassen, dass er seine Zeit und Energie dafür verschwendete, sie wegen ihrer blöden Ängste in Watte zu packen. Er brauchte eine starke Partnerin, die sich nicht ausgerechnet vor den Tieren fürchtete, deren Rettung seine Mission war. Ihre Entscheidung stand fest und sie würde sich nicht davon abbringen lassen. Selbst wenn sie Danica dafür auf eine falsche Fährte locken musste. Für sie selbst war diese andere Sache kein Weltuntergang. Oder etwa doch? Darüber nachzudenken, tat zu sehr weh. Jedenfalls würde Danica gleich verstehen, dass eine Beziehung mit Dane nicht infrage kam.

»Er hat in jedem Hafen ein Mädchen oder zwei«, sagte Lacy.

»Ja und?«

»Wie bitte? Danica?« Lacy senkte die Stimme. »Was soll das heißen – *ja und?*« *Verdammt, und ich dachte, damit wäre alles gesagt.*

»Was jemand tut, bevor es mit dem oder der Richtigen funkt, ist nicht ausschlaggebend. Viel wichtiger ist, wie es anschließend weitergeht«, sagte Danica. »Sieh dir Blake an.«

»Das ist was anderes«, widersprach Lacy. *Warum will sie unbedingt, dass aus Dane und mir etwas wird?*

»Ach ja? Inwiefern?«, fragte Danica.

Dass Blake vor der Beziehung mit Danica nie etwas hatte anbrennen lassen, war kein Geheimnis. Er hatte mit zahllosen Frauen geschlafen und selten zweimal mit derselben.

»Die meisten Männer ändern sich nicht«, erklärte Lacy.

»Falsch«, erwiderte Danica.

»Sie müssen sich schon ändern wollen.«

»Richtig. Und? Will er?«

»Woher soll ich das wissen?«, fragte Lacy.

»Willst du das denn?« Danica ließ nicht locker.

»Ich weiß es nicht.« Lacy schloss die Augen und drängte eine neue Welle von Tränen zurück. »Aber das ist auch nicht wichtig. Ich kann nicht mit einem Mann zusammen sein, der Haie markiert. Ich habe schreckliche Angst vor diesen Tieren.«

»Das ist eine Phobie, und wie schlimm es wirklich ist, weißt du noch gar nicht. Du hattest eine einzige Panikattacke, und zu dem Zeitpunkt sind eine ganze Reihe von potenziellen Angstauslösern zusammengekommen. Wenn du öfter Zeit mit Dane verbringst, werden deine Nerven sich beruhigen. Von ihm könntest du viel über Haie lernen und durch die Beschäftigung mit ihnen könntest du nach und nach deine Angst verlieren. Man kann eine Phobie loswerden, und manchmal ist das gar nicht so schwer.«

Stille breitete sich aus.

»Was willst du jetzt tun?«, fragte Danica nach einer Weile.

»Vergessen, dass er mir je begegnet ist, und mein Leben weiterleben«, antwortete Lacy.

»Und wie gut ist dir das gestern Abend gelungen?«

Lacy starrte in ihren Schoß. Sie dachte an die unzähligen Taschentücher, die sie verbraucht, und die Familienpackung Eiscreme, die sie vertilgt hatte.

»Lacy?«

»Hmm?«

»Willst du nicht mit ihm reden, bevor du die Tür endgültig zuschlägst? Keiner zwingt dich, mit ihm zusammen zu sein. Aber ein klärendes Gespräch kann nicht schaden. Du hast fünfzehn Monate lang gewartet. *Fünfzehn Monate.* Und jetzt willst du alles hinschmeißen, weil du eine Panikattacke hattest?

Wenn du möchtest, kann ich dir damit helfen«, sagte Danica.

»Aber wenn er mich wirklich mögen würde, hätte er mich dann nicht irgendwann mal besucht? Ernsthaft, Danica, würdest du dir das bieten lassen?«, fragte Lacy. Am gestrigen Abend hatte sie stundenlang genau darüber nachgedacht. Selbst wenn sie in den vergangenen eineinhalb Jahren einmal hätte freinehmen können, hatte sie behauptet, das wäre nicht möglich, weil sie für den nächsten Karriereschritt ohne Pause durcharbeiten müsste. In Wahrheit hatte sie genauso viel Angst vor einem Treffen gehabt wie Dane.

»Ich weiß es nicht.« Danica seufzte. »Du hast in der ganzen Zeit recht glücklich gewirkt und nicht wie eine enttäuschte, frustrierte Frau. Dane hat dich immer zu den vereinbarten Zeiten angerufen. Er hat sich Zeit für Video-Chats genommen, dir E-Mails und Karten geschrieben. Vernachlässigt oder versetzt hat er dich nicht.«

»Verdammt, Danica. Du machst mir die Sache nicht gerade leichter.« Das Telefon auf Lacys Schreibtisch klingelte. »Moment.« Sie legte das Handy beiseite und griff nach dem Hörer. »Lacy Snow.«

»Der neue Kunde ist schon da. Kannst du jetzt gleich in mein Büro kommen?«, fragte Fred.

»Klar. Bin in zwei Minuten bei dir«, sagte Lacy.

»Ist gut.«

Sie legte auf. Zu Danica sagte sie: »Ich muss zu meinem Boss. Wir haben einen neuen Kunden.«

»Okay. Aber eins noch, Lacy. Wegen Dane solltest du nichts überstürzen. Mit deiner Phobie kann ich dir helfen, und du kannst dir in Ruhe überlegen, ob und wie es mit Dane und dir weitergehen soll«, sagte Danica.

»Ich weiß nicht. Ich glaube, es ist am besten, einen

Schlussstrich zu ziehen. Auf seine Anrufe und Nachrichten habe ich nicht reagiert. Glaub mir, das ist mir unfassbar schwergefallen. Ich bin so sehr daran gewöhnt, vor dem Einschlafen seine Stimme zu hören, dass der Abend ohne ihn die reinste Folter war. Bevor ich ihn kennengelernt habe, war ich nie einsam. Aber jetzt, wo wir fast jeden Abend geredet und uns auch endlich getroffen haben ...« *Jetzt, wo ich ihn berührt habe ...* »Jetzt fühle ich mich furchtbar verlassen. Wie kann das sein nach nur einem einzigen gemeinsamen Wochenende?« Lacy stöhnte. »Ich muss einfach daran glauben, dass es so am besten ist.« *Und für immer mit einem gebrochenen Herzen leben.*

Dane saß Fred Wright, dem Geschäftsführer von World Geographic, gegenüber und hoffte, dass seine List funktionieren würde. Anrufe und Nachrichten konnte Lacy ignorieren. Aber nicht einen Mann, der leibhaftig vor ihr saß. Seine Gefühle für sie waren zu stark, um die vergangenen eineinhalb Jahre einfach vom Tisch zu wischen. In gewisser Weise waren all die Telefongespräche und Chats sogar intimer gewesen als manches, was am Wochenende passiert war. Die Gespräche mit Lacy bedeuteten ihm sehr viel. Und die positiven Veränderungen, die er an sich bemerkte, hatte er ihr zu verdanken. Einfach kampflos aufzugeben, kam nicht infrage. Er musste zumindest versuchen, Lacy den Mann zu zeigen, der er gern sein wollte. Und dieser Mann wollte ihr auch helfen, ihre Angst vor Haien zu überwinden.

Hughs Vorschlag hatte er mit einigem Magengrimmen in die Tat umgesetzt. Er ging ein großes Risiko ein. Vielleicht explodierte Lacy, wenn sie ihn sah. Sie konnte eine Szene machen, ihn vor ihrem Boss blamieren und seine Träume endgültig platzen lassen. Dane klammerte sich an die Hoffnung, dass ihr Job ihr dafür zu wichtig war.

In einer schlichten weißen Bluse, einer eleganten schwarzen Hose und mit einem geschäftsmäßigen Lächeln auf dem Gesicht trat Lacy in Fred Wrights Büro. Dane schlug das Herz bis zum Hals. Lacys Blick schweifte durchs Zimmer und blieb an ihm hängen. Dass ihre professionelle Freundlichkeit einem Ausdruck größter Verwirrung wich, tat weh. Sie zog die feinen Augenbrauen zusammen. Ihr Blick sprang zwischen den beiden Männern hin und her.

»Wa...« Weiter kam sie nicht.

»Lacy, das ist Dane Braden, der Gründer der Brave Foundation. Er möchte, dass wir im kommenden Jahr eine Marketingkampagne für ihn auf die Beine stellen.« Fred war ein unscheinbarer Mann mit schmalen Schultern und fülligen Hüften. Lächelnd zeigte er auf Dane. »Tut mir leid, dass du keine Zeit hattest, dich vorzubereiten, Lacy. Mr. Braden hat gestern Abend unsere Servicenummer angerufen und mich informieren lassen. Ich habe ihn zurückgerufen, aber danach war es schon zu spät, um dir Bescheid zu geben.«

»Ähm. Hallo ...«, sagte Lacy.

»Lacy.« Dane erhob sich und schüttelte ihr die Hand, als wären sie einander nie begegnet und schon gar nicht am Wochenende hungrig übereinander hergefallen. Er würde sie die Spielregeln bestimmen lassen. Mehr oder weniger. Ihre Hand zitterte in seiner. Dane legte seine andere Hand über ihre. Er hoffte, dass diese kleine Geste sie besänftigen und beruhigen und den Pfeilen, die sie mit den Augen auf ihn abschoss, die Spitze nehmen würde.

Mit ungläubigem Blick sank sie auf den Sessel neben Dane.

Er seufzte erleichtert auf. *Wenigstens hat sie mich nicht sofort auffliegen lassen.* Lächeln durfte er jetzt eigentlich nicht, sonst glaubte sie womöglich, er würde sie verspotten. Aber es gelang ihm nicht, das beglückte Grinsen von seinem Gesicht zu wischen. Die Wiedersehensfreude brachte sein Herz zum Singen. Er musste sich eisern beherrschen, um nicht einfach die Hand nach ihr auszustrecken.

»Wie gesagt, wir sollen eine Marketingstrategie entwerfen, die Brave Foundation zu einer Marke machen und auf breiter Ebene in den neuen Medien platzieren. Lacy, Mr. Braden möchte ...«

»Dane, bitte«, sagte Dane.

Fred lächelte. »Dane. Danke. Dane hat darum gebeten, dass du dich der Sache annimmst.«

Dane sah, wie sie das Gesicht verzog. Das Licht, das mit ihr in den Raum gekommen war, wurde von der Verwirrung und Verletztheit in ihren Augen überschattet.

»Aber ich muss mich um meine laufenden Projekte kümmern und ...«, sagte sie mit dünner Stimme.

»Das kriegen wir hin«, unterbrach Fred sie. »Tasha übernimmt deine Kunden, damit du dich in nächster Zeit voll und ganz der Brave Foundation widmen kannst.«

Lacy musterte Dane mit geschürzten Lippen.

»Ich habe gehört, Lacy Snow sei die Beste«, erklärte Dane.

»Tatsächlich?«

Er hörte den Ärger in ihrer Stimme.

»Von wem?«, fragte sie.

Dane hatte die frühen Morgenstunden mit Recherchen über Lacys Kunden verbracht und war mehr als beeindruckt von ihren Referenzen. »Von Oceanic Research zum Beispiel. Und ein guter Freund von der Boots-for-Boys-Stiftung meinte, ich könnte für diese Aufgabe niemand Besseren finden.«

Lacy knirschte mit den Zähnen. Aber hinter ihrer Anspannung und Verärgerung spürte Dane Trauer. Die Röte um ihre Lider verriet ihm, dass auch sie eine harte Nacht hinter sich hatte. *Ich tue das Richtige.*

»Dan ...«

»Dane«, korrigierte er sie. Er schmunzelte über ihren Versuch, ihn zu provozieren. *Das ist die Lacy, die ich kenne und liebe.* Dane gefiel ihre Eigenwilligkeit und Stärke mindestens genauso gut wie ihre feminine Seite.

Fred schaltete sich ein. »Lacy, Dane hat derzeit einen Einsatz in Chatham, und du von heute Nachmittag an auch.«

»Wie bitte?«

»Spannende Sache, ich weiß«, sagte Fred. »Ich finde die Idee absolut großartig. Du lernst die Arbeit der Stiftung für ein oder zwei Wochen aus erster Hand kennen, erfährst, mit wem sie zu tun haben, und kannst dir ein Bild von ihrer Außenwirkung machen. Du wirst ganz nah dran sein, ein Teil des Teams. Und dann entwickelst du eine maßgeschneiderte Strategie.« Fred schaute Dane an. »Lacy ist unglaublich fähig und flexibel. Unsere beste Mitarbeiterin.«

»Teil des Teams? Entschuldigung, *Dane*, aber beschäftigt sich die Brave Foundation nicht vorwiegend mit Haien? Es tut mir leid, aber vor Haien habe ich furchtbare Angst. Ich denke, diese Aufgabe sollte jemand anderes übernehmen.« Lacy erhob sich mit einem kühlen Lächeln.

Mit dieser Reaktion hatte Dane gerechnet. »Ja, wir kümmern uns um Haie. Aber ich werde dafür sorgen, dass keine unnötigen Stresssituationen entstehen.«

Lacy kniff die Augen zusammen. »Schon der Gedanke an einen Hai ist für mich Stress pur.«

»Zu direktem Kontakt mit den Tieren wird es auf keinen Fall kommen. Dafür sorge ich.« Dane spürte Lacys bohrenden Blick. Einerseits tat es ihm weh zu sehen, wie sie sich wand. Andererseits war er überzeugt, dass sie beide diese Chance verdienten. Er musste herausfinden, ob ihre schönen gemeinsamen Stunden der Auftakt zu einem erfüllten gemeinsamen Leben gewesen waren oder ob er sich getäuscht und zu viel erwartet hatte.

Dane stand auf und streckte Fred die Hand hin. »Es war mir ein Vergnügen. Vielen Dank. Ich freue mich auf eine für beide Seiten fruchtbare Geschäftsbeziehung.« *Und noch mehr auf eine Beziehung mit Lacy.* Er drehte sich zu ihr, streckte auch ihr seine Hand entgegen und schlug einen professionellen Ton an. »Ich fahre heute Nachmittag nach Chatham und hätte noch einen Platz frei.« Er konnte sich ein Leben ohne Lacy nicht mehr vorstellen und wollte nichts dem Zufall überlassen. Um Lacy nicht das Gefühl zu geben, dass er sie zu Intimitäten drängen wollte, hatte er sich schon etwas ausgedacht. Außerdem musste er ihr klarmachen, dass er sich nicht noch mehr in sie verlieben würde. Dass er schon bis zum Hals in der Sache drin steckte, musste sie ja nicht wissen.

»Ich habe selbst ein Auto. Danke«, sagte sie eisig.

Kapitel 12

»Ich bin die Falsche für diese Aufgabe. Ich habe Angst vor Haien und meine laufenden Projekte erfordern meine ganze Aufmerksamkeit. Bitte schick Tasha hin.« Seit fünf Minuten versuchte Lacy, Fred davon zu überzeugen, dass sie für den Job nicht geeignet war. Doch ganz offenbar redete sie gegen eine Wand. *Ich bringe Dane um.* Warum tat er ihr das an? Er konnte jede Frau haben, die er wollte. Warum gerade sie? *Ich bin nichts Besonderes.* Aber schon während sie die Worte dachte, wusste sie, dass es darum gar nicht ging. Was zwischen ihnen war, war etwas Besonderes. Sie spürte es genau. Es war unheimlich stark, und gerade deshalb bemühte sie sich so sehr, es zu ignorieren.

»Ich habe vollstes Vertrauen in dich«, sagte Fred. »Für unsere Firma ist das ein sehr wichtiges Projekt, und ich erwarte, dass du es ebenso gewissenhaft und professionell angehst wie alle deine Aufträge. Außerdem arbeitest du doch gerne hier.«

Fred hatte sie in den letzten fünf Jahren sehr unterstützt. Er hatte sie angespornt und sie oft dazu gebracht, noch härter zu arbeiten, auch wenn sie geglaubt hatte, sie würde bereits alles geben. Immer wieder hatte er sie ermutigt und ihr den Weg in Richtung der Stelle in der Abteilungsleitung gewiesen, auf die sie schon so lange hingearbeitet hatte. Wollte er jetzt wirklich andeuten, dass ihr Job auf der Kippe stand?

»Was soll das heißen? Willst du mich feuern, wenn ich den Kunden nicht übernehme?« Lacy wurde heiß. Musste sie etwa um ihren Job fürchten?

»Nein. Du bist eine geschätzte Mitarbeiterin, Lacy. Aber wir wissen beide, dass du mehr sein willst als Kundenbetreuerin, und du hast bewiesen, dass du die Fähigkeiten und das Stehvermögen dafür hast. Wenn ich das Projekt Tasha überlasse, könnte das das Aus für die Beförderung sein, um die du so gekämpft hast.«

»Ist die Brave Foundation wirklich so wichtig für uns?«, fragte Lacy.

»Wir sprechen von einem prominenten neuen Kunden, der ein enormes Auftragsvolumen mitbringt. Lacy, wenn du erst Abteilungsleiterin bist, bestimmst du selbst, wen du als Kunden annimmst und wann. Die Recherchearbeit und die Verwaltungsaufgaben machen dann andere für dich. Eine Kampagne für die Brave Foundation ist eine große Sache, Lacy. Und außerdem – sind ein, zwei Wochen in Chatham nicht eine ganz angenehme Art, seine Brötchen zu verdienen? Dane Braden macht einen netten und sehr professionellen Eindruck. Er hat ein ansehnliches Budget für deine Reisekosten bereitgestellt. Du wirst rundum bestens betreut werden«, versicherte ihr Fred.

Darauf möchte ich wetten, und genau davor habe ich Angst. Lacy wollte unbedingt weiterkommen. Für die Chance auf diese Stelle hatte sie nicht nur hart gearbeitet, sondern auch einiges geopfert. Unter anderem die Gelegenheit, sich in den vergangenen Monaten mit Dane zu treffen. Sie stöhnte innerlich auf. Obwohl sie verwirrt und verärgert war, lenkte sie widerwillig ein.

»Na schön«, sagte sie. »Danke für die Gelegenheit, mich zu

beweisen.« *Und die Gelegenheit, Dane eine Ohrfeige zu verpassen. Gefolgt von einem Kuss auf seine sinnlichen Lippen. Hör auf. Sofort.*

Lacy schnappte sich ihr Handy und hetzte aus dem Gebäude. Sie wählte Danicas Nummer, tigerte auf dem Parkplatz im Kreis und hatte dabei das Gefühl, ihr kämen vor Zorn Dampfwolken aus den Ohren.

Sie landete auf Danicas Mailbox. »Er war hier, Danica. Er ist bei World Geographic aufgetaucht und hat uns engagiert. Und ich muss dafür nach Chatham und mit ihm zusammenarbeiten, sonst war's das mit meiner Karriere. Verdammt! Wo bist du?« Sie ließ das Telefon sinken, drückte es aber sofort wieder ans Ohr. »Tut mir leid. Ich wollte meinen Frust nicht an dir auslassen. Ruf mich an. Bitte.« Lacy beendete den Anruf und starrte auf das Gebäude. Um direkt an ihren Schreibtisch zurückzukehren, war sie zu aufgewühlt. Ärgerlich stapfte sie weiter auf dem Parkplatz herum. Der Wagen, den sie vorbeilassen wollte, hielt an. Sie fuhr herum.

Verdammt noch mal, es ist *Dane.*

Lächelnd schaute er sie durchs offene Fenster an. »Tut mir leid.« Er zuckte die Achseln.

»Es tut dir leid? Du kommst in die Firma und verlangst, dass ich mit dir nach Chatham fahre, und jetzt sagst du, es tut dir leid? Was erwartest du, Dane? Soll ich einen Freudentanz aufführen? Es hat sich nichts geändert. Dass du hier aufgetaucht bist, war ein großer Fehler.« Sie stellte sich breitbeinig hin, verschränkte die Arme und verbot den Tränen in ihren Augen, ihr über die Wangen zu kullern.

»Ich hatte gehofft, dass du dich wenigstens ein bisschen freust«, antwortete er.

Lacy stöhnte. »Vergiss es. Du kannst dir den Weg ins Herz

einer Frau nicht erkaufen.«

»Ein Herz, das man kaufen kann, würde mich nicht interessieren. Aber deines ist unbestechlich und wäre mit Geld sowieso nicht zu bezahlen.«

»Hör auf«, sagte sie.

»Womit?«

»Hör auf, so furchtbar nette Sachen zu sagen.«

Dane lächelte. »Wir sollten über unser gemeinsames Projekt reden, findest du nicht?« Er stellte den Motor ab und öffnete die Tür.

Als er ausstieg, setzte ihr Herz ein paar Schläge lang aus. Ihr Blick glitt an seinem Körper hinab. Sie erinnerte sich an das Gefühl, ihn auf sich zu haben. In sich. *Nein. Nein. Nein.* Lacy wich einen Schritt zurück.

Dane zog einen Umschlag aus der Tasche. »Darin findest du die Adresse des Sommerhauses, das ich für dich gemietet habe. Es ist in Chatham. Du musst also nicht pendeln. Und es liegt direkt an der Bucht von Cockle Cove. Ich glaube, es wird dir gefallen.«

Sie nahm den Umschlag. *Du hast mir ein Sommerhaus gemietet? In einer Bucht?*

»Eine Routenbeschreibung zum Hafen habe ich dir ausgedruckt. Dazu eine Liste von Restaurants und Geschäften, die dich interessieren könnten, und in den Unterlagen steht auch, wo ich wohnen werde, falls du etwas brauchst. Meine Telefonnummer hast du ja. Ich nehme an, wir sehen uns morgen um acht?«

Lacy starrte den Umschlag an. Sie war völlig überrumpelt. *Ich fahre zu ihm nach Chatham. Er hat mir ein Sommerhaus gemietet.*

»Um acht«, murmelte sie. Vielleicht hätte seine eigenmächtige Planung sie nervös machen sollen, doch das Gegenteil war der Fall. Dane war hier. Er war für sie hergekommen, und er hatte alle möglichen Vorbereitungen getroffen, damit sie einander sehen konnten. Fünfzehn Monate lang hatte sie sich genau das gewünscht. Jetzt erfüllte er ihre Wünsche, und sie schaffte es nicht, ihm eine Abfuhr zu erteilen. Sie spürte, wie ihre Augenbrauen an ihren angestammten Platz zurückkehrten. Die Spannung in ihrem Kiefer ließ nach.

»Eine Aufstellung unserer Aktivitäten findest du auch in dem Umschlag, Lacy. Ich will dich nicht unter Druck setzen.«

»Nein, kein bisschen.« Sie verdrehte die Augen.

»Sieh es als kleinen Schubs, der hoffentlich in die richtige Richtung geht. Ich möchte einfach mehr Zeit mit dir haben. Aber keine Sorge, das ist kein listiger Versuch, dich ins Bett zu kriegen. Weißt du was? Lass uns eine Vereinbarung treffen, Lace.« Er lächelte. Seine Augen tanzten.

Oh Gott. Ich liebe es, wenn du meinen Namen so sagst.

»Wir einigen uns darauf, uns nicht kopflos ineinander zu verlieben. Okay? Kein Zwang, kein Druck.«

»Nicht kopflos …« *Kein Druck. Nicht verlieben. Himmel, ich liebe dich jetzt schon.*

Dane nickte. »Ja, so ist es wohl am besten. Lass uns sehen, ob wir Freunde sein können. In den Dünen habe ich etwas gefühlt, das ich immer noch nicht ganz verstehe. Und gestern Nacht? Gestern Nacht war die Hölle. Ich bin es so gewöhnt, abends deine Stimme zu hören. Die plötzliche Funkstille war furchtbar. Immer wieder habe ich gesehen, wie die Fahrstuhltür sich zwischen uns geschlossen hat. Und dann dein Gesicht: so durcheinander. So voller Ärger und Frustration.« Er strich mit der Fingerspitze über ihre Wange. »Ich will unsere Freundschaft nicht kaputtmachen.«

»Freundschaft.« *Großer Gott. Reiß dich zusammen. Sag etwas Vernünftiges. Willst du wirklich, dass wir nur Freunde sind?* Sie war zu verwirrt. Wollte er tatsächlich nur, dass sie sich nicht unter Druck gesetzt fühlte? Oder war ihm ihre Freundschaft wichtiger als alles andere? Was immer er im Sinn hatte, sie war einverstanden. »Okay.« *Herrje.*

»Okay?« Seine Augen strahlten. »Du sicherst mir zu, dich nicht in mich zu verlieben?«

Lacy spürte, wie sich ein Lächeln auf ihr Gesicht stahl. »Ja. Aber das ist keine Einbahnstraße. Du darfst dich auch nicht in mich verlieben.« *Was rede ich da?*

»Abgemacht«, sagte er.

Während sie seinem Wagen hinterherschaute, wählte sie Danicas Nummer und hinterließ ihrer Schwester eine weitere Nachricht. »Ruf mich bitte an. Ich glaube, ich habe ein Problem.«

Kapitel 13

»Habe ich das richtig verstanden? Du wohnst in einem Sommerhaus in Chatham, das Dane für dich gemietet hat, und tust was? Ihn bei seiner Arbeit begleiten? Und dein Boss war einverstanden?«, fragte Danica.

Es war neun Uhr abends und Lacy saß auf der Terrasse des kleinen Hauses. Sie hörte die Wellen ans Ufer schlagen, und die kühle Brise, die vom Wasser herüberwehte, ließ Erinnerungen wachwerden.

Sie drückte ihr Handy ans Ohr. »Jap. Und er hat einen wirklich guten Geschmack. Das Haus ist sehr hübsch. Zwei Schlafzimmer, zwei Bäder und ...«

»Lacy«, unterbrach Danica sie.

»Ja?«

»In deiner Nachricht hast du gesagt, du hättest ein Problem. Habe ich irgendwas nicht mitgekriegt?«

Lacy seufzte. »Ich weiß nicht. Ist das nicht alles ziemlich verrückt? Glaubst du, ich übersehe irgendwelche Alarmsignale? Wer macht so was? Wer mietet ein Haus, eist einen für ein, zwei Wochen von der Firma los und bezahlt das alles? Für jemanden, den er mag?« Sie stieg die Stufen zum Strand hinab und fuhr mit den Zehen durch den Sand. »Ist das nun unglaublich romantisch oder völlig gaga?«

Danica lachte. »Die Bradens machen keine halben Sachen. Denk nur mal an meine Hochzeit. Der Wellness-Morgen! Die Insel! Großer Gott!« Treat hatte dafür gesorgt, dass Danica und Kaylie für ihre Doppelhochzeit exklusiv eine ganze Insel zur Verfügung stand.

»Ja, da ist was dran.«

»Sag mir, was du denkst, Lacy. Heute Morgen wollest du nichts mehr mit ihm zu tun haben, und jetzt bist du in Chatham. Okay, dir blieb keine andere Wahl. Dein Boss hat dir die Pistole auf die Brust gesetzt. Aber was sagt dir dein Herz? Was ist mit Danes Frauengeschichten, die dich so gestört haben?«, fragte Danica.

Lacy setzte sich auf die unterste Stufe und wühlte die Füße in den kühlen Sand. Dieselbe Frage stellte sie sich schon den ganzen Tag. Aber sich Dane mit einer anderen Frau vorzustellen, wollte ihr nicht gelingen. Irgendwie passte das nicht. Schön, sie spürte die Eifersucht noch ein bisschen piksen und sie hätte gern gewusst, ob er bis direkt vor dem Hochzeitswochenende mit anderen Frauen zusammen gewesen war. Aber selbst wenn – im Herzen wusste sie, dass er jetzt nur noch sie wollte. Seine zahllosen Liebschaften hatte sie nur als Ausrede benutzt, als naheliegenden Grund, um auf Distanz gehen zu können.

»Ich weiß nicht. Ich habe mir durch den Kopf gehen lassen, was du gesagt hast. Jeder hat eine Vergangenheit«, sagte Lacy. »Bin ich naiv? Wenn ja, dann sag es mir bitte. Das haut mich schon nicht um. Es ist ja auch nicht so, dass ich mich kopfüber in eine Beziehung mit ihm stürzen möchte. Ich habe nur das Gefühl, vielleicht …« Was auf das *Vielleicht* folgen sollte, musste sie sich noch überlegen. Aber irgendetwas war da, und es fühlte sich ganz wie Hoffnung an.

»Was ist mit deiner Angst vor Haien?«, fragte Danica.

Mistmistmistmist. Sie ächzte. »Stimmt. Du hast recht. Es gibt wirklich zu viele Hemmnisse. Zeichen. Wie immer du es nennen willst.« Lacy stieg die Stufen zur Terrasse wieder hinauf. Ein Mann schlenderte in der Nähe über den Strand. Sie ließ sich in einem Sessel nieder und legte die Füße aufs Terrassengeländer.

»Das habe ich nicht gesagt. Die Therapeutin in mir denkt nur, dass du deine Angst nicht verdrängen, sondern angehen solltest, damit du irgendwann mit klarem Kopf eine Entscheidung treffen kannst. Die Schwester in mir springt von einem Fuß auf den anderen, will dich umarmen und dir für dieses romantische Abenteuer Glück wünschen. Die Grenzen sind fließend, Lacy«, erklärte Danica.

Lacy lächelte über dieses Geständnis. »Mir geht es ganz ähnlich.«

»Hör mal, Phobien sind meist sehr irrationale Ängste«, sagte Danica. »Bei dir ist das natürlich ein bisschen anders, weil dir als Kind tatsächlich etwas zugestoßen ist. Trotzdem kannst du das bewältigen. Wenn du die Angst aufwallen spürst, kannst du dir bewusst machen, dass du in Sicherheit bist und steuern kannst, was passiert. Vorausgesetzt natürlich, dass du tatsächlich in Sicherheit bist, auf einem Boot zum Beispiel. Du hast die Macht, die Angst unter Kontrolle bekommen. Im Augenblick erscheint es dir vielleicht nicht so, aber glaub mir, es funktioniert.«

»Im Kopf ist mir das alles völlig klar. Leider war während der Panikattacke Denken völlig unmöglich.«

»Ich weiß. Aber gib nicht auf. Außerdem solltest du nicht unterschätzen, was in deinem Gefühlsleben los war. Nach fünfzehn Monaten Vorfreude warst du am vergangenen Wochenende in einem emotionalen Ausnahmezustand und hast deine Angst umso stärker empfunden. Auch wenn du das vielleicht anders siehst, ich bin mir da sicher. Wie dem auch sei. Wenn du die Angst loswerden willst, musst du dich ihr stellen.«

»Mich meiner Angst stellen? Sprechen wir von den Haien oder von Dane?«, fragte Lacy.

»Die Antwort darauf kennst nur du. Ich würde sagen von beiden.«

»Vielleicht hast du recht. Ich werde darüber nachdenken«, sagte Lacy.

Der Mann saß jetzt im Sand und schaute hinaus aufs Wasser. Lacy stellte sich ans Geländer und musterte die Gestalt in der Dunkelheit mit zusammengekniffenen Augen. Ihr Pulsschlag beschleunigte sich. Sie setzte sich wieder in den Sessel und flüsterte ins Telefon. »Er ist hier.«

»Wer?«, flüsterte Danica zurück.

»Dane. Er ist unten am Strand. Er sitzt im Sand. Ich kann ihn von der Terrasse aus sehen.« Lacy spähte durch die Zwischenräume des Geländers.

»Bist du sicher?«, fragte Danica.

»Absolut. Ist das jetzt unheimlich oder romantisch?«

»Keine Ahnung. Vielleicht hat er gesehen, dass du telefonierst, und wollte warten, bis du fertig bist. Wo kam er denn her?«

»Das weiß ich nicht.« Lacy legte die Hand über den Mund, damit ihre Worte nicht über den Strand hallten. »Ist er ein Stalker?« *Oh Gott. Ich traue meinem eigenen Herzen nicht.*

»Du bist wirklich ziemlich von der Rolle, Schwesterchen. Nein, Dane Braden ist kein Stalker.« Danica lachte. »Geh zu ihm und sag Hallo.«

»Okay. Danke, Danica. Ich rufe später noch mal an.« Lacy ließ das Telefon sinken und stieg zögernd die Treppe zum Strand hinunter. Dane saß auf seine Arme zurückgelehnt da und hatte die Beine vor sich ausgestreckt. Trotz der kühlen Brise wurden ihre Hände feucht.

»Hi, Lacey«, sagte Dane.

»Hi.« Eine Gänsehaut jagte über ihre Arme.

Dane legte den Kopf schief. Sein freundlicher Blick beruhigte ihre Nerven. »Willst du dich ein bisschen zu mir setzen?«, fragte er.

Ja! Lacy dachte an Danicas Rat. Sie durfte ihre Ängste nicht wegschieben, sondern musste sie angehen. Dane hatte sie mit einer List nach Chatham geholt. Freiwillig war sie nicht hier. Aber wenn sie das kleine Haus anschaute und dann ihn, konnte sie ihm einfach nicht böse sein.

Dane rappelte sich hoch. Er trug Jeans, ein T-Shirt und einen dicken Strickpullover mit Reißverschluss. Er streckte die Hand nach ihr aus, zog sie aber sofort wieder zurück. »Lace«, sagte er. Seine Augen streichelten sie, seine Stimme gab ihr Ruhe. »Tut mir leid, dass ich dich überrumpelt habe. Aber ich konnte uns nicht einfach so aufgeben.«

Uns.

»Ich möchte dir nicht auf die Nerven gehen, aber ich habe ein paarmal versucht, dich anzurufen, und dich nicht erreicht. Deshalb bin ich hergefahren. Ich wollte sehen, ob du gut angekommen bist.«

»Ich habe mit Danica telefoniert. Davor habe ich ein paar Lebensmittel gekauft und dann geduscht. Dass du angerufen hast, habe ich gar nicht mitbekommen.« Jetzt ärgerte sie sich, dass sie ihre Mailbox nicht abgehört hatte.

»Kein Problem. Den Supermarkt hast du also gefunden.

Brauchst du sonst noch was?«, fragte er.

»Nein. Ich bin gut versorgt.« Sie schaute beiseite und kämpfte gegen die magische Anziehung, die Dane auf sie ausübte. Sie fühlte sich geschätzt und umworben. Energisch rief sie sich in Erinnerung, dass er sie gegen ihren Willen hierher beordert hatte.

»Wahrscheinlich bist du sauer auf mich, weil ich deinen Boss für meine Zwecke eingespannt habe. Aber ich wollte dich unbedingt dazu bewegen, mit mir zu reden. Auf meine anderen Versuche hast du nicht reagiert. Das kann ich dir nicht vorwerfen. Nicht nach dem, was ich dir über meine Frauengeschichten erzählt habe.«

Lacys Knie wurden weich. Sie spürte, wie die Angst ihr in die Glieder kroch. »Über die will ich mich jetzt gar nicht mit dir unterhalten.«

»Das kann ich verstehen. Aber ich möchte es gern.«

Nein, nein, nein.

»Können wir uns hinsetzen? Bitte?« Dane zeigte in den Sand.

Lacys Herz schlug viel zu schnell und das Denken fiel ihr schwer. Sie ließ sich im Sand nieder und schlang die Arme um ihre Knie.

»Wenn ich als Frau einen Kerl wie mich kennenlernen würde, würde ich wahrscheinlich schreiend davonlaufen. Ich weiß, ich wirke wie ein Playboy. Verdammt, vielleicht war ich auch einer. Aber ich selbst habe mich nie so gesehen. Ich war einfach rastlos und hatte keine Lust auf ein geregeltes Leben. Aber in letzter Zeit hat sich das geändert. *Ich* habe mich geändert. Die Begegnung mit dir war ein Wendepunkt für mich. Zum ersten Mal in meinem Leben habe ich innegehalten und gründlich über mich selbst nachgedacht und über das, was ich so tue. Und ich wollte mich ändern, Lace. Wegen dir.«

»Ich weiß nicht, was ich dazu sagen soll.« Sie musste sich beherrschen, damit sie nicht in seine Arme fiel und ihn küsste, bis alles um sie versank. »Das klingt recht praktisch.«

»Praktisch?« Er lachte. »Die Beziehung zwischen dir und mir würde ich nicht so beschreiben. Aber die Entscheidung liegt bei dir. Du musst wissen, ob du mich so nehmen kannst, wie ich bin … als Freund. Ich war leider wirklich so, wie ich es dir erzählt habe. Mit Betonung auf *war*«, sagte Dane.

»Und *wie* war das?«, fragte Lacy.

»Genauso, wie du es dir vorstellst. Ich habe mein Boot in einem Hafen festgemacht, mich nach einer Frau umgesehen, mit der ich Spaß haben konnte, bin ein paar Tage geblieben und habe keinen Gedanken mehr daran verschwendet, sobald ich wieder losgeschippert bin. Bis ich das nächste Mal in der Gegend war. Meine Vergangenheit kann ich nicht ändern. Ich kann nur versuchen, in Zukunft der zu sein, der ich gern sein möchte«, sagte Dane.

»Ich hatte gewisse Vermutungen, aber dass dein Leben so aussieht, habe ich nicht geahnt.« Eigentlich hatte sie geglaubt, sie könnte gelassener damit umgehen. Doch wenn sie sich Dane mit einer anderen vorstellte, wurde ihr regelrecht übel. *Was ist mein Problem? Ich muss die Vergangenheit loslassen.* Auf dieses Gespräch war sie nicht erpicht gewesen, aber offenbar mussten sie es führen. Sie war frustriert, und das hörte man ihren Worten auch an. »Ich finde das ziemlich erschreckend. Wie konntest du so lange so leben?«

»Ich habe nie darüber nachgedacht. Ich habe mich treiben lassen. Aber als wir beide uns immer näher gekommen sind, hat sich das geändert«, sagte er. »Ich bin nicht stolz auf das, was ich getan habe. Aber wenn es mit uns weitergehen soll, und sei es nur als Freunde, musst du leider den ganzen Mann akzeptieren. Mit allem, was war und was ist. Ich bin längst nicht mehr so wie noch vor Monaten, Lace. Und wenn wir einander schon vor zehn Jahren begegnet wären, wäre mein Leben ganz anders verlaufen. Du bist die einzige Frau, die je eine solche Wirkung auf mich gehabt hat. Aber was war, ist nicht zu ändern.« Er drehte ihr Kinn zu sich, damit er ihr in die Augen schauen konnte. »Vor dir sitzt ein Mann, der herausfinden möchte, was zwischen uns möglich ist. Auch wenn wir vereinbart haben, uns nicht zu verlieben. Ich bin immer noch derselbe, mit dem du all die Monate über geredet hast. Ich bin der, der dir, als du krank warst, etwas vorgesungen hat, ohne dabei auch nur einen einzigen Ton zu treffen. Und ich bin der, mit dem du gelacht hast, als wir über Skype gemeinsam *Frankenstein Junior* im Fernsehen angeschaut haben.«

Lacy schlug die Augen nieder. Am liebsten hätte sie ihn umarmt. Sie musste die anderen Frauen vergessen. Was zwischen ihr und Dane war, war zu gut, und es konnte noch viel besser werden.

»Schau mich an, Lacy. Bitte.«

Sie hob den Blick.

»Ich bin es, Lace. Ich bin noch derselbe Mann.«

Er breitete sein Herz und seine Seele vor ihr aus, und sie ahnte, dass ihm das nicht leichtfiel. Sein Blick war voller Zärtlichkeit, und die Monate, in denen sie mit jedem vertrauten Gespräch ein weiteres Stück ihres Herzens an ihn verloren hatte, holten sie wieder ein.

Lacys Gesichtsausdruck war wenig ermutigend. Sie runzelte die

Stirn. Ihr schiefes Lächeln wirkte besorgt.

»Früher habe ich nichts anbrennen lassen, Lace. Dann bist du mir begegnet und die Nächte mit anderen Frauen wurden immer weniger«, sagte er.

»Okay. Können wir jetzt bitte das Thema wechseln?«, fragte sie.

»Ja, klar. Ich will dich wirklich nicht nerven oder quälen. Soll ich lieber wieder gehen?« Er stand auf.

Sie schaute zu ihm hinauf. »Nein, du kannst gerne bleiben. Ich will nur nichts mehr über andere Frauen hören. Selbst wenn wir abgemacht haben, uns nicht ineinander zu verlieben, will ich auf keinen Fall die gute Freundin sein, der du von deinen Eroberungen erzählst.« Der Schmerz in ihren Augen war fast greifbar. Dane sah, dass sie fröstelte.

Er legte ihr seinen dicken Pullover um die Schultern. »Entschuldige bitte«, sagte er. »Ich wollte nur offen und ehrlich sein.«

»Danke.« Sie zog den Pullover fester um sich.

»Willst du reingehen und dich aufwärmen?«, fragte er.

»Eigentlich finde ich es hier draußen viel schöner. Aber wir könnten uns auf die Terrasse setzen. Ein Glas Wein wäre jetzt nicht schlecht. Ich habe vorhin welchen gekauft«, sagte Lacy.

Sie stiegen die Stufen hinauf, schenkten sich ein und setzten sich mit den Weingläsern auf die Terrasse. Dane hatte das Gefühl, einen Balanceakt zu vollführen. Wenn es unbedingt sein musste, würde er den Wunsch, Lacy in den Armen zu halten, ihre Hand oder ihre Wange zu berühren, unterdrücken. Aber er ließ sich auf keinen Fall davon abhalten, ihr den Mann zu zeigen, der er in den letzten Monaten geworden war und in Zukunft noch werden wollte. Wer er einmal gewesen war, war jetzt nicht mehr wichtig.

»Mich hierherzuschleppen, war ein großer Fehler. Ich werde nicht dabei zusehen, wie du Haie fängst«, sagte Lacy.

Erstaunt über den Trotz in ihrer Stimme blickte Dane auf. Dann entdeckte er das schelmische Blitzen in ihren Augen.

»Wenn du dir meine Planung angesehen hättest, wüsstest du, dass Haiefangen gar nicht auf der To-do-Liste steht. Morgen gehen wir erst mal in die Bibliothek«, sagte er.

Lacy trank ihren Wein aus und Dane schenkte ihr nach. »Betrunken lasse ich mich auch nicht machen. Zumindest nicht so sehr, dass ich etwas tue, was ich morgen vielleicht bereue.«

Dane spürte einen Stich im Magen. »Bereust du, dass wir zusammen waren?« Er hatte mit allem Möglichen gerechnet, aber damit nicht. »Vielleicht war es tatsächlich ein Fehler, dich herzuholen. Dass du so empfindest, konnte ich nicht ahnen.«

Sie zog die Füße unter sich. »Ich bereue nichts von dem, was wir getan haben«, sagte sie. »Ich werde nur nicht noch mal mit dir ins Bett springen.«

»Okay, akzeptiert. Aber das hatten wir ja sowieso nicht vor. Schließlich wollen wir uns nicht ineinander verlieben. Außerdem werde ich ja gerade etwas solider …« Dane lächelte.

»Unsere Gespräche haben mir gestern Abend sehr gefehlt, das muss ich zugeben«, sagte Lacy. Das Mondlicht ließ ihre hellblauen Augen aufschimmern.

»Mir auch.« Er brauchte ein unverfänglicheres Thema. Wenn sie darüber sprachen, wie sehr sie einander vermisst hatten, fing sein Körper auch gleich an, sich nach ihr zu sehnen. Sie mussten über etwas reden, was ihm nicht sofort in Erinnerung rief, wie ihre Lippen schmeckten oder wie ihre Lider sich flatternd schlossen, wenn sie kam. »Fred scheint ein netter Boss zu sein.«

»Ja. Er ist toll.« Lacy lachte leise auf. »Er ist klug, liebenswert und ein bisschen nerdig. Unfassbar, dass du es geschafft hast, mich von ihm in den Urlaub schicken zu lassen.«

»Du glaubst, du bist im Urlaub? Da täuschst du dich, meine Liebe. Du wirst das harte Leben eines Brave-Foundation-Mitarbeiters aus erster Hand kennenlernen. Wir zeigen dir, was wir tun, damit du uns anschließend umso überzeugender verkaufen kannst.« *Und ganz nebenher wirst du hoffentlich feststellen, dass du mich unwiderstehlich findest.*

Lacy goss den restlichen Wein in ihre Gläser. »Wirklich? Dann habe ich dich wohl falsch eingeschätzt«, sagte sie lächelnd.

»Das bezweifle ich. Vermutlich hast du ziemlich richtig gelegen, was mich angeht«, antwortete Dane. *Leider.*

Lacy lehnte den Kopf an die Stuhllehne und schloss die Augen. Am liebsten hätte Dane sie hochgehoben, ins Haus getragen und in den Armen gehalten, bis sie einschlief. Stattdessen stand er auf.

»Ich gehe jetzt besser«, sagte er.

Lacy setzte sich auf. »Das musst du nicht.«

»Oh, doch. Ich habe versprochen, mich nicht in dich zu verlieben. Aber wenn ich zu viel Zeit mit dir verbringe, kann ich für nichts garantieren.« Er nahm ihre Hand und half ihr auf die Füße. Sie wankte vor Müdigkeit. Als sie sich aufrichtete, waren ihre Lippen nur Zentimeter von seinen entfernt. Dane sog den frischen Duft ihres Shampoos ein. Seine Hände wollten sich an ihre Taille legen und sie zu ihm ziehen. Er wollte ihre Brust an seiner spüren und seine Lippen auf ihre drücken. Sie schaute ihn voller Sehnsucht an. Dieser Blick hatte sich seit der Nacht in den Dünen in sein Gedächtnis gebrannt.

»Ich muss los«, flüsterte er.

Lacys Zungenspitze huschte über ihre Lippen.

Dane unterdrückte ein Stöhnen. *Geh jetzt.* »Es war

schön ...« *Gott, ich will dich küssen.* »... dich zu sehen.« Er vergrub die zitternden Hände in den Taschen seiner Jeans und wich einen Schritt zurück. »Bis morgen, Lacy.«

Sie hob eine Braue. »Morgen«, sagte sie.

»Schlaf gut.« Rückwärts ging er Richtung Treppe, stieß gegen einen Stuhl und stolperte. Lacy stürzte zu ihm und hielt ihn am Arm fest. Gleichzeitig richteten sie sich auf. Ihre Bewegungen waren verhalten. Ihre Blicke ließen einander nicht los. Er sah das Verlangen in Lacys Augen aufflackern. *Ich werde es nicht vermasseln.*

»Danke«, presste er hervor. Dann wandte er sich ab und ging zur Treppe. »Morgen um acht. Bis dann.«

Sobald sie seine Autotür zuschlagen hörte, ging Lacy ins Haus und warf sich stöhnend auf die Couch.

»Mist. Mistmistmistmist.« Sie drehte sich auf den Bauch und vergrub den Kopf in einem Kissen. *Was soll ich bloß machen? Ihm nachlaufen!* Sie rannte zur Haustür und spähte durch das kleine Guckfenster. Dane war weg. Den Rücken an die Tür gelehnt, sank sie langsam in die Hocke. Sie hatte sich so sehr nach seinem Kuss gesehnt, dass sie seine Lippen schon fast auf ihren gespürt und den süßen Wein in seinem Atem geschmeckt hatte. *Was soll ich bloß tun?*

Ihr Telefon vibrierte. Dane hatte geschrieben. *Gute Nacht, Lacy.*

Sie wollte antworten, er solle zurückkommen. Eine Minute lang starrte sie das Display an. *Er hält nur sein Versprechen. Kein Druck.* Schließlich schrieb sie zurück. *Gute Nacht.*

Weitere zehn Minuten stand sie mitten im Wohnzimmer

und wartete auf eine weitere Nachricht. Als ihr Telefon stumm blieb, warf sie es auf die Couch. Sie entdeckte Danes Pullover in dem Liegestuhl draußen auf der Terrasse und ging hinaus. Die Brise strich wohltuend über ihre Haut. Vor lauter Vorfreude auf seine Berührungen war ihr furchtbar heiß geworden. Sie streckte sich auf dem Liegestuhl aus, drückte den Pullover an ihr Gesicht und atmete tief ein. Danes Duft ließ sie leise aufseufzen. Sie breitete den Pullover über sich aus. Er hüllte ihren ganzen Oberkörper ein. *Er ist so groß.* Der Gedanke machte sie ganz kribbelig. Vor ihrem inneren Auge sah sie, wie Dane sich nackt über sie beugte. Seine Brust war ein Wall aus Muskeln. Auf seine starken Arme gestützt, stieß er tief in sie hinein. Sie schob die Finger unter ihren Hosenbund und berührte sich. Weder die Feuchtigkeit noch die heftige Reaktion auf den sanften Druck ihrer Fingerspitzen überraschte sie. Lacy schloss die Augen, dachte an Dane und überließ sich ihrer Lust und ihrer Sehnsucht. Wie ein Mantra quoll sein Name von ihren Lippen. Der Höhepunkt kam schnell und heftig. Im Schutz der Nacht erschütterten kleine Nachbeben ihren Körper, während sie an den Mann dachte, den sie nie wieder hatte küssen wollen. Sie fragte sich, was der nächste Tag bringen würde.

Kapitel 14

Am nächsten Morgen sprang Dane energiegeladen aus dem Bett. Von der gemütlichen Kabine auf Treats Segelboot ging er in die kleine Bordküche und kochte Kaffee. Dann duschte er und rief Rob an. Als er auf der Mailbox landete, hob er eine Braue.

»Hey, du Schlafmütze! Es ist sieben und du bist noch im Bett! Genieß deinen freien Tag, und wenn du reden willst, ruf an. Ich habe über dich und Sheila nachgedacht. Vielleicht solltest du dir einfach ein, zwei Tage freinehmen, zu ihren Eltern fahren und mit ihr reden. Egal, was du tust, ich bin erreichbar. Du kannst dich gern melden.«

Als Nächstes rief Dane bei Lacy an. Er drückte die Kurzwahltaste auf seinem Handy, legte aber nach dem ersten Klingeln wieder auf. Verdammt, er wollte nicht aufdringlich wirken. Eigentlich hätte er am gestrigen Abend gar nicht zu ihr fahren sollen, doch er hatte nicht widerstehen können. Und, großer Gott, sie in dem Ferienhaus allein zurückzulassen, war ihm unendlich schwergefallen. Aber versprochen war versprochen. Er würde nicht derjenige sein, der gegen die Abmachung verstieß. Zum einen wollte er sich vor ihr beweisen, zum anderen wollte er sie von ihrer Haiangst befreien. Vielleicht hatte Hugh ja recht und Lacys Phobie war für sie der Hauptgrund, ihn aus ihrem Leben zu verbannen. Er hoffte, dass der vergangene Abend ein kleiner Schritt in die richtige Richtung gewesen war. Er liebte Lacy, und dass irgendetwas ihr Selbstvertrauen aushöhlte, tat ihm weh. Die Ozeane und ihre Bewohner waren seit jeher seine große Leidenschaft, doch seine Liebe zu Lacy war stärker als alles andere. Jemand musste ihr helfen, ihre Angst zu bezwingen. Und wer war dafür besser geeignet als er? Vielleicht würde Lacy dann auch den Mann in ihm sehen, der er von jetzt an sein wollte. *Den Mann, der ich bin.*

Sein Telefon vibrierte. Lacy hatte ihm eine Nachricht geschrieben. Lächelnd holte Dane sie sich aufs Display.

Hast du gerade angerufen?

Er lachte. *Ja*, schrieb er zurück. *Aber dann ist mir eingefallen, dass du dich nicht in mich verlieben darfst. Also …*

Er trank seinen Kaffee oben an Deck und genoss die Morgensonne. Als sein Telefon erneut vibrierte, durchrieselte ihn freudige Erwartung.

Einfach auflegen hält mich definitiv vom Verlieben ab. Bis gleich.

Zwanzig Minuten später schaute Dane zu, wie Lacy auf den Landesteg zuging. Ihre wilden blonden Locken umrahmten ihr sanft gebräuntes Gesicht. Sie ging mit wiegenden Hüften. Gekleidet hatte sie sich beinahe im Marinelook. Sie trug eine ärmellose dunkelblaue Bluse, einen kurzen weißen Rock und weiße Sneakers. Dane lächelte. Bei jedem Wiedersehen fand er sie noch hübscher als zuvor.

Lacy studierte den Plan, den er ihr gezeichnet hatte. *Dritter Liegeplatz von links*, hatte er darauf vermerkt. Sie zog die Nase kraus und schaute sich um. Dann ließ sie den Blick über die

Boote schweifen. Diese Frau war so süß, dass er ihr am liebsten noch eine Weile dabei zugeschaut hätte, wie sie nach dem richtigen Boot suchte. Doch der Wunsch, ihr nahe zu sein, war stärker.

Dane stand auf und winkte. »Lace!«

Sie winkte zurück und kam lächelnd näher. »Es ist mindestens so schön wie das Boot, auf dem wir in Wellfleet waren.«

»Ja, nur deutlich kleiner. Treat hat einen sehr guten Geschmack.«

»Und hier übernachtest du? Warum überrascht mich das nicht?«, fragte sie.

Er küsste sie auf die Wange. »Freunde begrüßen einander mit Küsschen. Ich habe also nichts falsch gemacht«, frotzelte er.

»Ich fahre nicht mit dir zu den Haien«, erklärte sie.

»Keine Sorge. Im Kaffee sind keine. Und in der Bibliothek sicher auch nicht. Wir müssen uns also keine Gedanken machen.« Er half ihr an Deck. »Willkommen daheim«, sagte er. »Kaffee?«

»Nein, danke.« Ihr Blick fiel auf den Eingang zur Kabine. Ihre Wangen wurden rot.

»Denk nicht mal dran. Auf keinen Fall gehe ich mit dir da runter. Beim letzten Mal hast du das schamlos ausgenutzt.« Dane zwinkerte und war erleichtert, dass sie lächelte.

»Ist die Bibliothek denn schon geöffnet?«, fragte sie.

»Nein. Aber ich wollte erst noch mit dir zum Fischerhafen fahren und danach einen Spaziergang durch die Stadt machen. Zur Bibliothek gehen wir, sobald sie die Tore öffnen.«

»Musst du nicht arbeiten?«, fragte sie.

»Wir haben am Sonntag ein echtes Prachtstück markiert. Und ja, ich muss arbeiten. Aber wie und was, kann ich im

Augenblick selbst bestimmen. Die nächsten Tage werde ich dazu nutzen, dir meine Stiftung näherzubringen.« Dane trank seinen Kaffee aus und spülte in der Bordküche seine Tasse aus, während Lacy oben an Deck die Sonnenstrahlen aufsaugte.

»Fertig?«, fragte er.

»Ich warte nur auf dich.« Sie grinste.

Ein paar Minuten später fuhren sie in Danes Wagen zum Fischerhafen. Um zu sehen, wie die Fischer ihren Fang an Land brachten, war es noch zu früh. Aber Dane hatte mit dem Hafenleiter gesprochen und der hatte für Lacy etwas vorbereitet.

Sie parkten an der Straße und gingen den steilen Weg zum Pier hinunter.

»Es ist hübsch hier«, sagte Lacy, als sie am Fischmarkt vorbeikamen.

»Die kleine Bucht heißt Aunt Lydia's Cove. Und siehst du die Insel dort draußen? Das ist das Tern-Island-Schutzgebiet.« Er nahm ihre Hand. »Komm.« Sie stiegen die Treppe hoch aufs obere Deck des Piers. Dort ließ Dane ihre Hand wieder los. Lacy sollte sich nicht bedrängt fühlen, doch sie loszulassen, fiel ihm schwerer, als er geglaubt hatte. Er musste stark bleiben. Nicht zu viel auf einmal wollen. Deshalb tat er, als würde er ihren fragenden Gesichtsausdruck nicht sehen.

Lacy ging bis ans Ende der Plattform. »Seehunde!«, sagte sie. Sie zeigte auf die dunklen Köpfe, die rund um die Insel immer wieder aus dem Wasser auftauchten.

»Ja. Deshalb wurde die Brave Foundation hergerufen. In den letzten zehn Jahren ist der Robbenbestand in dieser Gegend von zwei- oder dreitausend auf fünfzehn- bis sechzehntausend angewachsen. Mit den Robben kamen die Haie«, erklärte er.

»Um die Robben zu fressen«, sagte Lacy.

Dane zuckte die Achseln. »So ist das nun mal.«

Sie stiegen die Stufen hinab und gingen an den Strand. »Ist es in Ordnung, wenn wir aufs Schwimmdock hinausgehen?« Er suchte nach Anzeichen von Nervosität bei ihr.

»Ich denke, das schaffe ich«, antwortete sie.

Am Rand des Docks stand ein Mann mit einem Eimer Fische. Er warf ein paar Fische ins Wasser und binnen Minuten reckten drei Robben die Köpfe aus den Fluten. Sie tauchten anmutig ab, nur um dann wieder an die Oberfläche zu kommen und den Mann mit dem Eimer aufmerksam zu beobachten. Sobald er Fische warf, tauchten sie und schnappten sie sich.

»Die sind unglaublich süß«, sagte Lacy. »Schau dir die großen Kulleraugen an. Und der da drüben! Sieh doch nur, wie neugierig der ist.« Sie ging zu dem Mann. »Könnten Sie ihm einen Extrafisch zuwerfen, bitte?«

Dane freute sich über Lacys Begeisterung. Vorsichtshalber blieb er dicht an ihrer Seite. Am Rand des Docks ging sie in die Hocke und er ließ sich neben ihr nieder.

»Du rettest Haie. Dabei stehen diese süßen Kerlchen ganz oben auf ihrem Speiseplan«, stellte Lacy fest.

»Was ist in dem Eimer, Lace?«, fragte er.

»Fische?«

»Sind Fische wichtiger als Robben?«, fragte er.

»Vermutlich nicht.«

»So sieht nun mal die Nahrungskette aus, Babe. Robben fressen Fische und Haie fressen Robben. Und wir Menschen essen das Fleisch von Kühen und Hühnern. Das ist die Natur der Dinge. Die Ozeane liefern uns nicht nur Fisch, sie gehören zu unseren wichtigsten Ökosystemen und sind unverzichtbar im Kampf gegen die Klimaerwärmung. Haie spielen am Ende der Nahrungskette eine wichtige Rolle bei ihrem Erhalt.« Dane tauchte seine Finger ins Wasser. »Wusstest du, dass die Ozeane einen Großteil des Kohlendioxids speichern, das wir in die Atmosphäre pusten?«

Lacy schüttelte den Kopf.

»Sie verwandeln Kohlendioxid in Sauerstoff, und den brauchen wir zum Atmen. Wenn wir die Haie verlieren, verlieren wir auch die Ozeane und damit unser lebenserhaltendes System«, erklärte er. »Das ist nur ein Aspekt. Es gibt eine Million Gründe, sich für Haie einzusetzen. Genau wie es eine Million Gründe gibt, Robben zu schützen.«

»Danke, Caleb«, sagte Dane zu dem Mann mit den Fischen. Er winkte zum Abschied und Lacy ging mit Dane zurück zu seinem Wagen.

»Macht es dir nicht zu schaffen, wenn du von Haiangriffen hörst?«, fragte sie beim Einsteigen.

»Doch, schon. Dass Menschen zu Schaden kommen, ist schlimm. Aber Haie machen nicht gezielt Jagd auf Menschen. Sonst gäbe es viel mehr Zwischenfälle.« Dane fuhr los und steuerte ins Zentrum von Chatham.

»Sicher kommt jetzt gleich die Geschichte, dass Haie Menschen auf Surfbrettern für Seehunde halten.« Lacy legte einen ironischen Unterton in ihre Stimme.

»So was würde ich nie behaupten. Wenn Haie Menschen tatsächlich mit Robben verwechseln würden, würden sie mit torpedoartiger Geschwindigkeit angreifen. Aber sie sind neugierige Wesen. Manchmal pirschen sie sich ohne Fressabsicht unauffällig an. Sie benutzen ihre Zähne wie wir unsere Finger. Wenn sie etwas nicht kennen, beißen sie versuchsweise hinein. Ob es sich nun um einen Menschen, ein Surfbrett oder irgendwelches Treibgut handelt – mit solchen Testbissen wollen sie herausfinden, was es ist. So ähnlich, wie wenn ein Hund dich beschnüffelt. Wenn ein Hai eine Robbe angreift, dann tut er das schnell und kraftvoll. Er reißt sie in Stücke. Das ist eine ganz andere Art von Attacke. Also ja, es stimmt: Es ist furchtbar, wenn Menschen von Haien verletzt werden. Aber ich finde es auch schlimm, wenn jemand von einem Hund gebissen, von einer Biene gestochen oder von einem Auto angefahren wird. Das kommt häufig vor. Trotzdem tötet man nicht sämtliche Hunde, löscht alle Bienen aus oder legt sämtliche Kraftfahrzeuge still.«

Lacy nickte. »Ich verstehe, was du mir sagen willst.«

»Ich doziere. Entschuldige bitte. Manchmal geht die Begeisterung für meine Arbeit mit mir durch«, gestand er. »Rob und ich verbringen viel Zeit damit, Menschen davon zu überzeugen, dass Haie nicht vorsätzlich angreifen. Das ist kein leichtes Unterfangen.« Dane stellte den Wagen auf einem Parkplatz ab. Sie gingen die Hauptstraße entlang.

»Wo ist Rob eigentlich? Ich dachte, er wollte am Sonntag hier ankommen«, sagte Lacy.

»Anscheinend hat er ziemlichen Stress mit seiner Frau. Ehrlich gesagt mache ich mir Sorgen um ihn.« Dane dachte an Robs Verhalten auf dem Boot. Er musste seinen Freund später noch einmal anrufen. Vielleicht würde er endlich damit herausrücken, was zwischen ihm und Sheila vorgefallen war.

»Oh je. Du hast mir im vergangenen Jahr so viel über ihn erzählt, dass ich fast das Gefühl habe, ihn und seine Frau schon zu kennen. Wenn du dich um ihn sorgst, solltest du vielleicht lieber mit ihm statt mit mir Zeit verbringen.«

»Du hast wirklich ein riesengroßes Herz«, sagte Dane. »Ich rufe Rob nachher noch mal an. Heute Morgen habe ich ihm schon eine Nachricht hinterlassen. Wenn wir die Tage mal mit dem Boot rausfahren, lernst du ihn kennen.«

Lacy machte große Augen.

»Keine Sorge. Wir fangen keine Haie«, versicherte er ihr.

Lacy schaute sich um. »Ich glaube, hier war ich schon mal. Die Gegend kommt mir bekannt vor, aber …«

Die ersten Touristen schlenderten bereits durch die Straßen. Chatham war ein schmuckes kleines Städtchen. In den Schaufenstern hing teure Sportmode neben eleganten Klassikern. Ein paar Minuten lang stöberten sie in der Auslage eines Secondhand-Buchladens, dann spazierten sie durch den Kate-Gould-Park. Lacy betrachtete nachdenklich den gepflegten grünen Rasen.

»Diesen Park kenne ich. Das weiß ich genau«, sagte sie.

Dane zeigte auf einen weißen Pavillon am anderen Ende der Rasenfläche. »Vielleicht warst du mal bei einem Konzert?« Im Sommer spielte hier freitagabends die Stadtkapelle von Chatham, und zwar schon seit kurz nach dem Zweiten Weltkrieg.

»Ja, kann gut sein«, sagte sie. »Ich erinnere mich an ältere Herren in roten Jacketts. Mein Gott, ich muss noch recht klein gewesen sein. Daran habe ich ewig nicht gedacht.« Lacy lächelte. »Komm.« Sie flitzte los, rannte über den Rasen zum Pavillon, flog die Stufen hinauf und wirbelte über die leere Bühne.

Dane joggte hinter ihr her. Er sah, wie ihr Lächeln von ihren Lippen auf ihre Augen übersprang.

»Weißt du was?«, fragte sie.

»Was?« Er wollte ihre Hand berühren, sie wissen lassen, dass er für sie da war und sich mit Vergnügen alles anhören würde, was sie ihm sagen wollte.

Sie setzte sich auf die Stufen des Pavillons. »Ich glaube, wie viel Zeit man gemeinsam verbringt, ist gar nicht so wichtig. Viel wichtiger ist, was man gemeinsam tut und dass man die Zeit genießen kann.«

»Du denkst an deinen Dad«, sagte er.

»Mein Dad war nicht oft bei uns. Ich habe dir ja erzählt, dass er noch eine andere Familie hatte«, antwortete Lacy. »Aber wenn er mit meiner Mom und mir zusammen war, war er ganz und gar da. Mit Körper, Herz und Seele.«

»Lace.« Dane fragte sich, ob sie Parallelen zwischen ihm und seinem Vater sah. »Sicher ist es dir oft schwergefallen, auf deinen Vater zu verzichten. Und ich war in den letzten fünfzehn Monaten leider auch nie körperlich bei dir. Das tut mir sehr leid.«

Sie nickte und zog ihre Beine an die Brust. *Zum Teufel mit der künstlich aufrecht erhaltenen Distanz.* Er legte einen Arm um sie und zog sie an seine Seite.

»Danke. Du kennst ja die Geschichte. Ich hatte eine schöne Kindheit. Trotzdem war es seltsam, Schwestern zu haben, die ich nicht kannte. Die Kinder in der Schule dachten immer, ich erfinde meine Familie nur.« Sie seufzte. »Aber mein Dad liebt uns alle. Obwohl er viel mehr Zeit mit Danica und Kaylie verbracht hat, war ich nie sauer auf die beiden. Als ich ihre Mutter kennengelernt habe, war ich bestürzt darüber, was er getan hat. Aber er liebt uns alle. Auch Danicas und Kaylies Mutter. Und meine Mom war immer für mich da. Deshalb hatte ich nie das Gefühl, dass mir etwas fehlt.« Sie berührte seine Hand. »Und obwohl du nicht da warst, habe ich immer deine Gegenwart gespürt.«

Dane schloss erleichtert die Augen. Er hatte sich bemüht, für sie da zu sein, und sie hatte es auch so empfunden. Das war ein Fundament, auf dem sie vielleicht weiterbauen konnten.

»Ich denke, du hast recht, Lace. Es kommt nicht darauf an, wie viel Zeit wir miteinander verbringen, sondern darauf, wie schön die gemeinsame Zeit ist.« *So wie jetzt zum Beispiel.* Er spürte ihre Wärme an seiner Seite und musste sich energisch ins Gedächtnis rufen, dass sie kein Paar waren. Die unsichtbare rote Linie, die sie zwischen sich gezogen hatten, war mehr als lästig.

»Denkst du oft an deine Mom?«, fragte Lacy. »Sie muss dir sehr fehlen.«

Danes Brust zog sich zusammen. In seiner Kehle bildete sich ein wohlbekannter Klumpen. Er räusperte sich. »Ja, Lace. An manchen Tagen mehr als an anderen.«

Sie lächelte ihn an.

Um sein Glück nicht herauszufordern, nahm Dane den Arm von ihren Schultern und stand auf. »Zur Bibliothek?«, fragte er.

»Zur Bibliothek.« Sie nahm seine Hand und ließ sich von ihm auf die Füße ziehen. Auch hinterher ließ sie seine Hand nicht los und Dane zog sie nicht weg, griff aber auch nicht fester zu. Die Entscheidung, wie fest die Verbindung in diesem Augenblick sein sollte, überließ er ihr.

Als sie die niedere Steinmauer vor der Bibliothek erreichten, balancierte Lacy darauf entlang. Noch immer lag ihre Hand dabei in Danes.

»Ich möchte wetten, dass ich das damals auch gemacht habe.« Sie ließ seine Hand los und sprang ins Gras. Gemeinsam stiegen sie die Stufen zum Gebäude hinauf.

»Wie schön.« Lacy bewunderte das dunkle Holz und den Orientteppich im Eingangsbereich.

Dane winkte den Frauen an der Theke im Hauptraum zu, ging mit Lacy zu einem Regal und suchte ein paar Bücher heraus.

»Was machen wir hier eigentlich?«, fragte sie.

»Hast du den Plan gelesen?«, fragte er lächelnd.

»Da steht nur Bibliothekstherapie.«

»Genau, also komm.« Er trug den Bücherstapel an einen Tisch ganz hinten im Raum, setzte sich neben Lacy und schob ihr ein Buch hin. »Wirf mal einen Blick hier rein, und dann nennst du mir drei Fakten über Tigerhaie.«

»Tigerhaie?«, sie zog die Nase kraus.

»Du bist unglaublich süß. Weißt du das?«, fragte er.

»Süß hat mich schon lange niemand mehr genannt. Danke. Du bist auch ganz erträglich.«

Er zeigte auf das Buch. »Tigerhaie.« Dane schaute zu, wie sie das erste Kapitel aufschlug und dabei leise *Tigerhaie* murmelte. Er fuhr mit dem Finger über das Inhaltsverzeichnis des nächsten Buches, schlug eine Seite auf und legte das Buch beiseite. Dasselbe tat er mit drei weiteren Büchern aus dem Stapel.

»Okay. Ich bin so weit«, sagte Lacy.

»Das ging aber schnell. Also los.« Dane lehnte sich zurück und wartete darauf, dass Lacy drei Dinge aufzählte.

»Tigerhaie werden viereinhalb bis sechseinhalb Meter lang und sind damit die viertgrößte Haispezies. Meist sind sie allein unterwegs. Die Ärmsten! Sie können nahezu hundert Jahre alt werden und schlafen mit offenen Augen.« Lacy holte Luft und wollte weitersprechen, aber Dane unterbrach sie.

»Über ihre Schlafgewohnheiten steht nichts im ersten Kapitel«, sagte er freudig überrascht. Vielleicht war es ihr ja ebenso wichtig, ihre Angst zu überwinden, wie es ihm war, ihr dabei zu helfen.

»Oh, sorry.« Sie biss sich auf die Unterlippe.

»Wenn ich es nicht besser wüsste, würde ich sagen, du hast dich mit Haien beschäftigt.« Dane legte das Buch weg und schob ihr ein anderes hin.

»Kann sein, dass ich das ein oder andere gelesen habe.«

»Hast du über die hier auch schon was gelesen?«, fragte er.

»Über Riesenhaie?« Sie kniff die Augen zusammen, dann atmete sie tief durch. »Der *Cetorhinus maximus* wird über zehn Meter lang. Sein Maul kann einen Durchmesser von einem Meter erreichen. Beim Schwimmen lässt er es einfach offen und frisst Unmengen von Plankton. Das ist ziemlich cool. Man sollte meinen, mit einem so gigantischen Rachen würden diese Haie Robben oder Fische gleich am Stück verschlingen. Aber seltsamerweise tun sie das nicht.«

Dane konnte kaum fassen, dass Lacy den lateinischen Namen dieser Spezies kannte. »Ja, seltsam«, murmelte er.

»Man bezeichnet sie auch als Sonnenfisch, weil sie gern nahe an der Wasseroberfläche schwimmen. Wenn ich einen sehen würde, würde er mich sicher zu Tode erschrecken, aber sie haben bloß ganz kleine Zähnchen.« Lacy schüttelte den Kopf.

»Ich kann nur staunen, Lacy«, sagte Dane.

»Wie meinst du das?«

»Warum weißt du so viel über Haie? Ich wollte dir helfen, sie besser zu verstehen, aber es klingt, als hättest du schon ziemlich viel Ahnung.« Er lehnte sich mit verschränkten Armen zurück.

»Ach so«, sagte sie. »Als ich Sonntagnacht nicht schlafen konnte, habe ich im Netz gesurft und einiges über sie gelesen. Eigentlich eher zufällig. Es ging um Haisichtungen am Cape Cod, die Brave Foundation wurde erwähnt und ich habe mich einfach immer weiter geklickt. Du weißt ja, wie das ist im Netz. Ich bin hängengeblieben und irgendwann steckte ich bis zum Hals in Haifakten.«

»Unglaublich.« Einer von Danes Mundwinkeln hob sich. »Du bist voller Überraschungen. Und wie geht es dir jetzt?«

»Mit den Haien, meinst du?« Lacys Augen wurden dunkler.

Dane beugte sich vor und stützte die Ellbogen auf die Knie.

Er vermied jede Berührung. Dabei wollte er Lacy gern in die Arme nehmen und den verwirrten Ausdruck aus ihrem Gesicht küssen. »Hier drin.« Er tippte sich über dem Herzen an seine Brust.

»Schwer zu sagen. Vor unserem gemeinsamen Bootstrip wusste ich nicht mal, wie viel Angst Haie mir machen. Jetzt, wo du fragst: Bei den Recherchen im Netz waren mir vor allem die Fotos anfangs richtig unheimlich. Aber nach einer Weile war die Neugier größer und ich habe gezielt noch mehr gelesen.« Lacy betrachtete die Bücher auf dem Tisch. »Ich glaube, das Recherchieren hat mir ein bisschen geholfen.«

»Du bist mir zuvorgekommen«, sagte Dane. »Etwa eine halbe Stunde von hier gibt es ein neues Aquarium. Hast du Lust, es dir anzusehen?«, fragte er.

»Ich weiß nicht. Fotos von Haien sind das eine. Lebende Haie aus der Nähe zu beobachten, ist etwas ganz anderes.«

»Wie viel wir machen und wann, bestimmst du. Kein Druck«, sagte Dane.

Lacy schaute ihm fest in die Augen. »Du hast mich herkommen lassen, um mir etwas über Haie beizubringen und mir über meine Angst hinwegzuhelfen, nicht wahr? Weniger damit ich etwas über die Brave Foundation lerne.«

Erwischt. »Ist das schlimm?«, fragte er.

»Ich finde es süß.« Lacy berührte ihn am Oberschenkel. »Sehr süß sogar.«

Die Muskeln in Danes Bein begannen zu zucken. »Babe«, flüsterte er.

Lacy beugte sich näher zu ihm. »Ja?«

Du küsst sie jetzt nicht. Nein, nicht küssen! Dane lehnte sich nach vorn. *Nein. Nein. Nein. Nein.*

Ihr Parfum umwölkte seine Sinne. Dane hielt den Atem an

und rückte von ihr ab. Er schob ihre Hand von seinem Bein.

»Tut mir leid, Lace. Wir haben eine Vereinbarung getroffen.« Er lehnte sich zurück und verschaffte sich Platz, damit er wieder klarer denken konnte. Schließlich war er auch nur ein Mensch. Wie nahe konnte er ihr sein, ohne dass er seine Vorsätze vergaß?

»Die Vereinbarung. Ja, richtig.« Sie setzte sich aufrechter hin. »Okay, Mr. Braden. Wie geht es jetzt weiter mit der Brave-Foundation-Tour?«

Ich lege meine Lippen auf deine, meine Zunge stiehlt sich in deinen Mund, meine Hände ... Großer Gott! Schluss jetzt. »Aquarium?«, fragte er.

»Du bist der Boss.« Sie schaute ihm in die Augen.

Schweigend stellten sie die Bücher zurück ins Regal und verließen die Bücherei. Jeder Blick, den sie austauschten, fachte das Feuer weiter an. Auf dem Weg zurück zum Parkplatz brachte die mühsam im Zaum gehaltene Leidenschaft die Luft zwischen ihnen zum Knistern. Dane spürte, dass Lacy immer wieder heimlich zu ihm herüber schielte. Nur mit Mühe gelang es ihm, sie nicht mitten auf dem Gehsteig an ihn zu reißen und zu küssen. Vorsichtshalber ging er schneller. *Nichts wie zum Wagen. Ich muss mich ablenken.*

Minuten später öffnete er Lacy die Beifahrertür. Sie lehnte sich ans Auto und nestelte am Saum ihrer Bluse.

»Keine Sorge. Ich werde mich nicht in dich verlieben.« Ihr Blick war herausfordernd und glühend zugleich.

Dane hielt ihr mit der rechten Hand die Tür auf. Mit der linken umklammerte er die Schlüssel. Er erwiderte ihren Blick. Doch mit jedem Atemzug verstärkte sich das Kribbeln zwischen seinen Beinen. Jeder Gedanke an eine Berührung zerrte an seinen gespannten Nerven.

Lacy schaute ihn durch die Locken hindurch an, die ihr in die Augen gefallen waren.

Gott, bist du sexy.

»Du kannst vielleicht nicht verhindern, dass du dich in mich verliebst. Aber ich bin stark. Du könntest sogar deinen heißen Körper an mir reiben und ich würde dir trotzdem widerstehen«, sagte sie.

Dane rückte näher an sie heran. Seine Gedanken rasten. Seine Muskeln spannten sich und seine Hände entwickelten ein Eigenleben. Sie streckten sich nach Lacy aus, legten sich an ihre schlanke Taille und zogen sie an seine Hüften. Seine Lippen näherten sich ihrem Mund. *Verdammt.* Wie sollte er sich beherrschen, wenn Lacy ihm mit jedem Atemzug freie Fahrt signalisierte?

Noch hing sein Mund kurz über ihrem. Lacy wölbte sich ihm entgegen, schlang die Arme um seinen Hals und drückte sich an ihn.

»Du kannst mich gerne auf die Probe stellen, Baby«, flüsterte er, ließ sie los und stapfte mit zusammengebissenen Zähnen auf die Fahrerseite. Auf einen unbeteiligten Zuschauer musste er wie ein Mann wirken, der sich bestens unter Kontrolle hatte. Dabei war er halb von Sinnen vor Verlangen nach ihr und verfluchte sich dafür, dass er sie nicht geküsst hatte. Er schob sich auf den Fahrersitz.

Lacy ließ sich auf den Beifahrersitz plumpsen und schnallte sich an. Dann verschränkte sie die Arme und starrte geradeaus.

»Alles in Ordnung?« Danes Ton klang viel zu heiter.

»Alles prima.«

»Du wirkst irgendwie … frustriert.« Schmunzelnd ließ er den Motor an. Immerhin dachte sie jetzt an ihn. Sein Handy klingelte, die Nummer war ihm unbekannt. Erleichtert über die

Ablenkung atmete er aus. »Entschuldige«, sagte er zu Lacy.

»Dane Braden.«

»Dane Braden? Hier spricht Officer Eaton von der Polizei in Chatham. Kennen Sie einen Robert Mann?«

»Ja, er arbeitet bei mir.« Ein ungutes Gefühl überlagerte Danes Verlangen. »Ist etwas passiert?«

»Wir haben ihn wegen Störung der öffentlichen Ordnung in Gewahrsam genommen. Wären Sie bereit, ihn abzuholen?«

Verdammt, Rob. Was hast du angestellt? »Wie bitte? Was?« Dane sah, dass Lacy ihn aus dem Augenwinkel musterte.

»Er hat sich mit einer Gruppe von Collegestudenten angelegt.«

»Das klingt gar nicht nach Rob. Sind Sie sicher, dass Sie den Richtigen haben?«, fragte Dane.

»Robert Mann, dichtes braunes Haar, graue Schläfen. Kräftig, mittelgroß, Mitte vierzig. Sagt, er arbeitet bei der Brave Foundation.«

»Ich bin gleich da«, sagte Dane. Er beendete den Anruf und versuchte, sich die Mischung aus Ärger und Schuldgefühlen nicht anmerken zu lassen, die sich in ihm zusammenbraute. Er hätte Rob zwingen müssen, mit ihm zu reden.

»Tut mir leid Lacy. Ich muss unseren Aquariumsbesuch verschieben. Ich bringe dich zurück zum Sommerhaus.«

»Was ist passiert?« Sie hatte ihre Frustration abgeschüttelt. Ihre Augen blickten besorgt.

»Mein Freund Rob. Er sitzt auf der Polizeiwache. Die sagen, er hätte sich mit ein paar Collegekids angelegt. Genaueres weiß ich noch nicht.«

»Soll ich mitkommen?« Sie legte ihre Hand auf Danes Arm.

»Damit willst du nicht wirklich etwas zu tun haben«, erwiderte er.

»Das willst du wahrscheinlich auch nicht. Aber vielleicht kann ich irgendwie helfen. Ich würde nicht gern allein zur Polizei fahren. Dir geht es sicher nicht anders. Mitzufahren macht mir wirklich nichts aus.«

Er schloss die Augen und dachte einen Moment lang nach. Als er die Augen wieder öffnete, schaute Lacy ihn immer noch an. Ihre Hand lag weiter auf seinem Arm. »Ich habe keine Ahnung, was mich erwartet, Lacy«, sagte Dane. »So was hat er noch nie gemacht. Aber in den letzten Tagen war er ganz schön von der Rolle.«

»Ich komme gerne mit. Ich möchte für dich da sein.«

Kapitel 15

Auf dem Weg zur Polizei kamen Lacy Zweifel, ob es wirklich klug war, sich das anzutun. Einerseits wollte sie Dane unterstützen, denn auch sie selbst hätte sich in einer solchen Situation Beistand gewünscht. Andererseits wurde ihre Vorstellung von einem Raum voller zwielichtiger Gestalten, die sie angafften und betatschen wollten, und voller zugedröhnter Junkies, die versuchten, sich mit Dane anzulegen, immer lebhafter, je näher sie der Wache kamen.

Doch schon beim Anblick des Gebäudes verpufften ihre Bedenken. Die Polizeiwache wirkte eher wie eine Schule, nicht wie eine Sammelstelle für Kriminelle aller Art. Die weißen Säulen der frisch gestrichenen Veranda wurden von einem cremefarbenen Geländer mit weiß abgesetztem Rand flankiert. Davor lagen sogar gepflegte Blumenbeete. Erleichtert folgte Lacy Dane in den Eingangsbereich. Durch eine Glasscheibe hindurch sprachen sie mit einem Beamten. Sie mussten sich ausweisen, dann wurden sie in einen Raum gebracht. Dort setzten sie sich an einen kleinen Tisch und warteten.

»Warum sind wir hier drin?«, fragte Lacy.

Dane zuckte die Achseln. »Keine Ahnung. Ich habe so was noch nie gemacht. Aber vermutlich müssen sie Rob erst irgendwie auschecken.«

Lacy fragte sich, wie ihr zumute wäre, wenn sie Danica oder Kaylie bei der Polizei abholen müsste. Wäre sie sauer auf ihre Schwestern? Verlegen? Besorgt? Verängstigt? Dane hatte die Lippen zusammengepresst. Sorgenfalten standen auf seiner Stirn. Er beugte sich vor und lehnte die Stirn an seine gefalteten Hände. Die Augen hatte er geschlossen. Dass er sich große Gedanken um seinen Freund machte, war ihm deutlich anzusehen. Sogar die Luft um ihn herum fühlte sich plötzlich schwer an. Lacy wollte ihn berühren und ihm versichern, dass er nicht allein war. Doch sie hielt sich zurück. Sie wusste nicht mehr, wie sie sich ihm gegenüber verhalten, was sie tun oder nicht tun sollte. Vor ein paar Tagen hatte sie beschlossen, sich von ihm abzuwenden. Und jetzt wollte sie ihn mehr denn je. Auf dem Parkplatz vor der Bibliothek hatte sie Mühe gehabt, nicht über ihn herzufallen. Sie hatte so sehr auf einen Kuss von ihm gehofft. Als er sie dann nicht geküsst hatte, war sie verletzt gewesen, dann verlegen und schließlich frustriert. Solche Spielchen ertrug sie nicht. Doch jetzt überlagerte Danes Kummer ihren Gefühlstumult. Sie wollte ihn unbedingt trösten. Sie berührte ihn am Arm. »Alles in Ordnung?«

Er nickte, ließ die Hände sinken und schüttelte dann den Kopf. »Ich mache mir Sorgen um Rob. Er trinkt wieder. Das hätte ich merken müssen. Als wir vor ein paar Tagen miteinander rausgefahren sind, meinte Hugh, Rob hätte einen Kater. Aber ich wollte das nicht sehen. In all den Jahren, die wir nun zusammenarbeiten, war er nie leichtsinnig. Er hat nie etwas Unverantwortliches getan. Und jetzt das. So kenne ich ihn nicht. Rob ist ein prima Kerl, aber man könnte meinen, er hätte den Boden unter den Füßen verloren. Ich wüsste zu gern, wie ich ihm helfen kann.«

»Lass uns erst mal rausfinden, was passiert ist. Um alles andere kümmern wir uns dann.«

»Wir?«, fragte Dane.

Lacy zuckte die Achseln. »Wofür sind Freunde da?«

Er lächelte. »Danke.«

Die Tür ging auf. Ein älterer Beamter trat ein, dahinter Rob und ein weiterer, jüngerer Polizist. Dane sprang auf und ging auf seinen Freund zu. Robs Kleidung sah aus, als hätte er darin geschlafen. Er hatte eine kleine Platzwunde unter dem Auge und schien seine rechte Seite zu schonen.

»Was ist passiert?« Dane hielt Rob am Arm fest und schaute ihm ins Gesicht. Danes Halsvenen traten vor wie bläuliche Schlangen. Sein Bizeps spannte sich und Lacy sah den vorwurfsvollen Blick, den er dem jüngeren Polizisten zuwarf.

»Er hat eine Gruppe Collegestudenten provoziert. Es gab eine Keilerei und er hat verloren«, sagte der ältere Beamte. »Wir haben ihn eingesammelt und in der Ausnüchterungszelle übernachten lassen. Formell war das keine Festnahme.«

»Du warst betrunken?«, fragte Dane. »Großer Gott, Rob.«

Danes Stimme klang hart, doch er legte seinem Freund behutsam den Arm um die Schultern. Lacy kam bei dem Anblick das Wort »fürsorglich« in den Sinn.

Von den Fotos, die sie kannte, wusste Lacy, dass Rob sonst völlig anders aussah. Im Augenblick stand er unsicher auf den Beinen und lehnte sich an Dane.

»Was ist mit den anderen? Haben Sie die auch mitgenommen?«, fragte Dane.

»Einer sitzt noch in der Zelle. Die anderen haben wir laufenlassen. Mr. Mann hat die Schlägerei provoziert. Das nehmen wir hier nicht auf die leichte Schulter. Sollte so was noch mal passieren, kommt er nicht mit einer Verwarnung davon.«

»Ja, gut. In Ordnung«, sagte Dane. »Kann ich ihn jetzt mitnehmen?«

»Ja, Sir. Und Mr. Mann, Sie halten sich in Zukunft zurück. Verstanden?«

»Ja, verstanden, Officer«, sagte Rob.

An der Tür blieb der Beamte noch einmal stehen. »Eine Frage. Sie sind doch die Leute von der Brave Foundation, oder?« Er wartete nicht auf eine Antwort. »Ist es nicht wahnsinnig gefährlich, zu Haien ins Wasser zu steigen?«

»Statistisch gesehen ist Autofahren riskanter. Und es gibt Leute, die ersticken an einem Hühnerknochen.« Dane sprach mit dem Polizisten, hielt Rob dabei aber weiter fest und ließ ihn nicht aus den Augen.

Stöhnend streckte Rob sich auf dem Bett in seinem Motelzimmer aus. Lacy schaute zu, wie Dane in dem ordentlichen kleinen Raum auf und ab ging. Er fuhr sich durchs Haar, schaute Rob an und schüttelte den Kopf.

»Sagst du vielleicht irgendwann mal was?«, fragte Dane schließlich.

»Tut mir leid. Die Sache mit Sheila hat mich umgehauen.«

»Ich hätte dir helfen können. Oder dich zu einer Selbsthilfegruppe karren. Zu einem Treffen der Anonymen Alkoholiker. Oder bei dir bleiben. Dir freigeben. Was auch immer nötig gewesen wäre. Warum hast du es so weit kommen lassen?« Danes tiefe Stimme wurde mit jedem Satz weicher.

»Ich habe die Nerven verloren. Die Kerle haben davon gesprochen ...« Robs Blick flog zu Lacy. »Sie haben davon gesprochen, ein paar Frauen aufzureißen und es denen so richtig zu besorgen. Ob die nun wollen, oder nicht. Da habe ich rot gesehen. Ich musste an Katie denken und dass ich sie nicht beschützen kann.«

»Katie? Deine Tochter ist vier«, gab Dane zurück. »Du kannst nicht alle Typen vermöbeln, die üble Sprüche reißen. Großer Gott, so was hast du noch nie gemacht.«

»Stimmt. Aber das ist auch meine erste Trennung«, erwiderte Rob.

»Als Hugh meinte, du hättest einen Kater, wollte ich das nicht glauben.« Dane verschränkte die Arme.

Lacy sah, wie Dane mit mahlenden Zähnen den Mann anstarrte, den er liebte wie einen Bruder. Die Spannung zwischen den beiden Freunden steigerte sich von Sekunde zu Sekunde. Dann atmete Dane plötzlich tief aus und ließ die Schultern sinken. Er setzte sich zu Rob aufs Bett, griff nach seinem Arm und schaute ihn an.

»Du musst dringend zu einem AA-Treffen. Ist Sheila weg, weil du wieder trinkst?« Dane drückte Robs Arm.

Lacy sah, wie fürsorglich Dane sich um seinen Freund bemühte. Diesen Zug kannte und schätzte sie an ihm. Sie spürte, wie die Mauern um ihr Herz bröckelten.

Rob schüttelte den Kopf und setzte sich auf. »Ich trinke erst wieder, seit sie weg ist. Wir haben viel gestritten. Wie viel, das war mir selbst nicht klar. Sie wollte, dass ich aufhöre, mit Haien zu arbeiten. Aber das kann ich nicht. Ich …« Tränen stiegen ihm in die Augen. »Ich will Sheila nicht verlieren, Mann. Sie sind alles für mich. Sie und die Kinder.«

Dane legte die Arme um Robs kräftigen Körper und hielt ihn fest. »Ihr kriegt das schon irgendwie hin, Rob. Sie liebt dich. Sie kommt sicher zurück. Aber hast du nicht gesagt, das mit deiner Arbeit hättet ihr geklärt? Ich dachte, das sei erledigt. Hör mal, nimm dir eine Woche frei, fahr nach Connecticut und rede mit ihr. Sprecht euch aus. Sie weiß, wie viel dir dein Job bedeutet.«

Du hältst ihn so, wie du mich gehalten hast. Lacy gefiel, dass Dane und seine Familie ihre Gefühle so offen zeigten. Auch Rob schien er als Familienmitglied zu betrachten. Das nahm Lacy noch mehr für Dane ein.

Rob machte sich los. »Das geht nicht. Sie hat gesagt, sie braucht Abstand. Aber ich rufe sie an.«

»Und was ist mit einem AA-Treffen?« Dane zog sein Telefon aus der Tasche und fing an zu tippen. »Ich suche dir eine Gruppe in der Gegend raus und bringe dich hin.«

»Ich war gestern schon dort. Ausgeflippt bin ich erst hinterher«, sagte Rob. »Aber ich schaffe das. Ich habe es vor fünfzehn Jahren hinbekommen und kriege es auch jetzt wieder hin.«

»Ich begleite dich. Du brauchst Unterstützung«, sagte Dane.

Er ist bereit, alles stehen und liegen zu lassen, um seinem Freund beizustehen. Lacys Herz öffnete sich wie eine Blüte nach einem warmen Frühlingsregen.

»Danke, Dane. Da muss ich alleine durch. Aber wenigstens weißt du jetzt, was Sache ist.« Errötend drehte Rob den Kopf weg. »Bevor ich wieder irgendwelchen Mist baue, rufe ich dich an. Versprochen. Ich trinke erst seit zwei Tagen wieder und werde die Kurve kriegen. Mir tut das alles furchtbar leid, Mann. Dich mit diesem Quatsch beschäftigen zu müssen, hast du nicht verdient.« Er drehte sich zu Lacy. »Und bei dir muss ich mich auch entschuldigen.«

»Nicht nötig. Es tut mir leid, dass du es gerade so schwer hast«, sagte Lacy.

Dane umarmte Rob zum Abschied. »Ich glaube an dich, Rob. Aber versprich mir, dass du nichts Dummes machst. Ich will nicht mit dem Gefühl hier rausgehen, dass ich vielleicht meinen besten Freund verliere.«

Lacy spürte, wie viel Vertrauen Dane in Rob setzte. Sie schluckte den Klumpen in ihrer Kehle hinunter. Am liebsten hätte sie die Arme ausgebreitet und um die beiden Männer gelegt, um an ihrer Näher teilzuhaben.

»Versprochen, Dane.« Rob hielt Danes Blick stand.

»Melde dich, wenn du mich brauchst. Von mir zu dir sind es nur ein paar Minuten.«

Als sie gingen, hatte Lacy das Gefühl, viel klarer zu sehen.

Kapitel 16

Als Dane den Wagen startete, glitzerten Tränen in seinen Augen. Um ihn nicht verlegen zu machen, schaute Lacy beiseite. Sie beschloss, erst einmal nichts zu sagen.

Nach einer Weile brach Dane das Schweigen. Seine Stimme war leise, seine Augen blickten nachdenklich. »Ich hätte nie gedacht, dass Rob noch mal zur Flasche greift. Fünfzehn Jahre lang hat er keinen Tropfen angerührt. Er hatte alles. Sie hatten alles. Ich verstehe nicht, was in ihn gefahren ist.«

»Hat er nicht gesagt, Sheila möchte, dass Schluss ist mit den Haien? Die Macht der Liebe sollte man nicht unterschätzen«, sagte Lacy. »Manche Menschen machen ziemlich irre Sachen, um eine geliebte Person zu halten.« *Oder zu schützen.*

»Die Arbeit mit den Haien ist ihm zu wichtig. Aber Sheila gibt ihm sicher noch eine Chance. Ich habe die beiden oft zusammen gesehen, und was sie haben, ist gut und echt. Tut mir leid, dass es heute so gelaufen ist.«

»Du musst dich nicht entschuldigen. Rob ist dein Freund und braucht dich. Meinst du, du solltest bei ihm bleiben? Ich kann mit dem Taxi zum Sommerhaus fahren. Das ist kein Problem.« Lacy hatte das Gefühl, Dane mit ganz neuen Augen zu sehen. Er hatte seinen Ärger und seine Irritation beiseitegeschoben und seinem Freund beigestanden. Er war bereit gewesen, seine eigenen Pläne über den Haufen zu werfen, um Rob zu einem AA-Treffen zu bringen, und er hatte ihn umarmt und getröstet, so wie er auch sie schon umarmt und getröstet hatte. Bei Rob war das wohl eher aus Mitgefühl geschehen, bei ihr hatte viel Zärtlichkeit und Fürsorge in den Gesten gelegen. Dane liebte Rob wie einen Bruder und auch für sie hatte er tiefe Gefühle. Das spürte Lacy. Sie sah längst nicht mehr nur die ansprechende äußere Hülle. Langsam sah sie den Mann hinter der sexy Fassade, und dieser Mann wühlte sich unaufhaltsam tiefer in ihr zögerliches Herz.

»Ich bin froh, dass du da warst. Das hat mir geholfen«, sagte Dane. »Soll ich dich nach Hause bringen, oder …«

»Das liegt ganz bei dir. Wenn du lieber bei Rob bleiben willst, ist das okay. Ich komme klar, aber er braucht dich jetzt vielleicht«, sagte Lacy.

Dane fuhr rechts ran und beugte sich zu ihr. »Danke.« Er drückte sie an sich. »Ich bin froh, eine beste Freundin wie dich zu haben.«

Beste Freundin? Die blöde Vereinbarung ging ihr langsam auf die Nerven. Sie legte die Arme um ihn und gab sich Mühe, seinen herben männlichen Duft nicht gierig einzusaugen.

»Rob möchte jetzt allein sein, das habe ich zu akzeptieren. Er weiß, was er tun muss, damit er aus dem Sumpf wieder rauskommt.« Dane richtete sich auf und steuerte den Wagen zurück auf die Straße. »Wenn du Lust hast, könnten wir doch noch zum Aquarium fahren.«

Aquarium. Lacy spürte ein nervöses Kribbeln. »Ich weiß nicht, ob ich allem gewachsen bin, was du dir für mich ausgedacht hast, und ob ich überhaupt in die Nähe eines

Haifischbeckens will. Aber wir können es versuchen.«

In der Eingangshalle des Aquariums standen lebensgroße Fischmodelle. *Perfekt.* Dane wollte nicht zu viel von Lacy verlangen. Aber Danica hatte ihm gesagt, er solle sie in so viele haibezogene Aktivitäten verwickeln wie möglich, sie dabei allerdings immer gut im Blick behalten. Zu groß durfte der Stress nicht werden, wenn sie ihre Angst überwinden sollte. Einige Mitarbeiter und Mitarbeiterinnen des Aquariums kannte er persönlich und konnte mit Lacy auch Bereiche besuchen, die nicht öffentlich zugänglich waren. Dass Haie aus ihrem natürlichen Lebensraum entnommen wurden, war ihm eigentlich zuwider. Aber im Augenblick war er dankbar für die Fische in den Becken.

»Über das, was auf dem Boot passiert ist, haben wir noch nicht wirklich gesprochen, Lacy. Aber ich würde gern verstehen, was in dir vorgeht«, sagte Dane.

Lacy verschränkte die Arme. »Mir ist das alles furchtbar peinlich.«

»Dafür gibt es keinen Grund, Babe. Ängste hat jeder.«

Sie schaute ihn unter ihren langen Wimpern hervor an. »Du wirkst ziemlich furchtlos auf mich.«

»Das täuscht«, sagte Dane lachend. *Ich habe zum Beispiel höllische Angst, dich zu verlieren.* »Angst war der Grund, weshalb ich dich nie besucht habe. Ganz verstanden habe ich das immer noch nicht, aber an etwas anderem kann es nicht gelegen haben. Auch jedes Mal, wenn ich zu einem Weißen Hai ins Wasser gehe, ist so etwas wie Angst dabei. Sie lähmt mich nicht, aber sie ist da.«

»Du hattest Angst, zu mir zu kommen?«, fragte Lacy.

»Das habe ich ja schon versucht, dir zu erklären. Ich hatte Angst vor meinen Gefühlen. Und ich wollte auch nicht als der Mann vor dir stehen, der ich mal gewesen bin, sondern als der Mann, den du verdienst. Aber wir haben ja vereinbart, uns nicht ineinander zu verlieben. Also lassen wir das. Ich will etwas über dich erfahren, Lace, nicht noch einmal durchkauen, wer ich bin. Ich will wissen, was du jetzt empfindest.« *Für mich.* »Wenn du an Haie denkst.«

»Je mehr ich über sie erfahre, desto entspannter werde ich. Aber das kann durchaus daran liegen, dass ich von Haus aus ein Fakten-Junkie bin«, sagte sie.

»Lass uns trotzdem weiter über Gefühle reden. Wenn du dir einen Hai vorstellst, wie geht es dir dann?« Danica hatte ihm eingeschärft, während des gesamten Desensibilisierungsprozesses immer auf Lacys Gefühlslage zu achten. Die ein oder andere schwesterliche Warnung davor, Lacy wehzutun, hatte sie auch einfließen lassen. Bei Patienten, die ihre Ängste lange unter- drückt hatten, kamen sie manchmal sehr überraschend und mit voller Wucht zurück. Es konnte aber auch sein, dass die Angst rasch verging, wenn die Person plötzlich begriff, dass sie sich grundlos fürchtete. Doch dass es so leicht werden würde, wagte Dane nicht zu hoffen.

»Im Moment spüre ich nicht viel. Aber auf einem Boot, oder falls ich tatsächlich mal einen Hai im Wasser sehe, würde das wohl ganz anders sein. Danica meint, die Panikattacke könnte mehrere Gründe gehabt haben. Einerseits die Angst vor Haien, andererseits der emotionale Ausnahmezustand, weil wir uns nach so langer Zeit zum ersten Mal wiedergesehen haben und sich so viele Erwartungen angestaut hatten. Aber wie dem auch sei, weglaufen darf ich vor meinen Ängsten nicht.« Lacy zuckte die Achseln.

Die Spannung in Danes Schultern ließ nach. »Lass uns die Sache ganz langsam angehen«, sagte er.

»Du sollst mich eigentlich mit der Arbeit deiner Stiftung vertraut machen. Vergiss das nicht.«

Dane lächelte. »Das kommt schon noch, glaub mir. Du wirst sehr genaue Einblicke erhalten. Aber ich will, dass das möglichst stressfrei verläuft. Wenn es dir irgendwann zu viel wird – mit mir oder mit den Haien –, dann sag es bitte.«

Lacy spürte, dass Dane sie von der ersten Minute im Aquarium an genauestens im Auge behielt. Sie strich mit der Hand über die Fischmodelle im Eingangsbereich, berührte das kalte Keramikmaterial, die raue Oberfläche der Schuppen und das glatte Glas der Augen. Lacy wollte ihre Angst besiegen. Aber wenn sie ehrlich war, war ihr schon jetzt ganz beklommen zumute, und sie war froh über Danes Beistand.

»Ganz anders als die Metallfische in der Flying-Pan-Galerie, nicht wahr?«, fragte Dane.

»Ja. Die hier sind nicht auf der Flucht.« Lacy spürte seinen Blick auf ihr. Als sie sich den größeren Modellen näherten, rückte Dane dichter an sie heran. Die Keramikfische machten sie nicht nervös. Nicht einmal die großen. Aber Danes Körperwärme ließ ihre Nerven flattern. Plötzlich hatte sie Schmetterlinge im Bauch.

Je weiter sie den Korridor entlanggingen, desto gewaltiger wurden die Modelle. *Was ist, wenn wir die Haie erreichen? Verliere ich dann die Nerven?*

Dane blieb vor einem Fisch stehen, der weit über einen

Meter lang war. »Das ist ein Thunfisch«, erklärte er.

»Im Vergleich zu manchen anderen Meeresbewohnern wirken die fast niedlich.«

Danes Arm streifte ihre Schulter. Lacy sah ihn an. Dass er so groß war, gefiel ihr, und sie liebte seine breite Brust. Als er die Hand nach dem Fisch ausstreckte, dachte sie daran, wie es sich anfühlte, von diesen starken Händen berührt zu werden.

»Niedlich würden diesen Kerl wohl die wenigsten Leute nennen. Aber du bist eben anders als andere.«

Lacy spürte, dass sie errötete. Sie wandte sich ab.

»Entschuldige bitte. Ich will dich nicht verlegen machen. Als Nächstes kommen die Haimodelle. Meinst du, du kannst sie dir ansehen?«

»Ich denke schon.« Sie überlegte, ob sie nach seiner Hand greifen sollte. Noch hatte sie keine Angst. Aber sie konnte ja so tun als ob.

»Sicher?«

Angesichts seines besorgten Blicks wurde ihr ganz warm ums Herz. Sie lächelte. »Ja. Lass es uns versuchen.«

»Der erste ist ein Schwarzspitzen-Riffhai«, sagte Dane. Dabei legte er ihr seine Hand ins Kreuz.

Lacy spürte die Wärme seiner Handfläche. Solche harmlosen Berührungen fand sie ungeheuer schön. *Großer Gott.* Wem wollte sie eigentlich etwas vormachen? Ihr gefiel einfach alles an ihm. Von seinem Aussehen bis zu seinem Zähneknirschen, als er sich vorhin verkniffen hatte, sie zu küssen.

»Siehst du die charakteristische schwarze Zeichnung? Diese Haie sind pfeilschnell.«

Lacy spürte, wie ihr Herzschlag sich beschleunigte. Ob es daran lag, dass sie das Modell berührte oder an ihren Gedanken an Dane, konnte sie nicht sagen.

Dane strich direkt neben Lacys Hand über den Keramikfisch. Ihre Daumen berührten sich und er schaute sie an.

»Immer noch alles gut?« Sein Blick senkte sich verführerisch in ihren.

»Ich glaube schon.« *Dir zu widerstehen ist schwieriger, als Keramikhaie zu streicheln.*

»Wollen wir?«, fragte Dane.

Oh bitte, ja. Sein Blick ließ sie nicht los.

Er deutete auf das nächste Modell. Lacy stieß die Luft aus, die sie unbewusst angehalten hatte. Sie befahl ihren Beinen, auf den Fisch zuzugehen. *Reiß dich zusammen. Er will dir nur helfen und du führst dich auf wie ein verknalltes Schulmädchen.*

Um ihre Nerven zu beruhigen, griff sie nach seiner Hand.

»Ich bin bei dir. Alles ist gut.« Dane hielt ihre Hand fest und schob sich hinter sie. Seine Brust berührte ihren Rücken.

»Das ist ein Bullenhai. Die sind ziemlich aggressiv.«

Mir geht's gut. Mir geht's gut. Mir geht's gut. »Eine der häufigsten Arten«, sagte sie.

»Ja. Man trifft sie vor allem in wärmeren Gewässern an«, erklärte Dane. »Kannst du noch weiter?«

»Ich glaube schon«, sagte Lacy. »Aber die Kleineren fand ich erträglicher.« Sie drehte sich zu Dane. Ihre Augen waren nur ein paar Zentimeter von seiner Brust entfernt. »Ich weiß, nicht, warum ich so nervös bin. Schließlich sind das keine echten Fische.« Vielleicht hatte Danica ja recht und sie war wegen Dane *und* den Haien so von der Rolle. Oder schlug ihr Herz allein wegen der Haie so schnell? Oder allein wegen Dane?

»Lass uns damit noch warten.« Er deutete mit dem Kinn den Korridor entlang.

Hai-Unterwasserwelt stand dort auf einem Schild. Lacy wollte unbedingt herausfinden, ob ihre Nerven auf Dane so heftig reagierten oder auf die Haie. Immerhin spürte sie noch keine Panik.

»Ich möchte gern da rein gehen«, sagte sie. »Aber versprechen kann ich dir nichts.«

»Ich weiß nicht, Lace.«

Sie dachte an Danicas Rat. *Mir geht es gut. Sie sind hinter Glas. Es ist alles in Ordnung.* »Ich kann ja wieder umkehren. Aber lass es uns wenigstens versuchen.«

Dane nickte. »Wie du willst. Aber sag sofort Bescheid, wenn es dir zu viel wird.«

»Du beobachtest mich die ganze Zeit mit Adleraugen. Wenn ich nicht mehr kann, merkst du es sicher gleich.«

Er nickte. »Sorry.«

»Nein, schon gut. Das ist lieb von dir.«

»Okay.« Er atmete so tief durch, als wäre er derjenige, der sich Mut machen musste. »Bist du bereit?«

»Ja, alles bestens«, log sie.

Anscheinend klang ihre Stimme nicht so fest wie beabsichtigt, denn er drückte ihre Hand. Lacy war froh über die Kraft und Sicherheit, die Dane ausstrahlte.

»Du kannst dich an meiner Hand festhalten«, sagte er. »Aber denk dran, du darfst dich nicht in mich verlieben.«

Sie nickte. Sagen konnte sie im Augenblick nichts. *Alles ist gut. Alles ist gut. Alles ist gut.*

Ohne anzuhalten, gingen sie an den letzten Fischmodellen vorbei zur Hai-Unterwasserwelt. Gleich am Eingang blieb Lacy wie angewurzelt stehen.

Ihr Blick fiel direkt auf eine Glaswand, hinter der drei Haie vorbeischwammen. Lacy hielt den Atem an und schaute sich um. Das Haifischbecken umschloss den gesamten Raum. Die Fische schwammen im Kreis.

»Sie können dich nicht berühren, Lace. Außerdem bin ich bei dir und gebe auf dich acht«, sagte Dane.

Lacys Blick hing an den Haien, die ihre Bahnen zogen.

»Lace?«

»Ja?« *Das ist zu viel.* »Wenn sie nicht ganz so groß wären, wäre mir wohler.«

»Lass uns gehen. Wir müssen das nicht heute tun«, sagte Dane.

Stell dich deiner Angst. Lacy schloss die Augen. »Kannst du mich was fragen?«

»Wie bitte?«

Sie kämpfte gegen ihren Fluchtinstinkt an. »Im Augenblick kann ich keinen Schritt weitergehen. Aber stell mir Fragen über die Haie hier. Sicher hilft es, wenn ich mich auf Fakten konzentriere.« Mit der freien Hand klammerte sie sich an seinem Arm fest. »Dass sie mir nichts tun können, ist mir völlig klar. Aber das Herz schlägt mir bis zum Hals und ich würde am liebsten weglaufen. Danica meint, ich darf meiner Angst nicht ausweichen, und ich tue, was ich kann. Also stell mir Fragen.«

»Um welche Haiart handelt es sich?« Dane ließ sie nicht aus den Augen. Er rückte ein wenig näher an sie heran und Lacy lehnte sich bebend an ihn.

Oh Gott. »Ähm.« Aus dem Augenwinkel linste sie die Fische an, registrierte ihre Silhouette, die Form ihrer Köpfe und Schwanzflossen und ihren Körperumfang. »Ist das ein Tigerhai?« Sie schaffte es nicht, Danes Arm loszulassen und auf den Fisch zu zeigen, der gerade an ihnen vorbeiglitt. Ihre Stimme klang furchtbar zittrig. *Ich kann das. Ich kann das. Ich kann das.* »Der da. Den meine ich.«

»So kenne ich mein Mädchen. Richtig. Das ist ein Sandtigerhai«, sagte Dane.

Mein Mädchen. Sie versuchte, sich anstatt auf ihre Angst lieber auf Danes Worte zu konzentrieren. Mit zusammengekniffen Augen musterte sie die Haie.

»Der andere da …« Lacy warf schnell einen Blick auf das Tier. »Ich weiß den Namen. Das ist ein … Oh ja, ein Ammenhai. Der Größe nach müsste es sich um ein Weibchen handeln.«

»Volltreffer, Lacy.« Dane strahlte.

Voller Stolz lächelte er sie an. Sein Lächeln zu erwidern, wollte ihr nicht gelingen, aber sie freute sich unbändig, dass sie weder davongerannt, noch ohnmächtig geworden war.

»Geht es?«, fragte er.

»Wenn ich mich auf etwas konzentrieren muss, ist es leichter.«

»Das muss ich mir merken«, sagte Dane.

Das klang fast, als würde er mit ihr flirten. Lacy entging dieser Unterton nicht.

»Ich glaube, für heute reicht es mir.« Das war eine Feststellung, keine Bitte. Mit zwei Schritten war Lacy wieder draußen im Korridor.

Sobald sie vor den Keramikfischen standen, ließ ihre Anspannung nach.

Dane nahm sie strahlend bei den Schultern. »Das war großartig, Lacy. Wie fühlst du dich jetzt?«

Sie blinzelte ein wenig benommen. »Ich … eigentlich ganz gut.«

»Ich freue mich unheimlich für dich.«

Mit einer Umarmung vertrieb er den Rest ihrer Angst. *Gott, ich liebe es, wenn du mich festhältst.*

»Zur Belohnung zeige ich dir jetzt noch etwas ganz Besonderes.« Dane führte sie durch einen anderen Korridor bis zu einer Tür mit der Aufschrift *Privat*.

»Sollen wir da wirklich reingehen?« *Falls er auf einen Quickie im Aquarium hofft, muss ich ihn enttäuschen. Ich glaube …*

Dane klopfte an und eine hochgewachsene, schlanke Frau mit braunem Haar machte ihnen auf.

»Dane Braden!« Sie breitete die Arme aus und Dane drückte sie.

Lacy spürte einen Stich in der Herzgegend. War das eine seiner Eroberungen? *Nein. Er würde mir keine Frau vorstellen, mit der er geschlafen hat.*

»Sara, das ist Lacy Snow.« Dane legte Lacy die Hand ins Kreuz. »Ich habe dir von ihr erzählt.«

Von ihr erzählt?

»Hi«, sagte Lacy. Sie folgten der Frau in eine Art Labor. Dane ließ seine Hand liegen, wo sie war. Die Berührung gab Lacy das Gefühl, ihm wichtig zu sein.

»Sara und ich haben bei einigen Forschungsprojekten zusammengearbeitet. Sie hat einen tollen Job«, erklärte Dane.

»Du bist also diejenige, die unseren Dane so durcheinanderbringt?« Sara lächelte spitzbübisch.

Lacy spürte, wie sie errötete. Doch auch Danes Gesichtsfarbe war ein paar Nuancen dunkler geworden. Beim Anblick der Liebe in seinen Augen fiel die Eifersucht von ihr ab.

»Und ja, es stimmt. Ich habe einen tollen Job. Schau mal in dieses Becken, Lacy.« Sara zeigte auf ein etwa brusthohes, großes Aquarium.

Lacy warf einen Blick ins Wasser. Danes Hand ruhte inzwischen auf ihrem Schulterblatt. In dem Becken schwammen zwei ganz junge Haie. Lacy schnappte nach Luft.

»Schau dir das an, Dane.« Sie griff nach seiner Hand.

Er stellte sich neben sie. »Ich weiß. Großartig, nicht wahr?«

»In Gefangenschaft gelingt die Nachzucht leider nur sehr selten. Die Sterblichkeit ist hoch. Deshalb freuen wir uns umso mehr über den Nachwuchs und sind vorsichtig optimistisch«, erklärte Sara. »Ich habe zurzeit das Vergnügen, auf die kleinen Racker aufzupassen.«

Lacy merkte, dass sie sich an Danes Arm festgehalten hatte. »Darf ich mal einen anfassen? Ich habe viel über ihre besondere Haut gelesen und …« Sie schaute Dane an und holte tief Luft. Seinen Arm ließ sie nicht los. »Ich glaube, ich weiß, wie rau sie ist. Aber darf ich mal vorsichtig darüberstreichen?«

Sara und Dane tauschten einen Blick aus. Dane nickte.

»Normalerweise fassen wir sie nur mit Handschuhen an. Aber Dane hat mir erzählt, was dir passiert ist. Es ist schön, dass du dich für unsere oft missverstandenen Freunde interessierst. Wenn du dir mit der Spezialseife dort die Hände wäschst …« Sara nickte zu einem Waschbecken hin. »Dann machen wir eine Ausnahme.«

Lacy schlug das Herz bis zum Hals. *Ich werde einen Baby-Hai anfassen. Einen Hai!* Dass sie keine Angst spürte, überraschte sie. Sie zitterte nicht und hatte auch nicht das Gefühl, dass ihre Nerven zum Zerreißen gespannt waren. Danes Blick wirkte besorgt, aber sie selbst empfand vor allem Stolz. Sorgfältig wusch sie sich die Hände.

»Okay. Ich bin so weit«, sagte sie dann.

Dane nahm sie bei der Hand und ging mit ihr zum Becken zurück. Ihn bei sich zu haben, gab ihr Kraft. *Ich kann das. Ich kann das. Ich kann das.* Lacy hielt den Atem an. Sie streckte die andere Hand zum Wasser aus und sah ihre Finger zittern. Ein paarmal atmete sie tief durch. Dane ließ sie los, blieb aber ganz dicht bei ihr.

»Ganz langsam, Lace«, flüsterte er.

Lacy nickte und beugte sich vor. Als einer der kleinen Haie vorbeischwamm, durchbrach sie mit dem Zeigefinger die Wasseroberfläche und ließ den Fisch an ihrer Fingerkuppe entlangstreichen. Mit einem leisen Japsen zog sie die Hand zurück. Ihr Blick hing noch immer am Wasser.

Dane beugte sich zu ihr. Sie spürte seinen warmen Atem an ihrer Wange. »Ich bin bei dir.«

Lacy nickte, dann schaute sie Sara an. »Darf ich noch mal? Nur ganz kurz?«

Sara nickte.

Dane stützte Lacy mit seinem Körper. Seine eine Hand lag in ihrem Kreuz, die andere auf ihrer Hüfte. Lacy wartete, bis einer der Baby-Haie in die Nähe schwamm, dann tauchte sie den Finger ein und schloss die Augen. Die seltsam raue Haut streifte ihre Fingerspitze. Langsam zog sie die Hand zurück.

»Du zitterst«, sagte Dane. Er nahm sie in die Arme und drückte sie an seine Brust. Sein Herz klopfte an ihrer Wange. Lacy schloss die Augen. Sie platzte fast vor Stolz. *Mir ist nichts passiert. Ich habe es getan. Ich habe es getan und alles ist in Ordnung.* Dane drückte sie noch fester, und als sie aufblickte, sah sie ein verdächtiges Glitzern in seinen Augen.

Kapitel 17

»Das war ein völlig verrückter Nachmittag. Ich habe einen Hai angefasst, Dane. Ein Hai-Baby. Ganz ohne Panik. Ich bin nicht umgekippt, nicht weggerannt und nicht in Tränen ausgebrochen. Ich habe es tatsächlich getan.« Lacy konnte sich kaum beruhigen.

Sie hatten noch eine weitere Stunde im Aquarium verbracht. Jetzt waren sie auf dem Weg zurück nach Chatham. Die tief stehende Sonne warf ihr schräges Licht auf die Route 6. Seit sie das Labor verlassen hatten, redete Lacy ununterbrochen. Für Danes Ohren war das Musik. Die Begeisterung in ihrer Stimme erinnerte ihn an die erste Begegnung mit ihr in Nassau.

»Ich freue mich unheimlich für dich, Lacy«, sagte er.

»Für mich? Und was ist mit dir?«

Dane schaute sie an. Sie hatte sich die blonden Locken im Nacken mit einem Gummiband zusammengebunden. Ihre blauen Augen blitzten lebhaft und voller Zuversicht. »Gott, Lacy. Du bist wunderschön«, sagte er. *Verdammt.* Aus Angst, dass sie sich nach dieser Bemerkung zurückziehen könnte, bemühte er sich um Schadensbegrenzung. »Sorry. Wie meinst du das? *Mit mir?*«

»Du darfst mir ruhig sagen, dass du mich schön findest.

Danke«, sagte Lacy. »Dass du Sara von mir erzählt hast, hat mich überrascht.«

»In den letzten Monaten bist du zum Mittelpunkt meiner Welt geworden, Lacy. Ich habe allen von dir erzählt«, gestand Dane.

Eine geschlagene Minute lang sah sie ihn einfach nur an. Sie wusste nicht, was sie ihm darauf antworten sollte, und wartete erst einmal ab, ob er noch etwas hinzufügen würde. Als er es nicht tat, sagte sie: »Das bedeutet wohl, dass ich über die Angst hinwegkommen kann, die mich auf dem Boot völlig lahmgelegt hat.«

Dane wollte sie in die Arme nehmen, sich mit ihr gemeinsam von der Freude über ihre Fortschritte mitreißen lassen. Aber er hatte Angst, zu schnell zu viel zu verlangen und ihre Freundschaft in eine Beziehung verwandeln. Das aber, da war er fest entschlossen, sollte in ihrer Hand liegen. Wie es weitergehen sollte und wann, würde er ihr überlassen.

»Das denke ich auch«, sagte er stattdessen. »Wie gesagt, ich bin unheimlich glücklich darüber, dass du schon einen Teil deiner Angst überwunden hast. Je weniger Angst du hast, desto freier kannst du leben.«

»Danke …«, erwiderte sie zögerlich.

Er spürte ihren Blick. »Soll ich dich im Sommerhaus absetzen?«, fragte er.

»Das kannst du machen, ja.«

Er hörte die Enttäuschung in ihrer Stimme. *Was soll ich denn tun, verdammt? Ich will, dass du dich in mich verliebst. Aber wenn ich meinen Gefühlen freien Lauf lasse, schlage ich dich womöglich in die Flucht.*

»Ich würde gerne noch nach Rob sehen«, sagte Dane.

»Gute Idee. Ich hoffe, ihm geht's besser.«

»Das hoffe ich auch.«

In beklommenem Schweigen fuhren sie bis zu Lacys kleinem Haus. Dane brachte sie zur Tür. Mit aller Macht wünschte er sich, er könnte die Kluft überbrücken, die sich in der letzten halben Stunde zwischen ihnen aufgetan hatte. *Mist.*

Lacys Schlüssel schwebte vor dem Schloss. Sie fuhr herum und schaute Dane an. »Und jetzt? Sollen wir morgen so weitermachen, wie es auf dem Plan steht?«

»Ja. Prima Idee. Die könnte von mir sein.« Er versuchte, nonchalant zu klingen. Dabei wollte er sie einfach nur in die Arme nehmen und um den Verstand küssen.

Lacy nickte. »Dann gehört der Tag der Ausstellung über die Brave Foundation.«

»Ja.«

Lacy nickte erneut. Den Blick auf den Schlüssel gerichtet, sagte sie: »Dane.«

»Hmm?« *Bitte mich rein. Lass uns ein Glas Wein trinken. Lachen. Reden. Egal was, aber sag jetzt nicht einfach Gute Nacht.*

»Ich muss mich heute noch bei meinem Boss melden. Ich werde ihm sagen, dass es mit uns doch passt.« Sie schloss die Tür auf.

Danes Blick hing an der Rundung ihrer Hüfte, doch in Gedanken wiederholte er ihre Worte. *Dass es mit uns doch passt.* »Gut. Mach das. Ich weiß, der Tag heute war anstrengend. Aber wenn man seine Ängste problemlos abschütteln könnte, müsste kein Mensch sich einer Konfrontationstherapie unterziehen.« Dane biss sich erschrocken auf die Lippen.

»Konfrontationstherapie?« Lacy zog die Brauen zusammen.

»Kann sein, dass ich mit einer guten Freundin telefoniert und sie um Tipps gebeten habe, wie ich dir über deine Angst hinweghelfen kann.« Er fixierte einen Baum in einiger

Entfernung. Seine Muskeln spannten sich in Erwartung einer empörten Reaktion.

»Das hast du getan?« Das klang nicht vorwurfsvoll.

Er drehte sich wieder zu Lacy. Ein Windhauch wehte ihr eine Locke ins Gesicht. Er schob ihr die Strähne hinters Ohr. Als seine Finger dabei ihre Haut streiften, schloss sie die Augen. Dane war erleichtert, dass sie dabei lächelte.

»Ja. Ich möchte dich unterstützen«, erklärte er.

»Dane, das ist wirklich unglaublich lieb von dir.«

Sie berührte seinen Arm und verstärkte damit seinen Wunsch, sie an sich zu drücken. Doch er war zu nervös und traute sich nicht. *Nichts übereilen.* »Ich bin froh, dass du mir nicht böse bist.«

Sie schüttelte den Kopf. »Ganz im Gegenteil.«

»Gut. Morgen schauen wir uns die Brave-Ausstellung an. Komplett ohne lebende Haie. Versprochen.« Er küsste sie auf die Wange und versuchte nicht zu spüren, was ihr Duft zwischen seinen Beinen anrichtete. »Gute Nacht, Lacy.«

Dane stieg die erste Stufe der Eingangstreppe hinunter, da sagte sie seinen Namen.

»Ja?«

Lacy schaute ihm so lange in die Augen, dass er fast umgekehrt wäre, um sie zu küssen.

»Danke«, sagte sie. »Für alles.«

Er nickte. »Gern geschehen. Ich will, dass du glücklich bist.« Dann ging er zu seinem Wagen. Vom Fahrersitz aus sah er zu, wie sie im Haus verschwand und die Tür hinter sich schloss. *Verdammt.* Jetzt einfach wegzufahren, fiel ihm unendlich schwer. Aber dass er ihr heute hatte beistehen können, war ein gutes Gefühl. *Kleine Schritte.*

Vor dem Losfahren rief er Rob an.

»Hey, Dane.« Robs Stimme klang fester und klarer als noch vor einigen Stunden.

»Hey, Kumpel. Wie geht es dir jetzt?« Dane rieb sich die Schläfe. Er wollte sich auf Rob konzentrieren und nicht daran denken, wie gerne er jetzt mit Lacy zusammen wäre.

»Ganz ordentlich. Ich habe mit Sheila telefoniert. Sie bringt die Kinder her«, sagte Rob. »Und ich war bei einem AA-Treffen. Danke für deine Unterstützung, Dane. Ich werde dich nicht enttäuschen. Ich weiß, wie man dieses Monster killt.«

Gott sei Dank! »Das ist gut, Rob. Wenn du mich brauchst, ich bin da. Ruf einfach an. Egal zu welcher Uhrzeit«, sagte Dane.

»Danke, Kumpel. Ich weiß, dass ich mich auf dich verlassen kann. Fahren wir morgen zusammen mit deiner hübschen Lady raus?«

Dane schaute lächelnd zum Sommerhaus. »Willst du nicht lieber bei Sheila und den Kindern bleiben? Sicher tut euch das gut. Auf dem Meer rumschippern können wir übermorgen noch.«

»Das wäre super, Mann. Ich rufe sie gleich an und schlage ihr das vor. Tut mir leid, aber dieser ganze Mist hat mir den Boden unter den Füßen weggezogen. Für mich kam das ziemlich plötzlich, dabei liegt Sheila mir genau genommen schon seit zwei Jahren in den Ohren. Sie will, dass ich die Haie aufgebe. Ich habe nur nie richtig zugehört.«

»Und?« Dane hatte das Gefühl, dass Rob gleich eine Bombe platzen lassen würde.

»Nichts. Wir werden eine Lösung finden.«

Dane atmete erleichtert durch. Eigentlich wollte er nachhaken, ließ es aber bleiben. Sie würden reden, wenn Rob so weit war.

»Hey, Dane.«

»Ja?«

»Auf viele weitere gute Tage«, sagte Rob.

»Ja, auf viele weitere gute Tage.« *Mit Lacy und mit dir.*

Lacys Magen schlug Purzelbäume. Sie hatte gehofft, dass Dane ihr wenigstens einen Gutenachtkuss geben würde, aber er hatte keinerlei Anstalten gemacht. Er war nun mal ein perfekter Gentleman. *Verflixt.* Warum hatte sie sich nur auf die blöde Abmachung eingelassen? Sie würde auf keinen Fall diejenige sein, die als Erste dagegen verstieß.

Per E-Mail teilte sie ihrem Boss mit, dass das neue Projekt gut angelaufen war und ihr der Auftrag Spaß machte. In der Hoffnung, dadurch einen klareren Kopf zu bekommen, stellte sie sich anschließend unter die Dusche. Doch wo sie auch hinschaute, überall sah sie Dane. Nach dem Duschen warf sie einen Blick auf ihr Telefon. Leider hatte er weder geschrieben noch angerufen. *Verdammt.* Sie musste aufhören, ständig an ihn zu denken. Lacy nahm ihr Handy mit auf die Terrasse und rief Danica an.

»Hey, Schwesterchen. Wie läuft's?«, fragte Danica.

»Prima und gar nicht zugleich.« Lacy machte es sich in einem Liegestuhl gemütlich.

»Die Details, bitte.«

»Ach, Danica. Dane ist großartig. Er ist furchtbar nett und … Du weißt ja, wie er ist. Wir haben vereinbart, uns nicht ineinander zu verlieben, aber ich muss ununterbrochen an ihn denken. Heute musste er seinen Freund von der Polizeiwache holen und …«

»Was?«, fragte Danica.

»Ja. Erinnerst du dich an Rob? Ich habe dir von ihm erzählt. Fotos müsste ich dir auch schon mal gemailt haben.«

»Ach ja, stimmt. Er ist der braunhaarige Haijäger«, sagte Danica.

Lacy schaute zum Strand hinunter und dachte daran, wie Dane dort im Sand gesessen hatte. Sie lächelte.

»Genau. Im Moment hat er ziemliche Eheprobleme und er ist ein trockener Alkoholiker. Oder er war's. Seine Frau hat ihn verlassen. Deshalb hat er wohl wieder getrunken. Es gab eine Schlägerei und er ist auf der Polizeiwache gelandet. Traurige Geschichte. Der Mann ist fix und fertig wegen der Sache mit seiner Frau. Aber Dane ist unglaublich liebevoll mit ihm umgegangen. Dass Rob wie ein Bruder für ihn ist, hat er mir zwar schon ein paarmal gesagt, aber heute habe ich es mit eigenen Augen gesehen. Es war, als wollte Dane ihn beschützen. Er hat sogar angeboten, Rob zu einem AA-Treffen zu begleiten«, sagte Lacy.

»Ich glaube, Dane ist wirklich einer von den Guten. Dass er sich so selbstlos um andere kümmert, spricht auf jeden Fall für ihn. Aber ich dachte, du sollst etwas über die Arbeit seiner Stiftung lernen.«

»Ich bin dabei. Wir sind in der Bibliothek gewesen und er war unheimlich süß. Er hat mir jede Menge Bücher über Haie herausgesucht. Dabei hatte ich schon die ganze Nacht von Sonntag auf Montag damit verbracht, mir im Netz Wissen über Haie anzulesen. Keine Ahnung warum. Jedenfalls sind wir nach dem Bibliotheksbesuch zu einem Aquarium gefahren. Dort habe ich sogar ein Hai-Baby gestreichelt! Du wärest stolz auf mich gewesen, Danica. In der Hai-Unterwasserwelt habe ich es allerdings nicht lange ausgehalten. Das war dann doch zu viel.

Ich bin am Eingang stehengeblieben und habe mich an Danes Arm festgeklammert.«

»Aber eine Panikattacke hattest du nicht?«, fragte Danica.

»Nein, ich konnte nur keinen Schritt weitergehen.«

»Das ist trotzdem großartig, Lacy! Das ist ein riesiger Erfolg. Aber bitte glaub nicht, dass du bereits endgültig Ruhe vor den Panikattacken hast. Sich an einem einzigen Tag zu desensibilisieren, ist so gut wie unmöglich«, erklärte Danica.

»Das wäre auch zu schön gewesen. Ach ja, und um mir helfen zu können, hat Dane sich Informationen zum Thema Konfrontationstherapie beschafft.«

»Nun ja, was das betrifft …«

»Danica Joy. Bitte sag mir, dass du nicht das getan hast, was ich vermute.« Lacy war gleichzeitig verärgert und erfreut.

»Er hat mich angerufen. Ich habe seine Fragen beantwortet und ihm den einen oder anderen Rat gegeben. Mehr nicht«, gestand Danica.

»Er hat dich angerufen?« Langsam wurde Lacy einiges klar. »Dann bist du die gute Freundin, von der er gesprochen hat. Und du hast mir nichts davon gesagt? Danica!«

»Ich hatte Angst, dass du mir böse bist. Aber es ist so offensichtlich, was du für ihn empfindest und was er für dich empfindet. Deshalb hielt ich es für richtig. Ich habe ihm aber nicht nur Ratschläge gegeben, sondern ihm auch klipp und klar erklärt, dass Blake ihn umbringt, falls er dir wehtut.«

Lacy hörte das Lächeln in Danicas Stimme. »Na großartig. Er ruft hinter meinem Rücken meine Schwester an.« Lacy wollte sauer sein, doch es gelang ihr nicht. So wie Dane konnte sich nur jemand für sie einsetzen, der – *oh Gott* – der sie liebte.

»Ich kenne nicht viele Männer, die so etwas tun würden, Lace. Ich war ziemlich beeindruckt«, sagte Danica.

Lacy seufzte. »Das bin ich auch. Er ist wirklich etwas Besonderes. Auch deshalb rufe ich dich an. Du hast gesagt, die Haie und was mir als Kind passiert ist, waren vielleicht nicht der einzige Grund für meine Panikattacke. Du meintest, ich hätte womöglich auch wegen des Wiedersehens mit Dane das große Flattern gehabt.«

»Durchaus denkbar, Lace. Aber ich muss dich warnen. Du kannst jetzt nicht einfach davon ausgehen, dass damit deine Haiangst vom Tisch ist. Wenn du einfach fröhlich mit Dane zum Markieren rausfährst, könnte das mächtig in die Hose gehen«, warnte Danica.

»Keine Sorge, das mache ich nicht. Und, Danica?«

»Ja?«

»Ich mag ihn wirklich. Die fünfzehn Monate waren wie eine Art Vorbereitungszeit, glaube ich. Sie haben dafür gesorgt, dass wir uns sofort ineinander verliebt haben, als wir uns endlich gegenüberstanden. Klingt das verrückt?« Lacy stand auf, ging zum Terrassengeländer und strich über das raue Holz.

»Nein. Ihr wart zwar nie im selben Raum, habt aber viel Zeit miteinander verbracht. Ihr habt jeden Tag geredet und euch Geheimnisse anvertraut und so den Boden für die Liebe bereitet.«

»Aber sollte ich nicht stinksauer sein, dass er während dieser Zeit mit anderen Frauen zusammen war? Wie kann man Gefühle für jemanden entwickeln und gleichzeitig Bettgeschichten haben? Das verstehe ich nicht«, sagte Lacy.

»Ach, Lacy. Es gibt Intimität und es gibt Sex. Sex kann ziemlich bedeutungslos sein. Manchmal ist er nur ein Ventil oder eine Möglichkeit, Frust abzuladen. Und manchmal ist er sehr intim und regelrecht magisch. Es gibt Sex ohne Liebe und Sex mit.«

»Ich weiß.« Lacy seufzte. »Aber …«

»Nach allem, was du mir erzählt hast, versucht er nicht, etwas zu verbergen. Er ist ehrlich zu dir. Und Ehrlichkeit, Lacy, ist in einer Beziehung das Wichtigste.« Nach einer kurzen Pause fügte Danica hinzu: »Hast du nicht auch schon mal etwas getan, was du lieber für dich behältst, weil es dir furchtbar peinlich wäre?«

»Nein.«

»Im Ernst, Lacy? Du hast niemals bei einer Klassenarbeit geschummelt oder einen Lehrer angebaggert? Du hast es nie auf dem Dach der Highschool getrieben oder bei der Selbstbefriedigung an den Vater deiner besten Freundin gedacht?«

»Großer Gott, Danica! Was hast du denn früher für Leute therapiert? Nein, auf solche Ideen wäre ich wirklich nie gekommen.« Lacy streckte sich in einem Liegestuhl aus.

»Dann bist du schlichtweg perfekt, kleine Schwester«, frotzelte Danica. »Aber vielleicht hast du ja recht. Vielleicht bist du nicht die Richtige für ihn, ganz gleich, was du für ihn empfindest. Man muss schon eine sehr starke und reife Persönlichkeit sein, um jemandem eine Vergangenheit zu verzeihen, die so ganz anders ist als die eigene.«

»Das hört sich an, als wäre ich arrogant oder würde mich für etwas Besseres halten«, sagte Lacy.

»Nein, das meine ich nicht. Ich bin nur realistisch. Wenn du selbst irgendwann über die Stränge geschlagen hättest, würdest du verstehen, dass man Sex als Ventil benutzen kann. Aber das hast du nicht, und deshalb ist dir die Vorstellung so fremd. Hast du unserem Vater eigentlich je verziehen?«

Lacy stellte sich Danicas ernste dunkle Augen vor, wie sie sie fragend anblickten. »Er ist unser Vater. Ihm zu verzeihen, war nicht leicht, und ich weiß auch nicht, ob ich es schon ganz geschafft habe. Manchmal grüble ich noch. Aber dann denke ich wieder, er hat einfach zwei Frauen geliebt. Nur eben gleichzeitig.«

»Aber ist das nicht schlimmer, als keine zu lieben und das ehrlich zuzugeben? Dane führt kein Doppelleben. Oder hattet ihr beide euch ewige Treue versprochen?«

»Nein, haben wir nicht. Das weißt du.« Lacy stand auf und ging hin und her.

»Dann musst du dich wohl entscheiden. Du kannst eine Beziehung mit Dane eingehen und seine Vergangenheit vergessen. Und ich meine *wirklich* vergessen. Du darfst sie nicht bei jedem Streit wieder ans Licht zerren. Oder du schlägst ihn dir aus dem Kopf und lebst dein Leben ohne ihn weiter.«

»Gott, manchmal finde ich dich richtig abscheulich«, stöhnte Lacy.

»Dazu sind große Schwestern da. Was tust du heute Abend?«, fragte Danica.

»Ich glaube, ich treffe zukunftsweisende Entscheidungen.«

Kapitel 18

Dane stieg auf Treats Boot aus der Dusche. Er fragte sich, ob er hätte versuchen sollen, bei Lacy zu bleiben. Was sie ihrem Boss mitteilen wollte, gab ihm Hoffnung. Aber sie hatte ihn nach dem gemeinsam verbrachten Tag nicht eingeladen, mit ins Haus zu kommen. Vielversprechende Andeutungen hatte sie auch nicht gemacht. Jetzt konnte er nur auf dem Boot herumsitzen und sie vermissen. Dass er einer Frau nachlaufen musste, war er nicht gewohnt – und dass er einer nicht nachlaufen *durfte*, noch viel weniger. *Ach, zur Hölle damit!* Er war der Kerl in dieser Beziehung, und es wurde Zeit, dass er sich auch so benahm. Dane schnappte sich seinen Autoschlüssel. Wenn Lacy nicht mit ihm zusammen sein wollte, musste sie ihm das ins Gesicht sagen. Heute Abend. *Jetzt.*

Sein Telefon vibrierte. Er hoffte auf eine Nachricht von Lacy, aber geschrieben hatte ihm Hugh.

Hast du die Sache mit Lacy in Ordnung gebracht?

Dane schrieb grinsend zurück. *Bin dabei. Du lässt nicht locker, was? Danke!*

Er stieg in seinen Wagen, aber schon Sekunden später vibrierte das Telefon erneut.

Kann ich vorbeikommen? Dane schüttelte verdutzt den Kopf,

dann schaute er genauer hin. Diese Nachricht kam von Lacy. *Lacy!* Sofort schrieb er zurück. *Aber klar. Was ist los?*

Eine weitere Nachricht von Hugh ging ein. *Sie kommt schon noch drauf.*

Dane schrieb keine Antwort. Besorgt um Lacy drückte er die Kurzwahltaste für ihre Nummer. Sie meldete sich beim ersten Klingeln.

»Stimmt was nicht?«, fragte er.

»Nein, alles in Ordnung. Ich … Ich wollte bloß nicht allein zu Abend essen«, sagte sie.

Erleichtert lehnte Dane sich an den Sitz und schloss die Augen. *Wie war das gleich noch mal? Du wirst dich nicht in mich verlieben? Irgendwas mache ich anscheinend richtig.* »Soll ich dich abholen? Wir könnten essen gehen.«

»Du warst gerade erst bei mir. Ich kann auch zu dir kommen«, bot sie an.

Warten wäre pure Folter. »Ich sitze sowieso schon im Wagen. Ich kann in ein paar Minuten bei dir sein.« Mit dem Telefon am Ohr startete Dane den Motor. »Worauf hast du denn Lust?«

»Auf einen Abend mit dir.«

Mit einer Flasche Wein in der Hand trat Dane vor Lacys Haustür nervös von einem Bein aufs andere. Mit der freien Hand glättete er sein schwarzes Kurzarmhemd über seinem flachen Bauch und überprüfte den Bindegürtel seiner Leinenhose. *Weshalb braucht sie so lange? Ist sie in der Dusche? Hat sie es ich anders überlegt? Mist.*

Er klopfte noch einmal an. Endlich öffnete sich die Tür.

Lacy trug ein dunkelblaues Carmen-Minikleid. Um ihre Lippen spielte ein nervöses Lächeln.

»Hi.« Sie hielt sich an der Tür fest und linste durch die Locken, dir ihr in die Augen gefallen waren.

»Du siehst umwerfend aus«, sagte er. *Warum bin ich so aufgeregt?* Er küsste sie auf die Wange. Dabei stieg ihm der Kokosduft ihres Shampoos in die Nase. »Hmmm. Und du riechst gut.«

»Du auch.« Sie schloss die Tür hinter ihm.

Die Terrassentür stand weit offen, die Gardinen wehten im Wind.

»Du hast Wein mitgebracht.« Sie deutete auf die Flasche. »Komm, lass ihn uns gleich aufmachen.«

Dane folgte ihr durchs Wohnzimmer in die Küche. Sein Blick hing an ihren Hüften. Unter dem feinen Stoff ihres Kleides konnte er einen Stringtanga erahnen. Er spürte ein vertrautes Ziehen zwischen den Beinen. Mühsam riss er den Blick von Lacy los und fixierte stattdessen einen Küchenschrank.

»Schön, dass du angerufen hast«, sagte er.

Sie gab ihm einen Korkenzieher. Froh über die Ablenkung machte er sich an die Arbeit.

»Ich krieg das mit den Korken nie vernünftig hin.« Lacy zeigte auf den Wein. »Ich habe immer Angst, dass ich die Flasche fallen lasse oder mich mit dem Korkenzieher aufspieße.«

»Dann bin ich von jetzt an dein ganz privater Flaschenöffner.« Er versuchte, nicht allzu offensichtlich auf die seidige, sanft gebräunte Haut ihrer Schultern zu starren. »Wie hast du denn gestern Abend die Flasche aufbekommen?«

»Die hatte einen Schraubverschluss.« Sie grinste. »Ein Mädchen muss sich zu helfen wissen.«

»Da hast du wohl recht«, sagte Dane. Er füllte ihre Gläser und sie gingen zur Couch im Wohnzimmer. Beim Hinsetzen rutschte Lacys Kleid noch etwas höher und gab den Blick auf einen großen Teil ihrer Oberschenkel frei. Sie drehte sich zu Dane und er legte den Arm über die Rückenlehne der Couch.

»Ich war heute unheimlich stolz auf dich«, sagte er. »Sicher hat es dich viel Überwindung gekostet, dir die Haie anzusehen und die Jungfische anzufassen.«

Lacy schaute erst in ihr Glas, dann sah sie ihn durch ihre Locken hindurch an. Mit dem Zeigefinger strich er ihr Haar zur Seite.

»Ich war auch stolz auf mich«, sagte sie. »Tja, also du hast … Du hast Danica angerufen.«

Dane schloss kurz die Augen. Danica hatte ihm versprochen, das für sich zu behalten. Es sei denn, Lacy sprach sie direkt darauf an. *Anscheinend hat sie gefragt.* Er atmete tief durch und wappnete sich für einen Rüffel, weil er hinter Lacys Rücken mit ihrer Schwester geredet hatte. »Ja, tut mir leid. Aber ich wollte einfach helfen. Sie kennt dich so gut, sie war mal Therapeutin und du vertraust ihr. Da dachte ich …«

Lacy lächelte. »Schon okay. Dass du dir so viel Mühe machst, zeigt mir, dass ich dir wichtig bin. Aber eigentlich mag ich es nicht, wenn man ohne mein Wissen über mich spricht. Beim nächsten Mal könntest du mir Bescheid sagen oder mich vorher fragen.«

Dane atmete aus. »Ich habe mit ihr gesprochen, während zwischen dir und mir Funkstille war. Ich hätte es dir also gar nicht sagen können. Trotzdem wäre es besser gewesen, es dir zu erzählen, bevor du es selbst herausfindest.«

»Du tust so viele süße, romantische Dinge für mich, Dane. Das finde ich wunderbar. Aber falls aus unserer Freundschaft doch irgendwann … naja, also … mehr werden sollte, dann werde ich deine Anrufe nicht mehr ignorieren und du darfst nichts hinter meinem Rücken tun. Abgemacht?«

Lacy zuliebe hätte er in jede Vereinbarung eingewilligt. Und dass sie sagte, aus ihrer Freundschaft könnte vielleicht mehr werden, gefiel ihm gut. »Abgemacht.«

»Ich bin nicht sauer wegen der Sache. Es gibt also nichts, was uns den Abend verderben müsste.« Lacy nahm einen Schluck Wein.

An den üblichen Ablauf von Dates war Dane nicht gewöhnt. Und selbst wenn dieses Date ein wenig vom Normalschema abwich, war es doch nicht mit seinen anderen Treffen mit Frauen zu vergleichen. Obwohl Lacy beteuerte, sie sei nicht sauer, fand er die Stimmung etwas angespannt. Bislang war er immer nur angerauscht, hatte die Frau so rasch wie möglich ins Bett komplimentiert und war wieder gegangen. Mit Lacy stellte er sich das völlig anders vor. Es wurde still im Raum und Dane wurde immer nervöser. Nur der Wind in den Gardinen und das Rauschen der Brandung waren zu hören.

»Wie wär's mit ein bisschen Musik?«, fragte er.

»Ja, gern.« Lacy stellte das Radio an. Als sie wieder zur Couch zurückkkam, setzte sie sich näher zu Dane. »Ich hatte gehofft, wir könnten reden.« Sie umkreiste mit der Fingerspitze den Rand ihres Glases. Dann tauchte sie den Finger in den Wein und steckte ihn in den Mund. Sie leckte den süßen Nektar ab und zog den Finger langsam wieder heraus.

Dane unterdrückte ein Stöhnen. Als dann auch noch Lacys Zungenspitze über ihre Lippen huschte, schnappte er hörbar nach Luft.

»Reden?« *Gütiger Himmel, du bringst mich um den Verstand.*

»Ja.« Lacy zuckte die Achseln. »Wir wissen schon recht viel

übereinander. Aber es gibt sicher einiges, was wir noch nicht wissen. Mehr übereinander herauszufinden, stelle ich mir spannend vor.« Lacy beugt sich vor. »Oder hast du irgendwelche Leichen im Keller, von denen ich nichts erfahren soll?«

»Ich bin ein offenes Buch, Lacy. Du kannst mich alles fragen.« Er stürzte den Rest seines Weins hinunter. Wenn sie noch näher rückte, würde er sie küssen müssen. Das Oberteil ihres Kleides klaffte ein wenig auf. Immer wieder wanderten seine Augen zu ihren Brüsten. Sie beugte sich zurück und zupfte ihren Ausschnitt zurecht. Dabei spannte sich der Stoff über ihren aufgerichteten Brustwarzen. Dane wusste genau, wie gut ihre Brüste sich anfühlten. Das Verlangen im Zaum zu halten, das sich den ganzen Tag über in ihm aufgestaut hatte, war kaum noch möglich. Und dass Lacy offensichtlich keinen BH trug, machte die Sache nicht einfacher für ihn.

Er schenkte ihnen Wein nach. Lacy warf den Kopf zurück, leerte ihr Glas mit einem Zug und hielt es Dane zum Nachfüllen hin.

»Okay. Wie wär's mit einem Spiel? Wahrheit oder Pflicht?«, schlug sie vor.

»Wahrheit oder Pflicht? Ich dachte, wir wollen reden?« Er zog eine Braue hoch. *Die Idee gefällt mir.* Ihm fielen sofort zehn Dinge ein, die er sie gern als Pflicht tun lassen wollte.

»So macht es aber mehr Spaß. Der Einfall ist mir gerade erst gekommen. Okay. Wahrheit oder Pflicht?« Sie trank ihr Glas leer und er tat es ihr nach.

Das könnte interessant werden.

Bevor er nach der Flasche greifen konnte, hatte Lacy sie bereits in den Händen und füllte ihre Gläser.

»Wahrheit«, sagte er, obwohl er zu gern gewusst hätte, welche Pflicht sie sich für ihn ausgedacht hatte.

»Na schön. Die Antwort wird dir leichtfallen. Lieblings-Eiscreme-Sorte?«

»So einfach ist das gar nicht«, sagte Dane. »Das kommt ganz darauf an, wo ich gerade bin. Beim Italiener am liebsten Kirsch, bei Eiscreme aus dem Supermarkt Minz-Schokolade.«

Lacy zwirbelte eine Locke um ihren Finger. »Gute Wahl«, sagte sie. »Jetzt bist du an der Reihe.«

Dane schaute zu, wie sie noch einen Schluck trank. »Alles in Ordnung bei dir, Lace?«

»Ja, ich bin bloß ein bisschen aufgeregt. Der Wein beruhigt meine Nerven«, sagte sie.

»Warum bist du aufgeregt? Wir waren doch den ganzen Tag zusammen.«

»Willst du die Wahrheit hören?«, fragte sie.

»Ich bitte darum.«

Lacy schlüpfte aus ihren Riemchensandalen und rieb ihre Füße aneinander. »Weil es unglaublich schwierig ist, nicht mehr zu wollen als Freundschaft.«

Jetzt trank auch er hastig sein Glas leer. Sollte er ihr sagen, dass es ihm genauso ging? Oder würde sie ihn dann nach Hause schicken? »Wir haben eine Abmachung. Verlieben verboten.«

»Ich weiß«, sagte sie.

»Aber das war nicht meine Frage. Wahrheit oder Pflicht?« Eine harmlose Frage wollte Dane beim besten Willen nicht einfallen. Dafür jagten ihm jede Menge andere durch den Kopf. *Darf ich dich küssen? Darf ich meine Hände in dein Haar wühlen? Wann kann ich dich endlich anfassen?*

»Pflicht«, sagte sie mit einem verführerischen Blick.

Verdammt. Pflicht? Welche Aufgabe konnte er ihr geben? Was war passend? Dane fielen nur Dinge ein, die er früher beim Spielen mit anderen Kindern oder Jugendlichen hatte tun müssen. Im Dunkeln über den Hof laufen. Heimlich durchs Fenster der Mädchenumkleide spähen. Eins von Vaters Bieren aus dem Kühlschrank stibitzen.

»Ich muss nachdenken«, sagte er. »Tut mir leid, Lace. Solche Spiele habe ich ewig nicht mehr gespielt.« Sie war in die Rolle der Verführerin geschlüpft, und er hatte plötzlich Angst, das Falsche von ihr zu verlangen. Konnte er sie um etwas Erotisches bitten? Erwartete sie das vielleicht sogar? Oder spielte sie nur das Sexkätzchen und wollte gar nicht, dass er so weit ging? Verdammt, er brauchte Beratung.

»Sag einfach irgendwas. Aber sei gnädig. Beim letzten Mal Wahrheit oder Pflicht war ich noch zwanzig Jahre jünger«, schnurrte sie.

»Okay. Wie wär's damit: Hol eine neue Flasche Wein aus dem Kühlschrank.« *Was sage ich da, zum Teufel?*

Lacy grinste. »Das kriege ich hin.«

Gut. Als Nächstes kann sie sich eine Pflicht für mich ausdenken. Dann werde ich schon sehen, was sie vorhat.

Lacy kam mit dem Wein zurück ins Wohnzimmer. Mit jedem ihrer Hüftschwünge steigerte sich seine Leidenschaft. Beim Hinsetzen streifte ihr Oberschenkel seinen. Lacy schenkte ihnen ein und gab ihm sein Glas.

»Du wolltest doch etwas essen«, sagte Dane.

»Stimmt.« Sie schaute ihn an. »Du bist dran. Wahrheit oder Pflicht?«

Er sah ihr tief in die Augen. »Pflicht.«

Lacy grinste schelmisch. »Du schlimmer Junge, du.« Sie schob sich ein Stück von ihm weg und legte ihm einen Fuß zwischen die Beine. Ohne jeden Sicherheitsabstand. »Fußmassage?«, sagte sie.

Dane konnte kaum atmen. Wer war diese raffinierte Verführerin, die plötzlich in Gestalt der süßen Lacy vor ihm saß? »Fußmassage?«, wiederholte er.

Sie lächelte. »Ja. Das ist meine Aufgabe für dich.«

Mist, allzu viel verrät sie mir damit nicht. Dane nahm ihren zarten Fuß zwischen die Hände und arbeitete sich mit sanftem Druck und kreisenden Bewegungen von der Fußwölbung an die Seiten und zum Rist. Dann legte er die Finger um ihren Knöchel. Lacy lehnte sich an die Polster.

»Das fühlt sich himmlisch an«, sagte sie mit belegter Stimme.

Dane rieb mit seinen starken Händen ihre Wade.

»Lace?«

»Ja?«, flüsterte sie mit geschlossenen Augen.

»Wahrheit oder Pflicht?«, fragte er. *Ich werde nicht derjenige sein, der gegen die Abmachung verstößt.* Den ersten Schritt musste sie machen, sonst würde er sich immer fragen, ob er sich ihr aufgedrängt hatte.

»Wahrheit.«

»Warum wolltest du, dass ich heut Abend zu dir komme?«

Ihr Lächeln erlosch. Sie hob den Kopf. Wieder klaffte ihr Kleid ein wenig auf, während sie sich nach vorn beugte und einen Schluck aus ihrem Glas nahm. »Ich habe es mir anders überlegt. Pflicht.«

»Ist das nicht gegen die Spielregeln?«, fragte Dane.

»Ich tue alles, was du willst«, sagte sie und klimperte mit den Wimpern.

Dane biss die Zähne zusammen. Ihm fielen hundert Dinge ein, die er sich von ihr wünschte. Er schob seine Hand an ihrer Wade nach oben über ihr Knie bis zur Innenseite ihres Oberschenkels und streichelte ihre Haut mit langen, ruhigen Bewegungen. Sie stützte sich auf ihre Ellbogen. Ihr Körper lag offen vor ihm, ihr Kopf fiel zurück. Dane beugte sich über sie. Sein Gesicht war ihrem so nahe, dass ihr Atem zu seinem wurde.

»Deine Pflicht ist, mir zu sagen, was du wirklich von mir willst.« Er war längst hart und ihre zarte Haut unwiderstehlich. Seine Hüfte drückte ihr Bein an die Couchlehne und Lacy reckte ihm ihr Becken entgegen.

»Alles«, flüsterte sie, schob ihre Hand in seine Hose und legte die Finger um seine Härte. »Ich will alles von dir, Dane. Nicht mehr und nicht weniger.«

Mit einem hitzigen Kuss drückte er sie in die Polster. Ihre Zungen umspielten einander, als wollten sie sich verschlingen. Dane zog sich das Hemd über den Kopf. Sein Körper stand in Flammen. Er knabberte an Lacys Kiefer, dann saugte er an ihrem Hals, bis sie den Bindegürtel seiner Hose öffnete und sie ihm herunterzog. Im Nu hatte er sich vollends davon befreit. Er zog ihr das Kleid bis zur Taille und fesselte so ihre Arme an ihren Körper. Dann saugte er an ihrer Brustwarze, bis Lacy vor Lust aufschrie. Er wandte sich der anderen Brust zu und der Nippel wurde unter seiner Zunge hart wie ein kleiner Kieselstein. Er musste mehr von ihr haben. Jeden einzelnen Quadratzentimeter. Hastig schnürte er ihren Seidengürtel auf, zog ihr das Kleid ganz aus und ließ es zu Boden fallen. Lacys Körper glich mit seinen Kurven und den vollen runden Brüsten einer anmutigen Skulptur. Sie zog Dane zu sich und biss hungrig in seine Brustwarze.

»Aahhh.« Er zuckte zusammen.

»Magst du das?«, fragte sie atemlos.

»Ich mag alles, was du tust.« Dane konnte kaum noch klar denken.

Sie saugte an seiner anderen Brustwarze. Ihre Zähne rieben

fest an der zarten Haut. Dann schob sie sich unter ihn und nahm ihn in den Mund.

Dane schnappte nach Luft. Großer Gott, er glaubte, sofort kommen zu müssen. Lacy saugte, leckte und rieb ihn um den Verstand.

»Hör auf, Lace«, stöhnte er.

Sie machte einfach weiter. Schließlich drehte er sich, damit er unter ihr liegen konnte. Lacy kniete sich zwischen seine Schenkel. Mit geschlossenen Augen genoss er, wie lustvoll und leidenschaftlich sie ihn verwöhnte. Dann küsste sie sich an ihm nach oben, saugte an seinem Hals und presste dann die Lippen auf seine. Als er spürte, wie sie die rechte Hand ausstreckte, öffnete er die Augen. Sie hatte sich den seidenen Gürtel ihres Kleides geangelt. Ihre Augen blitzten schelmisch. Sie schlang die Seide um sein Handgelenk, hob seine Hände über seinen Kopf und band sie aneinander.

»Lacy?« Fesselspiele waren ihm nicht fremd, aber bisher hatte dabei immer er den Ton angegeben. Jetzt lag er unter Lacy und wusste nicht, was ihn erwartete. Sie war die einzige Frau der Welt, von der er sich fesseln lassen wollte.

Sie hob die Augenbrauen und küsste ihn. »Ja?«

Ihm schossen zu viele Gedanken durch den Kopf. Keinen davon konnte er zu Ende denken.

»Wahrheit oder Pflicht?«, schnurrte sie verführerisch.

»Wahrheit?«

»Wie lange ist es her, seit du mit einer anderen Frau zusammen warst? Wie lange genau?« Sie senkte sich über ihn. Seine Härte lag zwischen ihnen wie ein Versprechen.

Er schloss die Augen. Wie lange das her war, wusste er sehr gut. Vor fünfzehn Monaten hatte er Lacy kennengelernt. Vier Monate später hatte er aufgehört, mit anderen Frauen zu schlafen. Aber das konnte er ihr nicht sagen. Welcher Mann kümmerte sich denn fast ein ganzes Jahr lang eigenhändig um sein Verlangen nach einer weit entfernten Frau?

»Lace, bitte«, sagte er.

Sie beugte sich so weit über ihn, dass ihre Brustwarze seine Lippe berührte. »Ich könnte mir eine Pflicht für dich ausdenken«, sagte sie. »Aber in deiner jetzigen Lage ist Wahrheit die bessere Wahl.« Sie warf einen Blick auf seine Erektion, schob sich an ihm nach unten und lecke seinen harten Schaft. »Wie lange genau?«

Dane schloss die Augen. »Elf Monate«, flüsterte er.

Lacy setzte sich auf und schüttelte den Kopf.

»Elf Monate, okay? Elf verdammte Monate.«

»Elf Monate?«, wiederholte sie. »Wenn du flunkerst, könnte eine schwere Strafe auf dich warten.« Ihre Stimme zitterte.

»Es ist wahr, Lacy. So peinlich es klingt, aber genau so ist es. Elf Monate. Erinnerst du dich an den Abend, an dem du mir von deinem Vater erzählt hast? Den Abend, an dem du geweint hast?«

Sie legte die Stirn in Falten. »Ja.« Ihre Stimme war nur ein Hauch. Dane war dieser Abend noch sehr präsent. Am liebsten wäre er damals durch den Computermonitor zu ihr geklettert, hätte sie in die Arme genommen und getröstet.

»Von dem Moment an wusste ich, dass ich mit keiner anderen mehr zusammen sein konnte. Nicht während mein Herz täglich mehr zu deinem wurde.« Er schaute weg. Seine Erektion erschlaffte. Er senkte die Hände und begann die Fesseln zu lösen. »Es tut mir leid Lace. Ich wollte dich nie verletzen.« Er tastete nach seinen Kleidern.

»Dane«, sagte Lacy. »Ich wollte dich … doch nur verführen.«

»Du bist eine großartige Verführerin, Lace. Aber du musst dir keine Mühe geben. Du hattest mich schon von dem Moment an, in dem wir uns in Nassau begegnet sind.« Lacys verletzter Blick schnitt ihm ins Herz. Dass ihr die Röte in die Wangen stieg, tat ihm weh. Aber noch mehr schmerzte ihn, dass er die Zeit nicht zurückdrehen und seine Vergangenheit neu leben konnte. Was er früher getan hatte, war nicht ungeschehen zu machen, auch wenn er vor elf Monaten damit aufgehört hatte.

»Tut mir leid, dass ich die Stimmung zerstört habe. Meine Vergangenheit wird immer zwischen uns stehen. Sie ist das Einzige, was ich nicht ändern kann.«

Er gab Lacy ihr Kleid und sie drückte es an ihren zitternden Körper. Dane zog seine Hose an und ging zur Terrassentür. Er machte sie zu, nahm eine Decke von der Couch und legte sie Lacy um die Schultern.

»Du musst nicht hier in Chatham bleiben, Lacy. Egal, was ich jetzt tue, ich war so, wie ich war. Das sind nun mal die Fakten.«

»Moment. Augenblick.« Lacy hob die Hand. »Als du mir kürzlich erzählt hast, dass in so gut wie jedem Hafen eine Frau auf dich wartet, dachte ich, du wärst noch bis vor Kurzem mit den anderen zusammen gewesen. Aber elf Monate? Dane, das ist fast ein Jahr.«

»Ich weiß. Ich habe die Tage gezählt, die Stunden und Minuten.« Danes Herz drohte zu zerreißen. Er dachte an all die Nächte, in denen er sich nach Lacy gesehnt hatte, und daran, wie er oft noch nach Mitternacht Fotos von ihr angeschaut hatte. Unzählige Male hatte er sich gefragt, wie es sich wohl anfühlen würde, sie zu küssen. Er musste weg. Weit weg. Irgendwohin, wo er nicht in jeder Wolke Lacys Gesicht erkannte.

»Das war nicht als Vorwurf gemeint, Dane«, sagte sie. »Deine Antwort hat mich überrascht. Mit ein paar Monaten, zwei oder drei, hatte ich gerechnet. Dann hätte ich mich besser gefühlt. Nie im Leben wäre ich darauf gekommen, dass du so lange bei keiner anderen warst.«

»Jetzt weißt du Bescheid.« Fünfzehn Monate lang hatte er Lacy nicht besucht. Und zuvor hatte er jahrelang eine Bettgeschichte an die andere gereiht. Damit musste er jetzt klarkommen. Er war viel zu durcheinander, um zu verstehen, was sie ihm sagen wollte. Resigniert wandte er sich ab, doch sie schlang von hinten die Arme um ihn und schmiegte eine Wange an seinen Rücken.

»Danke«, sagte sie.

»Wofür?« Er sollte jetzt einfach gehen. Er konnte nicht den Rest seines Lebens damit verbringen, mit seiner Vergangenheit im Argen zu liegen.

»Dafür, dass ich dir wichtig genug war, um mir treu zu sein, obwohl ich viel zu weit weg war, um etwas davon mitzubekommen.«

Die Erleichterung überrollte ihn wie eine mächtige Welle. Die Scherben seines gebrochenen Herzens fanden sich wie durch Zauberhand wieder zu einem Ganzen zusammen. Er hatte Lacys Worte völlig falsch gedeutet und diese Erkenntnis warf ihn beinahe um. Verblüfft drehte er sich zu ihr und legte die Arme um sie. Er wollte sie spüren, aber festhalten musste er sich auch. Alles, wonach er sich so lange gesehnt hatte, konnte endlich Wirklichkeit werden. Doch ihm fehlten die Worte, um Lacy das zu sagen. Er sah die Wogen der Liebe in ihren Augen, legte die Lippen auf ihre und küsste sie, bis auch die letzten Risse in seinem Herzen wieder verheilt waren und der Schmerz über den vermeintlichen Verlust dahinschmolz. Übrig blieb nur der Wunsch, Lacy zu lieben und in seinem Leben zu haben.

»Wir haben jede Menge nachzuholen, Babe.« Dane hob Lacy hoch, trug sie ins Schlafzimmer und legte sie aufs Bett. Zehn Sekunden später rannte er zurück ins Wohnzimmer und schnappte sich den Seidengürtel. Im Nu war er wieder im Schlafzimmer und stieß die Tür zu. Er hörte Lacy leise kichern.

Kapitel 19

Summend ging Lacy durch die Küche. Sie kochte Kaffee, machte Toast und Eier. Während Dane noch geschlafen hatte, war sie aufgestanden, hatte hinter dem Haus Blumen gepflückt und sie in einer Vase auf den Tisch gestellt.

»Frühstück? Das stand gar nicht auf meinem Plan.« Dane kam nur mit Boxershorts bekleidet in die Küche und schlang von hinten die Arme um Lacy. Er küsste ihren Nacken und schob die Hände unter ihr Satinhemdchen.

»Die letzte Nacht auch nicht.« Lacy drehte den Kopf und küsste ihn auf die Wange.

Er zog sie an sich. »Ich glaube, so sehr, wie dass wir wieder zusammenkommen, habe ich mir noch nie etwas gewünscht. Meine Vergangenheit kann ich nicht …«

Lacy legte ihren Zeigefinger auf seine Lippen. »Pssst. Wie sehr deine Vergangenheit mich beschäftigt hat, war mir selber nicht klar. Und eine schönere Antwort als die, die du mir gestern Abend gegeben hast, hätte ich mir nicht wünschen können. Und jetzt lass uns nicht mehr darüber reden, okay?«

»Da will ich ausnahmsweise nicht widersprechen.« Er küsste sie auf den Hals.

»Und ich werde auch später nicht noch mal davon

anfangen. Das Thema ist erledigt. Von jetzt an kümmere ich mich nur noch um meine Angst vor Haien. Wobei ich glaube, dass die Angst noch andere Gründe hat.«

»Andere Gründe?« Er küsste ihre Schulter, ihr Schlüsselbein, ihren Hals.

Lacy schloss die Augen. Ihr Körper vibrierte von seinen Zärtlichkeiten. »Ja.« Sie atmete tief aus. »Danica hat gesagt … Oh, Dane.« Sie drehte sich in seinen Armen und küsste ihn. Er packte ihren Hintern und drückte sie an sich. Schon war sie wieder bereit für ihn. Sie beugte sich ein klein wenig zurück. »Herrje, mit dir bin ich geradezu sexbesessen.«

Er zog ihr das Top über den Kopf. »Wie schön.« Seine Augen verengten sich, als er seinen Mund auf ihre Brust senkte.

Sie wühlte die Hände in sein Haar und zog ihn noch näher. »Gott, fühlt sich das gut an. Fester. Mehr«, flüsterte sie. Sie spürte, wie sein Herz schneller schlug. Er leckte ihre Brustwarze und massierte ihre Brüste mit den Händen. »Du bringst mich um den Verstand.« Lacy streckte eine Hand nach seinen Boxershorts aus.

»Oh, nein. Noch nicht«, sagte er. »Erst will ich dich ausgiebig verwöhnen.« Er küsste sie, schnappte sie sich und trug sie zurück ins Schlafzimmer.

»Hast du mich nicht schon letzte Nacht verwöhnt?«, fragte sie, als er sie aufs Bett legte.

»Nein, meine Liebste. Letzte Nacht habe ich dich verschlungen. Das ist nicht dasselbe.«

In diesem Moment fand Lacy ihn noch schöner und männlicher als je zu vor. Ein Streifen Sonnenlicht fiel durch die Gardinen auf ihren Bauch. Danes Hand tauchte in den Lichtstreifen ein. Mit ruhigen, festen Bewegungen strich er über ihren Bauch und ihre Taille. Lacys Körper bebte vor Erwartung.

Dane rieb und massierte mit beiden Händen ihren Oberkörper, ihren Rippenbogen, ihre Brüste und Schultern. Seine Zärtlichkeiten waren kraftvoll und bestimmend. Während seine Lippen ihre Kurven nachzeichneten, hielt er sie an den Oberarmen fest. Ohne Hast küsste er sich an ihrem Hals entlang zu ihrem Mund. Lacy klammerte sich an seine Schultern. Sie wollte seine Hände wieder spüren.

Dane schob sich an ihr hinunter, legte die Hände flach auf ihren Bauch und küsste die Innenseiten ihrer Oberschenkel. Stöhnend reckte Lacy sich ihm entgegen. Sie legte eine Hand über ihre Augen und warf den Kopf hin und her.

»Was willst du, Lace?«, flüsterte er.

Schwer atmend drückte sie einen Handrücken auf ihren Mund. »Dich. Ich will dich«, murmelte sie.

Er leckte ihre Leistenbeuge. »Willst du das?«

»Ja. Oh, Gott, ja«, hauchte sie atemlos.

Er wandte sich der anderen Seite zu und liebkoste die zarte Haut am Übergang zu ihrem Oberschenkel. Die Stellen, die sich am meisten nach ihm sehnten, ließ er aus. Lacy hob das Becken, griff nach seinen Armen und versuchte, ihn zu ihrer Mitte zu dirigieren.

»Sag mir, was du willst«, flüsterte Dane.

Sie drückte die Augen ganz fest zu. Es ihm zu zeigen, war eine Sache, es laut auszusprechen, etwas ganz anderes.

Dane schob sich an ihr nach oben. Wie ein Wall aus Muskeln lag seine Brust an ihren Brüsten. Er leckte erst ihre Unterlippe, dann ihre Oberlippe. Als sie den Kopf hob und ihn küssen wollte, wich er zurück.

»Sag es mir, Lace«, raunte er.

»Küss mich.« Sie zog seinen Kopf zu sich, genoss seinen Geschmack und ihr heftiges Verlangen. Mit einer Hand umfasste sie seine Härte und begann, ihn zu reiben.

Dane schnappte sich die freche Hand und zog sie ihr über den Kopf. »Du hast jetzt Pause und genießt einfach nur.« Seine Stimme klang tief und belegt. Er leckte die Unterseite ihres Arms.

»Großer Gott«, seufzte sie.

»Schön so?«, fragte er. Seine Zunge fand zu ihrer harten Brustwarze. Ihre Hand ließ er dabei nicht los.

»Dane.« Sie konnte nicht denken, geschweige denn sprechen. Das pulsierende Verlangen zwischen ihren Beinen wurde übermächtig. Jetzt lag sein Mund an ihrem Hals. Seine Zähne rieben an ihrer Haut. Er ließ ihnen zarte Küsse folgen. Lacy stöhnte auf. Danes Hände wanderten zu ihren Hüften. Dann lagen seine Lippen an der Stelle über ihren feuchten Löckchen.

»Ich kann dich nur verwöhnen, wenn du mir sagst, was du willst.« Er küsste sich von einem Hüftknochen zum anderen und lächelte sie dabei an.

Lacy legte wieder eine Hand über ihre Augen. »Dane«, flehte sie.

»Vertraust du mir?«

»Ja.«

»Dann sag es mir«, drängte er.

Lacys Nerven standen in Flammen. Sie drückte die Augen zu und flüsterte: »Leck mich.«

»Das wollte ich hören, Baby.«

Sanft strich sein Finger über ihre feuchten Fältchen und jagte Hitzestrahlen durch ihren Körper.

»Du bist wunderschön.« Mit langsamen, gleichmäßigen Zungenschlägen raubte er ihr das letzte bisschen Beherrschung. Stöhnend wand sie sich unter ihm. Seine Fingerkuppe massierte ihren empfindlichen kleinen Knubbel. Lacy drängte sich an ihn, wollte mehr. Ihre Finger krallten sich in das Laken, ihr Inneres schwoll und pulsierte vor Sehnsucht nach noch intimeren Berührungen.

»Fester«, flüsterte sie.

Er stieß seine Zunge in sie hinein. Lacy schnappte nach Luft und spürte, wie ihre Muskeln freudig erschreckt zuckten.

»Oh, ja, Dane. Ja.«

Seine Finger schoben sich in sie, seine Zunge huschte über ihren Knubbel. Lacy schrie auf, während Dane sie gekonnt mit sparsamen Zungenbewegungen einem überwältigenden Orgasmus entgegentrieb. Ihre Lustschreie versetzten Lacy in Erstaunen. Dass sie zu so etwas fähig war, hatte sie nicht gewusst. Seufzend rieb sie sich an Danes lächelndem Mund, bis die letzten kleinen Schockwellen verebbt waren.

Ohne Eile legte Dane sich auf sie und drang dabei nur mit der Spitze seiner Härte in sie ein. Ihre überreizten Nerven sprühten Funken. Sein Mund senkte sich auf ihren, seine Zunge füllte sie aus und streichelte ihre im selben Rhythmus, mit dem seine Spitze ihre feuchte Mitte massierte. Schon setzte sie zu neuen Höhenflügen an. Sie packte Dane an den Hüften und versuchte, ihn tiefer in sich hineinzuziehen. Als er ihre Brustwarze zwischen die Lippen nahm, schrie sie auf. Sie schlang die Beine um seine Taille und kam.

Mit flatternden Lidern öffnete sie die Augen und schaute Dane an. Die tiefe Liebe in seinem Blick hing fast greifbar zwischen ihnen.

»Hi, Baby.« Er küsste sie zärtlich auf die Lippen. Ihre Beine fielen von ihm ab.

Lacy lächelte benommen. Sprechen konnte sie im Augenblick nicht. Dane fing bereits wieder an, sie zu küssen.

Seine Lippen waren so heiß, seine Zunge so fordernd, dass Lacys Leidenschaft sofort neu angefacht wurde. Sein Mund fing ihr Stöhnen ein. So wie mit ihm war es noch nie zuvor gewesen. Nie hätte sie geglaubt, dass sie sich so fallenlassen konnte.

Dane hob den Kopf. »Es ist unfassbar schön, dich zu lieben, Lacy Snow«, flüsterte er.

Noch bevor sie etwas antworten konnte, drang er ganz in sie ein.

»Oh, Dane«, stöhnte sie.

Schon nach wenigen Stößen schlang er seinen starken Arm um ihre Taille und setzte sich mit ihr auf. Instinktiv passte Lacy sich seinen Bewegungen an. Dann senkte sie den Kopf und saugte an seiner Brustwarze.

Dane atmete zischend ein. Er packte sie an den Hüften und zog sie fester heran. Sie hielt sich an seinen Schultern fest und ritt ihn härter, als sie es je zuvor getan hatte. Sie konnte einfach nicht genug von ihm bekommen.

Mit einer fließenden Bewegung hob er sie von seinem Schoß und positionierte sie auf Händen und Knien. Sofort vergrub er sich wieder in ihr. Die Hände flach auf ihre Schultern gelegt, stieß er hart und schnell in sie hinein und ließ sie jeden wunderbaren Zentimeter spüren. Lacys Körper pulsierte auf dem Weg zu neuen Höhenflügen. Mit einem Lustschrei ließ sie sich von ihrem Orgasmus mitreißen. Dane kam im selben Augenblick.

»Lacy. Oh, Lacy.« Seine Hände hielten ihre Hüften fest, während er seine Liebe in sie ergoss.

Zärtlich strich er mit einem Finger über ihr Hinterteil. »Die Grübchen über deinem Hintern sind wahnsinnig süß«, flüsterte er. Dann legte er den Kopf auf ihren Rücken.

Lacy schloss die Augen. Dass er ihrem Körper so viel

Aufmerksamkeit widmete, machte sie glücklich. Behutsam legte er sie auf die Seite und schlang seine Arme und Beine um sie. Während Lacy sich an ihn kuschelte, fragte sie sich, wie sie diesen Mann je aus ihrem Leben hatte drängen können.

Kapitel 20

Erst um drei Uhr nachmittags kamen Lacy und Dane im Salt-Pond-Besucherzentrum in Orleans, nur ein kurzes Stück weiter nördlich auf Cape Cod, an. Lacy konnte sich nicht erinnern, je glücklicher gewesen zu sein. In den letzten vierundzwanzig Stunden hatte Dane ihr beim Kampf gegen ihre Angst geholfen, sich um seinen Freund gekümmert und ihr gezeigt, wie groß seine Liebe für sie war. Er hatte sich zurück in ihr Herz gestohlen, und als er jetzt mit einem warmen Lächeln nach ihrer Hand griff, hatte sie das Gefühl, dass alles gut werden könnte – selbst wenn sie ihre Angst vor Haien vielleicht nie ganz überwand.

Im Eingangsbereich des Besucherzentrums gab es eine Ausstellung über die Arbeit der Brave Foundation. Außer Texten und Fotos war auch das verkleinerte Modell eines Weißen Hais zu sehen.

»Das sind alles Informationen über die Arbeit deiner Stiftung?«, fragte Lacy.

»Ja. Wir wollen, dass die Leute verstehen, was wir machen und warum«, antwortete Dane.

»Wenn man vom Teufel spricht!« Die Frau hinter der Empfangstheke strahlte Dane an. Sie hatte tiefe Falten auf der

Stirn und um den Mund. Ihre ledrige Haut wirkte, als würde sie jede freie Minute in der Sonne verbringen.

»Wir sehen uns die Ausstellung gleich zusammen an, Lacy«, sagte Dane. Er winkte der Mittvierzigerin mit dem kurzen rotblonden Haar und den grünen Augen zu. Neben ihr stand ein schlaksiger junger Mann in einer Rangeruniform.

»Shelley, wie geht's?« Dane ging mit Lacy zur Theke. »Das ist Lacy Snow, meine Freundin.« Er drückte Lacys Hand.

Freundin? Lacy war überrascht. Doch das Wort fühlte sich gut an und schmiegte sich um sie wie eine zweite Haut. *Freundin.* »Schön, Sie kennenzulernen«, sagte Lacy.

»Hi, Lacy. Ja, ich freue mich auch.« Die Frau wandte sich an Dane. »Ich habe gerade mit Tom über dich gesprochen«, sagte sie. »Er möchte den Haijäger unbedingt persönlich treffen.«

Dane lächelte. »Das muss wohl ich sein. Obwohl ich mich lieber als Forscher oder Markierer bezeichne. Jäger klingt, als müssten die Haie vor mir flüchten.« Er streckte Tom die Hand entgegen.

Tom straffte die Schultern. »Oh, sorry. Forscher. Das klingt tatsächlich besser. Toll, dass Sie hier sind. Ich habe mir gerade die Ausstellung angeschaut und ... wow. Ziemlich cool, das alles.«

»Danke. Vor ein paar Tagen konnten wir einem knapp drei Meter langen Prachtstück einen Sender verpassen. Wir hoffen auf wertvolle Daten und würden gern im Laufe der nächsten Woche weitere Haie markieren. Freut mich, dass Sie sich für unsere Arbeit interessieren«, sagte Dane.

»Ich möchte Sie nicht aufhalten«, sagte Tom. Sein Blick flog zu Lacy. »Viel Spaß mit der Ausstellung, Lacy.«

»Danke«, sagte sie.

Lacy ging mit Dane zu dem unübersehbaren Schild in Orange, Schwarz und Blau mit der Aufschrift *Brave Foundation*. An Stellwänden hingen jede Menge Fotos von Rob und Dane. Danes dunkle Augen lachten auf fast jedem Bild in die Kamera, seine muskulösen, braungebrannten Arme schimmerten in der Sonne. Nahezu alle Aufnahmen zeigten ihn auf einem Boot. Mal beugte er sich über die Reling und hielt eine Haifischflosse fest, mal kniete er an Deck über einem Hai. Lacy konnte beinahe den Wind spüren, der ihm das Haar in die Stirn wehte.

»Das war vor neun Jahren.« Er zeigte auf ein Foto, auf dem er in Badehose und Shirt am Steuer eines Bootes stand. »Ein richtig guter Tag. Wir haben vor Maui drei Haie markiert. Hier kannst du gerade noch Robs Arm sehen.« Dane zeigte auf die Stelle. »Er hat gestrahlt wie ein Kind an Weihnachten. An den Einsatz erinnere ich mich noch, als wäre es gestern gewesen.«

Danes Freude sprühte Lacy von den Fotos entgegen. Dieser Mann liebte, was er tat, daran gab es keinen Zweifel. Verstohlen musterte sie ihn von der Seite. Unvorstellbar, dass er je seinen Job aufgeben würde. Zum allerersten Mal überlegte sie sich, ob sie sich eine Zukunft an der Seite eines Haiforschers tatsächlich vorstellen konnte und ob sie damit klarkommen würde, immer mit ihm auf Achse zu sein.

»Entschuldigung? Mister?«

Lacy und Dane drehten sich zu der Kinderstimme um.

»Hi«, sagte Dane. »Ich bin Dane und das ist Lacy.«

Wie lieb, dass du mich wie selbstverständlich mit einbeziehst.

»Ich bin Ashton. Ich bin sechs. Meine Mom sagt, Sie sind der Hai-Mann, und ich will gern wissen, was das da auf dem Fernseher ist. Ich sehe bloß Punkte.« Ashton zog die hellblonden Brauen über seinen strahlend blauen Augen zusammen.

Dane lächelte zu den Eltern des Jungen hinüber. Dann beugte er sich zu Ashton. »Komm mit, Kumpel. Ich erkläre es dir.« Er ging mit dem Jungen zum Bildschirm. »Das ist ein Livestream-Monitor. Wir befestigen einen Sender an den Haien und der schickt ein Signal an einen Satelliten. Der Satellit ist hoch oben am Himmel, über den Wolken. Und der sendet uns das Signal hierher auf den Monitor.«

»Wozu braucht man den Satelliten überhaupt?«, fragte Ashton.

»Ohne den könnten wir die Signale nicht sehen. Er fängt sie auf und schickt sie uns. Du willst sicher wissen, was du auf dem Bildschirm siehst, oder?«

Ashton nickte.

Dane zeigte auf den Monitor. »Die Punkte hier sind Haie. Wir können sehen, wo sie schwimmen. Siehst du die unterschiedlichen Farben?«

»Hm-hm.« Ashtons Augen folgten Danes Finger.

»Die Farben zeigen uns, wie lange es her ist, seit der Hai an dieser Stelle war. Wir nennen das einen *Ping*.«

Ashton lachte.

Lacy hörte zu, wie Dane dem Jungen die Zusammenhänge erklärte. Sie spürte, wie ihr dabei das Herz aufging. *Er wäre ein toller Vater.*

»Das Signal gibt uns jede Menge Informationen. Es verrät uns die Wassertemperatur und die Tiefe, in der die Haie schwimmen. Sogar ihre Lieblingsrouten können wir nachverfolgen.« Dane war ganz in seinem Element.

»Vor Haien habe ich ein bisschen Angst«, erklärte Ashton zögernd.

Sein Vater legte ihm eine Hand auf die Schulter.

»Ich habe eine gute Freundin, die auch Angst vor ihnen

hat.« Dane zwinkerte Lacy zu. »Aber wenn du sehr viel über Haie lernst, merkst du, dass sie gar nicht so gruselig sind. Sie versuchen bloß, in ihrer eigenen Welt klarzukommen, so wie wir das auch tun.«

Lacys Gedanken schlugen eine andere Richtung ein. Sie überlegte, wie die Aufklärungsarbeit der Stiftung sich in ein Marketingkonzept einbinden lassen würde. Vielleicht waren Aktionen an Schulen, in Aquarien und Naturkundemuseen ein guter Anfang.

»Ziehen Sie auch immer einen Surfanzug an? Mein Dad sagt, die Haie denken, Menschen in Surfanzügen wären Robben und beißen sie dann.« Ashton schaute seinen Vater an.

Wie oft muss Dane dieselben Fragen beantworten? Wie unglaublich viel Geduld muss er haben?

»Solche Anzüge tragen wir bei der Arbeit ganz gern. Und ich sage dir auch, warum. Haie wollen eigentlich keine Menschen fressen. Aber sie stoßen ihre Nasen erst mal gegen alles, was vielleicht schmecken könnte.« Dane boxte vorsichtig gegen Ashtons Arm. »Etwa so. Dabei senden sie elektrische Signale aus. Wie winzige Stromstöße. Die menschliche Haut leitet diesen Strom. Das spürt der Hai. Auf elektrische Reize reagiert er manchmal mit einem Angriff. Dagegen schützen wir uns mit den Surfanzügen. Sie leiten den Strom nicht so wie die Haut von Menschen oder Tieren. Deshalb wird man in den Anzügen nicht so leicht angegriffen.«

Ashtons Blick wurde glasig. Er griff nach der Hand seines Vaters.

Sein Vater lächelte. »Das war vielleicht noch ein bisschen viel für ihn. Aber danke«, sagte er.

»Kein Problem. Ich erkläre gerne, was wir tun.« Dane streckte dem Mann seine Hand hin. »Ich bin Dane Braden.«

»Craig Knoll. Schön, Sie kennenzulernen.«

»Da drüben an dem Tisch bekommen Sie Infomaterial. Eine Liste von Büchern, die Sie Ashton vorlesen können, ist auch dabei. Vielleicht hilft ihm das, Haie besser zu verstehen und seine Angst zu verlieren.«

»Das tun wir sicher«, sagte Craig. Seine Frau hatte sich zu ihnen gestellt. »Das ist Cathy, meine Frau.«

Cathy lächelte und wurde plötzlich rot. Lacy vermutete, dass daran vor allem der gut aussehende »Hai-Mann« schuld war. Ihr Blick wanderte zurück zu Dane. *Und er gehört ganz allein mir.*

Nachdem sie sich ein Video über vierzig Jahre Artenschutz und den damit verbundenen Anstieg des Robbenbestandes angesehen hatten, verließen Dane und Lacy das Besucherzentrum und fuhren ganz an die nördliche Spitze des Kaps nach Provincetown.

»Heißt das, mehr Robben ziehen automatisch auch mehr Haie an?«, fragte Lacy.

»Vieles deutet darauf hin. Die Brave Foundation erforscht unter anderem bevorzugte Hai-Wanderrouten und Paarungsgebiete. Sicher muss etwas getan werden, aber Haie zu töten, ist keine Lösung. Möglicherweise könnte man die Robben der Region dazu bringen, sich an anderen Stellen aufzuhalten. Dazu sind auch politische Entscheidungen nötig, das geht nicht von heute auf morgen. Dass in letzter Zeit hier am Kap mehr Weiße Haie gesichtet werden, steht allerdings fest.« Dane sah, wie die Rädchen in Lacys Kopf arbeiteten. Er freute sich, dass sie sich für seine Arbeit interessierte.

Vor einer kleinen französischen Bäckerei namens PB Boulangerie in Wellfleet hielt er an.

»Was steht als Nächstes auf dem Plan?«, fragte Lacy. »Mit deiner Liste sind wir für heute, soweit ich weiß, durch.«

Dane lächelte geheimnisvoll. »Lass dich überraschen. Ich muss hier kurz etwas abholen. Bin gleich wieder da.« Während Lacy im Wagen rätselte, was Dane vorhatte, holte er das Dinnerpaket ab. Während Lacy im Besucherzentrum kurz auf der Toilette gewesen war, hatte er es telefonisch bestellt. Schon den ganzen Tag über fühlte er sich ihr näher als je zuvor. Es war, als hätten ihre Herzen sich miteinander vernetzt. Als er aus dem Laden kam, betrachtete er Lacy durchs Wagenfenster. Mit geschlossenen Augen und leicht geöffnetem Mund lehnte sie an der Kopfstütze und ruhte sich aus. Viel geschlafen hatten sie in der vergangenen Nacht nicht. Danes Blick wanderte über ihren schlanken, anmutigen Hals und die Lippen, von denen er nicht genug bekam. Er dachte an Lacys sinnliche kleine Seufzer, als sie sich geliebt hatten. *Geliebt.* Endlich war er mit ihr auf dem richtigen Weg. Großer Gott, vielleicht war er sogar bereits am Ziel. Der Gedanke driftete durch seinen Kopf, setzte sich fest und war bald in allem, was er sah. Im Duft des frisch gebackenen Brotes in dem Paket in seinen Händen, im Wind, der ihm das Haar zerzauste. Verdammt, er war komplett davon durchdrungen. Widerstrebend rief Dane sich in Erinnerung, dass Lacy seit gerade einmal vierundzwanzig Stunden zurück in seinem Leben war. Wenn er ihr all diese Empfindungen offenbarte, rannte sie vielleicht gleich wieder davon.

Kurz vor Sonnenuntergang parkte er am Ende einer schmalen Straße. Lacy trug die Decke, er das Paket mit dem Essen. Zusammen gingen sie hinunter an einen abgeschiedenen Strand. Dane streckte seine freie Hand nach Lacys Hand aus.

Die Robben hatte er bereits entdeckt. Einen Augenblick

später bemerkte auch Lacy die Tiere.

»Oh mein Gott. Sind das alles Robben da draußen auf der Sandbank? Das müssen Hunderte sein.« Sie schaute Dane mit großen Augen an.

»Bei Ebbe halten sie sich gerne dort auf. Ich wollte dir zeigen, wie viele sich oft an einem Fleck versammeln«, sagte Dane.

Keine zwanzig Meter vom Ufer entfernt lagen die Tiere dicht gedrängt im Sand. Der Tiefpunkt der Ebbe war überschritten, das Wasser kehrte bereits zurück. Dane breitete die Decke aus und ging mit Lacy bis zur Wasserlinie.

»Sie sind wunderschön«, sagte sie. »Ich hätte nie gedacht, dass sie so groß sind. Und die haben ganz schön Speck auf den Rippen.«

Dane nickte. »Das ist nur eine Gruppe von vielen in dieser Gegend.«

»Kein Wunder, dass die Fische knapp werden. Diese Kerle putzen sicher einiges weg«, sagte Lacy.

Hand in Hand gingen sie zu ihrer Picknickdecke zurück. Dane holte Weingläser aus Kunststoff, eine Flasche Wein, ein Baguette und eine kleine Käseplatte aus dem Picknickpaket.

»Wie hast du es bloß geschafft, das zu organisieren?«, fragte Lacy.

»Auch ein Mann hat kleine Geheimnisse.« Er goss ihnen Wein ein. »Irgendwann müssen wir ja essen, und ich dachte, das könnten wir hier tun.«

Sie schmiegte den Kopf an seine Schulter. »Das ist unglaublich romantisch«, sagte sie.

Dane genoss, wie Lacy sich an ihn lehnte. Er hätte für immer hier mit ihr am Strand sitzen können, ohne je das Gefühl zu haben, etwas zu verpassen. Er legte seinen Arm um sie. Gemeinsam schauten sie zu, wie das Wasser stieg und die

Robben sich nach und nach davonmachten.

»Man könnte glauben, sie wären nie hier gewesen«, sagte Lacy nach einer Weile.

»Sie verschwinden ganz still, das ist wirklich faszinierend. Wir Menschen sind immer so laut und so hektisch. Wir haben Autos und Rasenmäher, lassen Dinge durch die Luft fliegen, die dort eigentlich nicht hingehören, und betreiben Raubbau ...« Er merkte, dass Lacy ihn mit einem zärtlichen Lächeln musterte. »Tut mir leid. Ich doziere schon wieder.«

»Du brennst für deine Sache. Das gefällt mir«, sagte sie. »Allerdings frage ich mich manchmal, warum du dich gerade für den Schutz von so furchterregenden Wesen wie Haien einsetzt.«

Er küsste sie auf die Stirn. »Mir machen sie keine Angst. Autofahren ...«

»Ich weiß. Autofahren ist viel gefährlicher«, sagte sie. »Aber warum? Warum engagierst du dich nicht für eine harmlosere Sache? Für ökologisches Leben zum Beispiel?«

Dane zuckte die Achseln. »Jeder hat eine Berufung. Meine sind die Haie.« Er schob eine Hand unter ihr Haar und streichelte die feinen Härchen in ihrem Nacken. »Und du, Lace. Ich möchte mit dir zusammen sein, und beschützen will ich dich auch.« Warum er schon jetzt so viel für sie empfand, wusste er nicht, aber Lacys Platz in seinem Herzen war bereits ebenso groß wie der Platz, der seiner Familie gehörte. »Ich will, dass du dich sicher fühlst, und ich will dir niemals wehtun.« Hinter den Dünen ging die Sonne unter. Ein bläulicher Dunst breitete sich über das Wasser. Dane beugte sich zu Lacy und küsste sie. Dabei hoffte er, dass sie die drei Worte spürte, die er nicht aussprechen konnte.

Danes Küsse kitzelten ihren Nacken. Lacy suchte kichernd nach dem richtigen Schlüssel für die Haustür. Das Licht auf der Veranda war aus und sie konnte nichts sehen. Scherzhaft schlug sie nach ihm und seufzte dabei theatralisch. Dane legte ihr von hinten die Hände auf den Bauch und umfasste dann ihre Brüste. Sie lehnte sich an ihn und fühlte sein Herz an ihrem Rücken schlagen.

»Dane«, flüsterte sie lächelnd.

Er leckte die Seite ihres Halses. »Darauf habe ich den ganzen Tag gewartet.«

Er drehte sie zu sich herum, drängte sein Becken an ihres und drückte sie gegen die Tür. Dann legte er die Hände an ihre Wangen und schob ihr Haar beiseite.

»Gott, ich liebe dein Gesicht.« Er drückte die Lippen auf ihre.

Lacy ließ die Schlüssel fallen und zog ihn an sich. Er roch nach Meerluft und schmeckte nach Wein. Die Kombination war berauschend. Schön, vielleicht trug auch der Wein, den sie getrunken hatten, mit zu diesem Gefühl bei. Dane massierte ihre Brüste, küsste sich an ihrem Hals entlang und saugte an der Stelle direkt über ihrem Schlüsselbein. Lacy spürte Hitzewellen zwischen ihren Beinen.

»Wir sollten reingehen«, presste sie hervor.

Er legte die Hände an ihre Hüften. »Okay«, flüsterte er, machte aber keine Anstalten, sie die Tür öffnen zu lassen. Beim nächsten Kuss schob er die Hand in den Bund ihrer Shorts. Seine Fingerspitzen berührten ihre Härchen und arbeiteten sich tiefer.

Als er einen Finger in sie gleiten ließ, schnappte Lacy nach Luft. Seine andere Hand streichelte ihre Brust und sein Mund fand erneut zu ihrem. Allein seine Küsse reichten aus, um sie vor Lust vergehen zu lassen. Ihr Stöhnen spornte ihn an. Er fing an, seinen Finger in ihr auf und ab zu bewegen, und Lacy hob sich mit einem leisen Wonnelaut auf die Zehenspitzen.

»Komm für mich«, flüsterte er an ihrem Hals.

Lacy verlor sich im Gefühl seiner Lippen an ihrer Haut und im Spiel seiner kundigen Finger. Sie hielt sich an seinen Schultern fest, spannte die Oberschenkelmuskeln an und biss die Zähne zusammen, während ein gewaltiger Orgasmus sie schüttelte. Bebend und zuckend zog sie sich um seine Hand zusammen.

»Ja, Baby.« Seine tiefe Stimme ließ sofort neue Lustwellen in ihr aufbranden. Mit einem verruchten Lächeln führte er die Finger, mit denen er sie gerade verwöhnt hatte, zum Mund.

Lacy stürzte sich buchstäblich auf ihre Schlüssel. Hastig suchte sie den richtigen heraus. Ihr Atem flog, sie wollte keine Sekunde vergeuden. Sie schloss die Tür auf, zog Dane ins Haus und stieß die Tür wieder zu. Nur das Mondlicht, das durch die Terrassentüren fiel, erhellte das kleine Haus. Dane wusste, wie er dafür sorgen konnte, dass sie vor Lust fast verging, aber jetzt war er an der Reihe. Er sollte dieselben prickelnden Genüsse erleben wie sie. Kurzentschlossen drückte sie ihn gegen die Eingangstür.

»Jetzt bist du dran«, sagte sie mit rauer Stimme. Ihre Augen hatten sich an das schummrige Licht gewöhnt. Sie sah, wie das Weiße in seinen Augen kurz aufblitzte und dann verschwand.

Er wollte nach ihr greifen, doch sie wich ihm aus, packte seinen Hosenbund und riss daran. Der Knopf sprang ab.

»Lacy«, flüsterte Dane. Er zog sie zu sich und sie spürte jeden herrlichen Zentimeter seiner Härte an ihrem Bauch. Sein Kuss drohte, sie in ein anschmiegsames Kätzchen zu verwandeln. Schnell löste sie sich von ihm und drückte ihn mit einer Hand gegen die Tür. Mit der anderen öffnete sie den Reißverschluss seiner Hose und zog sie ihm samt den Boxershorts bis zu den Knöcheln herunter. Er stieg aus den Hosenbeinen und sie kickte die Kleidungsstücke beiseite.

»Was mir gefällt, weißt du«, sagte sie. »Jetzt zeig mir, was du am liebsten magst.« Sie knöpfte sein Hemd auf, rieb seine Brust und reizte seine Brustwarzen mit Lippen und Zunge, bis sie steinhart waren. Auch sie ging dabei nicht leer aus. Was sie tat, bereitete ihr mindestens so viel Vergnügen wie ihm.

»Lace«, flüsterte er. »Komm her. Ich will dich lieben.«

Sie richtete sich auf. Seine Lippen lagen an ihren, sein heißer Atem schmeckte nach Wein. Bevor er sie küssen konnte, umfasste sie mit einer Hand seine Hoden.

»Ich bin eine gelehrige Schülerin«, flüsterte sie und staunte, wie heiser ihre Stimme dabei klang. Dann ging sie auf die Knie und leckte ihn von der Wurzel bis zur Spitze. Dort ließ sie ihre Zunge verweilen, bis Dane aufstöhnte. Sie legte ihre zarte Hand um seinen Schaft, spürte die dicke Vene, die sich über die Unterseite schlängelte, und fing an, ihn zu reiben.

»Sag mir, wie du es magst.« Lacy genoss das prickelnde Machtgefühl, das sie durchrieselte, während Dane sich schwer atmend gegen die Tür presste.

Sie nahm ihn in den Mund, so tief es nur ging, und ließ ihn mit leichtem Sog wieder herausgleiten. Dann küsste sie sich an ihm nach oben, legte die Hände in seinen Nacken und zog ihn zu einem leidenschaftlichen Kuss an ihren Mund. Dane packte sie und hob sie hoch. Sie schlang die Beine um seine Taille und ließ sich von ihm ins Wohnzimmer tragen. Dort beugte sie sich zurück und schüttelte den Kopf.

»Nein, Dane. Jetzt bin ich dran. Zeig mir, was du magst.« Ein wenig ungläubig lauschte sie ihren Worten nach, doch der

Wunsch, ihm Lust zu bereiten, war stärker als das Verlangen, von ihm genommen zu werden. Das berauschende Machtgefühl von eben hallte noch in ihr nach. Sie wollte es genauso auskosten wie die atemberaubenden Momente mit Dane, in denen sie jede Kontrolle aufgab.

»Nicht nötig. Ich mag alles, was du tust.« Er setzte sie auf die Couch.

Sie stemmte sich hoch und packte ihn an den Hüften. »Zeig es mir«, beharrte sie. Lächelnd ging sie auf die Knie und leckte und streichelte ihn gleichzeitig. Als er die Augen schloss, legte sie seine Hand um seine Härte und ihre Hand auf seine.

»Du machst es vor, ich mache es nach«, sagte sie.

Er riss die Augen auf.

»Komm.« Er war so schön, wie er da vor ihr stand, mit dem offenen Hemd, den herrlichen Bauchmuskeln und von der Hüfte an nackt. Sie bewegte seine Hand mit ihrer und leckte seine Spitze. Als er aufstöhnte, sog sie ihn tief in sich ein und drückte dabei seine Hand. Er nahm sie weg und legte sie auf ihre.

»Fester«, sagte er. Sie befolgte seine Anweisung. Dane holte tief Luft. »Jetzt nach oben.«

Mit seinen starken Händen auf ihren lenkte er sie. Er zeigte ihr, wie sie ihn halten und anfassen sollte. Bei jeder Bewegung stieß er lustvolle kleine Seufzer aus. Lacy sank tiefer und leckte seine Hoden.

»Lacy.« Er sog scharf die Luft ein.

»Nicht?« Besorgt, dass sie etwas falsch gemacht hatte, hob sie den Kopf. *Ich kann es einfach nicht.* Ihre Wangen wurden heiß.

»Doch.« Er grinste. Sie rückte näher und leckte ihn, während er ihre Hand fester zudrückte und den Takt beschleunigte. Jede Bewegung ließ auch ihre Mitte erwartungsvoll pulsieren.

»Ein bisschen mehr Druck ganz oben«, murmelte er.

Lacy lächelte. Sie war immer eine Musterschülerin gewesen und das war jetzt nicht anders. Sofort setzte sie seine Aufforderung um und er atmete zischend ein. Mit der Zunge umspielte sie seine Wurzel. »Zeig mir, wie ich dich lecken soll.«

Er legte ihre Hand an die Wurzel, während sie seine Spitze in den Mund nahm und mit der Zunge streichelte. Mit seiner Hilfe fand sie schnell in einen Rhythmus, in dem ihre Hand und ihr Mund Dane im Zusammenspiel den Atem nahmen. Die Hände in ihr Haar vergraben zeigte er ihr, welches Tempo und welche Tiefe ihm den größten Genuss verschafften. Lacy spürte, wie er noch härter wurde, und wand sich vor Verlangen. Als sie ihre Bewegungen beschleunigte, stöhnte er auf, riss sie in seine Arme und legte sie auf die Couch. Im Nu hatte er sie aus ihrer Kleidung geschält und im nächsten Moment war er über ihr und stieß in sie hinein. Seine muskulöse Brust hob und senkte sich mit jedem hastigen Atemzug. Er vergrub die Zunge in ihrem Mund, bewegte sich schnell und hart und schluckte dabei ihr lustvolles Stöhnen. Jeder Nerv in Lacys Körper sprühte Funken. Sie spürte, wie all das aufgestaute Verlangen in ihr sich seinen Weg bahnte, als Dane den Rücken durchbog und ihren Namen schrie. Sein Schaft pulsierte in ihrer geschwollenen Mitte. Sie grub die Fingernägel in sein Fleisch, reckte ihm ihr Becken entgegen und wünschte sich, dass die atemberaubenden Schockwellen, die sie durchjagten, niemals enden würden.

Kleine Nachbeben ließen Danes Körper zittern. Sein Bizeps zuckte, während er ihr mit einer Mischung aus versengender Lust und Dankbarkeit in die Augen schaute.

»Großer Gott, Lace. Was war das denn?«

Sie biss sich lächelnd auf die Unterlippe. Dass sie für die heißen Schauer verantwortlich war, die seinen Körper noch immer alle paar Sekunden überliefen, erfüllte sie mit Stolz und Freude.

»Ich wollte dich genauso verwöhnen wie du mich«, sagte sie.

Wieder erbebte er und schüttelte dabei lächelnd den Kopf.

»Du bist ein guter Lehrer«, sagte sie.

»Und du eine sehr begabte Schülerin.« Er küsste sie zärtlich.

Kapitel 21

Als Dane und Lacy am nächsten Morgen am Liegeplatz ankamen, hatte Rob das Boot bereits vorbereitet. Dane gab Rob den Becher Kaffee, den sie ihm mitgebracht hatten. Erleichtert registrierte er, dass der Blick seines Freundes klar war und seine Haut einen gesunden Farbton hatte. Rob wirkte ausgeruht und selbstsicher. Dane nahm sich vor, ihn trotzdem gut im Auge zu behalten. Er half Lacy an Bord und umarmte sie kurz. Heute würden sie nach Haien Ausschau halten, damit sie einen in seinem angestammten Lebensraum sehen konnte.

»Bist du sicher, dass du das jetzt schon machen willst?«, flüsterte er ihr ins Ohr. »Es könnte zehnmal schwerer für dich werden als im Aquarium, und schon dort hattest du zu kämpfen.«

»Ich weiß. Aber ich möchte gern mitkommen. Unbedingt«, antwortete sie.

Dane wusste, dass Lacy vielleicht ein harter Tag bevorstand. Aber Danica hatte ihn ausdrücklich darauf hingewiesen, wie wichtig es für Lacy war, sich ihren Ängsten zu stellen. Offenbar hatte sie das auch Lacy gesagt. Doch ihr viel zu schneller Herzschlag an seiner Brust ließ ihn an der Klugheit ihres Vorhabens zweifeln.

»Ihr müsst eine harte Nacht gehabt haben.« Rob feixte. »Normalerweise ist Dane immer lange vor mir auf dem Boot.«

»Dafür siehst du heute recht frisch aus«, gab Dane zurück. »Läuft es wieder besser mit Sheila und dir?«

»Viel besser. Du hattest recht. Wir mussten reden. Das haben wir getan und dabei einiges geklärt. Aber ich bin drei Tage lang durch die Hölle gegangen. So was will ich nie wieder erleben. Sagt mal, sollen wir heute Abend alle zusammen essen gehen? Sheila und die Kinder würden dich gerne sehen, Dane. Und von Lacy hat Sheila schon so viel gehört, dass sie inzwischen glaubt, sie würde sie längst kennen.«

»Lace?« Sie waren lange nach Mitternacht eng umschlugen eingeschlafen. Lacys gelöstes Lächeln stimmte Dane zuversichtlich, dass sie auf einem wirklich guten Weg waren.

»Ja, gerne«, sagte Lacy. Sie zog eine Sweatjacke über ihren Bikini und streckte sich auf einer gemütlichen Liege aus. Heute fuhren sie mit Treats Boot hinaus, nicht mit dem Arbeitsschiff. Lacy sollte Ausweichmöglichkeiten haben. Falls sie Probleme bekam, konnte sie in die Kabine flüchten.

»Dann sind wir verabredet«, sagte Dane zu Rob. »Ich habe mir Sorgen um dich gemacht, Rob. Vergiss nicht, ich bin da, wenn du mich brauchst. Ich kann dich zu den AA-Treffen begleiten. Du kannst bei mir auf dem Boot bleiben oder ich komme zu dir ins Motel. Du musst es nur sagen.«

»Danke, Kumpel. Ich war gestern Morgen bei einem Treffen und gestern Abend gleich noch mal. Viel hilft viel, habe ich mir gedacht.« Rob zwinkerte. »Gestern Nacht hatte ich keine Probleme. Ich bin in ein anderes Zimmer gezogen, weil ich nicht ständig an den Mist erinnert werden wollte, den ich gebaut habe.«

Dane nickte. »Eins habe ich inzwischen gelernt, Rob. Wir

können uns ändern. Wir machen Fehler und lernen daraus. Wir entwickeln uns weiter. Einen Punkt, ab dem keine Umkehr möglich ist, gibt es so gut wie nicht.«

Auf der Fahrt durch den Hafen von Chatham brannte die Nachmittagssonne auf sie nieder. Rob strotzte vor Energie und schien wieder ganz der Alte zu sein. Dane freute sich darüber. Das vertraute Gefühl von Kameradschaft stellte sich ein wie von selbst. Im Stillen schwor Dane sich, in Zukunft besser auf seinen Freund achtzugeben. Was war er denn für ein Freund, wenn ihm nicht einmal auffiel, dass Rob Probleme hatte?

Dane lachte über einen von Robs Witzen und schaute zu Lacy hinüber. Sie lag ausgestreckt da und hatte sich das Sweatshirt als Kissen unter den Kopf gelegt. Nur kleine Stoffdreiecke bedeckten die Körperstellen, die ihm noch bestens in Erinnerung waren. Ihre schweren Locken breiteten sich wie ein Fächer um sie aus. Als sie ihn am gestrigen Abend verwöhnt hatte, hatte er die Hände in diesen Locken vergraben und ihre Bewegungen dirigiert. Von selbst wäre er auf einen solchen Gedanken nie gekommen, aber sie hatte ihn darum gebeten, ihr zu zeigen, wie sie ihm besonders viel Lust bereiten konnte. Lacy war Geben mindestens so wichtig wie Nehmen. Sie war anders als jede andere Frau, die er kannte, und jetzt war sie die Einzige, die er noch in seinem Bett haben wollte.

Er sah, wie sich ihre Bauchdecke mit ihren ruhigen Atemzügen hob und senkte, und wollte sie ganz einfach nur lieben. Er begehrte sie, aber das war längst nicht alles. Für Lacy empfand er Liebe, Bewunderung und Respekt. Sie inspirierte ihn, und ihr nahe sein zu können, erfüllte ihn mit Dankbarkeit.

Lust und Leidenschaft gehörten natürlich dazu, waren aber nur ein Teil des großen Pakets voller wunderbarer Gefühle.

»Was steht denn für morgen auf dem Plan?«, fragte Rob.

»Morgen?« Dane riss seine Gedanken von Lacy los.

»Das Markieren hast du ja verschoben, aber Carl hat sich gemeldet. Er sagt, unsere Ausrüstung fürs Tauchen läge bereit«, erklärte Rob.

Verdammt. Dane schaute zu Lacy. Auf einer Luxusjacht in der Sonne zu liegen, war eine Sache. Aber dass sie auf einem Tauchboot klarkommen würde, während er unter Wasser war, bezweifelte er.

»Verflixt. Dass wir tauchen wollten, hatte ich vergessen. Aber ich bin natürlich dabei«, versicherte Dane.

»Prima. Und, wie läuft es mit Lacy? Fünfzehn Monate sind eine lange Zeit. Ist es so gut, wie du gehofft hast? Sie macht einen sehr netten Eindruck«, sagte Rob.

»Wie es läuft?« Dane schüttelte den Kopf. »Sie ist voller Überraschungen.«

»Sie ist eine Frau.« Rob grinste.

»Bei ihr steckt noch mehr dahinter«, sagte Dane nachdenklich. »Genau erklären kann ich es nicht.«

Lacy gesellte sich zu den beiden Freunden. »Redet ihr über mich?« Sie legte einen Arm um Dane und küsste ihn auf die Wange.

»Eher über Frauen im Allgemeinen«, erklärte Rob.

»Das ist ja noch schlimmer.« Lacy machte zum Scherz einen Schmollmund.

Dane zog sie auf seinen Schoß. »War's schön in der Sonne?«

»Hm-hm. Es war herrlich und bis jetzt bin ich überhaupt nicht nervös«, sagte sie.

»Es ist ja auch kein einziger H-a-i in Sicht.« Dane küsste sie auf die Wange.

»Schön, dass es zwischen dir und Sheila wieder besser läuft, Rob«, sage Lacy. »Ich freue mich schon darauf, sie kennenzulernen.«

»Meine Kinder wirst du dann auch gleich treffen. Sie sind wirklich süß, aber sie werden dir keine Ruhe lassen. Katie mag Mädchensachen. Frisuren, Nagellack und Schminke. Charlie ist ziemlich still, aber wenn ihn ein Thema begeistert, redet er ohne Punkt und Komma.«

»Ich mag Kinder. Sicher kommen wir gut miteinander klar«, sagte Lacy.

»Du arbeitest doch für World Geographic. Glaubst du, du kannst uns helfen, bei unseren Sponsoren mehr Geld für unsere Forschungsprojekte lockerzumachen? Das ist nicht einfach«, sagte Rob. »Fast so, als würde man die Eltern von Hänsel und Gretel bitten, der bösen Hexe den Kochunterricht zu bezahlen.«

Dane und seine Geschwister hatten nicht nur interessante Berufe und erfolgreiche Karrieren, jeder von ihnen hatte auch einen Treuhandfonds mit einem Teil des Familienvermögens geerbt. Umso wichtiger war es ihrem Vater gewesen, dass sie nicht mit dem Gefühl aufwuchsen, etwas geschenkt zu bekommen. Er hatte ihnen Tugenden wie Fleiß und Durchhaltevermögen vermittelt. Für Dane war die Brave Foundation kein Hobby oder Nervenkitzel, mit dem er sein Erbe verprasste. Nein, er setzte seine Zeit, seine ganze Kraft und sein Wissen für die Stiftung ein. Durch Forschung und Aufklärung wollte er dazu beitragen, dass Menschen sich für den Erhalt der Ozeane und das Überleben ihrer Bewohner starkmachten.

»Da gibt es verschiedene Möglichkeiten«, sagte Lacy. »Ein paar Ideen habe ich schon.«

»Tatsächlich?« Dane zog eine Braue hoch. *Du hast nicht*

ausschließlich an mich gedacht?

»Deshalb bin ich ja hier.« Lacy lehnte sich an Danes Brust.

»Klingt gut. Ich weiß nicht, ob Dane es dir schon gesagt hat, aber es sieht aus, als ob sich die Gegend um Cape Cod zu einer Hai-Kinderstube entwickelt. Wir sind hier deshalb im Moment auf der Suche nach Gebieten, wo die Haie sich sozusagen häuslich einrichten. Das Wissen darüber soll auch der Sicherheit der Menschen hier an der Küste dienen.«

»Das sollte unbedingt in eure Marketingstrategie einfließen«, sagte Lacy.

Eine Zeit lang unterhielten sie sich über die Stiftung und mögliche Werbekonzepte. Irgendwann nahm Rob Dane beiseite. »Sie hat Grips«, sagte er. »Aber ich dachte, sie hat Angst vor Haien? So wie sie redet, würde man nie darauf kommen.«

»Sie hat eine irrsinnige Angst, glaub mir«, sagte Dane. »Über Haie reden ist etwas ganz anderes, als sie in natura zu sehen.«

Rob warf einen Blick auf Uhr. »Sollen wir dann für heute Schluss machen und zurückfahren?«

»Am besten, wir fragen Lacy.« Dane ging zum Loungebereich im hinteren Teil des Bootes, wo Lacy die Sonne genoss, und setzte sich zu ihr.

»Wenn du willst, können wir noch einen Schritt weitergehen und versuchen, Haie anzulocken. Oder wir kehren einfach um und machen für heute Feierabend.« Dane schaute ihr fragend in die Augen und sah, wie sie gegen ihre Angst anblinzelte. Unter seiner Hand spannte sich ihr Oberschenkelmuskel.

Lacy nickte energisch. »Ich möchte es versuchen. Ich muss einfach daran denken, dass ich auf einem Boot und nicht bei den Haien im Wasser bin.«

»Hier bist du sicher, und ich bin bei dir und halte dich fest.

Aber wir müssen das nicht heute machen. Keiner setzt dir die Pistole auf die Brust. Ich bin jetzt schon ungeheuer stolz auf dich. Und das ändert sich auch nicht, wenn wir keinen Hai für dich anlocken. Setz dich also nicht unter Druck.«

»Danke, Dane. Aber wir sollten es angehen.«

Dane nahm ihre Hand. »Dann erkläre ich dir jetzt, wie das abläuft.« Er war ernsthaft besorgt. Im Aquarium hatte Lacy sich den großen Haien nicht nähern können, obwohl sie hinter Glas gewesen waren. Was würde passieren, wenn sie einen in der Nähe des Bootes sah? Er atmete tief durch. »Rob wirft Fischabfälle und Blut als Köder ins Wasser. Wir werden also eine Spur hinter uns herziehen.«

Lacy schluckte und presste die Lippen aufeinander. Ihre Augenbrauen zogen sich zusammen und Dane spürte die Anspannung in ihren Armmuskeln.

»Vielleicht bekommen wir gar keinen Hai zu sehen, Lace. Das weiß man vorher nie. Manchmal dauert es Stunden und manchmal ist ganz schnell einer da.« Dane zuckte die Achseln.

Lacy nickte bedächtig.

Rob kam zu ihnen und legte ihr seine Hand auf die Schulter. »Dane und ich sind bei dir und passen gut auf dich auf«, sagte er.

Das ist der Rob, den ich kenne.

Sie lächelte, aber Dane ahnte, wie viel Mühe sie das kostete. »Ich weiß. Danke«, sagte Lacy. »Wir versuchen es einfach.«

Dane hatte das Gefühl, vielleicht sogar nervöser zu sein als Lacy. Sein Herz schlug wie wild. Er rückte näher zu ihr. Einen Arm hatte er um sie gelegt, mit der freien Hand hielt er ihre Hände in ihrem Schoß fest. Er nickte Rob zu und Rob machte sich an die Arbeit. Lacy saß steif neben Dane. Er küsste sie auf die Schläfe.

Sie starrte vor sich hin und nickte, doch ihr Schweigen beunruhigte ihn.

»Lace, schau mich an, Babe.« Beim Anblick der Angst in ihren Augen wollte er am liebsten das Steuer herumreißen und zurück zum Hafen fahren. Doch Lacy hatte sich entschieden, und das respektierte er. »Ich möchte, dass du eines weißt: Selbst falls du niemals entspannt mit mir zur Arbeit rausfahren kannst, kann unsere Beziehung funktionieren. Für mich ist das völlig in Ordnung.«

Lacy stieß die Luft aus. Sie lächelte nervös, doch ein kleiner Teil ihrer Angst schien von ihr abzufallen. »Danke«, flüsterte sie. »Aber ich gebe noch lange nicht auf.«

»Okay.« Er nickte. »Okay. Ich wollte dir das nur sagen.«

Eine Dreiviertelstunde später gab Rob Dane ein Signal. Dane schaute hinaus aufs Wasser und entdeckte den knapp zwei Meter langen Hai dicht unter der Oberfläche zwischen den Fischabfällen.

»Bist du bereit, Babe?«, fragte Dane.

Lacy nickte mit großen Augen. »Ist ein Hai da?« Sie klammerte sich an seine Hand.

»Ja. Ein kleiner.«

Sie nickte und kniff den Mund zusammen.

Dane half ihr beim Aufstehen. Er legte den Arm um sie und drückte sie fest an seine Seite. Rob stellte sich auf ihre andere Seite und legte ihr seine Hand ins Kreuz. Dann machten er und Dane einen halben Schritt vor, sodass Lacy fest von ihnen eingeschlossen, aber doch ein kleines Stück hinter ihnen war.

»Wir sind bei dir, Lacy«, sagte Rob.

Lacy starrte über den Rand des Bootes, aber Dane sah, dass sie den Blick an den Horizont heftete.

»Weiter rechts, Lacy. Etwa fünf Meter vom Boot entfernt.

Da ist er«, sagte Dane. »Er kann dir nichts tun. Du bist hier ganz sicher.«

Sie nickte und schaute ins Wasser. Ihre Finger krallten sich in seinen Hosenbund.

»Gut gemacht, Lace. Das reicht für heute. Du hast ihn gesehen. Und jetzt lass uns zurückfahren.« Dane nickte Rob zu.

»Augenblick.« Lacy hielt Rob am Arm fest. »Wartet. Ich möchte ihn noch einmal sehen. Ich muss es tun.« Sie flüsterte. »Es ist alles gut, alles gut, alles gut. Mir kann nichts passieren. Eins, zwei, drei ...«

Sie hatte die Schultern fast bis zu den Ohren hochgezogen. Zwischen ihren Brauen stand eine tiefe Falte. Dane hielt den Atem an, während Lacy auf den Hai starrte und bis zehn zählte. Ihr Herz jagte an seinen Rippen.

»Zehn. Okay.« Lacy hielt sich an Dane fest und wich zwei Schritte zurück. »In Ordnung. Könnt ihr mich zu den Sitzen bringen? Können wir jetzt umkehren?«, sagte sie atemlos.

Dane brachte sie zum hinteren Teil des Bootes zurück, Rob übernahm das Steuer. Erst als Lacy sicher auf den Polstern saß, atmete Dane aus. Er ging vor ihr in die Hocke und legte seine Hände auf ihre Oberschenkel.

»Geht's?«, fragte er.

Sie nickte, atmete ein paarmal laut ein und aus und schürzte die Lippen. »Ja. Alles gut. Ich habe es geschafft. Alles bestens.«

Dabei zitterte sie wie ein Blatt im Wind. Dane legte eine Decke um sie und zog sie auf seinen Schoß.

»Du bist hier sicher, Baby. Ich bin bei dir und ich bin unglaublich stolz auf dich.«

Sie krallte die Hände in die Decke und schaute Dane mit feuchten Augen an. »Ich weiß nicht, ob ich es je ertragen werde, mit auf dem Boot zu sein, wenn du zu den Haien ins Wasser gehst. Ich habe nicht nur um mich Angst, Dane. Das Risiko … Ich habe auch Angst um dich. Aber solange du nicht aktiv nach Haien suchst, halte ich es auf einem Boot ganz gut aus.«

»Wann immer du mit hinausfahren möchtest, Lacy, ich habe dich gerne dabei. Wir schaffen das.« Er küsste sie auf die Stirn und hielt sie in den Armen, bis sie aufhörte zu zittern und ihr Atem wieder ruhig ging.

Als der Hafen in Sicht kam, war Lacy schon fast wieder ganz sie selbst. Sie hatte die Decke weggelegt, stand aufrecht an Deck und strahlte.

»Ich habe es getan. Ich habe den Hai angeschaut, ohne in Panik zu geraten.«

»Super Sache, Lacy«, sagte Rob. »Wir sind wahnsinnig stolz auf dich.«

»Du bist unglaublich, Lace.« Dane hob sie hoch, wirbelte sie herum und küsste sie. »Ich hoffe, du hast Hunger!«

Lacy lächelte Dane verschmitzt an. »Ich habe lange nichts gegessen.«

Dane ahnte, was sie ihm damit sagen wollte. »Ich muss vor dem Abendessen noch etwas erledigen«, sagte er zu Rob.

Die Röte in Lacys Wangen verriet Dane, dass sie beide dasselbe dachten.

Kapitel 22

Sobald Dane es ausgesprochen hatte, fing Lacy an, sich auszumalen, was er unbedingt erledigen wollte. Sie dachte an die vergangene Nacht und unterdrückte ein Lächeln. Um einen klaren Kopf zu bekommen, ging sie ein Stück von den Männern weg. Wenn sie Danes Stimme nicht hörte, dachte sie vielleicht nicht ständig an die Dinge, die er in der Hitze der Leidenschaft zu ihr gesagt hatte.

Der Weg zurück zum Hafen dauerte Lacy viel zu lang. Seit sie den Hai gesehen hatte, pulsierte jede Menge Adrenalin in ihren Adern. Zudem sehnte sie sich unendlich nach Danes Berührungen. *Los doch, fahrt schneller.*

Im Hafen erschien ihr die Zeit, bis das Boot festgemacht war, wie eine Ewigkeit. Lacy stellte sich neben Dane. Er legte den Arm um sie und streichelte mit den Fingerspitzen die nackte Haut unter ihrem T-Shirt. Jede Berührung weckte sinnliche Erinnerungen. Jede Minute dehnte sich wie eine kleine Unendlichkeit. Warum sie mit Dane ständig auf prickelnde Gedanken kam, war ihr ein Rätsel. Aber wozu sich den Kopf zerbrechen? Seit sie wusste, dass er elf Monate lang keine Frau angefasst hatte, war alles anders. *Elf Monate.* Als sie das gehört hatte, wäre sie am liebsten singend durch den Raum getanzt. *Er mag mich! Er mag mich wirklich sehr!* Nicht einmal in ihren kühnsten Träumen hatte sie auf elf lange Monate gehofft. Jetzt schaute sie zu, wie Dane und Rob einander lachend auf den Rücken klopften. Dabei wollte sie Dane eigentlich viel lieber unter Deck zerren und ihm zeigen, dass sich die lange Wartezeit gelohnt hatte.

Sobald die Männer das Boot vertäut hatten, berührte sie Dane am Arm. Seine Haut war heiß von der Sonne. Sie wollte mit der Zunge über seine steinharten Bauchmuskeln streichen und das Salz auf seiner Haut schmecken. Er warf ihr einen lüsternen Raubtierblick zu.

Rob sammelte seine Siebensachen ein. »Das war nicht übel heute.« Er lächelte. »Deine Ideen für die Stiftung gefallen mir, Lacy. Ich bin schon auf deine Marketingpläne gespannt.«

Erst mal plane ich ganz andere Dinge. »Und ich freue mich darauf, Sheila kennenzulernen.«

»Dann bis heute Abend.« Rob kletterte auf den Landesteg.

Lacy schaute zu, wie er in seinen Wagen stieg und wegfuhr. Als sie sich umwandte, stieß sie gegen Danes Brust. Schon in der nächsten Sekunde lag sein Mund auf ihrem, seine Hände packten ihren Hintern und zogen ihr Becken an seines. Er küsste sie leidenschaftlich.

»Ich dachte, wir kommen nie im Hafen an«, sagte er atemlos. Er zog sie zur Kabine. Auf dem Weg die Treppe hinunter schälte er sie aus ihrem Sweatshirt.

»Die Fahrt hat ewig gedauert«, sagte sie zwischen hungrigen Küssen. »Ich musste immer daran denken …« Dane unterbrach sie mit einem Kuss. »Dass wir noch was zu erledigen haben.«

Dane riss sich das Shirt vom Leib. Dann wandte er Lacys Körper seine volle Aufmerksamkeit zu. Ihre Haut war ganz heiß. Er streichelte sie durch den dünnen Stoff ihres Bikinis hindurch. Ihre Brustwarzen reagierten sofort. Mit einem Aufstöhnen nahm Lacy seinen Kopf zwischen die Hände und zog seinen Mund zu ihren Brüsten.

Dane legte beide Hände um eine Brust und umspielte den Nippel mit der Zunge. Lacy führte seine rechte Hand an ihren Mund, lutschte an zweien seiner Finger und dirigierte sie dann in ihr Bikinihöschen. Schon bei der ersten leichten Berührung stand sie in Flammen. Dane ließ die Finger in sie gleiten. Mit der freien Hand streichelte er eine ihrer Brüste, während seine Lippen die andere liebkosten.

»Lacy«, flüsterte er. Mit einem schnellen Griff streifte er ihr das Bikinihöschen ab und drückte sie gegen die Wand. Mit den Füßen schob er ihre Beine auseinander.

»Fass mich an«, hauchte sie. Dane bewegte seine Finger in ihr auf und ab und heizte ihr damit mächtig ein.

»Ich …« Ihr Atem ging flach und schnell. Als sie kurz davor war zu kommen, hob er sie hoch und drang mit einem harten Stoß in sie ein. Lacy schrie auf. Das lustvolle Pulsieren zwischen ihren Beinen brachte sie um den Verstand. Mit jedem leidenschaftlichen Stoß schlug ihr Rücken gegen die Wand. Als Dane schneller wurde, hob sie sich auf die Zehenspitzen. Seine Lippen fanden zu ihren, seine Hände umfassten ihre Wangen, während sein Mund sie verschlang. Danes Verlangen nach ihr war so überwältigend, dass Lacy glaubte, sich darin aufzulösen. Ihre Körper rieben sich aneinander, ineinander, und entzündeten einen Feuersturm, der sich in Lichtblitzen hinter Lacys Lidern entlud. Dane folgte ihr in einen gemeinsamen, heftigen Orgasmus. Hinterher hielt er sie umschlungen und strich ihr das verschwitzte Haar aus der Stirn.

»Wann hast du dich in eine so vollendete Verführerin verwandelt?«, flüsterte er.

Lacy spürte, wie sie errötete. »Ich weiß es nicht.« Sie rang noch immer nach Luft. »Aber ich denke, meine Angst hatte nicht nur mit den Haien zu tun, sondern mit der ganzen Situation.« Sie atmete tief durch, um besser sprechen zu können. »Und seit ich das erkannt habe …« Sie atmete noch einmal tief und ließ den Atem langsam herausfließen. »Seit ich dich in mein Herz gelassen habe, ist alles anders.«

Dane lehnte die Stirn an ihre. »Du hast mein Herz in deiner Hand, Lacy, und ich möchte dich immer beschützen.«

Lacy schmiegte sich an ihn. Sie legte eine Hand auf seine Brust und spürte seinen Herzschlag. Jetzt wusste sie, dass sie sich seit dem ersten Moment in Nassau immer mehr in Dane verliebt hatte. Dass sie Schutz brauchen könnte, war ihr nie in den Sinn gekommen. Aber sie konnte sich keinen Menschen vorstellen, von dem sie lieber beschützt werden wollte.

Kapitel 23

Dane setzte Lacy am Sommerhaus ab, damit sie sich fürs Abendessen frisch machen konnte. Sie duschte, zog sich an und las eine E-Mail von ihrem Boss. Er informierte sie über den Fortgang ihrer vorherigen Projekte und gratulierte ihr dazu, dass sie die Beziehung zur Brave Foundation gefestigt hatte. *Das kann man wohl sagen, Boss.* Dann rief sie Danica an, um sie auf den neuesten Stand zu bringen.

»Ich bin die schlechteste Schwester der Welt, tut mir leid«, sagte Lacy zur Begrüßung.

»Willst du Kaylie ihren Titel streitig machen?«

»Tut mir leid, dass ich mich nicht früher gemeldet habe. Es ist unglaublich viel passiert. Ich weiß gar nicht, wo ich anfangen soll, aber ich habe dir viel zu verdanken, Dan. Du hast gesagt, wenn ich eine Beziehung will, müsste ich Dane seine Vergangenheit verzeihen. Und es stimmt, sobald das Thema erledigt war, ging es auch mit meiner Angst viel besser. Ich bin viel entspannter.« Lacy schaltete den Lautsprecher an und fing an, sich zu schminken.

»Das ist ja das Merkwürdige an der Angst. Man weiß nie genau, wo ihre Wurzeln sind«, sagte Danica. »Aber jetzt mal von vorn.«

»Na ja, ich habe versucht, ihn zu verführen. Es lief nicht ganz so, wie ich mir das vorgestellt hatte. Trotzdem kam irgendwie eins zum andern, und schließlich hat er mir gesagt, dass er seit elf Monaten mit keiner anderen zusammen war. Seit elf Monaten, Danica. Bei mir ist es sogar noch länger her, aber wie bringt ein Mann das überhaupt fertig?« Lacy legte das Schminkzeug beiseite, drückte das Telefon wieder ans Ohr und setzte sich an ihren Computer.

»Das ist die Macht des Herzens«, antwortete Danica trocken.

»Ja. Und wir sind mit Treats Boot rausgefahren und haben nach Haien gesucht.«

»Lacy, um Himmels willen. Geht's nicht auch erst mal eine Nummer kleiner?«, schimpfte Danica.

»Du hast gesagt, ich soll mich meiner Angst stellen, und es ging besser als erwartet. Deine Ratschläge haben mir sehr geholfen. Wir haben tatsächlich einen Hai gesehen. Dane sagt, es war ein kleiner, aber für mich war es ein Riesenbiest. Trotzdem bin ich nicht in Panik geraten. Ich fand's nicht toll, aber ich bin auch nicht durchgedreht. Das war ein gewaltiger Schritt nach vorn.«

»Das kann man wohl sagen, Lace. Eigentlich genügt es doch, wenn du angstfrei auf einem Boot mitfahren kannst. Und selbst wenn ein Rest Angst übrigbleibt, muss das deine Beziehung mit Dane nicht belasten. Schließlich ist er derjenige, der ins Wasser springt, nicht du«, erklärte Danica.

»Stimmt. Aber ich will nicht, dass er sich um mich sorgt, wenn er sich eigentlich auf die Haie und seinen Job konzentrieren müsste. So wie ich ihn inzwischen kenne, würde er beim Tauchen in jeder Sekunde daran denken, wie es mir wohl oben an Deck ergeht. Das würde weder ihm noch unserer Beziehung nützen.«

»Du machst jetzt aber nicht gleich wieder Schluss mit ihm, oder?«, fragte Danica.

»Nein, so habe ich das nicht gemeint. Ich glaube, ich bin dabei, eine Lösung zu finden, und weißt du was? Ich habe jetzt sogar richtig Lust auf den Marketingauftrag von Danes Stiftung. Immerhin habe ich im Aquarium den Baby-Hai angefasst! Sogar zweimal, obwohl ich nach dem ersten Mal ziemlich zittrig war.« Lacy setzte sich auf die Couch.

»Ja, ich weiß. Du warst unglaublich tapfer und ich bin sehr stolz auf dich. Sicher hattest du die Hosen gestrichen voll. Pass aber weiter auf dich auf, Lacy. Du kannst trotz allem wieder Panikattacken bekommen. Wenn du mit Dane zu den Haien rausfährst, musst du für einen Notfallplan sorgen, und du brauchst einen Ort, an den du dich flüchten kannst. Vielleicht in eine Kabine unter Deck?«

»Ja, gut. Aber eigentlich habe ich nicht vor, ihn zu begleiten, wenn sie nach Haien suchen. Danke für alles, Danica. Ich bin froh, dass du mit Dane gesprochen hast. Vielleicht war es sogar besser, dass ich nichts davon gewusst habe. Das hätte mich sonst zusätzlich unter Druck gesetzt.« Zum zehntausendsten Mal war Lacy dankbar dafür, dass ihre Schwestern jetzt Teil ihres Lebens waren.

»Wenn ich das Gefühl gehabt hätte, dass er dich nicht verdient oder dir irgendwie schaden könnte, hätte ich nicht mit ihm gesprochen. Das ist dir klar, oder?«

»Ja, Danica. Ich weiß, dass ich mich auf dich verlassen kann. Ach, fast hätte ich es vergessen: Wir gehen heute Abend mit Rob und seiner Frau Sheila zum Essen. Rob ist wirklich nett.«

»Rob ist der, den ihr bei der Polizei abholen musstet?«, fragte Danica.

»Ja. Er rappelt sich gerade wieder hoch, geht zu AA-Treffen und gibt sich große Mühe, sein Leben wieder in den Griff zu bekommen.«

»Das ist gut. Ich hoffe, er schafft es. Aber noch mal zu dir und Dane: Habt ihr schon darüber nachgedacht, wie es weitergehen soll?«, fragte Danica.

»Weitergehen?« *Auweia.*

»Nach Chatham, meine ich. Du hast schließlich dein Leben und er hat seins. Werdet ihr dann wieder monatelang skypen und telefonieren?«

»Darüber haben wir noch nicht gesprochen. Ach, Danica, ich weiß nicht. Jetzt, wo wir einander so nahe sind, halte ich es sicher nicht lange ohne ihn aus.« Lacy stand auf und ging auf und ab. »Mist. Ich hab keine Ahnung, was werden soll. Er hat jede Menge Projekte und einen sehr engen Terminplan.« Lacy ließ sich auf die Couch fallen. »Na wunderbar. Noch ein Albtraum.«

»Du klingst schon wie Kaylie, unsere Drama-Queen. Das ist kein Albtraum, es ist nur … eine Herausforderung«, beschwichtigte Danica.

Noch eine Herausforderung? Lacy fröstelte. »Wie sollen wir das bloß hinbekommen? Herrje, Danica. Ich wünschte, du hättest nicht davon angefangen.«

»Sorry, Lacy. Aber ihr habt nur noch ein paar Tage, bevor das richtige Leben wieder beginnt. Ich persönlich weiß immer gerne, was auf mich zukommt«, sagte Danica.

»Und ich habe mein Glück gerade so genossen. So spontan war ich noch nie. Ich folge einfach meinen Gefühlen. Manchmal ist es fast, als müsste ich platzen, wenn ich Dane nicht sofort anfassen kann. Und jetzt … ach, Danica. Verdammt.«

»Tief durchatmen, Lacy. Wo ein Wille ist, ist auch ein Weg. Schau dir Max und Treat an oder Josh und Riley. Euch fällt schon was ein. Das braucht seine Zeit, aber es gibt eine Lösung. Und so ein Sex-Marathon dauert auch nicht ewig. Irgendwann wird's ein bisschen ruhiger. Wenn ihr euch dann etwa alle zwei Wochen seht, kommt ihr sicher gut über die Runden.«

»Danke, Schwesterherz. Vermutlich hast du recht. Ich muss wohl über einiges nachdenken. Und wegen Robs Rückfall kann ich heute Abend nicht mal ein Glas Wein trinken. Das wäre einfach nicht fair. So als würde man mir Dane vor die Nase halten und ich dürfte ihn nicht anfassen.«

»Du brauchst keinen Wein, auch wenn ein Glas hier und da die Nerven beruhigt. Und Dane kannst du jetzt haben, so oft du willst. Du musst dir nur trotz deiner wildgewordenen Hormone klarmachen, dass romantische Beinahe-Urlaube nicht ewig dauern. Ich persönlich glaube ja daran, dass die kosmischen Kräfte uns helfen, wenn wir sie dringend brauchen. Ihr werdet schon irgendein Zeichen bekommen, das euch zeigt, wie es weitergehen kann. Bis dahin müsst ihr euch was ausdenken oder improvisieren. Ruf mich an, wenn du mich brauchst«, sagte Danica.

»Danke. Das mache ich. Und sag Kaylie bitte, es tut mir leid, dass ich mich in letzter Zeit nicht gemeldet habe. Sobald ich wieder klar denken kann, rufe ich sie an. Wie geht's ihren Zwillingen?« Lacy schaute durchs Fenster zum Meer. Trevor und Lexi würden das kleine Haus und den Strand sicher lieben. »Sie fehlen mir.«

»Sie sind so unglaublich süß und ich finde, Kaylie ist wirklich eine tolle Mutter. Sie möchte demnächst wieder arbeiten und überlegt, wie sie das am besten organisiert. Ich grüße sie von dir und bald treffen wir uns mal wieder zu dritt.

Hab dich lieb«, sagte Danica.

»Ich dich auch.«

Nach dem Anruf setzte Lacy sich nachdenklich auf die Couch. *Und wie organisieren Dane und ich unser Leben?*

Kapitel 24

Sie aßen auf der Terrasse eines gemütlichen Restaurants zu Abend. Robs Sohn Charlie saß mit verschränkten Armen neben seinem Vater. Trotz seiner erst sieben Jahre beherrschte er den mürrischen Teenagerblick meisterlich. Die kleine Katie hing an der Armlehne von Lacys Stuhl, klimperte mit den Wimpern und lächelte kokett.

Lacy tippte auf die Nasenspitze der Vierjährigen. »Du bist wirklich eine süße Maus.«

»Darf ich deine Haare anfassen?«, fragte Katie.

Lacy lächelte. »Aber klar.«

Katie betastete Lacys Locken. »Die sind hübsch«, sagte sie.

Lacy beugte sich zu ihr. »Darf ich dein Haar auch mal anfassen?«

Katie nickte eifrig.

Lacy streichelte über Katies Kopf. Dann riss sie die Augen weit auf und gab sich überrascht. »Oh, Katie, dein Haar ist ja so weich. Das musst du von deiner Mommy geerbt haben. Hast du ein Glück.«

An eigenen Nachwuchs hatte Dane noch nie gedacht. Als er jetzt sah, wie geduldig, freundlich und aufmerksam Lacy mit dem Mädchen war, überlegte er einen Augenblick lang, wie sie wohl als Mutter sein würde.

Katie kletterte auf Sheilas Schoß und lehnte sich an ihre Brust. Sheila legte die Arme um sie. »Sag danke.« Sie küsste Katie auf den Scheitel.

»Danke«, sagte Katie.

Charlie maß Lacy mit einem kritischen Blick. Sein dunkler Pony fiel ihm in die Augen.

»Weißt du, was ich glaube?« Lacys Frage war an Katie gerichtet. »Ich glaube, wenn dein Bruder groß ist, sieht er noch besser aus als dein Dad.« Sie zwinkerte Rob zu, der lächelnd den Arm um Charlies Schultern legte.

Charlie sah seinen Vater mit großen Augen an. Als Rob nickte, setzte er sich aufrechter hin und lächelte zum ersten Mal an diesem Abend.

Dane nahm Lacys Hand und drückte sie. Wie sie mit Robs Kindern umging, wärmte sein Herz. Ihre Beziehung entwickelte sich in einem atemberaubenden Tempo. Aber alles fühlte sich so gut und richtig an, dass er keinen Grund sah, auf die Bremse zu treten. Lacy zog ihre Hand weg und legte sie in ihren Schoß. Sie lächelte, doch er sah die Nachdenklichkeit in ihrem Blick.

»Alles okay?«, raunte er ihr ins Ohr.

Sie nickte. »Ja.«

Die leichte Anspannung in ihrer Stimme entging ihm nicht.

»Die Männer gehen doch morgen tauchen, Lacy. Hast du Lust, mit den Kindern und mir etwas zu unternehmen?«, fragte Sheila. Sie warf sich das lange Haar über die Schulter. »Wir könnten auf den Rummel gehen. Natürlich nur, wenn dir unsere beiden nicht zu anstrengend sind.«

»Nein, gar nicht. Prima Idee«, antwortete Lacy.

Als Sheila Rob die Hand auf den Arm legte, konnte Dane fast spüren, wie die Liebe zwischen ihnen strömte.

»Ich wollte mich noch bei euch bedanken, weil ihr euch um Rob gekümmert habt«, sagte Sheila. »Ein paar Tage lang sah es zwischen uns beiden ziemlich düster aus. So oft getrennt zu sein, ist nicht leicht. Aber Robby versucht, ein paar Dinge zu ändern, und ich versuche das auch.« Sie lächelte Rob an. »Uns ist klar geworden, dass wir einander auf keinen Fall verlieren wollen.« Sie schaute zurück zu Dane und Lacy. »Danke, dass ihr für ihn da wart.«

»Rob ist wie ein Bruder für mich.« Danes Blick ruhte auf seinem besten Freund, dessen Baumstamm-Arm auf Charlies Stuhllehne lag. Kurze Stoppeln standen auf Robs sonnengebräunten Wangen. Er wirkte stark und gesund – ganz anders als an dem Tag, an dem Dane und Lacy ihn von der Polizeiwache abgeholt hatten.

»Mit ihm würde ich bis ans Ende der Welt segeln«, sagte Dane. »Er ist ein prima Kerl, Sheila. Es tut mir leid, dass ich von euren Problemen nichts mitbekommen habe. Sonst hätte ich euch Hilfe angeboten.«

»Danke, Dane.« Rob war rot geworden.

»Jeder hat mal einen Durchhänger. Wir werden an unserer Zeitplanung arbeiten, Sheila. Ich weiß, es ist schwer, mit den Kindern allein zu sein, und ich bin froh, dass du es Rob ermöglichst, immer wieder für die Stiftung rauszufahren. Ich weiß nicht, was ich ohne ihn täte«, sagte Dane.

»Das geht uns genauso.« Sheila warf Rob einen liebevollen Blick zu.

Nachdem sie sich von Sheila, Rob und den Kindern verabschiedet hatten, fuhren Dane und Lacy zum Sommerhaus und machten einen Strandspaziergang. Eng aneinandergeschmiegt stapften sie in der kühlen Abendluft durch den kalten Sand.

»Sheila ist wirklich nett. Sicher wird es lustig morgen mit ihr und den Kindern«, sagte Lacy.

»Schön, dass du sie magst. Sie ist eine tolle Frau und Rob ist ein toller Typ, trotz seiner derzeitigen Probleme.«

»Ich weiß. Du musst mich nicht von ihm überzeugen. Ich mag ihn, und man merkt genau, wie eng eure Freundschaft ist«, sagte Lacy.

»Was war denn vorhin im Restaurant? Ich hatte den Eindruck, dass irgendwas dich beschäftigt hat.« Dane ließ den Satz in der Luft hängen.

Lacy hakte sich bei ihm unter und legte den Kopf an seine Schulter. »Ich habe vor dem Essen mit Danica telefoniert. Sie hat ein paar Dinge angesprochen, für die es wahrscheinlich noch viel zu früh ist. Aber sie gehen mir nicht aus dem Kopf.«

»Was denn zum Beispiel?«, fragte Dane.

»Zum Beispiel, wie es nach meinem Beinahe-Urlaub hier am Kap weitergehen soll.« Lacy schaute ihn an.

Dane blieb stehen und drehte sich zu ihr. Ihr Blick war fragend und besorgt. Er drückte sie an sich, vielleicht ein wenig zu fest. Aber die Angst, sie noch einmal zu verlieren, zerrte an seinen Nerven.

»Darüber habe ich auch schon nachgedacht«, gab er zu. »Ich weiß nicht, ob es zu früh dafür ist oder nicht. Aber es beschäftigt mich.« Er zuckte die Achseln. »Verdammt, dich mit Robs Kindern zu sehen, hat mich auf lauter Gedanken gebracht, die wirklich noch ein bisschen Zeit haben.«

»Welche denn zum Beispiel?«, fragte sie.

Kinder, heiraten, zusammen alt werden. Er wollte Lacy nicht verschrecken, aber sie sollte wissen, wie tief seine Gefühle für sie inzwischen waren.

»Ganz ähnliche wie deine. Wie es weitergehen soll. Kinder.«

Lacy berührte lächelnd seine Brust. »Kinder? Wirklich?«

Er hob die Schultern. »Ich weiß nicht. Als ich dich mit Katie und Charlie gesehen habe, habe ich zum ersten Mal im selben Atemzug an mich und Nachwuchs gedacht. Und an dich.«

»Ich liebe Kinder.« Lacys Augen strahlten. »Herrje, du denkst ja wirklich schon weiter als ich.«

Dane küsste sie sanft auf die Lippen. »Was zwischen uns beiden ist, kann ich nicht recht beschreiben. Aber ich kann uns zusammen sehen, wenn wir alt und grau sind. Was ich mir nicht vorstellen kann, ist ein Leben ohne dich.«

»Mir geht es genauso«, sagte Lacy. »Nur mit dem Stück zwischen jetzt und dem Altwerden komme ich nicht recht weiter.«

»Mir fehlt auch noch eine zündende Idee. Ich weiß, du liebst deinen Job. Schließlich bist du hergekommen, weil du deine Karriere nicht gefährden wolltest.«

»Ich bin hergekommen, um mit dir zusammen zu sein«, sagte Lacy.

»Ich bin doch bloß das Sahnehäubchen auf ein paar entspannten Urlaubstagen am Cape Cod. Ach ja, und dein Karrieresprungbrett«, frotzelte er.

»Du hast mich durchschaut. Okay, Mr. Braden, was passiert nach den entspannten Urlaubstagen?«

Ich wünschte, ich wüsste es.

Hand in Hand gingen sie weiter. Das Rauschen der Brandung füllte die Lücke in ihrer Unterhaltung.

»Wir müssen unsere Zeit besser planen«, sagte er schließlich.

»Damit wir uns wenigstens einmal im Monat sehen können.«

»Einmal im Monat?« Lacy warf ihm einen betrübten Blick zu.

»Lace, ich bin ständig unterwegs. Das weißt du. Ich möchte jede Minute mit dir verbringen. Aber sicher wirst du nicht kündigen und mit mir reisen können ...«

Sie wandte sich ab.

Eigentlich hatte er dieses Thema nicht anschneiden wollen. Er wusste, wie sehr sie in ihrem Job aufging. Aber jetzt musste er sie einfach fragen.

»Oder könntest du dir das vorstellen? Mit mir zu kommen? Ich wäre wirklich gern in jeder Minute mit dir zusammen. Okay, vermutlich würdest du nicht mit auf dem Boot sein, wenn ich Haie markiere. Aber in allen anderen Minuten könnten wir zusammen sein.«

Lacys Arm wurde steif. Sie biss sich auf die Unterlippe, und als sie sich wieder zu Dane drehte, lag Trauer in ihren schönen Augen.

»Keine Sorge, Lacy. Uns fällt schon was ein«, versicherte er ihr, obwohl er nicht den Hauch einer Ahnung hatte, wie eine Lösung aussehen konnte.

»Können wir uns nicht öfter treffen? Alle zwei oder drei Wochen vielleicht? Ich könnte einmal im Monat zu dir kommen und du einmal im Monat zu mir.«

Ihr verzagter Ton gab ihm einen Stich ins Herz. »Wir können es versuchen. Aber wenn wir ehrlich sind, wissen wir beide, wie anstrengend es für dich wäre, ständig nach Maui oder auch nur nach Florida zu fliegen. Oder für mich, wenn ich ständig von dort aus nach Massachusetts reisen müsste.«

»Willst du mich denn überhaupt öfter sehen?«, fragte sie.

Dane sank auf ein Knie und hielt ihre Hand fest.

»Dane?« Lacys Hand flog zu ihrem Mund.

»Lacy Snow, ich möchte dich in jeder einzelnen Minute an meiner Seite haben. Ich weiß, du hast versprochen, dich nicht in mich zu verlieben. Aber willst du meine ganz spezielle Freundin sein?« Lächelnd fügte er hinzu. »Für immer?«

Lacy lachte. »Ist das eine Art Freundschaftsanfrage? Wie auf Facebook?«

Dane stand auf und klopfte den Sand von seiner Hose. »Komm mit mir. Du musst auch nie zugeben, dass du dich in mich verliebt hast. Leb einfach mit mir. Sei bei mir. Sei meine ganz spezielle Freundin, die sich nicht in mich verlieben darf. Für immer.« Ihm war klar, dass sie die alberne Nur-Freunde-Vereinbarung längst hinter sich gelassen hatten, doch er hatte Angst, sie mit einem Heiratsantrag zu verschrecken. Trotzdem war er voller Zuversicht und sein Herz schlug schneller. »Wir könnten jeden Tag zusammen aufwachen, Lace. In unserer Freizeit würden wir die Gegend erkunden. Oder lesen. Irgendwas. Mir ist egal, was wir tun. Ich möchte dich nur bei mir haben. Was meinst du?«

Ihr Lächeln erlosch und damit auch Danes Hoffnung.

Danes »Freundschaftsantrag« raubte Lacy den Atem. Meinte er das wirklich ernst? Sie sollte ihren Job aufgeben und mit ihm reisen? Was sollte sie den ganzen Tag tun? Wenn er arbeitete, konnte sie nicht mit ihm auf dem Boot sein. Sie hatte jahrelang geschuftet bis zum Umfallen, um bei World Geographic voranzukommen. Sollte sie das einfach aufgeben? Sie schaute in Danes hoffnungsvolle Augen, sah, wie seine Brust sich mit jedem aufgeregten Atemzug hob und senkte. Großer Gott, sie wollte sich in seine Arme werfen und Ja sagen. *Ja, ich will deine ganz spezielle Freundin sein, die sich nicht in dich verlieben darf.* Aber wie konnte sie ihr bisheriges Leben aufgeben?

»Mit einem Für-immer-Freundschaftsantrag habe ich nicht gerechnet«, sagte sie.

»Ich bin selbst überrascht.« Dane berührte ihre Wange. »Aber abgemacht ist abgemacht«, scherzte er.

»So wie Blutsgeschwister, wenn man sich in die Handflächen schneidet und sein Blut mit dem der besten Freundin oder des besten Freundes vermischt.« Lacy lachte, obwohl ihr nicht danach zumute war. Sie wünschte sich nichts mehr als eine Zukunft mit Dane und hatte doch keine Ahnung, wie sie das schaffen sollten. »Würdest du deinen Job für mich aufgeben, Dane?«

»Ach, Lace. Ich habe die Stiftung quasi aus dem Nichts geschaffen«, erklärte er.

Sie nickte. »Ich weiß.«

»Denk an das Leben, das wir gemeinsam führen könnten. Wir könnten die Welt bereisen und überall leben«, sagte er.

»Solange Haie in der Nähe sind«, wandte sie ein.

»Hm, da hast du recht. Aber, Lace, die Alternative wäre eine Teilzeit-Beziehung.«

»Und wenn dir etwas zustößt? Was ist, wenn ich alles aufgebe und du wirst, ich weiß nicht, von einem Hai gefressen oder so?« Der Gedanke erschreckte sie. Mit aller Macht stemmte sie sich gegen die aufkeimende Angst.

»Mir passiert schon nichts, Lacy. Du weißt doch, Autofahren ist deutlich riskanter als mein Job.«

»Aber was, wenn doch?«, fragte sie. »Dann hätte ich gar nichts mehr. Kein Zuhause, keine Sicherheit. Keinen Job.« *Keinen Dane. Oh Gott. Oh Gott!*

Wie vor ein paar Stunden, nachdem sie sich geliebt hatten, lehnte er die Stirn an ihre. Sein Flüstern streichelte ihr zitterndes Herz, das sich unaufhaltsam auf einen Abgrund zubewegte, in den sie auf keinen Fall blicken wollte.

»Ich bin vorsichtig, Lace. Ich passe gut auf mich auf. Rob passt gut auf mich auf.«

Sie wollte nicht mehr darüber nachdenken. Sheila hatte deutlich genug gesagt, was eine Fernbeziehung mit einer Familie anstellte. Aber Rob und Sheila waren gerade dabei, eine Lösung zu finden. Also gab es doch Hoffnung. Lacy brauchte Zeit zum Nachdenken, denn so kam sie einfach nicht weiter.

»Keine Sorge, Lace. Wir finden einen Weg. Ich weiß, wie wichtig dir dein Job ist. Und dein Boss ist begeistert von dir. Ich will weder dein Glück noch deine Karriere aufs Spiel setzen. Aber verlieren will ich dich auch nicht. Wir finden einen Weg.« Er küsste sie auf die Stirn. »Lass uns ins Haus gehen, einander in die Arme nehmen und schlafen. Kein Sex, keine Diskussionen. Lass uns einander einfach nur nahe sein.«

Lacy fühlte sich in einer Blase aus offenen Fragen gefangen. Ihre gemeinsame Zukunft schwebte zum Greifen nahe und doch unerreichbar irgendwo außerhalb. *Wenn wir nur die Antworten finden und die Blase platzen lassen könnten. Dann könnten wir die Zukunft gemeinsam angehen und festhalten.*

Kapitel 25

Trotz der offenen Fragen, die sie beschäftigten, und obwohl ihr Herz von Minute zu Minute schwerer wurde, schlief Lacy in Danes Armen ein und staunte am Morgen darüber, dass sie die ganze Nacht durchgeschlafen hatte.

Noch bevor der Wecker klingelte, schreckte Dane schweißüberströmt hoch. Lacy setzte sich schläfrig auf.

»Was ist los?«, fragte sie.

Danes Blick flog durch den Raum. »Ich habe geträumt, tut mir leid. Ich wollte dich nicht erschrecken«, sagte er.

»Willst du darüber reden?«

Er ging ins Bad und ließ die Tür auf. »Meine Mom war da. Sie sah aus wie auf den Fotos, die mein Dad im Haus hängen hat, und sie hat mir von hinten einen Schubs gegeben.« Dane wusch sich das Gesicht, dann kam er zurück ins Schlafzimmer. »Gott, ich habe seit Jahren nicht mehr von ihr geträumt.«

»Vielleicht fehlt sie dir zurzeit besonders, weil du über die Zukunft und über eigene Kinder nachdenkst«, sagte Lacy.

Er strich lächelnd über ihre Wange. »Ja, vielleicht.«

»Ich glaube, du kannst dich gleich fertig machen. In fünf Minuten klingelt der Wecker. Ich stehe auch auf. Ich möchte in der Stadt noch eine Kleinigkeit für Katie und Charlie besorgen.«

Sie streichelte Dane über die Seite, dann ging sie ins Bad. »Der Tag mit ihnen wird sicher nett. Was hast du denn vor, wenn ihr fertig seid? Rufst du mich an?«

Dane legte von hinten die Arme um sie und küsste ihren Nacken. »Klar. Ich telefoniere immer gern mit meiner ganz speziellen Freundin.«

»Ich hoffe, ich bin die einzige«, frotzelte Lacy.

»Wir könnten heute Abend zu einem Konzert am Nauset Beach gehen.« Dane drehte sie in seinen Armen um und küsste sie auf den Mund.

»Gute Idee. Sollen wir Rob und Sheila fragen, ob sie mitkommen? Kinder sind immer gern am Strand und die meisten mögen Musik. Ich wette, sie hätten einen Riesenspaß«, sagte Lacy. »Falls sie nicht nach dem Rummel fix und fertig sind.«

»Gott, ich ... mag dich«, sagte er.

»Vorsicht. Denk an unsere Abmachung.« Die Vereinbarung war längst zu einer Art Running Gag geworden, aber Lacy hatte das Gefühl, dass sie sich in gewisser Weise dahinter versteckten. Eigentlich alberte sie sehr gerne herum. Gleichzeitig sehnte sie sich danach, Dane die drei Worte sagen zu hören, die ihr stets auf der Zunge lagen, wenn er sie in die Arme nahm.

Katie spazierte an Lacys Hand über den kleinen Rummelplatz des Barnstable County Fair. Der Stoffbär, den Lacy ihr geschenkt hatte, klemmte unter ihrem Arm. Wenn sie alle paar Schritte einen kleinen Hüpfer machte, wippten ihre Zöpfe. Charlie ging neben Sheila her, ließ die schlaksigen Arme hängen und zog einen Schmollmund.

»Ich möchte Achterbahn fahren«, quengelte er.

»Dazu musst du noch ein bisschen wachsen«, erwiderte Sheila. »Die lassen dich erst einsteigen, wenn du so groß bist wie der hölzerne Bär.«

Charlie hatte noch nicht ganz die erforderliche Körpergröße, doch er wollte sich nicht damit abfinden.

»Sollen wir zum Streichelzoo gehen?«, fragte Lacy.

»Tiere sind was für Babys«, gab Charlie zurück. Mit seiner hellen Haut und den Sommersprossen erinnerte er Lacy an einen der Jungs von den Kleinen Strolchen. Ein Geschenk für ihn auszusuchen, war ihr nicht leichtgefallen. Für Stofftiere war Charlie bereits etwas zu alt, aber der kleine Matchbox-Truck schien ihm zu gefallen. Er hielt ihn fest in der Hand.

»Benimm dich, Charlie.« Sheila trug blaue Shorts und ein bunt gemustertes Top. Das lange Haar fiel ihr offen über den Rücken. Über Charlies Kopf hinweg formte sie in Lacys Richtung mit den Lippen das Wort *Sorry*.

Lacy wedelte lächelnd mit der Hand.

»Tiere streicheln! Au ja!«, rief Katie.

»Du könntest mit Katie in den Streichelzoo gehen, Sheila«, bot Lacy an. »Ich warte mit Charlie hier draußen.«

»Tiere sind was für Babys. Aber ich kann mit Katie reingehen und auf sie aufpassen.« Charlie reckte das Kinn und griff nach Katies Hand. »Komm, Katie.«

Der Streichelzoo war in einen reinen Kinderbereich und einen Bereich für Erwachsene und Kinder unterteilt. »Prima Idee, Charlie. Dort drüben ist der Eingang für euch. Ich verlasse mich auf dich. Du lässt sie nicht los und passt gut auf sie auf. Ich schaue euch von hier aus zu. Katie, gib mir deinen Bären.«

Gemeinsam marschierten die Kinder durch die Pforte. Charlie hielt Katies Hand so fest, dass sein Arm ganz steif aussah. Katie blickte bewundernd zu ihm auf.

Sheila schüttelte den Kopf. »Bin ich eine schlechte Mutter, weil ich die beiden allein da reingehen lasse?«

»Wie bitte? Nein! Du bist eine großartige Mutter«, versicherte Lacy ihr. »Charlie braucht das Gefühl, wichtig zu sein, und auf seine kleine Schwester zu achten, macht ihn stolz.«

»Obwohl wir ihn quasi ausgetrickst haben, damit er mitgeht?«

»Schau dir die beiden doch an«, sagte Lacy.

Die Kinder streichelten eine kleine Ziege. Als das Tier Katie anstupste, kicherte sie. Charlie schob sich schützend vor sie.

»Sie haben Spaß, und er fühlt sich geschätzt und erwachsen. Besser kannst du es als Mutter doch gar nicht machen. Wenn du einfach weggehen, eine rauchen oder ein Bier trinken und die beiden sich selbst überlassen würdest, wäre das was anderes.«

Sheila seufzte. »Danke, Lacy. Zurzeit bin ich ein bisschen durch den Wind.«

»Du und Rob, ihr wart in einer ziemlich schwierigen Phase, das kann einen schon mal aus dem Gleichgewicht bringen.«

»Da ist was dran.« Sheila winkte ihren Kindern zu. »Hat Rob euch gesagt, weshalb ich zu meinen Eltern gefahren bin?«

Lacy schüttelte den Kopf. Sie fragte sich, wie die beiden es geschafft hatten, so schnell wieder zusammenzufinden.

»Weil ich mir seit vierzehn Jahren Sorgen um ihn mache. Immer wenn er zu einem Einsatz aufbricht, male ich mir aus, was alles passieren könnte. Und damit meine ich keine Flirts mit anderen Frauen oder ähnliche Albernheiten. Nein, mein Mann setzt bei seiner Arbeit tagtäglich sein Leben aufs Spiel.« Sheila wischte sich über die Augen.

Mist.

»Hast du denn keine Angst um Dane?«, fragte sie.

»Doch, klar. Aber er sagt, er sei vorsichtig. Er meint,

Auto...«

»Autofahren ist riskanter als Haie markieren. Das habe ich schon tausendmal gehört. So viele Jahre hat Rob das getan, was er am liebsten tut, und sich keine Gedanken gedacht, wie seine Liebsten damit klarkommen«, sagte Sheila.

»Du bist ihm sehr wichtig, Sheila. Und hast du denn nicht schon bei eurer Hochzeit gewusst, wie riskant sein Job ist?«, fragte Lacy.

»Ja, klar, habe ich. Vor der Brave Foundation hat er bei einer anderen, ganz ähnlichen Organisation gearbeitet. Die war irgendwann pleite. Manchmal wünschte ich, Danes Stiftung würde ebenfalls das Geld ausgehen.« Sheila schaute Lacy traurig an. »Ich weiß, das klingt gemein. Dir ist klar, wie Danes Berufsalltag aussieht. Du kennst das Risiko. Hält dich das davon ab, mit ihm zusammen zu sein?«

Lacy schüttelte den Kopf. »Mir fällt so gut wie nichts ein, was mich davon abhalten könnte.«

»Genau das ist das Problem«, sagte Sheila. »Für ein Leben mit Rob würde ich fast alles tun. Er ist mein Supermann. Wenn ich ihn sehe, habe ich immer noch Schmetterlinge im Bauch. Aber ich denke, die Kinder brauchen ihn öfter um sich. Du hast Glück. Dane ist deutlich jünger als Rob. Seine Reflexe funktionieren noch bestens, er ist stark und topfit. Rob wird langsam müde. Er liebt seinen Job, aber er macht ihn schon zu lange. Ich wünschte, er würde sich etwas anderes suchen. Etwas weniger Gefährliches.«

»Er liebt dich und die Kinder«, sagte Lacy ein wenig hilflos.

Sheila nickte. »Ja. Und gestern Nacht hat er gesagt, ich hätte recht. Ich glaube, wir beide haben ein bisschen Zeit gebraucht, um zu merken, was wir wirklich wollen. Jetzt wissen wir, dass wir nicht ohneeinander leben möchten. Es ist Zeit für

Veränderungen. Nach dem Tauchgang heute wird Rob mit Dane sprechen und kündigen.«

»Wirklich? Das wird Dane hart treffen«, sagte Lacy.

»Ganz sicher, und es tut mir sehr leid. Aber es ist besser so«, sagte Sheila.

»Robs Entscheidung zeigt, dass er dich wirklich liebt«, sagte Lacy. *Weder Dane noch ich wollen irgendetwas aufgeben. Heißt das, unsere Liebe ist nicht stark genug?* Sie schob den Gedanken beiseite. »Ich freue mich, dass ihr eine Lösung gefunden habt.«

Lacy umarmte Sheila. Von Sheilas Bedenken wollte sie sich nicht anstecken lassen, denn Sheilas Ängste waren nicht die ihren. Sie hatte sich nicht fünfzehn Monate lang jeden Tag Gedanken gemacht, ob Dane am Abend noch am Leben sein würde. Sie war zu sehr damit beschäftigt gewesen, sich nach ihm zu sehnen, hatte ihn sehen und seine Stimme hören wollen. Und sie hatte gearbeitet bis zum Umfallen, damit sie nicht an die Frauen dachte, mit denen er in Wahrheit gar nicht zusammen gewesen war.

Kapitel 26

Dane und Rob legten ihre Tauchanzüge an. Sie saßen wie eine zweite Haut. Dane bereitete sich mit klarem Kopf aufs Freitauchen vor. Diese Art zu tauchen gehörte zu seinen liebsten. Weil es dabei keine Sauerstoffflaschen gab, entstanden auch keine Bläschen, die die Haie erschreckten und auf Abstand hielten. Ihre Freitauchtechnik hatten sie beide jahrelang perfektioniert. Inzwischen konnten sie fast fünf Minuten unter Wasser bleiben. Wenn es wirklich gut lief, hielt Dane es sogar noch etwas länger aus. Drei weitere Taucher aus der Region begleiteten sie heute. Einer war für das Boot zuständig, zwei würden ihnen assistieren.

»Hey, Dane. Eigentlich wollte ich erst nach dem Tauchgang mit dir reden. Aber ich muss dir etwas sagen.« Robs Anzug spannte sich über seinen gewaltigen Bizeps und sah aus, als wäre er aufgemalt.

»Was gibt's denn?« Dane setzte sich aufs Deck und stützte die Arme auf die Knie.

»Du weißt, dass Sheila mir seit mindestens zwei Jahren in den Ohren liegt. Sie will, dass ich das Tauchen lasse«, begann Rob.

»Ja, das hast du mir erzählt. Aber ich dachte, ihr hättet das geklärt.« *Verdammt.*

»Na ja.« Rob fuhr sich durchs Haar und schaute beiseite. »Ganz abgesehen davon, dass Sheilas Angst immer größer wird, geht es auch um die Kinder. Sie meint, Charlie sei im Moment ziemlich schwierig und würde mich brauchen. Weil ich einfach weitergemacht habe wie immer, wollte sie die Auszeit.« Er zuckte die Achseln.

»Was willst du mir sagen, Rob?«

»Sie ist nur zurückgekommen, weil ich ihr versprochen habe aufzuhören. Ich werde alt Dane, das ist dir sicher schon aufgefallen.«

»Blödsinn. Es gibt Siebzigjährige, die noch Haie markieren. Das hast du mir selbst erzählt. Zu den Haien würdest du noch ins Wasser springen, wenn du im Bett längst keinen mehr hochkriegst, hast du gesagt. Und dass da bei dir noch was läuft, will ich doch annehmen.« Dane schüttelte den Kopf. Von Sheilas zunehmenden Ängsten und Bedenken wusste er. Aber auf die Idee, Rob könnte die Brocken hinschmeißen, wäre er nie gekommen. Er war davon ausgegangen, dass sie noch mindestens zehn Jahre zusammen weitermachen würden.

»Ich habe hin und her überlegt, Dane. Es geht nicht anders. Sie ist gegangen, Dane. Hat ihre Sachen gepackt und war weg. Hat die Kinder mitgenommen. Du hast gesehen, was dann mit mir passiert ist. Ich war sofort wieder ganz weit unten. Dort will ich nicht sein, aber wenn meine Familie kaputtgeht, lande ich genau da. Wenn Sheila sich endgültig von mir trennen würde, würde ich im Handumdrehen wieder an der Flasche hängen.« Rob hielt Danes bohrendem Blick stand. »Du und ich, wir hatten eine gute Zeit.«

»Wir hatten ... Rob? Hörst du, was du da sagst? Verdammt.« Dane stand auf und ging hin und her. »Vielleicht hättest du mir das wirklich erst später sagen sollen. Wie sollen wir da unten ruhig und konzentriert sein, wenn diese Kacke über uns hängt?«

»Diese *Kacke* ist mein Leben, Dane.« Rob stand auf und stemmte die Hände in die kräftigen Hüften.

Dane schaute ihn an, schüttelte den Kopf und atmete schnaubend aus. »Tut mir leid. Ich hab verstanden. Dass du deine Familie verlierst, will ich auf keinen Fall. Aber, Himmel noch mal, Rob, ich will dich auch nicht verlieren. Du bist mein Partner. Wir sind wie zwei Seiten einer Medaille und ohneeinander nicht mal die Hälfte wert.« Er legte Rob den Arm um die Schultern. »Gibt es wirklich keine andere Möglichkeit?«

Dane hatte das Gefühl, einen Arm oder ein Bein zu verlieren. Aber wenn Rob einer seiner Brüder gewesen wäre, hätte er seine Entscheidung für die Familie auf jeden Fall unterstützt. Verdammt, Rob war tatsächlich wie ein Bruder für ihn. Dane atmete tief durch.

»Dann ist das unser letzter gemeinsamer Einsatz?«, fragte er.

Rob zuckte die Achseln. »Ich kann nicht anders.« Er rieb sich das Gesicht. »Wenn es eine Möglichkeit gäbe …«

Dane spürte, wie schwer Rob dieser Schritt fiel. »Ich verstehe dich, Rob. Das ist eine Scheißsituation. Aber du hast recht, die Familie muss an erster Stelle stehen.« Er dachte an Lacy. Wenn er mit ihr eine Familie hätte und sie drohen würde, ihn zu verlassen, würde er sicher dasselbe tun wie Rob. »Aber muss es denn gleich alles oder nichts sein?«

»Wie meinst du das?«, fragte Rob.

»Ich brauche ja auf jeden Fall jemanden, der das Boot steuert und die Organisation an Deck übernimmt. Wäre es okay für Sheila, wenn du nicht ins Wasser gehst, nicht markierst und nicht tauchst?« Dane hoffte, dass Rob das Angebot annehmen würde. Ihn zu verlieren, wollte er sich einfach nicht vorstellen.

»Das wäre vielleicht machbar«, sagte Rob. »Nur käme dich das ziemlich teuer. Du bräuchtest zusätzlich jemanden, der mit dir taucht. Den müsstest du ausbilden und bezahlen. Ich glaube nicht, dass die Stiftung die Zusatzkosten verkraften würde.«

Dass Dane sein Erbe nicht in die Stiftung einbringen wollte, wusste Rob. Aber um Rob halten zu können, würde Dane notfalls gegen seine Grundsätze verstoßen. »Was sagt mein Vater immer, Kumpel?«

»Die Familie geht über alles.« Rob grinste.

»Genau. Und du und Sheila, ihr gehört zur Familie. Wenn Sheila einverstanden ist, wirst du mein Steuermann. Und die Einsätze planen wir so, dass du möglichst viel zu Hause bist. Sheila braucht dich, aber ein bisschen brauche ich dich auch.« Dane knuffte ihn in die Seite.

Rob tat, als wollte er Dane seine Faust in den Bauch rammen. »Heulsuse.« Er lachte. »Danke, Mann.«

»Lass uns noch eine Weile chillen, bevor wir tauchen«, schlug Dane vor. Das Freitauchen verlangte Ruhe und Ausgeglichenheit. Wenn sie nicht ganz bei der Sache waren, war es besser, nicht ins Wasser zu gehen.

»Gut. Dasselbe habe ich auch gerade gedacht«, sagte Rob.

Eine halbe Stunde später fiel Dane das Atmen wieder leichter. Dass Rob mit einem der anderen Taucher scherzte, entspannte ihn zusätzlich. Mit geschlossenen Augen horchte er in sich hinein. Rob tat, was er tun musste. Auf keinen Fall wollte Dane ihn wieder an der Flasche hängen sehen. *Robs Entscheidung ist richtig.* Als Dane die Augen wieder öffnete, fühlte er sich fürs Freitauchen bereit. Er klopfte Rob auf den Rücken. »Willst du mit runter? Oder bleibst du heute lieber auf dem Boot?«

»Mir geht's blendend«, sagte Rob. »Lass uns tauchen.«

Während die beiden anderen Taucher sich fertig machten, ihre Harpunen und ihre Brillen zurechtlegten, stiegen Dane und Rob ins Wasser. Wenn sie in die Tiefe abtauchten, würden die anderen an der Oberfläche versuchen, mit Arm- und Beinschlägen Haie anzulocken. Für den Fall, dass das nicht ausreichte, lagen Köder bereit.

Dane und Rob tauchten bei mäßiger Sicht ab bis in eine Tiefe von etwas über zehn Metern, wo sie keinen Auftrieb mehr hatten. Ab diesem Punkt drückte das Meer sie nicht mehr in Richtung Oberfläche, sondern ließ sie sachte nach unten schweben. Die Arme an die Seiten gelegt, ließen sie sich bis auf den Meeresboden absinken. Auf dem sandigen Grund kreuzten sie die Beine und warteten. Nach nur etwa einer Minute sah Dane, wie sich ein dunkler Schatten näherte. Er stieß sich ab und stieg langsam nach oben. Rob würde dasselbe tun. Der Hai war noch sechs Meter entfernt und kam schnell näher.

Das Schätzchen ist etwa drei Meter lang. Dane schaute sich nach Rob um und entdeckte in einiger Entfernung eine Gestalt, die parallel zu ihm im trüben Wasser nach oben stieg. In etwa acht Metern Tiefe schoss der Hai wie ein Torpedo an Rob vorbei. Dane sah, dass Rob die Richtung änderte. Anstatt senkrecht aufzusteigen, strebte er jetzt leicht schräg auf das Boot zu. Ganz nah vor Dane schnellte der Hai in Richtung Oberfläche. Dane folgte ihm aufwärts, aber der Hai verschwand aus seinem Blickfeld. *Zwei Minuten.* Dane sah die Flossen der Taucher über ihm. Er schaute sich nach Rob um, suchte nach seinem vertrauten kräftigen Beinschlag, konnte ihn aber nirgends entdecken. Er drehte sich nach links, dann nach rechts und wünschte, die Sicht wäre besser. Mit zusammengekniffenen Augen versuchte er, Rob in der Tiefe auszumachen, als plötzlich der Hai aus der Dunkelheit hervorbrach und an ihm vorbeijagte. Hektisch drehte Dane sich um die eigene Achse, hielt Ausschau nach Rob und sah ihn schließlich. Er trieb wie tot im Wasser. Die Arme hingen schlaff an seinen Seiten, sein Kopf hing vornüber. Dane schwamm schneller als je zuvor in seinem Leben. Sein Herz hämmerte in seiner Brust, sein Hirn spulte Notfallmaßnahmen ab. Als er Rob erreichte, packte er ihn an den Achseln und zog ihn mit aller Kraft Richtung Wasseroberfläche. *Komm schon, verdammt. Beweg dich. Halte durch Kumpel. Halte durch!* Danes Lunge brannte, seine Muskeln standen trotz des kalten Wassers in Flammen. Mit aller Macht zerrte er Robs totes Gewicht nach oben. Jeder Meter fühlte sich an wie eine Meile. Dane hatte das Gefühl, seine Lunge müsste zerreißen. Gleichzeitig betete er, dass Rob noch am Leben war. Endlich bemerkten ihn die anderen Taucher und kamen ihm zu Hilfe. Auf den letzten Metern übernahmen sie Rob und zerrten ihn aufs Boot. Dane durchbrach die Wasseroberfläche und schnappte nach Luft. *Rob. Rettet Rob.* Er kämpfte gegen die Benommenheit an, die ihm seine Gedanken stehlen wollte, und hievte sich an Deck. Jeder Atemzug brannte noch heftiger als der vorige.

»Was zum Teufel ist passiert?« Er beugte sich über Robs Mund und horchte. *Kein Atem.* Dane drosch Rob seine Faust mitten in die Brust. Dabei zitterte er vor Angst und Anspannung. Wie sehr seine Lunge schmerzte, fiel ihm kaum auf. »Los, schnell. Notruf absetzen und dann zurück zum Hafen, verdammt!« Er tastete nach Robs Puls. *Nichts.* Dane versetzte Rob einen weiteren präkordialen Faustschlag. Er hoffte, Robs Herz damit in Gang bringen zu können. Robs Gesicht war aschfahl, seine Lippen schimmerten blau.

»Der Hai hat ihn mit der Schwanzflosse am Kopf erwischt«,

schrie einer der anderen Taucher.

Wieder tastete Dane nach Robs Puls. *Lieber Gott, nein.* Tränenüberströmt nahm Dane seine Kraft für einen dritten Fausthieb zusammen. »Jetzt komm schon, du Idiot!« Er legte die Finger an Robs Handgelenk. »Schwacher Puls! Holt eine Decke, verdammt.« Er beugte sich über Robs Gesicht und lauschte nach Atemgeräuschen. Jemand breitete schwere Decken über Robs Beine.

»Er atmet nicht«, schrie Dane. Mit röhrendem Motor pflügte das Boot sich Richtung Hafen. Dane beugte Robs Kopf nach hinten, drückte ihm die Nase zu, legte die Lippen über Robs Mund und blies ihm einen kräftigen Atemzug in die Lunge. Immer wieder wiederholte der das Manöver. Zwischendurch lauschte er nach Atemgeräuschen. »Komm endlich. Mach schon«, zischte er zwischen zusammengebissenen Zähnen hindurch. »Verdammt.« Wieder blies er seinem Freund Luft in die Lunge. Er machte weiter, bis er selbst kaum noch atmen konnte. Nach einer Ewigkeit tröpfelte etwas Wasser aus Robs Mundwinkel. »Oh Gott, danke.« Dane beugte sich vor und lauschte erneut. Robs flacher Atem war Musik in seinen Ohren. Sein Puls war schwach, aber fühlbar. Dane zog die Decken bis zu Robs Rippen, dann begann er mit der Herzdruckmassage. *Sechzehn, siebzehn, achtzehn ...* Dreißig Mal drückte er, dann beatmete er Rob wieder. Er musste dafür sorgen, dass das Blut weiter durch den Körper seines Freundes zirkulierte. Dane nahm die Herzdruckmassage wieder auf, zählte bis dreißig und beatmete dann.

Selbst als die Sanitäter an Bord stiegen, hörte er nicht auf. »Neunzehn, zwanzig ...«

»Wir übernehmen«, sagte jemand.

Dane machte weiter. »Neunundzwanzig, dreißig.« Er wollte

sich nach vorn beugen und Rob seinen Atem geben, doch eine starke Hand zog ihn zurück. Dane machte sich los. »Ich muss ihm helfen. Er atmet ganz flach. Sein Puls ist schwach.«

Während die Sanitäter sich um Rob kümmerten, mussten zwei Männer Dane festhalten. »Loslassen, verdammt. Ich muss ihm helfen.«

Rob wurde bereits auf einer Trage zum Krankenwagen gebracht.

»Dane!«, rief eine tiefe Stimme.

Dane war wie in Trance. Er schüttelte den Kopf.

»Sie kommen mit. Wir müssen Sie auch untersuchen«, sagte der Mann.

»Ich muss zu Rob«, schrie Dane. Endlich registrierte er die Sanitäterkluft des Fremden.

»Wir helfen ihm und Sie fahren mit. Sie haben Ihre Sache gut gemacht, aber jetzt sind wir an der Reihe.«

Beherzt nahm der Sanitäter Dane am Arm und führte ihn zum Krankenwagen.

Kapitel 27

Mit Katie auf dem Arm rannte Lacy in die Notaufnahme. Sheila war mit Charlie an der Hand dicht hinter ihr. Lacy zitterte am ganzen Leib. Ihr Gehirn weigerte sich, Treats Worte zu begreifen. *Dane ist im Krankenhaus*, hatte er ihr am Telefon gesagt. Treat gehörte zu den großzügigen Unterstützern des Hospitals und war sofort benachrichtigt worden. *Dane geht es gut, aber Rob ist in kritischem Zustand. Er hatte einen Tauchunfall. Keine sichtbaren Verletzungen, aber Rob ist bewusstlos.*

»Mein Mann ist hergebracht worden. Rob Mann. Er ist beim Tauchen verunglückt«, sagte Sheila unter Tränen zu der Frau an der Anmeldung.

»Und Dane Braden. Sie sind zusammen gekommen.« Lacy hielt Katie ganz fest. Die Kleine weinte seit dem Anruf von Treat. Lacy wusste nicht, wie viel Katie verstand, aber sie nahm an, dass ihre und Sheilas Reaktion dem Kind Angst machten.

Eine hochgewachsene Schwester kam hinter dem Empfangstisch hervor. »Mrs. Mann, bitte kommen Sie mit. Ihr Sohn wird leider hier warten müssen. Kann Ihre Freundin auf ihn aufpassen?«

Sheila warf Lacy einen flehenden Blick zu. Ihre braunen Augen waren gerötet und vom Weinen geschwollen, die

Schminke lief ihr übers Gesicht. Charlie stand mit verschlossener Miene neben seiner Mutter.

Lacy konnte kaum atmen. »Geh. Ich bleibe mit den beiden hier. Geh«, sagte sie. *Dane. Oh mein Gott, mach, dass ihm nichts fehlt.* Sie streckte die Hand nach Charlie aus. »Komm her, Süßer.«

Charlie nahm ihre Hand.

Die Frau an der Anmeldung wandte sich an Lacy. »Ihr Name?«

Einen Moment lang überlegte sie, ob sie lügen und sich als Danes Schwester oder als seine Frau ausgeben sollte. Schließlich presste sie ihren Namen hervor. »Lacy Snow«, sagte sie. »Was ist mit ihm?«

Die Frau überflog die Notizen auf einem Klemmbrett. »Da haben wir Sie ja. Er hat uns erlaubt, mit Ihnen zu reden. Es geht ihm gut, aber er stand unter Schock.« Die Frau winkte einem Pfleger zu. »Mike kann Sie zu ihm bringen. Aber Sie brauchen jemanden, der so lange auf die Kinder aufpasst.«

»Danke.« *Die Kinder. Verdammt.* »Ich habe niemanden, der bei ihnen bleiben kann.« Lacy spürte, wie ihre Lippen zitterten.

Die Frau schüttelte den Kopf. »Tut mir leid, mit nach hinten dürfen sie nicht.«

Mistmistmist! Lacy überlegte fieberhaft. In Chatham kannte sie keinen, dem sie zwei fremde Kinder anvertrauen konnte. »Was ist mit dem Verletzten, der mit ihm eingeliefert wurde? Wie geht es ihm? Rob Mann?«

»Tut mir leid«, sagte die Frau. »Auskünfte dürfen wir nur den Personen auf unserer Liste geben.«

Lacy stöhnte. Sie wiegte Katie in den Armen und versuchte, sie zu beruhigen, während ihre Gedanken wie wild kreisten. »Können Sie Dane Braden bitte sagen, dass ich hier bin, aber auf Robs Kinder aufpassen muss und deshalb nicht zu ihm kann? Dass er allein ist, ist nicht gut. Er sollte wenigstens wissen, dass ich hier bin.«

»Ich sage ihm Bescheid«, antwortete die Frau.

»Danke.«

Hin und her gerissen zwischen der Erleichterung, dass Dane unverletzt war, und ihrer Sorge um Rob ging Lacy mit den Kindern zu einem Tisch voller Buntstifte und Spielsachen. Sie setzte Katie neben sich. Charlie ließ sich auf einen Stuhl plumpsen und verschränkte die Arme. *Bitte lass Rob okay sein,* betete Lacy stumm. Katie drückte ihren Stoffbären an sich und angelte mit der freien Hand nach einem Malbuch.

»Ist mein Dad von einem Hai gebissen worden?«, fragte Charlie.

»Nein, Süßer.« *Aber das hätte durchaus passieren können.*

»Wann können wir zu ihm?«, wollte Charlie wissen.

»Ich weiß es leider nicht, aber die sagen es uns dann.« Lacy wünschte sich, Danica wäre da. Oder Kaylie. Irgendjemand, der ihr helfen konnte. Sie überlegte, wen sie anrufen sollte. Ihre Mutter? Was, wenn Sheila schon jemanden angerufen hatte?

»Ms. Snow?« Lacy fuhr herum.

»Ja, das bin ich.«

Der Pfleger von vorhin zog sie beiseite und sagte leise: »Mr. Braden möchte entlassen werden. Er ist in ein paar Minuten da. Er hat mich gebeten, Ihnen das auszurichten.«

»Danke. Vielen herzlichen Dank.« *Entlassen. Es geht ihm gut.*

Lacy beschäftigte sich wieder mit den Kindern.

»Lace?«

»Dane!« Sie fuhr herum und flog in Danes Arme. »Oh mein Gott. Ich habe mir solche Sorgen gemacht. Geht's dir gut? Treat wusste nicht viel.«

Dane winkte den Kindern zu. »Hey, ihr beiden. Ich muss Lacy was sagen. Wir gehen kurz da rüber.«

Lacy wurde flau. »Was ist passiert? Oh Gott. Was ist mit Rob?«

Danes Augen füllten sich mit Tränen. »Ich … ich hätte ihn nicht tauchen lassen dürfen.«

»Dane, schau mich an. Was ist passiert?« *Oh Gott, oh Gott.*

»Er hat beim Freitauchen einen Schlag gegen den Kopf bekommen. Ziemlich heftig. Er ist bewusstlos geworden.«

»Bewusstlos? Er *war* bewusstlos? Oder ist es immer noch?« Lacy schaute zum Eingang des Behandlungsbereichs. *Er ist da drin. Sheila ist da drin. Allein.*

»Er atmet wieder. Erst hat er nicht geatmet. Hatte auch keinen Puls. Ich habe ihm geholfen. Er atmet wieder, ist aber noch nicht zu sich gekommen.«

Danes Augen wirkten trüb, fast als stünde er unter Drogen. »Aber dir fehlt nichts?« Lacy rieb seine Arme.

Er schüttelte den Kopf. »Nein, alles klar.«

»Sheila ist allein. Jemand muss ihr beistehen, Dane. Ich muss zu ihr«, sagte Lacy. »Kannst du bitte dafür sorgen, dass man mich reinlässt? Sie muss furchtbare Angst haben.«

»Ich kümmere mich darum. Treat gehört zu den wichtigsten Unterstützern des Krankenhauses. Deshalb haben sie ihn auch gleich angerufen, als ich hergebracht wurde. Ich habe ihn gebeten, dir Bescheid zu sagen. Sicher lassen sie dich zu Sheila.« Er schaute zu den Kindern. »Es tut mir leid, Lace.«

»Leid? Aber du hast ihm doch geholfen. Für den Unfall kannst du nichts«, sagte sie. »So was ist …« *Ein Berufsrisiko.* Sie konnte es nicht laut aussprechen. Danes Job war eben doch viel gefährlicher als eine Autofahrt auf irgendeinem Highway. »Kannst du auf die Kinder aufpassen? Bist du überhaupt schon in der Lage dazu?«

»Ja, kein Problem«, sagte er. »Ich rede mit der Schwester. Sie soll dich zu Sheila bringen.«

Kapitel 28

Lacy erinnerte sich nicht, wann sie zum letzten Mal in einem Krankenhauszimmer gewesen war. In der Tür blieb sie stehen. Der Geruch von Desinfektionsmitteln stach ihr in die Nase. Rob lag mit weit zurückgelegtem Kopf im Bett. Ein dicker Beatmungsschlauch ragte aus seinem Mund, über Drähte war er an ein EKG angeschlossen. Der Monitor stand neben dem Bett. Am Zeigefinger hatte er eine Klammer und ein Infusionsschlauch steckte in einer Kanüle in seinem Arm. Sheila saß auf der Bettkante und hielt seine freie Hand. Tränen rannen ihr über die Wangen. Lacy kämpfte gegen die Übelkeit an, die in ihr aufsteigen wollte, und machte einen Schritt ins Zimmer.

»Sheila«, flüsterte sie. Sheilas Augen waren nass und verquollen. Ihre schmale Nase war vom Weinen gerötet, das Haar hing ihr wirr um den Kopf. An einer Seite war ihr das Shirt aus der Hose gerutscht.

Lacy umarmte sie. »Es tut mir so leid«, sagte sie unter Tränen.

»Wo sind die Kinder?«, presste Sheila hervor. Sie knetete ein Papiertaschentuch in ihrer zitternden Hand.

»Dane ist bei ihnen.«

Sheila nickte. »Geht's ihm gut?«

»Ja, ganz ordentlich. Was ist mit Rob?«

Sheila schluchzte auf. »Er … Sie sagen, je früher er aufwacht, desto kleiner ist die Gefahr für bleibende Schäden.«

Bleibende Schäden. Er wollte heute kündigen und jetzt hat er vielleicht bleibende Schäden. »Desto kleiner ist die Gefahr? Glauben die …?« Lacy wischte sich die Tränen ab.

»Die können noch nicht viel sagen. Dane meinte, ein drei Meter langer Hai hätte Rob mit der Schwanzflosse am Kopf erwischt und ihn sozusagen k. o. geschlagen. Ein verdammter Hai.« Sheila schlug die Hände vors Gesicht. »Deshalb wollte ich ja …« Sie schluchzte.

Ein Hai. Dane kann so etwas auch passieren. Oder noch Schlimmeres.

»Was soll ich jetzt bloß machen? Ohne Rob kann ich nicht leben. Die Kinder brauchen ihn. Was, wenn er nicht aufwacht?« Sheila stand auf und strich Rob über die Wange. »Er ist mein Leben.«

Lacy streckte die Hände nach Sheila aus. Diesmal fiel Sheila nicht in ihre Arme. Sie packte Lacy an den Schultern. In ihren dunklen Augen lagen Angst und Zorn. Ihre Mundwinkel zogen sich bitter nach unten. »So was kann jederzeit auch dich und Dane treffen, Lacy. Genau davor habe ich immer Angst gehabt.«

Nein. Sag so was nicht. Sei still.

»Lacy, ich weiß, du liebst ihn. Aber denk doch mal nach. Das Risiko ist gewaltig. Was Dane macht, ist gefährlich.«

»Es tut mir so schrecklich leid, Sheila.« Sie fielen sich in die Arme und klammerten sich aneinander fest. »Was kann ich tun? Kann ich jemanden benachrichtigen? Wir können bei den Kindern bleiben, so lange du möchtest.«

»Ich habe meine Eltern angerufen. Sie sind auf dem Weg. Dane macht sich sicher Vorwürfe, aber der Arzt sagt, er hat Rob das Leben gerettet. Bitte sag ihm danke von mir. Sag ihm, dass er nichts dafürkann. Ich kenne Dane. Er wird sich die Schuld geben.« Sheila nahm wieder Robs Hand.

»Das mache ich.«

»Was hast du den Kindern gesagt?«, fragte Sheila.

»Noch nichts. Ich wusste nicht, wie viel sie erfahren sollen. Sie sind ganz lieb und sie haben schreckliche Angst. Soll ich bei Rob bleiben, damit du zu ihnen kannst?«, fragte Lacy.

»Ich weiß nicht. Eigentlich will ich Rob nicht allein lassen.« Sheila schaute zwischen Rob und Lacy hin und her.

Lacy hatte das Gefühl, dass sie eine Antwort von ihr erwartete. »Ich weiß es auch nicht. Ich bin keine Mutter. Aber ich denke, deine Kinder wollen sehen, dass es dir gut geht, und sie wollen etwas über ihren Vater erfahren.«

»Und wenn sie dann noch trauriger und ängstlicher sind und ich sie doch wieder allein lassen muss?«, fragte Sheila.

»Ich wünschte, ich wüsste, was richtig ist.« Lacy strich über Sheilas Arm. »Aber ich kann natürlich auch mit ihnen reden, wenn du mir sagst, wie viel sie wissen sollen.«

»Nein, du hast recht. Es ist besser, wenn ich das selbst mache. Bleibst du bei Rob? Er soll spüren, dass jemand da ist.« Sheila ging Richtung Tür. »Ich bin in ein paar Minuten zurück.«

»Ja. Geh ruhig. Ich bleibe.«

Lacy setzte sich zu Rob. Die monotonen Geräusche der Maschinen, an die er angeschlossen war, unterstrichen den Ernst der Situation. Lacy betrachtete die Bandagen an Robs linker Gesichtshälfte. *Ein drei Meter langer Hai hat ihn am Kopf erwischt.* Sie legte die Hand auf ihren Oberschenkel und fragte sich, ob Robs Wange jetzt genauso aussah. Schmerz durchzuckte ihr Bein, als sie an ihre eigene schlimme Haibegegnung dachte.

Sie erinnerte sich an den Stolz, mit dem Rob Charlie angeschaut hatte, und an seinen liebevollen Blick für Sheila und Katie. Gestern Abend hatte er so stark und lebendig gewirkt. Jetzt war seine Haut ganz fahl und schien ihre Elastizität verloren zu haben. *Wie kann alles über Nacht so anders werden?* Wut regte sich tief in ihrem Bauch. *Ein Hai hat ihn am Kopf erwischt.*

Es war Robs Entscheidung. Keiner hatte ihn zum Tauchen gezwungen. Er hatte sich dieses Leben ausgesucht. Dane hatte sich dieses Leben ausgesucht. Sheilas Worte gingen Lacy durch den Kopf. *So viele Jahre hat Rob das getan, was er am liebsten tut, und sich keine Gedanken darüber gemacht, wie seine Liebsten damit klarkommen.* Anstelle von Rob konnte sie auch Dane einsetzen. Lacys Hände begannen zu zittern. *Würdest du deinen Job für mich aufgeben, Dane?* Warum hatte sie seine Antwort nicht so verstanden, wie sie gemeint gewesen war?

Ach, Lace. Das hatte er gesagt, als hätte sie etwas ganz Albernes gefragt. Aber die Frage war nicht albern. Und jetzt? Sie schaute Rob an und wollte doch nur den Mann vor sich sehen, der er noch gestern gewesen war.

Als Sheila zurückkam, zitterte Lacy am ganzen Körper.

»Gut, dass ich mit den Kindern gesprochen habe. Jetzt ist mir ein bisschen wohler«, sagte Sheila. »Meine Eltern müssten in einer halben Stunde hier sein. Hat Rob sich bewegt?«

Lacy hörte sie kaum. Tränen liefen ihr über die Wangen und ihr war richtig übel.

»Lacy?«

Lacy antwortete nicht. Sie konnte nichts sagen. Was, wenn Dane etwas zugestoßen wäre? Was, wenn ihm morgen etwas geschah oder nächstes Jahr?

»Lacy? Was ist mit dir? Soll ich die Schwester rufen?«

Lacy spürte, wie Sheila den Arm um ihre Schulter legte, sie hörte ihre Stimme, aber ihre Worte verstand sie nicht.

»Was machst du denn jetzt?« Lacys Stimme klang, als spräche eine Maschine.

»Ich bleibe hier sitzen, bis Rob aufwacht. Und wenn er nicht aufwacht, bleibe ich trotzdem hier sitzen. Ich kann nicht ohne ihn sein, Lacy. Ich muss einfach glauben, dass alles gut wird.« Sheila berührte sie am Arm. »Alles in Ordnung mit dir?«

Lacy nickte mechanisch.

»Dane sagt, Rob hätte ihm erzählt, dass er aufhören will. Er hat Rob einen Job auf dem Boot angeboten, als Steuermann. Ohne Tauchen und Markieren. Ich glaube, Dane steht immer noch unter Schock. Er ist fix und fertig.«

Lacy schüttelte den Kopf.

»Lacy?«

»Hm?«

Sheila musterte sie kritisch. »Möchtest du nicht zu Dane gehen? Er braucht dich.«

Kapitel 29

Sheilas Eltern nahmen die Kinder mit nach Connecticut, und Sheila versicherte Dane und Lacy, sie könnte gut allein bei Rob bleiben. Lacy fuhr Dane zurück zum Hafen. Ein bedrücktes Schweigen hing zwischen ihnen. Auf Treats Boot stiegen sie gemeinsam hinunter zur Kabine. Lacy hielt sich an ihren Schlüsseln fest. Robs Anblick ging ihr nicht aus dem Kopf und ständig hörte sie Sheilas Worte. *So viele Jahre hat Rob das getan, was er am liebsten tut, und sich keine Gedanken gemacht, wie seine Liebsten damit klarkommen.*

»Wir müssen reden, Lacy.« In Danes Augen lag Trauer, doch sein Gesicht wirkte wie aus Stein. Mit den Sorgenfalten auf der Stirn und dem leicht geöffneten Mund sah er aus, als stünde er noch immer unter Schock.

Lacys Gedanken kreisten um die neue Angst, die sich in ihr festgesetzt hatte. Klar denken konnte sie im Moment nicht.

Dane sank auf eine Bank. Er griff nicht nach ihrer Hand und zog sie nicht an sich. Er schaute ihr auch nicht wie sonst in die Augen. Stattdessen faltete er die Hände im Schoß.

»Mein Job ist riskant«, sagte er.

»Ja, das ist er«, antwortete Lacy mechanisch.

»Als ich Robs reglosen Körper in den Armen gehalten

habe …« Tränen traten ihm in die Augen. »Großer Gott, ich dachte, er ist tot.«

Dane weinen zu sehen, trieb auch Lacy Tränen in die Augen.

Er starrte zu Boden. »Vielleicht wacht er nicht mehr auf. Vielleicht verliert Sheila heute Nacht ihren Mann und die Kinder verlieren ihren Vater. Lacy, vor dem Tauchgang hat er mir gesagt, dass er nicht mehr weitermacht. Und jetzt, jetzt wacht er vielleicht nie wieder auf.«

»Ja.« Lacys Kopf war leer. Einen Gedanken zu fassen, war völlig unmöglich. Die Tatsachen starrten ihr gnadenlos ins Gesicht. Es hätte auch Dane treffen können. Das Gespräch mit ihm fiel ihr wieder ein. *Und wenn dir etwas zustößt? Was ist, wenn ich alles aufgebe und du wirst, ich weiß nicht, von einem Hai gefressen oder so?* Er hatte ihre Bedenken einfach vom Tisch gewischt. *Mir passiert schon nichts, Lacy.* Sie musste sich an die Wand lehnen, um nicht das Gleichgewicht zu verlieren.

»Ich kann dir das nicht antun, Lacy. Ich kann nicht verlangen, dass du bei mir bleibst, obwohl wir beide die Gefahren kennen«, sagte er. »Mit der Vorstellung, dass es dir so ergehen könnte wie Sheila, kann ich nicht leben.« Seine Stimme klang hart und kalt.

»Okay.« Wieder quollen Tränen aus Lacys Augen. Sie hielt ihre Schlüssel so fest umklammert, dass sie ihr ins Fleisch schnitten.

Dane schüttelte den Kopf. »Ich habe versprochen, mich nicht in dich zu verlieben.« Sein Blick war kalt, doch die Worte brachen hitzig aus ihm heraus. »Das war gelogen. Ich liebe dich, Lacy. Und zwar viel zu sehr, um mit dir zusammen zu sein.«

»Ich verstehe.« Lacy spürte ihr Gesicht nicht. Ihre Lippen waren taub.

»Es ist besser, wenn du jetzt gehst. Mit dir hier zu sitzen und zu wissen, dass wir nicht zusammen sein können, tut zu sehr weh.« Dane wandte den Kopf ab. Er ballte die Hände zu Fäusten, seine Zähne knirschten. »Geh, Lacy. Bitte. Du verdienst einen Mann, der abends zu dir nach Hause kommt, gesund und unverletzt. Lebend. Bitte geh einfach.«

Ihre Beine bewegten sich wie ferngesteuert. Sie stolperte die Treppe hinauf. *Nein! Kehr um!* Und dann rannte sie. Sie rannte schneller als seit Jahren. Sie saß im Auto. Sie fuhr. Hinterher erinnerte sie sich weder an die Strecke noch ob sie an roten Ampeln wirklich angehalten hatte. *Wie bin ich hierhergekommen?* Sie stand auf der Veranda des Sommerhauses. *Des Hauses, das Dane für mich gemietet hat.* Sie wusste nicht, wann sie das Bad eingelassen und wie lange sie darin gelegen hatte. Erst als ihre Fingerspitzen und Zehen ganz schrumpelig waren, stieg sie aus dem Wasser und ging ins Bett. Dass das Telefon immer wieder klingelte, hörte sie kaum, und dass sie nie abnahm, war ihr nicht bewusst.

Als sie morgens die Augen öffnete, strahlte die Sonne durchs Fenster. Noch nie im Leben hatte sie sich so verloren gefühlt. Sie wühlte den Kopf unter die Kissen. Vielleicht konnte sie für immer in diesem Niemandsland bleiben, in der Grauzone zwischen Schlaf und Wachsein. Vielleicht konnte sie einfach verschwinden. Nein. Das durfte sie nicht. *Rob liegt im Krankenhaus. Sheila braucht mich.* Sie musste zu ihr. Lacy versuchte aufzustehen, doch ihr Körper gehorchte ihr nicht. Woher kam diese furchtbare Erschöpfung? *Dane. Dane wird kommen. Wenn ich ihn brauche, ist er da.* Wie tot fiel sie zurück auf die Matratze. Dane würde ihr nicht helfen. Dane war weg. Sie beide waren Geschichte. Lacy schloss die Augen und flüchtete sich in einen betäubenden Schlaf.

Dane schreckte hoch. Sein Blick flog durch den Raum, sein Puls jagte. *Verdammter Traum.* Er betastete den leeren Platz an seiner Seite. Bruchstückhaft kehrte die Erinnerung an den gestrigen Abend zurück. *Rob. Oh Gott, Rob.* Dann dachte er an Lacy und die harten Tatsachen trafen ihn wie eine Keule. Er hatte sie weggeschickt. Er musste sie schützen. *Die Entscheidung war richtig.* Seine Brust brannte. *Wenn sie richtig war, weshalb fühle ich mich dann, als hätte man mir jeden einzelnen Knochen gebrochen und mich im Rinnstein liegen lassen?* Er wollte in der Kabine bleiben und sich vor der ganzen Welt verstecken. Oder an einen weit entfernten Ort fliehen, wo er sich in seiner Verzweiflung suhlen konnte.

Dane schleppte sich ins Bad und drehte die Dusche auf. Unter dem warmen Strahl fuhr er sich durchs Haar und dachte an seinen Anruf im Krankenhaus gestern Abend. *Alles unverändert.* Rob war auf die Intensivstation gebracht worden, wo man ihn vorsorglich gegen eine Lungenentzündung behandelte.

Viel zu gut erinnerte er sich an Robs Gewicht in seinen Armen. Dane dachte daran, wie die reglose Brust seines Freundes sich unter seinen Händen angefühlt und wie hart er mit der Faust zugeschlagen hatte. Seine Lunge brannte genauso wie gestern. Wenn er gekonnt hätte, wäre er in Robs Körper gekrochen und hätte sein Herz mit bloßen Händen wieder zum Schlagen gebracht. Noch einmal spürte er, wie Lacy im Krankenhaus in seine Arme gefallen war, und sah, wie sie das Boot verließ und davonrannte. Eine wahre Bilderflut brach über ihn herein. Lacys nackter Körper unter seinem. Rob an Deck des Bootes – lachend. Der verdammte Hai, der zur Wasseroberfläche jagte. Dane legte die Hände ans Gesicht und stemmte sich gegen die Tränen, die aus seinen Augen drängten. Seine

Brust spannte, als wollte sie platzen. Er hörte weder die Verzweiflungsschreie, die aus seiner Kehle stiegen, noch spürte er, wie seine Oberschenkelmuskeln nachgaben, als er auf die Knie fiel. Nicht einmal die panische Angst, Rob und Lacy zu verlieren, nahm er richtig wahr. Doch plötzlich bohrte sich ein glühender Dolch in sein Herz. *Endlich.* Ein Schmerz, den er kannte. Denselben vernichtenden Schmerz hatte er an dem Tag empfunden, an dem seine Mutter gestorben war. Er schrie ihn hinaus. Der Schmerz musste aus seinem Körper, bevor er ihn bei lebendigem Leib auffraß.

Kapitel 30

Immer und immer wieder klingelte Danes Telefon. Als er auf den Krankenhausparkplatz einbog, klingelte es schon wieder. *Treat.* Dane fehlte die Kraft, mit seinem Bruder zu sprechen. Genauso wie mit Blake, Savannah, Hugh, Rex oder den anderen Leuten, die sich bei ihm meldeten. Bei jedem Anruf schaute er aufs Display und hoffte, es wäre Lacy. Gleichzeitig wusste er, dass er nicht mit ihr reden würde. *Meine Entscheidung ist richtig. Sie könnte jetzt an meinem Krankenbett sitzen.* Der Gedanke brachte ihn fast um. Seine Familie musste warten. Er brauchte jedes Quäntchen Energie, um wenigstens Rob besuchen zu können.

Dane ließ das Telefon im Wagen liegen und schleppte sich durch die Eingangstür. Einen Augenblick lang blieb er stehen, um sich zu sammeln. Er rieb sich das Gesicht, fuhr sich durchs Haar. Katie und Charlie fielen ihm ein. Sie waren jetzt bei ihren Großeltern und hatten sicher schreckliche Angst um ihren Vater. *Lieber Gott, bitte lass Rob okay sein. Er hat eine Familie. Nimm mich stattdessen. Bitte, nimm mich.*

Dane machte sich auf den Weg zur Intensivstation. Vor Robs Zimmer atmete er tief durch. *Reiß dich zusammen.* Er schob die Tür auf, die ihm seltsam schwer erschien. Unter den

Krankenhauslaken wirkte Robs regloser Körper viel zu klein. Noch immer steckte der Beatmungsschlauch in seinem Rachen. Sheila war in einem Sessel eingeschlafen. Sie hielt Robs Hand in ihrer. Der Anblick war zu viel für Dane. Wieder drängten Tränen in seine Augen. Sheila zuliebe hielt er sie zurück. Das unterdrückte Schluchzen drohte, seine Brust zu sprengen.

Hinter ihm schloss sich die Tür mit einem Klicken. Sheila schreckte hoch. Hoffnungsvoll flog ihr Blick zu Rob, dann merkte sie, dass das Geräusch von der anderen Seite des Zimmers kam.

»Dane«, flüsterte sie.

Er ging zu ihr und breitete die Arme aus. Sheila stand auf und sank gegen seine Brust. Dane hielt sie fest und ließ seinen Tränen freien Lauf.

»Es tut mir so leid, Sheila. Ich wünschte, es hätte mich getroffen.«

»Das glaube ich dir, Dane«, sagte sie. »Aber du kannst nichts dafür. Euer Job ist gefährlich. Ich weiß das. Rob weiß das.«

Danes Schuldgefühle schnürten ihm die Kehle zu und machten ihm das Sprechen schwer. »Was ... was sagen die Ärzte?«, presste er hervor. Sheila setzte sich wieder ans Bett und Dane drückte Robs schlaffe Hand. Dass er keinerlei Reaktion spürte, zerriss ihm fast das Herz. *Es ist wirklich wahr. Es ist nicht nur ein böser Traum. Oh Gott. Rob.*

»Sie sind optimistisch. Sie sagen, wir müssen Geduld haben.« Sheila strich über Robs Stirn. »Ich kann nicht ohne ihn sein, Dane«, flüsterte sie. Sie küsste Rob auf die Wange. »Komm bloß nicht auf die Idee, mich im Stich zu lassen. Und Katie und Charlie auch nicht.«

Eine Träne rann über Danes Wange. *Mich auch nicht.* »Ich habe getan, was ich konnte, und ihn so schnell wie möglich aus dem Wasser geholt. Wenn ich nur näher an ihm dran gewesen wäre. Wenn der Hai nur mich erwischt hätte.«

»Hör auf«, flüsterte Sheila.

»Wenn ich könnte, würde ich mit ihm tauschen, Sheila. Rob hat so viel, wofür es sich zu leben lohnt. Großer Gott, Sheila. Ich habe eure Familie zerstört. Eure Kinder brauchen ihren Vater.«

»Hör auf«, sagte sie noch einmal.

»Er hat mir gesagt, dass er nicht mehr weitermachen will. Ich hätte ihn nicht tauchen lassen dürfen. Wahrscheinlich war er abgelenkt. Ich hätte ihn davon abhalten müssen, ins Wasser zu gehen.«

»Hör auf, Dane. Bitte hör auf. Es ist nicht zu ändern. Du kannst es nicht ungeschehen machen. Wir können nur beten, dass er wieder gesund wird. Und wenn nicht …« Sie wandte sich ab. Ihre Schultern fielen nach vorn und sie begann zu schluchzen.

Liebend gern hätte Dane Sheila ihren Schmerz abgenommen. Er machte sich riesige Vorwürfe. Vielleicht war er wegen Lacy in letzter Zeit zu unaufmerksam gewesen, um mitzubekommen, was um ihn herum vor sich ging. Vielleicht hatte er deshalb die Warnsignale übersehen und nicht gemerkt, dass Rob Probleme hatte. Er wollte möglichst viel von der Bürde tragen und die Verantwortung für das Geschehene übernehmen. Deshalb sagte er: »Ich habe mit Lacy Schluss gemacht.«

Sheila sah ihn an und schüttelte den Kopf.

»Wenn ich nicht ständig an sie gedacht hätte, wäre mir vielleicht aufgefallen, dass es zwischen dir und Rob nicht gut läuft.«

Sheila schniefte. »Nein, Dane. Rob wollte nicht, dass du es erfährst. Er wollte nicht aufhören. Es gibt keinen Grund, dich von Lacy zu trennen. Dich trifft keine Schuld, und im Herzen ist dir das auch klar.«

In der Hoffnung, damit die Tränen zum Versiegen zu bringen, drückte Dane die Augen zu. In dieser Situation von sich zu sprechen, fand er egoistisch, aber die Worte kamen einfach heraus. »Ich muss den Tatsachen ins Auge sehen. Ich kann Lacy das nicht antun. Was, wenn mir in einem Monat, einem Jahr oder in ein paar Jahren etwas ähnlich Schlimmes zustößt?« Er schüttelte den Kopf. »Sie verdient ein normales Leben.«

»Ja, du hast recht, auch du bist nicht unverwundbar.«

Einen Augenblick lang war es, als würde die Zeit stillstehen. Nur das verdammte Piepen der Maschinen hörte nicht auf. Dane hatte das Gefühl, gegen eine Wand geschmettert worden zu sein. *Ja, du hast recht, auch du bist nicht unverwundbar.*

»Es tut mir so leid«, sagte Sheila. »Sie liebt dich.«

Dane schüttelte den Kopf. *Hör auf, an Lacy zu denken. Es ist vorbei. Sheila und Rob brauchen dich jetzt.* Er wischte sich mit dem Arm über die Augen.

»Sag mir, was ich für dich tun kann, und mach dir keine Sorgen um Geld. Ich kümmere mich um euch. Rob war immer klar, dass ich euch beistehe, falls ihm etwas zustößt. Aber brauchst du sonst noch etwas? Wer kümmert sich um die Kinder?« Dane erinnerte sich noch gut an die schwere Krankheit seiner Mutter. Nie hatte man gewusst, ob sich ihr Zustand in den nächsten Stunden oder Tagen verbessern oder verschlechtern würde. Worte konnten die Angst und die Trauer, die alle nahestehenden Menschen in einer derart verzweifelten Situation befielen, nicht aus der Welt schaffen. Aber vielleicht tröstete es Sheila ein wenig, Dane an ihrer Seite zu wissen.

Sheila schüttelte den Kopf. »Ich will einfach nur, dass Rob

gesund wird. Er ist mein bester Freund, Dane. Er ist mein Leben.«

Dane küsste Rob auf die Stirn, legte seine Hand an Robs unversehrte Wange und flüsterte: »Du schaffst das, Mann. Du bist der stärkste Kerl, den ich kenne. Dein Leben muss weitergehen. Ich lieb dich, Rob.«

»Das weiß er«, sagte Sheila.

Ganz sicher bin ich mir da nicht.

Kapitel 31

Hör endlich auf zu klopfen! Seit Stunden lag Lacy auf dem Bett und starrte an die Zimmerdecke. Sie dachte an Sheila und ihre Kinder und natürlich an Rob. Sie fragte sich, was sein letzter Gedanke gewesen war, als die Schwanzflosse des Hais ihn erwischt hatte. Oder war er von einer Sekunde zur nächsten aus der Freude über den Anblick des verdammten Fischs direkt ins Nichts katapultiert worden? In die Bewusstlosigkeit? Ohne ihr Zutun fingen ihre Gedanken an, um Dane zu kreisen. Das passierte ihr ständig. Sie überlegte, ob *er* vielleicht gerade an die Tür pochte, verwarf die Vorstellung aber sofort wieder. Sie hatte die Endgültigkeit in seinem Blick gesehen.

Lacy rollte sich zusammen und wünschte sich den Störenfried draußen vor der Tür weit weg. Wie sollte sie sich mit einem gebrochenen Herzen von der Stelle bewegen und jemanden hereinlassen? Wie gefährlich Danes Job war, konnte sie nun nicht mehr verdrängen. Auch ihn hatte diese Einsicht offenbar mit der Wucht eins Tsunamis überrollt. *Er hatte nur den Mut, das auszusprechen, was mir genau wie ihm durch den Kopf gegangen ist. Ich selbst war zu feige dazu. Die Entscheidung ist richtig.* Trotzdem fühlte sie sich, als wäre sie unter einen Güterzug geraten.

Endlich hörte das Klopfen auf. Lacy drehte sich auf die andere Seite und starrte auf die Gardinen. Wie konnte die Sonne einfach so scheinen, während Sheila im Krankenhaus saß und nicht wusste, ob ihr Mann weiterleben oder sterben würde? *Oh Gott. Rob könnte sterben.*

»Mach die verdammte Tür auf, Lacy!«

Kaylie? Lacy horchte auf.

»Lacy! Wir sind's. Bitte mach die Tür auf. Lacy? Ist alles in Ordnung da drin?« Danica klopfte ans Fenster.

Lacy setzte sich auf. Sie wollte das Fenster aufreißen und sich in die Arme ihrer Schwester werfen und gleichzeitig liegen bleiben und sich in ihrem Schmerz und ihrer Trauer suhlen. Ohne diesen Schmerz würde sie nie begreifen, dass sie Dane verloren hatte.

»Lacy, wir sind's«, rief Kaylie. »Jetzt mach schon auf. Himmel noch mal, wenn du eine Dummheit gemacht und eine Überdosis Tabletten genommen hast, bringe ich dich um.«

Ich wünsche mir fast, du würdest es tun.

»Kaylie!«, schimpfte Danica.

Lacy stemmte sich aus dem Bett und linste durch die geschlossene Gardine. Ihre Schwestern sahen einander besorgt an und schienen etwas zu besprechen, bemerkten sie aber nicht. Lacy schleppte sich zur Haustür und hinaus auf die Veranda. Jetzt hörte sie Danica und Kaylie beraten, ob sie die Polizei rufen sollten. Sie stieg von der Veranda und stolperte durchs Gras. Ihre Beine fühlten sich an wie aus Blei. Sie musste sich an der Hauswand abstützen.

»Oh mein Gott. Lacy, Süße! Wie geht es dir?« Danica nahm sie in die Arme. »Ich habe mir solche Sorgen gemacht.«

»Warum bist du nicht ans Telefon gegangen?«, fragte Kaylie. »Seit gestern Abend haben wir tausendmal versucht, dich zu erreichen.«

Lacy konnte nichts sagen. Mit geschlossenen Augen wünschte sie sich, sie könnte in Danicas Körper kriechen und dort für immer verschwinden.

»Kommt, wir gehen rein«, sagte Danica.

Lacy ließ sich von ihren Schwestern ins Haus bringen und legte sich auf die Couch.

»Du musst uns sagen, was los ist, Lacy.« Danica ging vor ihr in die Hocke und schaute ihr ins Gesicht. »Sieh mich an, Lace.«

Lacy hob den Blick.

»Gut so. Max hat mich angerufen und mir von Robs Unfall erzählt. Dane und dich konnten wir nicht erreichen. Wir hatten furchtbare Angst um euch. Jetzt sag doch endlich was, Lace.«

»Rob ist bewusstlos«, flüsterte Lacy. »Gestern Morgen war noch alles in Ordnung. Und jetzt muss er vielleicht sterben«, hauchte sie.

»Das haben wir gehört, Süße«, sagte Danica.

»Dane sagt, er will nicht, dass ich irgendwann durchmache, was Sheila jetzt durchmachen muss. Mit uns ist es vorbei.« Lacys Stimme klang monoton. Sie fühlte sich leer und wie betäubt. Wie eine lebende Tote.

Kaylie strich ihr das Haar aus dem Gesicht. »Oh nein. Das wussten wir nicht. Das tut mir sehr leid, Lacy.«

Lacy schüttelte den Kopf. »Es ist besser so. Er könnte draußen bei den Haien sterben. Weshalb sollte ich mir das antun?« Erneut schüttelte sie den Kopf. »Ich muss mein Leben weiterleben und meinen Job machen. Es wird schon gehen.«

»Oh, Lacy.« Danica umarmte sie. »Was können wir tun?«

»Bringt mich zu Sheila. Sie braucht mich«, sagte Lacy.

»Aber erst machen wir dich ein bisschen frisch«, bestimmte Kaylie.

Danica schaute sie vorwurfsvoll an.

»Was ist?«, fragte Kaylie. »Wenn sie nicht so von der Rolle wäre, würde sie in dem Zustand in kein Krankenhaus fahren. Komm, ich helfe dir.« Sie griff nach Lacys Hand und zog sie hoch. »Wir bringen dein Haar in Ordnung, du brauchst frische Kleider und ein bisschen Make-up. Das haben wir gleich.« Sie brachte Lacy ins Bad.

Eine Minute später erschien Danica an der Badezimmertür. »Dein Telefon hat geklingelt. Es lag hinter den Polstern auf der Couch. Du hast siebenundzwanzig verpasste Anrufe. Zwanzig sind von uns, drei von Max, zwei von einer unterdrückten Nummer und zwei von deinem Boss. Soll ich ihn zurückrufen?«

Kaylie wusch Lacy das Gesicht und entwirrte ihre Locken. Dann kaschierte sie die dunklen Ringe um Lacys Augen mit Concealer. Lacy zuckte die Achseln. *Dane hat nicht angerufen.* Seine Worte hallten in ihren Ohren nach und bohrten sich so schmerzhaft in ihre Eingeweide, dass sie aufstöhnte. *Bitte geh einfach.*

»Was ist los, Lacy?«, fragte Danica besorgt.

Lacy schüttelte den Kopf. Tränen liefen über den frisch aufgetragenen Concealer.

»Lass mich mal.« Kaylie wischte Lacy mit einem Waschlappen die Schminke vom Gesicht. »Weißt du was, Lace? Das mit dem Make-up vergessen wir für heute. Es genügt schon ...« Hilflos schaute sie über die weinende Lacy hinweg Danica an. Danica bedeutete Kaylie mit einem kurzen Kopfschütteln, dass sie Lacy lieber in Ruhe lassen sollte.

»Komm.« Danica zog Lacy wieder in ihre Arme. »Wir schaffen das. Gemeinsam sind wir unschlagbar. Und jetzt sag mir, was du machen willst.«

»Sheila. Ich muss zu ihr«, beharrte Lacy.

»Gut. Dann suchen wir dir jetzt ein paar frische Klamotten und fahren dich hin.« Danica zog Lacy an der Hand ins Schlafzimmer.

Kaylie half Lacy in ein Paar Shorts und ein T-Shirt.

Lacy folgte den Kommandos ihrer Schwestern wie ein willenloses Kind. *Die Füße in die Sandalen. Und jetzt raus zum Wagen.* Auf der Fahrt zum Krankenhaus zog die Landschaft verschwommen an ihr vorbei. *Wir gehen jetzt rein. Er ist auf der Intensivstation.* Der Fahrstuhl summte unter Lacys Füßen. Die Türen öffneten sich.

Die Hände ihrer Schwestern griffen nach ihren. Sie waren warm und klein und gaben ihr Halt. Der Desinfektionsmittelgeruch der Intensivstation brachte Lacys Puls zum Rasen. Vor ihrem inneren Auge erschien ein Bild von Rob mit dem Beatmungsschlauch, mit Drähten und Infusionen. Sie blieb wie angewurzelt stehen.

»Lacy?« Danica drückte ihre Hand. »Tief atmen, Süße. Ganz langsam. Sag einfach, wenn du so weit bist.«

Wie wär's mit nie?

»Ich habe Max geschrieben und sie hat mit Treat gesprochen. Er hat veranlasst, dass du auf die Intensivstation darfst. Aber du gehst erst rein, wenn du auch kannst«, sagte Danica.

»Das da ist sein Zimmer.« Lacy klammerte sich an Danicas und Kaylies Händen fest und starrte zu Robs Tür. Eine Schwester und zwei Leute in OP-Kitteln eilten an ihnen vorbei und hasteten hinein.

Kaylie und Danica tauschten einen besorgten Blick aus.

»Am besten, du setzt dich mit Lacy ins Wartezimmer«, sagte Danica zu Kaylie. »Ich rede mit der Schwester.«

»Ist er gestorben? Oh Gott. Ist er tot?« Lacys Stimme

überschlug sich.

Kaylie starrte mit großen Augen auf die Zimmertür.

»Kaylie«, kommandierte Danica. »Bring sie ins Wartezimmer.«

»Nein.« Lacy machte sich los und rannte zu Robs Tür. »Er darf nicht sterben. Ich muss Sheila helfen. Nein.« Tränen rannen ihr über die Wangen. Bilder von Charlies und Katies traurigen Gesichtern wirbelten durch ihren Kopf. Danica und Kaylie sprinteten hinter ihr her.

Sheila und eine Schwester kamen ihnen entgegen.

»Bald wissen wir mehr. Der Arzt braucht jetzt Platz. Lassen Sie ihn nur machen, er weiß, was er tut.« Die Schwester redete leise auf Sheila ein.

Sheila blickte auf und sah Lacy. »Lacy. Oh mein Gott.«

»Ist er ...« Sie brachte das Wort nicht über die Lippen.

»Er ist wach. Er ist aufgewacht.« Sheilas Stimme klang schrill. Sie umarmte Lacy. »Ich habe seine Hand gehalten und mit ihm geredet und plötzlich hat er die Finger bewegt. Erst dachte ich, ich bilde mir das nur ein. Aber dann hat er es noch mal getan und seine Augenlider haben gezuckt.«

»Er ... er lebt?«, fragte Lacy.

»Er lebt und er ist wach.« Sheila drückte sie gleich noch einmal an sich. »Der Arzt ist jetzt bei ihm. Oh Gott, er ist aufgewacht.«

In der Dreiviertelstunde, die sie bei Sheila im Krankenhaus verbrachten, bekam Lacy ihren Körper und ihre Gedanken nach und nach wieder unter Kontrolle. Die Ärzte sagten, Robs Denkvermögen sei offenbar nicht geschädigt, doch sein Atem war immer noch zu flach. Er musste im Krankenhaus bleiben und beatmet werden, bis seine Lunge sich vollständig erholt hatte. Die Ärzte verabreichten ihm ein leichtes Schlafmittel, doch vorher schaffte er es, ein paar Worte für Sheila aufzuschreiben. *Es tut mir so leid,* stand auf dem Papier.

Danica und Kaylie fuhren mit Lacy zum Sommerhaus zurück. Robs kurze Nachricht ließ Lacy nicht los. Was tat ihm leid? Dass er noch einmal tauchen gegangen war? Dass er verletzt worden war? Oder dass er Sheilas Bitten, er solle sich einen anderen Job suchen, so lange ignoriert hatte?

Kaylie machte in der Küche etwas zu essen zurecht. *Wenn meine Kinder durch den Wind sind, hilft das immer,* hatte sie gesagt. Danica behielt währenddessen Lacy so fest im Auge, als fürchtete sie, ihre kleine Schwester könnte sich von einer Brücke stürzen.

»Ihr hättet nicht kommen müssen«, sagte Lacy. »Aber ich bin froh, dass ihr hier seid.«

»Max hat angerufen und uns erzählt, was passiert ist. Wir dachten, du meldest dich, wenn du uns brauchst. Aber dann konnten wir dich nicht erreichen, und Max sagte, Dane würde auch nicht ans Telefon gehen. Da haben wir uns Sorgen gemacht«, erklärte Danica.

»Vielleicht ist Dane nach Hause gefahren.« Lacys Stimme war nur ein Hauch. Seinen Namen zu sagen, tat weh, und die Vorstellung, er könnte weit weg sein, löste eine weitere Welle von Traurigkeit aus. Lacy zog die Füße unter sich. Hier auf dieser Couch hatte sie versucht, Dane zu verführen. *Schluss jetzt.* Sie schluckte gegen den Klumpen in ihrer Kehle an.

»Blake hat Hal angerufen. Auf der Ranch seines Vaters ist Dane nicht«, sagte Danica.

»Nein, ich meine bei ihm zu Hause. Auf seinem Boot in

Florida.«

Kaylie stellte einen Teller mit gegrillten Käsesandwiches auf den Couchtisch. »Seelentröster-Futter.«

»Danke, Kaylie«, sagte Lacy.

»Ich bin vielleicht nicht ganz auf dem neuesten Stand, Lacy. Aber nach dem, was Danica mir erzählt hat, dachte ich, zwischen dir und Dane gibt es ein Happy End. Warum geht das jetzt plötzlich nicht mehr?« Kaylie angelte sich ein Sandwich und biss ab. »Gegrillter Käsetoast hilft wirklich, glaub mir.«

»Ich glaube nicht, dass irgendwas mir helfen kann«, erwiderte Lacy. »Es lief unfassbar gut zwischen uns, aber nach Robs Unfall war nichts mehr wie zuvor. Oh Gott. Es tut so weh.« Lacy fing wieder an zu weinen. »Ich liebe ihn so sehr, dass ich richtig Schmerzen habe. Überall, vom Bauch bis runter zu den Zehen. Er fehlt mir ganz fürchterlich.«

Danica zog sie an sich. »Du Arme.«

Lacy holte tief Luft. »Wir haben uns überlegt, wie es mit uns weitergehen könnte. Er wollte, dass ich mit ihm zu seinen Einsätzen reise.« Beim Gedanken an Danes Freundschaftsantrag musste Lacy trotz der Tränen lächeln. Doch schnell wurde sie wieder ernst. »Dann kam der Tauchunfall, und mir ist klar geworden … Dane … uns ist klar geworden … dass Dane auch so was passieren könnte. Und das, nachdem ich alles aufgegeben hätte, um mit ihm zusammen zu sein. Dabei hätte es noch viel schlimmer kommen können. Rob könnte tot sein.«

»Aber Lacy, gegen einen Unfall ist niemand gefeit«, gab Danica zu bedenken. »Blakes Geschäftspartner ist beim Skifahren tödlich verunglückt. Und selbst wenn du nur die Straße überquerst, kann ein Unglück geschehen.«

»Ich weiß. Aber ich kann trotz aller Liebe nicht mein Leben umkrempeln, um mit Dane zusammen zu sein, wenn ich doch weiß, dass ich ihn durch seine Arbeit jederzeit verlieren könnte.

Sheila hat mir erzählt, wie schwer es ist, mit Rob verheiratet zu sein, weil er einen so gefährlichen Beruf hat. Sie hat immer Angst um ihn und die Angst überträgt sich sogar schon auf die Kinder. Das wird auch nicht besser, sondern schlimmer, denn wenn man jemanden liebt, liebt man ihn jeden Tag mehr. Und meine Liebe für Dane ist jetzt schon riesengroß.«

»Ich weiß«, sagte Kaylie. »Man sieht es dir an. Es ist, als würde ein Riss durch dich hindurchgehen, den nur Dane wieder kitten kann.«

»Aber wie kann ich mit jemandem eine Beziehung führen und ständig in Angst leben? So was kann nicht gesund sein. Und fair wäre es auch nicht. Ach, ich weiß nicht. Danica, fällt dir denn nichts Schlaues dazu ein?« *Bitte sag mir, was ich tun soll.*

Danica seufzte. »Lacy, Schatz, diese Entscheidung kann ich dir nicht abnehmen. Deine Bedenken sind begründet und du hättest vermutlich wirklich ständig Angst. Aber jeder Job birgt Risiken. Zugegeben, seiner ist gefährlicher als viele andere. Und trotzdem: Es gibt jede Menge Frauen, die Polizisten und Feuerwehrmänner heiraten.«

»Sheila mit Rob zu sehen, als er reglos in dem Krankenhausbett lag ...«

»Das war hart, das kann ich mir vorstellen. Aber er ist wieder aufgewacht. Er lebt, Lacy, und es geht ihm schon wieder recht gut«, sagte Danica.

»Er hat noch mal Glück gehabt«, gab Lacy zurück. »Aber ich kann das einfach nicht.« *Und Dane will es nicht.* »Bislang habe ich verdrängt, wie gefährlich Danes Job ist. Jetzt kann ich das nicht mehr.« Sie strich über ihren Oberschenkel. »Er hat gesagt, ich soll gehen«, flüsterte sie.

»Er ... Ihr habt beide unter Schock gestanden. Sicher hat er es nicht so gemeint«, sagte Danica.

»Vielleicht solltest du mit ihm reden, Lace«, schlug Kaylie vor.

»Das kann ich nicht. Wenn ich ihn sehe, sehe ich Rob. Und dann sehe ich Sheilas Verzweiflung und wie sie sich fragt, wie sie ohne ihn weiterleben soll. Ich sehe die Gesichter seiner Kinder. Die beiden waren so verstört.«

»Schwere Stunden, Angst und Verstörung bleiben uns allen nicht erspart«, sagte Danica.

»Und Kinder sind stärker, als man glaubt. In zwei Jahren werden sie sich kaum noch daran erinnern. Es wird ihnen vorkommen, wie ein ferner schlechter Traum«, fügte Kaylie hinzu.

»Ja, vielleicht. Aber Sheila wird sich daran erinnern, und ich mich auch. Wenn ich Dane darum bitte, es noch einmal zu versuchen, stehe ich vielleicht bald an seinem Krankenbett.« Lacy wischte sich die Tränen ab. »Soll ich für einen Mann mit der irrwitzigen Überzeugung, er müsste ausgerechnet Haie retten, wirklich alles aufgeben?«

»Beruhige dich, Lacy«, sagte Danica.

Kaylie schüttelte den Kopf. »Das sagt man nicht zu einer Frau, die fix und fertig ist.« Sie legte ihre Hand auf Lacys Schulter. »Süße, Liebe hat immer auch Sorgen im Gepäck, ganz gleich, womit eine Person ihre Brötchen verdient. Und sie ist manchmal beängstigend und schmerzhaft. Aber wenn du ihn wirklich so sehr liebst, dann lohnt es sich doch.«

Lacy konnte vor lauter Schmerz nicht klar denken. Lohnte es sich wirklich, wenn man ständig fürchten musste, die geliebte Person zu verlieren? Sie schaute ihre Schwestern an und zum ersten Mal seit dem Unfall war sie sich einer Sache ganz sicher. »Ich möchte nach Hause.«

Kapitel 32

Zwanzig Minuten, nachdem er die Nachricht von Sheila erhalten hatte, hetzte Dane durch die Tür der Intensivstation. Er hätte sein Telefon nicht ausschalten sollen, aber die ständigen Anrufe seiner Familie hielt er nicht aus. Als er es einmal kurz eingeschaltet hatte, um im Krankenhaus anzurufen, hatte er acht Nachrichten vorgefunden. Sieben von seinen Geschwistern, eine von Sheila. Erwartungsvoll stürzte er in Robs Zimmer und war schockiert, dass sein Freund noch immer beatmet wurde.

»Ich dachte …?« Dane suchte nach Worten.

»Seine Lunge muss sich erst noch erholen«, erklärte Sheila.

Rob öffnete schläfrig die Augen und schaute ihn an. Tränen liefen Dane über die Wangen. Vorsichtig beugte er sich über seinen Freund, legte eine Hand auf Robs mächtigen Oberarm und seine Wange an die unverletzte Seite von Robs Gesicht. Er musste ihn spüren und wollte ihm etwas von seiner verbliebenen Kraft abgeben.

»Du hast mir so ge…« Danes Stimme brach. »Du hast mir einen Heidenschreck eingejagt.«

Rob zeigte auf den Schreibblock in Sheilas Händen. Sie reichte ihn ihm und Rob zog schwerfällig den Kugelschreiber über die Seite. Mit zittrigen Händen gab er Dane den Block.

Habt ihr ihn markiert?

Dane lachte und wischte sich eine Träne von der Wange. »Du verrückter Hund. Nein, wir haben ihn nicht markiert. Wir waren zu sehr damit beschäftigt, deinen Arsch zu retten.« Dane fuhr sich über die Augen. »Mir tut das alles sehr leid, Mann. Ich hätte dich nicht tauchen lassen dürfen. Das war egoistisch und dumm.«

Rob schrieb wieder etwas auf.

Du hättest mich nicht davon abhalten können.

»Ich bin jünger als du. Irgendwie wäre mir das schon gelungen«, konterte Dane. Dabei war ihm völlig klar, dass er Rob kaum an dem Tauchgang hätte hindern können. Genauso wenig, wie Rob das im umgekehrten Fall bei ihm geschafft hätte. »Wie dem auch sei. Viel wichtiger ist, dass es dir besser geht. Wenn du irgendwas brauchst, sag es mir bitte.«

Rob nickte.

»Sheila …«, begann Dane. Dann wusste er nicht weiter.

Sie kam zu ihm und umarmte ihn. »Ihr hattet eine gute Zeit«, flüsterte sie.

Ihre letzte gemeinsame Fahrt würde Dane nie vergessen. Sie hatte alles verändert.

»Ich habe das laufende Projekt und das nächste vorerst auf Eis gelegt. Jetzt, wo du außer Gefahr bist, Rob, werde ich Treats Boot zurück nach Wellfleet bringen, und dann verschwinde ich für eine Weile.«

»Wo willst du denn hin?«, fragte Sheila.

Dane zuckte die Achseln. Er hatte Lacy weggeschickt, damit er weiterhin seiner Berufung nachgehen konnte, ohne ihr Sorgen zu bereiten. Aber nun, da sie nicht mehr in seinem Leben war, verspürte er nicht mehr die gewohnte Leidenschaft für seine Mission. Im Moment war er überhaupt nicht funktionsfähig. »Erst mal nach Florida zu meinem eigenen Boot, dann sehe ich weiter.«

Rob zupfte ihn am Ärmel und zeigte wieder auf den Schreibblock. Dane hielt ihm den Block hin und Rob schrieb nur ein Wort. *Lacy?*

Dane rieb sich das Gesicht und sammelte Kraft, um die schmerzliche Tatsache laut aussprechen zu können. Er brachte es nicht fertig. Hilflos schüttelte er den Kopf.

Rob schrieb: *Wegen mir?*

»Nein, Rob. Wegen mir.« *Es ist mein Leben. Mein Risiko. Mein egoistischer Wunsch, weiter mit Haien zu arbeiten, und mein Drang, Lacy vor Schmerz und Verzweiflung zu schützen, ganz gleich, wie sehr ich mir damit selbst wehtue.*

<h1 style="text-align:center">Kapitel 33</h1>

Zurück in ihrem Büro bei World Geographic bewegte Lacy sich wie ein Roboter durch die Arbeitstage. Fred informierte sie, dass Dane das Marketingprojekt fürs Erste gestoppt hatte, und Lacy teilte ihm mit, dass sie nun letztendlich doch ablehnen würde, falls Dane irgendwann ein Werbekonzept wollte. Von Sheila erfuhr sie, dass Rob in ein paar Tagen nach Hause durfte. Die Kinder freuten sich unbändig, und Sheila war überglücklich, obwohl noch nicht klar war, wie es jetzt beruflich für Rob weitergehen sollte. Dass er aufs Boot zurückkehrte, wollte Sheila zwar nicht. Gleichzeitig wusste sie aber, dass irgendein Beruf an Land ihn nicht glücklich machen würde. Wie sehr Rob und Dane die Ozeane und ihre Bewohner liebten, hatte Lacy nicht bedacht. Sheila über das Meer sprechen zu hören, als wäre es Robs Geliebte, machte ihr klar, weshalb Dane seinen Beruf niemals aufgeben konnte. Das Meer war sein Lebenselixier.

In der Woche nach dem Unfall hatte Lacy nicht viel Zeit zum Nachdenken gehabt. Aber jetzt, wo sie nicht mehr um Rob bangen musste, ertrank sie fast in der Trauer über die Trennung von Dane. Sie stürzte sich in die Arbeit. Doch während sie für einen Kunden eine Marketingstrategie entwarf und das Konzept für einen anderen Kunden überarbeitete, kämpften ihre

Gedanken sich immer wieder durch die dichten Nebel aus Schmerz zu den Erinnerungen an die gemeinsame Zeit mit Dane.

Dane hatte sie nicht angerufen und sie hatte sich auch nicht bei ihm gemeldet. Aber jeden Abend loggte sie sich vor dem Zubettgehen in ihren Skype-Account ein und legte ihr Telefon griffbereit neben das Bett. Für alle Fälle. Sie sehnte sich nach seiner Stimme. Doch immer, wenn sie kurz davor war, ihn anzurufen, sah sie, wie Sheila an Robs Bett gestanden und nicht gewusst hatte, ob er leben oder sterben würde. Das genügte, um sie davon abzuhalten, Danes Kurzwahlnummer zu drücken.

»Hast du kurz Zeit?« Fred stand in der Tür ihres Büros.

»Für dich immer. Komm rein.«

Fred schloss die Tür hinter sich und setzte sich auf den Stuhl vor Lacys Schreibtisch.

»Warst du dabei, als Rob den Unfall hatte, Lacy?«, fragte er.

»Auf dem Boot war ich nicht, falls du das meinst.«

Er nickte. »Hast du ihn in den Tagen in Chatham gut kennengelernt? Seid ihr enge Freunde geworden?«

Lacy kniff die Augen zusammen. »Freunde, ja. Aber sehr eng konnte die Freundschaft in der kurzen Zeit noch nicht werden. Wir waren mal alle zusammen essen und ich war mit seiner Frau und den Kindern unterwegs. Ich mag ihn und seine Familie sehr.«

»Brauchst du eine Auszeit? Du hast gesagt, du kommst klar. Aber leider muss ich dir sagen, dass deine Arbeit nicht so ist, wie wir es sonst von dir gewohnt sind.«

Lacy sah Freds besorgten Blick. Die Qualität ihrer Arbeit zu kritisieren, machte ihn offenbar sehr beklommen.

Ich hätte gern für den Rest meines Lebens frei. Damit ich verschwinden kann und nichts mehr denken muss. Und nichts fühlen. Und nicht mehr sein. »Dass es gerade nicht so gut läuft, tut mir leid. Ich bin bald wieder die Alte. Versprochen. Und eine Auszeit möchte ich lieber nicht. Es ist besser, wenn ich beschäftigt bin.«

»Ich mache mir Gedanken, Lacy. Möchtest du nicht deine Schwestern besuchen oder dich ein bisschen ausruhen? Tasha kann dich ein paar Tage lang vertreten«, beharrte Fred.

Vor dem Trip nach Chatham wäre Lacy bei der Vorstellung, von Tasha vertreten zu werden, kurzerhand vom Stuhl gekippt. Und jetzt saß sie vor Fred und bat ihn, weiterarbeiten zu dürfen, obwohl sie nur mittelmäßige Ergebnisse ablieferte. Noch dazu mit der Begründung, dass sie Ablenkung brauchte. Wie peinlich. Vielleicht sollte sie sich wirklich ein paar Tage freinehmen. Selbst wenn sie nur an Freds Büro vorbeiging, dachte sie daran, wie sie Dane dort angetroffen hatte. Womöglich war es besser, zu Kaylie und den Kindern zu fahren und dort auf andere Gedanken zu kommen. Sie konnte auch einfach zu Hause bleiben und sich in ihrer Einsamkeit suhlen. In der Firma von Freds mitleidigem Blick verfolgt zu werden, war jedenfalls keine Lösung. Selbst wenn eine Auszeit möglicherweise zur Folge hatte, dass Tasha den Posten bekam, für den sie so hart geschuftet hatte. *Das ist mir nicht mehr wichtig.* Und dieser Gedanke erschreckte sie.

Sie musste das Chaos in ihrem Kopf sortieren. »Danke, Fred. Ich denke während der Mittagspause darüber nach. Können wir uns heute Nachmittag noch mal unterhalten?« Lacy gelobte im Stillen, während der Pause nicht an Dane zu denken. Sie würde sich mit einer Zeitschrift in ein Café setzen, eine kalte Cola schlürfen und auf eine Eingebung warten.

»Im Moment läuft bei mir einfach alles aus dem Ruder.« Das Handy zwischen Schulter und Ohr geklemmt fuhr Lacy vom Parkplatz.

»Für dich fühlt sich das sicher so an«, sagte Danica. »Aber wenn du ehrlich bist, hast du doch auch Gründe, dich zu freuen.«

»Ja, ich weiß. Ich habe eine wunderbare Familie, einen guten Job, wenn auch vielleicht nicht mehr lange, und eine hübsche Wohnung. Ich glaube, ich bin einfach nur müde und gestresst. Am besten, ich hole mir irgendein Klatschblatt, schalte mal eine Stunde lang ab und denke dabei auf keinen Fall an Dane. Shit. Moment.« Lacy trat heftig auf die Bremse und ließ das Telefon in ihren Schoß fallen. »Arschloch«, schrie sie den Wagen an, der sie geschnitten hatte. Nur für eine Sekunde schaute sie nach unten zu ihrem Telefon, als sie wieder Gas gab. Den Honda sah sie nicht kommen und Danicas Aufschrei, als das Geräusch des Aufpralls durchs Telefon drang, hörte sie nicht. Ihr Wagen wurde herumgeschleudert und drehte sich um die eigene Achse, das Telefon flog durch die Luft.

Kapitel 34

Dane saß an diesem typischen Neuengland-Abend auf der Terrasse vor Treats Wochenendhaus. Die Rückkehr nach Florida hatte er aufgeschoben, damit er Rob besuchen und Sheila unterstützen konnte. Beiden ging es bereits viel besser. Rob wurde von Tag zu Tag kräftiger. Er musste nicht mehr beatmet werden und konnte wieder reden. Nur heiser war er noch. Er und Sheila freuten sich auf ihr Zuhause in Florida und waren dankbar für Danes Großzügigkeit. Er bezahlte Sheilas Hotelzimmer und übernahm alle Kosten, die Robs Krankenversicherung nicht abdeckte. Zudem hatte er seinem Freund einen Job bei der Stiftung angeboten – auf dem Boot oder im Büro, ganz wie er wollte. Aber während Robs Leben sich langsam normalisierte, hatte Dane das Gefühl, dass seines immer mehr aus den Fugen geriet.

Sobald er daran dachte, auf das Boot zurückzukehren, dachte er auch an Lacy. Er wusste, dass er sie in der Kabine sehen und sie im Bett neben sich spüren würde. Um den Erinnerungen aus dem Weg zu gehen, hatte er sich in Treats Wochenendhaus einquartiert. An der Richtigkeit der Trennung von Lacy zweifelte er nicht. Sie hatte sich ihren Ängsten so tapfer gestellt. Wie konnte er da von ihr verlangen, sich einem

Leben voller neuer Ängste und Sorgen auszusetzen? Dafür liebte er sie zu sehr. Während er zuschaute, wie die Sonne über der Bucht unterging, gestand er sich ein, dass es einen weiteren Grund gab, noch in Massachusetts zu bleiben. Wenn er den Staat verließ, war die Trennung endgültig. Das mochte albern sein, aber so lange er hier war, fühlte er sich Lacy näher.

Sein Handy klingelte. *Dad.* Seine Angehörigen hatten ihm heftig die Leviten gelesen, weil er ihre Anrufe nach dem Unfall nicht angenommen hatte. Aber irgendwann hatten sie seinen Wunsch, allein zu sein, akzeptiert und ihn in Ruhe gelassen. Er nahm das Telefon zur Hand.

»Hi, Dad.«

»Wie geht es dir, mein Sohn?«

Hals Stimme hüllte Dane ein.

Ich bin einsam. Traurig. Kann nicht aufs Boot, weil das zu sehr wehtun würde. »Ganz gut. Und dir?«

»Nicht schlecht. Ich war vorhin bei Hope im Stall. Das alte Mädchen ist immer noch fit. Rex kümmert sich hervorragend um sie.«

Die Stute namens Hope hatte Hal seiner Frau ganz zu Beginn ihrer schweren Krankheit geschenkt. Jetzt behandelte er das Pferd, als würde seine Frau in ihm weiterleben. Dane wusste nicht, was er davon halten sollte. Aber seinem Vater war es ein Trost, und dafür war er dankbar.

»Das ist prima, Dad.«

»Dane, warum versteckst du dich in Treats Wochenend-haus? Möchtest du nicht nach Hause?«, fragte sein Vater.

»Nach Hause?« Dane war beunruhigt. Sein Vater drängte nie eines seiner Kinder, ihn zu besuchen. »Stimmt irgendwas nicht? Gibt es ein Problem?«

»Ich meine dein Zuhause. Nach Hause zu dir. Auf dein

Boot.«

Dane seufzte. »Doch, demnächst, Dad. Ich wollte bloß hierbleiben, bis es Rob besser geht.« *Und bis ich es schaffe, mich loszureißen.*

»Okay. Was hast du denn die ganze Woche über gemacht?«

»Ähm, dasselbe wie immer. Ich war mit dem Boot draußen.« Die Lüge lag bitter auf seiner Zunge. »Ich muss Robs Unfall verarbeiten.«

»Mit Treats Boot?« Hal ließ nicht locker.

Dane schüttelte den Kopf. Er wusste, dass sein Vater ihm nicht glaubte. Ein Anruf von Treat und alle würden erfahren, dass er das Boot nicht einmal selbst in den Heimathafen zurückgebracht hatte. Dafür hatte er jemanden bezahlt.

»Dad.«

»Willst du mir etwas sagen, mein Sohn?«

Dane stellte sich seinen Vater in seinem Lieblingssessel vor, wie üblich in Jeans und Flanellhemd, aber mit besorgter Miene. »Eigentlich nicht«, antwortete er.

»Was hast du jetzt vor?«, fragte Hal.

»Das weiß ich noch nicht genau, Dad. Irgendwann gehe ich zurück nach Florida und mache da weiter, wo ich aufgehört habe. Aber im Augenblick bin ich noch damit beschäftigt, mir die Sinnfrage zu stellen«, gab Dane zu.

»Die Sinnfrage? Du meinst, weshalb es sich lohnt, Haie zu retten?«

Dane wusste, dass sein Vater nicht lockerlassen würde. Und wenn Hal eine Botschaft übermitteln wollte, würde er sie auch zu hören bekommen. Dane beschloss, sich das Versteckspiel zu ersparen und lieber gleich Klartext zu reden. »Ich denke über alles nach. Das Leben, den Tod, Beziehungen und die Arbeit.« Mit geschlossenen Augen wartete er auf die Erleuchtung durch die Weisheit seines Vaters. Aber Hal Braden schwieg. »Dad?«, sagte Dane schließlich.

»Ja? Ich bin hier.«

»Du hast mir eine Frage gestellt und ich habe sie beantwortet. Willst du nicht irgendwas sagen?«

»Ich habe nur darauf gewartet, dass du mir deine Erkenntnis mitteilst. Mir war gar nicht klar, dass das Leben, der Tod, Beziehungen und die Arbeit allesamt einen Sinn haben müssen«, antwortete Hal.

Dane legte die Füße aufs Geländer. »Freut mich, dass ich mit meinen Zweifeln nicht alleine bin.«

»Du bist nie allein, mein Sohn. Das weißt du. Deine Geschwister machen sich große Sorgen um dich. Max musste Treat regelrecht festbinden. Sonst hätte er auf deiner Türschwelle campiert. Er meint, du solltest nicht alleine sein. Aber deine Mutter …« Hal atmete tief durch. »Ich habe deinen Geschwistern erklärt, dass du Zeit zum Nachdenken brauchst.«

Dass sein Vater es sich verkniff, die Meinung seiner verstorbenen Frau kundzutun, brachte Dane zum Lächeln. Er und seine Geschwister waren an klare Anweisungen gewöhnt, die Hal aus dem Jenseits an sie weiterleitete. Ob er an die enge Verbindung seiner Eltern bis über den Tod hinaus glauben sollte, wusste Dane nicht. Aber falls seine Mutter dafür verantwortlich war, dass man ihn in der vergangenen Woche in Ruhe gelassen hatte, war er ihr dankbar dafür.

»Danke, Dad. Ich glaube, dazu bräuchte ich ein ganzes Jahr. Weil das leider kaum machbar sein wird, nehme ich einfach, was ich kriegen kann«, sagte Dane.

»Rob geht es besser, habe ich gehört.«

Die Braden-Buschtrommeln hatten wieder mal gesprochen. Dane konnte sich ausrechnen, dass auch Informationen über ihn und Lacy bereits durchgesickert waren.

»Ja, zum Glück. Er darf bald nach Hause.«

»Gott sei Dank. Rob und Sheila habe ich schon immer gern gemocht«, sagte Hal. »Und was ist mit Lacy Snow?«

Dane stand auf und ging hin und her. Die Frage kam nicht überraschend. Trotzdem wirkte sie wie ein Schlag in seine Magengrube.

»Sie ist wieder bei sich zu Hause. Sie muss arbeiten.«

»Ja, klar. Und? Hast du herausgefunden, was dein Herz sich wünscht?«

»Ja, habe ich, Dad. Aber manchmal ist Wünschen nicht genug«, sagte Dane.

»Ach ja? Verdammt, Dane, das hättest du mir mal als Teenager sagen sollen, als ich unbedingt mit deiner Mutter ausgehen wollte. Damit hättest du mir viel Kopfzerbrechen erspart und das eine oder andere Veilchen sicher auch.«

Dane setzte sich wieder und stützte die Ellbogen auf die Knie. »Du hast Veilchen kassiert?«

»Liebe tut manchmal weh, Sohn. So ist das nun mal. Aber für diese Liebe hat sich jede schmerzhafte Sekunde gelohnt, und ich würde alles noch mal auf mich nehmen, wenn ich dafür deine Mutter wieder in den Armen halten könnte.«

»Ich weiß, dass dir Mom unheimlich fehlt.«

»Sie fehlt mir vor allem deshalb so sehr, weil sie mir weggenommen worden ist. Weggeschickt hätte ich sie nie. Wie ich schon sagte, ich hätte alles dafür getan, mit ihr zusammen sein zu können.«

Dane lehnte sich zurück und sah hinaus auf die Wellen, die gemächlich an den Strand rollten. Sein Vater wusste also, was er getan hatte. *Danke, Treat.* Am besten er redete nicht lange darum herum.

»Die Entscheidung war richtig, Dad. Ich glaube, ich habe jetzt begriffen, warum ich vor Lacy keinen Menschen wirklich nahe an mich herangelassen habe. Wenn ich zu den Haien rausfahre, weiß ich nie, ob ich zurückkomme und wie. Überleg doch mal, was für einen Job ich habe«, sagte Dane.

»Du sagst immer, Autofahren sei gefährlicher. Auch wenn ich das insgeheim vielleicht für Blödsinn halte, muss ich davon ausgehen, dass es stimmt. Denn deinen Vater würdest du sicher nicht belügen.«

Dane schloss die Augen. Zu gerne wollte er die Wahrheit nicht sehen. »Rein statistisch ist es tatsächlich so. Aber jetzt ...«

»Aber jetzt machst du dir Gedanken«, sagte sein Vater.

»Jetzt sehe ich die Sache aus einer anderen Perspektive. Dabei zu stehen, als Robs Familie um sein Leben bangen musste, hat meinen Blickwinkel verändert, Dad. In eine so verzweifelte Situation würde ich nie jemanden bringen wollen.«

»Du bist ein kluger Junge, Dane. Und ich war selbst mal in einer solchen Situation. Jahrelang.«

Mom.

»Wenn ich eine andere Frau hätte lieben können, hätte ich es vielleicht getan. Wenn mich irgendwer vor dem gewarnt hätte, was gekommen ist ... Aber das ist ja das Gemeine. Keiner sagt dir vorher, was dich erwartet. Es geschieht einfach. So wie bei Rob und bei deiner Mom. Wäre ich ein Hellseher, hätte ich mich rechtzeitig vom Acker machen können. Aber was hätte ich tun sollen? Mich scheiden lassen? Meinst du, Sheila hätte vor der Angst und der Verzweiflung weglaufen können? Hältst du das für eine Lösung?« Hals Stimme war lauter geworden.

»So meine ich das nicht«, verteidigte sich Dane.

»Oh doch, genauso schwirrt es durch deinen Kopf: Wozu jemanden lieben, wenn doch irgendwann irgendwas passieren kann und man dem anderen Kummer bereitet?«

»Verdammt, Dad.« *Musst du immer den Finger direkt in die Wunde legen?* »Meine Entscheidung steht fest.«

»Schön. Aber kannst du damit leben?«, fragte Hal.

Dane sagte nichts.

»Jeder von uns hat ein Verfallsdatum, Dane. Wir kennen es nur nicht. Aber eins weiß ich genau, und du kannst gern deinen Arsch darauf verwetten: Deine Mutter zu lieben war außer euch Kindern das Beste, was mir je im Leben passiert ist. Vielleicht war es sogar besser, denn ohne sie würde es euch nicht geben. Ja, es ist wahr, wir haben jahrelang viel zu viel Zeit in irgendwelchen Krankenhäusern verbracht, mussten viel zu oft um deine Mom bangen und mit ansehen, wie sie immer schwächer wurde. Aber in unseren wenigen glücklichen Jahren hat diese Frau mein Herz so erfüllt, dass es für mein ganzes Leben reicht. Sie hat es erfüllt bis zum Überlaufen. Woher, glaubst du, habe ich die Kraft genommen, euch Rotzlöffel alleine großzuziehen?«

Dane lächelte. So hatte ihr Vater sie immer genannt, wenn sie als Kinder Unsinn gemacht hatten und zum Beispiel das Stalldach heruntergerutscht waren. Dane spürte, wie ihm Tränen in die Augen stiegen. Lacy fehlte ihm so sehr. Ohne sie erschien das Leben ihm traurig und grau. Ständig kamen ihm die Tränen und langsam gewöhnte er sich sogar schon daran.

Er räusperte sich und nahm seine Kraft zusammen. »Erinnerst du dich an die Zeit direkt nach Moms Tod?«

»Die werde ich nie vergessen.«

Dane dachte daran, wie er in jenen Wochen oft ins Haus gelaufen war und *Mom* gerufen, aber keine Antwort bekommen hatte.

»Es hat unfassbar wehgetan.« Dane schluchzte leise auf und weinte dann still. Er fuhr sich übers Gesicht und wünschte sich, sein Vater wäre bei ihm und würde ihn in seinen starken Armen wiegen wie früher.

»Ich weiß, mein Sohn.« Hals Stimme klang nun sanft. »Damals wolltest du auch viel allein sein. Erinnerst du dich noch, dass du weggelaufen bist?«

»Ja.« Er flüsterte nur.

»So warst du schon immer. Du ziehst dich in dein Schneckenhaus zurück, bis du dich wieder sicher fühlst«, sagte sein Vater. »Deine Mutter erwartet vermutlich, dass ich dir einen Schubs gebe. Aber das lasse ich lieber.«

Dane rieb sich das Gesicht. Der Schubs, den seine Mutter ihm im Traum gegeben hatte, fiel ihm wieder ein.

Sein Vater fuhr fort. »Ich wünschte, das Leben wäre leichter und für Liebe gäbe es eine Garantie. Aber manchmal ist die einzig richtige Entscheidung gleichzeitig die riskanteste. Die, die einem am meisten Angst macht, einen aber nicht loslässt.«

»So wie Lacy habe ich noch nie jemanden in meinem Leben geliebt, Dad. Sie geht mir nicht aus dem Kopf. Selbst wenn sie nicht da ist, spüre ich sie an meiner Seite und höre mitten in der Nacht ihre Stimme. Kann es sein, dass ich den Verstand verliere?«

»Nein, du bist nur verliebt, und die Liebe stellt mit einem Mann die seltsamsten Dinge an. Aber ich glaube, du weißt längst, was du zu tun hast«, sagte sein Vater.

»Wenn ich ohne sie nach Hause fahre, überlebe ich das nicht«, murmelte Dane.

Sein Vater holte tief Luft. »Zum Glück ist die Frau, die du liebst, noch hier auf dieser Welt«, sagte er mit fester Stimme. »Du musst dich entscheiden, mein Sohn. Kann dein Herz noch ohne sie sein?«

»Kein Teil von mir kann noch ohne sie sein«, gab Dane zu.

Kapitel 35

Mit einem Verband am rechten Arm und rasenden Kopfschmerzen saß Lacy auf der Kante eines Krankenhausbetts. Ihr Körper fühlte sich an, als wäre sie gegen eine Betonmauer geprallt. Sie war noch immer völlig perplex, wie schnell alles gegangen war. *Wie bei Rob.* Lacy drückte das Krankenhaustelefon ans Ohr.

»Ich habe deine Versicherung angerufen. Sie organisieren dir einen Mietwagen. Der Polizeibericht wird gefaxt. Ich wünschte, ich könnte bei dir sein, Lacy. Soll ich nicht doch für ein, zwei Tage zu dir fliegen?«, fragte Danica.

»Danke für alles. Und nein, du musst nicht herkommen. Ernsthaft verletzt bin ich nicht, nur durchgeschüttelt und voller blauer Flecken. Es ging unglaublich schnell. Der Wagen ist wie aus dem Nichts gekommen.« *So wie der Hai.*

»Der Polizist sagt, der Fahrer sei bei Rot über die Ampel gerast. Du kannst von Glück reden, dass dein Auto sich nur gedreht und nicht auch noch überschlagen hat.«

Lacy versuchte, sich auf Danicas Worte zu konzentrieren, doch ihre Gedanken hingen in einem Tunnel fest. *Es ging unglaublich schnell. Er ist wie aus dem Nichts gekommen. So wie der Hai.* Danicas Worte fielen ihr wieder ein. *Ihr werdet schon irgendein Zeichen bekommen, das euch zeigt, wie es weitergehen kann.* Dann tauchte Danes Lächeln vor ihr auf. *Autofahren ist gefährlicher.*

»Ich hätte tot sein können«, murmelte Lacy.

»Nicht auszuschließen. Was für ein schrecklicher Gedanke«, sagte Danica.

»Ja, einfach so, und was dann?« Lacy schaute sich in dem kahlen Abteil der Krankenstation um. »Was dann, Danica?« Sie sprang vom Bett und griff mit der freien Hand nach ihrer Tasche.

»Du machst mir Angst, Lacy.«

»Ich sage dir, was dann: Ich wäre mit einem Gefühl tiefer Einsamkeit und Traurigkeit gestorben. Ohne den einen Menschen, mit dem ich zusammen sein will. Ohne den Mann, den ich liebe.« Lacys Stimme war laut und fest. *Ohne Dane.*

Der Vorhang des Abteils wurde geöffnet. Eine junge Schwester schaute herein. »Könnten Sie bitte ein bisschen leiser sein?«

»Muss ich irgendwo unterschreiben, damit ich gehen kann?«, fragte Lacy.

Die Schwester warf einen Blick auf ihr Klemmbrett. »Ja. Ich glaube, der Arzt hat vorn am Empfang Bescheid gegeben.«

»Wunderbar. Danke.«

»Soll ich dir ein Taxi rufen?«, fragte Danica. »Warum bist du so wütend? Und warum habe ich das Gefühl, dass du es unheimlich eilig hast?«

»Ein Taxi brauche ich tatsächlich, aber ich habe kein Handy. Rufst du mich gerade von der Arbeit aus an, Danica?«, fragte Lacy.

»Ja.«

»Okay. Kannst du an Dane schreiben und ihn fragen, wo er

ist?« *Ein Unfall kann jedem passieren. Jederzeit. Egal, welchen Beruf jemand hat.*

»Klar. Aber ich brauche seine Nummer.«

Lacy sagte sie auswendig auf. Ihr wurde klar, dass sie sämtliche Informationen über Dane abgespeichert hatte, ohne es zu merken. Mit geschlossenen Augen rief sie sich seinen Duft in Erinnerung. »Du hast gesagt, wir würden ein Zeichen bekommen. Und ich glaube, ein deutlicheres gibt es nicht.«

»Augenblick mal. Er hat schon geantwortet.«

Lacys Herzschlag beschleunigte sich.

»Er schreibt, er ist noch am Kap. In Treats Wochenendhaus in Wellfleet«, sagte Danica. »Er will wissen, weshalb ich frage. Soll ich ihm schreiben, dass du einen Unfall hattest?«

»Du lieber Himmel, nein. Lass dir irgendwas einfallen. Erfinde einen Grund. Sag ihm von mir aus, dass Blake nach Florida muss und sich mit ihm zum Abendessen verabreden wollte.« Lacys Blick huschte unruhig umher. »Das Leben ist voller Risiken. Das ist mir jetzt klar. Aber deshalb werde ich mir nicht meine große Liebe aus dem Kopf schlagen. Das geht nicht. Das kann ich nicht.« Lacy redete mehr mit sich selbst als mit Danica. »Ich sitze doch nicht herum und versinke in Selbstmitleid, weil Dane einen gefährlichen Job hat. Mein Unfall hat genau das bewiesen, was er immer sagt. Autofahren kann noch viel gefährlicher sein. Herrje, ich brauche dringend ein Handy. Und einen Aktionsplan.«

»Was willst du denn tun, Lacy?«

»Was ich schon vor einer Woche hätte tun sollen.« Lacy blinzelte die Tränen weg.

Kapitel 36

Eine Stunde nach dem Gespräch mit seinem Vater packte Dane seine Sachen und machte sich auf den Weg. Er war lange genug auf Cape Cod geblieben, schließlich konnte er sich nicht ewig vor seinen Gefühlen verstecken. Sein ganzes Erwachsenenleben lang hatte sein Beruf für ihn an erster Stelle gestanden. Es war Zeit für neue Prioritäten.

Eigentlich wollte er Lacy anrufen, doch er legte das Handy wieder beiseite. Seit er sie gebeten hatte zu gehen, herrschte Funkstille zwischen ihnen. Vermutlich würde sie seinen Anruf ignorieren. Er überlegte, ob er Danica um Vermittlung bitten konnte. Aber er wollte ihre Großzügigkeit nicht überstrapazieren. Seit sie ihm geduldig und ausführlich erklärt hatte, wie er Lacy im Kampf gegen ihre Haiangst beistehen konnte, schuldete er ihr sowieso schon einen Riesengefallen.

Als er das Kap verlassen hatte und auf dem Highway war, hielt er bei der ersten Gelegenheit, kaufte sich etwas zu trinken und schrieb Lacy eine Nachricht. *Ich bin ein Idiot. Können wir reden? Du fehlst mir.* Dann lenkte er den Wagen zurück auf die Straße und ließ sich von seinem Navi leiten.

Nichts lief so, wie Lacy es gern haben wollte. Erst dauerte es ewig, bis das Taxi kam, dann wurde sie im Handyladen im Schneckentempo bedient. Das Taxi so lange warten zu lassen, kostete sie ein kleines Vermögen. Aber sie brauchte dringend Ersatz für ihr Handy. Sobald das neue Telefon einsatzbereit war, würde sie ihren Plan in die Tat umsetzen. Zum Glück waren die Angestellten der Autovermietung schneller. Um sechs Uhr abends war sie zu Hause und lud ihr neues Handy auf.

Sie suchte sich drei Outfits zusammen und packte sie in einem Rucksack. Als Nächstes stand duschen auf ihrem Plan. Sie wollte keine Zeit verlieren, aber ihren großen Auftritt konnte sie kaum mit getrocknetem Blut auf den Armen hinlegen. Sie zog ihre schmutzigen Klamotten aus. Beim Blick in den Spiegel stockte ihr der Atem. Ihr Haar war eine Katastrophe – kein bisschen gelockt, sondern einfach nur kraus. Sie sah aus, als käme sie direkt aus einem Windkanal. Schmutz und Blut klebten auf ihrer Stirn, ihre Brust und ihre Oberarme waren voller dunkler Blutergüsse. Dazu kamen die Augenringe von zu vielen schlaflosen Nächten. Kleine Kinder würden bei ihrem Anblick schreiend Reißaus nehmen.

Das neue Telefon summte und vibrierte wie auf Speed, es war offenbar startklar. Lacy hastete zum Nachttisch und schaute zu, wie eine Nachricht nach der anderen einging. Zum Glück war es dem tranigen Telefonverkäufer gelungen, ihre Kontakte von dem kaputten Telefon auf das neue zu übertragen. Sie scrollte sich durch die Nachrichten. Danica, Fred, Danica, Kaylie, Danica, Danica, Kaylie, Kaylie, Fred, Dane, Danica, Danica, Dane, Dane. *Dane?* Sie starrte auf seine Nummer, scrollte sich zu seiner ersten Nachricht zurück und fing mit jagendem Herzen an zu lesen.

Ich bin ein Idiot. Können wir reden? Du fehlst mir. Lacy setzte sich auf ihr Bett. *Ich fehle ihm. Er vermisst mich!*

Eine halbe Stunde später hatte er geschrieben: *Lace, es tut mir leid. Ich habe die ganze Woche nicht geschlafen. Und du?*

Ihre Unterlippe zitterte. Sie schüttelte den Kopf. Die nächste Nachricht war vierzig Minuten später eingegangen. *Ich gebe uns nicht auf. Ich weiß, du bist wütend und verletzt. Aber ich liebe dich mehr als die Haie.*

Lacy lachte. Sie fing an zurückzuschreiben. *Sorry, mein Handy war kaputt. Du fehlst mir auch. Ich bin nicht wü…*

Jemand klopfte an die Tür. Lacy spähte aus dem Fenster und sah Danes Wagen draußen stehen. Unwillkürlich griff sie an ihr Haar. Sie hetzte zum Spiegel und nahm es im Nacken zusammen. *Mistmistmist.* Gänsehaut jagte über ihre Arme, in ihrem Bauch flatterten Schmetterlinge und fanden den Weg bis in ihre Brust. Die Haare, die Schmerzen, der Unfall – alles war plötzlich vergessen. Mit zitternder Hand griff sie nach der Klinke und öffnete ihre Wohnungstür.

»Ich bin hier, Lace.« Dane stand mit bekümmertem Blick vor ihr. Doch hinter dem Kummer erkannte sie Hoffnung und unendlich viel Liebe.

Nach so vielen Tagen ohne ihn wurden beim Klang seiner Stimme ihre Knie ganz weich. Sie musste sich am Türknauf festhalten.

»Ich auch, Dane. Ich bin da und ich gehe nicht mehr weg.« Lacy konnte nicht fassen, dass er tatsächlich gekommen war. Die vergangene Woche fühlte sich an wie ein Jahr, und plötzlich war alles wieder wie während der Monate, in denen sie jeden Abend miteinander gesprochen hatten. Nur noch schöner und aufregender. Lacys Hände zitterten.

»Du fehlst mir.« Dane machte einen Schritt auf sie zu. »Es tut mir so leid, Lace. Dass ich dich weggeschickt habe, ist unverzeihlich. Aber ich war nicht ich selbst, Babe. Ich war total durcheinander. Ich hatte solche Angst um Rob, und Sheila war völlig am Boden. Ich wollte dich einfach nicht an ihrer Stelle sehen.«

Lacy hätte sich gern in seiner Arme geworfen, aber sie konnte sich nicht rühren. Mit einiger Mühe presste sie hervor: »Ich weiß. Ich hätte nicht gehen sollen. Ich hätte für uns kämpfen müssen, aber ich glaube, ich stand unter Schock.« Sie holte tief Luft. »Und ich habe auch gelogen, Dane.«

Schmerz trat in seinen Blick. Er zog die Augenbrauen zusammen und schüttelte den Kopf.

»Ich habe mich auch in dich verliebt«, sagte sie.

Er schloss die Augen und lächelte. Als er sie wieder aufmachte, waren sie feucht. Dane breitete die Arme aus. Sie ging zu ihm und ließ sich von ihm festhalten. Tief atmete sie seinen Geruch ein und hatte das Gefühl, endlich zu Hause zu sein. Ihre Brust tat weh, aber sie wagte nicht, sich zu bewegen. Nie wieder würde sie von ihm weggehen.

»Ich liebe dich, Lacy. Ich habe alle möglichen Fehler gemacht, aber damit ist es jetzt vorbei.« Er legte die Hände an ihre Wangen und musterte sie, als würden ihm die blauen Flecken erst jetzt auffallen. »Baby, was ist passiert?« Er küsste ihre Stirn.

Ihr Herz hatte plötzlich Flügel bekommen. »Du liebst mich?«

»Mehr als ich sagen kann. Ja, ich liebe dich. Jeden einzelnen Zentimeter, von deinen wilden Locken bis runter zu dem süßen Muttermal an deiner linken Ferse«, sagte er.

»Das hast du bemerkt?« *Gott, ich liebe dich.*

»Gleich als ich dich zum ersten Mal in Flip-Flops gesehen habe.«

»Du liebst mich.« *Es ist wahr, es ist wirklich wahr.* »Du hast es mir zwar gesagt, als du mich gebeten hast zu gehen, aber es jetzt zu hören, ist etwas ganz anderes«, seufzte sie. »Sag es noch mal.«

Er schaute ihr in die Augen und sie fühlte, wie seine Liebe sich wie ein Mantel um sie legte. »Lacy Snow, ich liebe dich. Jetzt und für immer. Ich bekomme nie genug von dir.«

»Oh, Dane. Ich liebe dich auch«, sagte sie und küsste ihn. Dann zuckte sie zusammen, weil er sie zu fest an sich drückte.

»Erzähl mir, was passiert ist«, sagte er.

»Als ich heute Nachmittag von der Arbeit nach Hause gefahren bin, hat ein Wagen meinen gerammt.«

»Oh, Baby. Warum hast du mich nicht angerufen? Bist du verletzt? Oh je. Komm, lass uns reingehen.« Er legte ihr die Hand ins Kreuz. »Du hättest mich wirklich anrufen sollen. Sicher hattest du Angst und Schmerzen. Und ich war nicht bei dir.«

»Alles halb so schlimm. Außerdem ist mir erst im Kranken-haus vollends klar geworden, dass ich unbedingt mit dir zusammen sein will. Ich kann immer noch nicht fassen, dass du jetzt hier bist«, sagte sie. »Ich wollte duschen und dann zu dir fahren. Oh nein, die Dusche. Die habe ich gar nicht abgedreht.« Sie eilte durch ihr Schlafzimmer zum Badezimmer.

»Eineinhalb Jahre lang habe ich mir ausgemalt, wie es wohl wäre, in deiner Wohnung zu sein. Es fühlt sich gut an, Lace. Und richtig.« Er folgte ihr ins Schlafzimmer.

»Du wolltest wirklich zu mir fahren.« Er hielt ihren Rucksack in die Höhe.

Lacy kam in einem Morgenmantel aus dem Bad. »Ja, das hatte ich vor.« Sie legte die Arme um seinen Hals. »Und ich habe mir eineinhalb Jahre lang ausgemalt, wie es sein würde, dich hier in meinem Schlafzimmer zu haben. Und weißt du was? Es fühlt sich gut an. Und richtig.« Sie küsste ihn sanft. »Nach dem Unfall ist mir klargeworden, wie recht du hast. Es ging so schnell. Ich bin einfach nur die Straße entlanggefahren und *rumms!* Und da habe ich begriffen, dass ein Unfall jeden treffen kann.«

Dane setzte sich aufs Bett und zog Lacy auf seinen Schoß. Sie strich mit dem Finger über die sexy dunklen Stoppeln auf seinen Wangen.

»Ganz egal, ob wir einen Tag, eine Woche oder ein Jahr zusammen sein können, Dane. Was immer ich kriegen kann, ich nehme es. Jede einzelne Minute. Jede beängstigende, riskante Sekunde.«

»Oh, Lace. Und ich auch.« Er küsste sie ganz vorsichtig. »Ich habe Angst, dir wehzutun«, sagte er.

»Ich bin nur mächtig durchgeschüttelt worden. Außer ein paar Prellungen habe ich so gut wie nichts abbekommen. Und jetzt bin ich einfach nur glücklich, dass du hier bist. Die vergangene Woche war ein Albtraum.«

»Keine Albträume mehr, Lace. Nie wieder.«

»Meine Augen sind weit offen. Ich kenne die Risiken einer Beziehung mit dir, weiß aber auch, wie es sich anfühlt, mit dir zusammen zu sein. Und dafür nehme ich jedes Risiko in Kauf«, sagte sie.

»Ich habe nachgedacht, Lace. Dass du deinen Job aufgibst, möchte ich gar nicht. Das wollte ich dir sagen. Ich werde meinen Terminplan auf deinen abstimmen, und wenn du willst, dass wir uns alle zwei Wochen sehen, dann kriegen wir das hin. Mein Job ist mir wichtig, Lace. Aber ohne dich ist alles bedeutungslos.«

»Ich habe auch nachgedacht. Ein Treffen alle zwei Wochen

genügt mir nicht mehr. Jetzt weiß ich, wie weh es tut, nach ein paar gemeinsamen Tagen wieder auseinandergerissen zu werden«, sagte sie. »Ich möchte …«

»Was denn, Lacy?«

»Ich möchte dir ein Angebot machen. Wenn dein Freundschaftsantrag noch gilt, dann nehme ich ihn hiermit an«, sagte sie lächelnd.

Er schaute ihr forschend in die Augen.

»Ich bin mir sicher, Dane. Ich will deine *ganz spezielle Freundin* sein.« *Und noch viel mehr.*

Er zog sie an sich.

»Autsch, autsch, autsch.«

»Oh, entschuldige. Oh, Lacy, du hast mich gerade zum glücklichsten Mann der Welt gemacht. Aber ich will mehr als eine *ganz spezielle Freundschaft.* Kannst du nicht wenigstens meine *feste* Freundin sein?«

Er zwinkerte keck und sie küsste ihn auf die Lippen. »Okay. Weil du so nett fragst«, flachste sie.

»Ach, fast hätte ich es vergessen.« Er hob sie hoch und setzte sie neben sich aufs Bett. »Bin gleich wieder da.« Lacy hörte, wie er die Wohnung verließ. Eine Minute später saß er wieder neben ihr.

»Du bist das strahlende Licht in meinem Leben, Lacy. Spätestens seit Wellfleet ist mir das klar. Ich liebe dich und will dir etwas schenken, was dich immer an unsere erste gemeinsame Nacht erinnert.«

»Glaubst du wirklich, ich könnte diese Nacht je vergessen?«

Er reichte ihr einen großen Umschlag und sie zog eine Namensurkunde heraus. Lacy fuhr mit dem Finger über den ins Papier geprägten Stern. Ihre Augen füllten sich mit Tränen.

»Du hast einen Stern nach mir benannt?«

»Den Lacy-Stern.«

»Das ist das wunderbarste, romantischste Geschenk, das ich je bekommen habe. Oh, Dane. Wie schön.« Lacy beugte sich ein wenig zu hastig vor, um ihn zu küssen, und zuckte zusammen.

Dane nahm ihr Gesicht zwischen die Hände und küsste sie zärtlich. »Du brauchst ein warmes Bad und viel Liebe. Dann geht es dir sicher bald besser. Ruh dich aus. Ich lasse schon mal das Wasser ein.«

Sie schaute zu, wie er ins Badezimmer ging. *In mein Badezimmer.* So viele Monate lang hatte sie davon geträumt, ihn in ihrer Wohnung zu haben. Und jetzt, wo er da war, merkte sie, dass sie nicht den Hauch einer Ahnung gehabt hatte, wie richtig sich das anfühlte.

Lacy lehnte den Kopf an Danes Brust. Badeschaum umgab sie wie vom Himmel gefallene Wolken. Mit geschlossenen Augen genoss Dane Lacys Gewicht an seinem Körper und die seidige Haut ihrer Beine an seinen.

»Ich könnte die ganze Nacht hier liegen«, flüsterte Lacy.

»Mmmm.« Dane vergrub die Nase an ihrem Nacken. »Wo wir liegen, ist mir egal, solange wir nur zusammen sind.«

»Danke, dass du hergekommen bist«, sagte Lacy.

Dane schob ihr das Haar von der Schulter und küsste die schimmernde Haut. »Ich wollte alles richtig machen, Lace. Ich wollte dich schützen. Dabei wollte ich nie wieder ohne dich sein. Diese ganze Sache mit der Liebe ist etwas ganz Neues für mich, deshalb werde ich vermutlich einiges vermurksen. Aber zwei Fehler werde ich niemals begehen: Ich werde dir weder untreu werden, noch dich jemals wieder wegschicken.« Aus seinen hohlen Händen träufelte er Wasser über ihre Schultern und sah zu, wie es ihr über die Brüste rann.

»Ach, Dane.« Sie malte mit den Fingern Kreise auf seine Schenkel. »Ich lerne auch jeden Tag etwas dazu. Über dich und mich und über uns beide. Nach Nassau sind wir einander unglaublich nahegekommen. Aber immer nur indirekt, mit Hilfe von Computern und Telefonen. Das hier …« Sie schlang die Arme um seine Schenkel. »In unseren Tagen am Kap bist du unter meine Haut gekrochen und in mein Herz gesunken. Als wir dann nicht mehr zusammen waren, war in mir ein großes, schmerzhaftes Loch. Ohne dich kann ich mir mein Leben nicht mehr vorstellen.«

Dane legte die Arme um ihre Taille und schmiegte den Kopf an ihre Schulter. »Das musst du auch nicht mehr.« Er achtete darauf, sie nicht zu fest zu halten und sich nicht zu schnell zu bewegen. Dass sie Schmerzen hatte, bereitete ihm Höllenqualen. Doch jede Faser seines Körpers und seines Herzens wollte sie lieben. Seine Hände glitten an ihrem Bauch nach oben bis zur Unterseite ihrer Brüste. Sie lehnte den Kopf an ihn und schloss die Augen. Dane umfasste ihre Brüste und rieb mit den Daumenkuppen die aufgerichteten Nippel. Lacy seufzte. Dieser kleine Laut, dieses Einverständnis mit seinen Berührungen sorgte für Aufruhr zwischen seinen Beinen. Er schob eine Hand nach unten zwischen Lacys Schenkel. Sie wölbte sich ihm entgegen und er streichelte sie. Zart rieb er ihre empfindlichste Stelle. Was er damit bewirken würde, wusste er inzwischen sehr gut. Lacy drehte mit einem Schnurrlaut den Kopf zur Seite. Die seidene Haut ihres Halses lud Dane ein, sie zu küssen und zu lecken. Lacy griff unter Wasser nach seiner Hand und drückte seine Finger in sie. Gleichzeitig biss Dane spielerisch in ihren Hals. Er leckte und knabberte, bis Lacys ganzer Körper bebte.

»Dane«, flüsterte sie. Ihre Beine spannten sich an, ihre Hand klammerte sich an sein Handgelenk. Als sie noch einmal seinen Namen sagen wollte, klang es wie ein Befehl. »Dane!«

Er drehte ihr Gesicht zu sich und küsste sie tief und leidenschaftlich. Seine Atemluft füllte ihre Lunge, während ein Orgasmus sie durchjagte. Er schluckte ihre Seufzer, spürte ihr Drängen an seiner Hand und das wilde Schlagen ihres Herzens an seiner Brust. Er streichelte sie, bis ihre Muskeln sich entspannten und sie zufrieden ausatmete. Der Laut, den sie ausstieß, als er die Hand von ihrer Brust nahm, klang nach Enttäuschung. Und als er die Finger aus ihr zog, schnappte sie nach Luft. Sein Verlangen nach ihr wuchs von Sekunde zu Sekunde, doch er hielt sich zurück.

»Ich möchte vorsichtig sein. Ich möchte dir auf keinen Fall wehtun.«

Sie küsste die Innenseite seines Bizeps. »Keine Angst.«

»Du bist so schön, Lace«, flüsterte er. »Und die Art, wie du liebst, ist unvergleichlich.«

Sie küsste die Unterseite seines Kinns, dann drehte sie sich ein wenig und gab damit den Blick auf seine Erektion frei. Sie legte die schlanken Finger um ihn und Dane stöhnte auf. Ihre Hand fühlte sich unglaublich gut an. Während sie ihn rieb, küsste sie seinen Hals und seine Brust. Ihre Lippen fanden zu seiner Brustwarze. Ihre Zähne streiften die empfindliche Haut. Lacys kräftige Handbewegungen fachten das Feuer in Danes Venen weiter an. Er fasste sie an den Hüften und setzte sie mit einer geschmeidigen Bewegung auf sich. Sie hielt sich an seinen Schultern fest, während er voller Verlangen in ihre geschwollene Mitte drang. Lacys blaue Augen wurden dunkler. Verführerisch blinzelte sie ihn an. Mit Unterstützung seiner starken Hände passte sie sich seinem Rhythmus an und ritt ihn. Sie legte die Lippen an seine und Danes Zunge erforschte ihren süßen Mund. Mit jedem ihrer frechen Zungenschläge rückte sein Höhepunkt ein Stück näher. Nur weil er in ihre betörenden Augen schauen wollte, nahm er in dem Moment, in dem er kam, den Mund von ihrem. Ein Lächeln huschte über ihre Lippen. Dann kniff sie die Augen zusammen, griff hinter sich und umfasste seine Hoden. Dane warf den Kopf in den Nacken und stöhnte mit zusammengebissenen Zähnen. Auch während seines Höhepunkts behielt Lacy ihren sinnlichen Rhythmus bei.

»Mein Gott, Lacy. Du fühlst dich so gut an.«

Sie nahm sein Gesicht zwischen ihre Hände, drückte die Lippen auf seine und genoss die letzten harten Stöße. Bevor sie den Mund von seinem löste, leckte sie noch ein letztes Mal keck über seine Unterlippe.

»Du bist auch ganz erträglich.« Sie küsste ihn noch einmal.

Dane legte seine Arme um sie und drückte sie vorsichtig an sich. »Ich liebe dich, Lacy Snow. Und ich lasse dich nie wieder gehen.«

Kapitel 37

Vier Wochen später …

Dane lehnte sich mit dem Telefon in der Hand zurück. Die sanfte Dünung des Atlantiks schaukelte sein Bett. Die sonnengebräunte Haut zwischen seinen offenen Hemdknöpfen schimmerte im Licht der Kerze auf dem Nachttisch. Er schaute auf sein Display. Lacy rief per Video-Chat bei ihm an. Das Kribbeln in solchen Momenten hatte kein bisschen nachgelassen. Im Gegenteil. Der Wunsch, Lacy zu sehen, wuchs mit jedem Anruf, jedem Blick. Er drückte auf Annehmen. Eine Sekunde später schaute er in ihre lusterfüllten Augen. Ihre wilden Locken umrahmten ihr Gesicht. Sie war schöner denn je.

»Da ist ja meine holde ganz spezielle Freundin.«

»Nur einen Knopfdruck entfernt«, flachste sie. »Du fehlst mir.«

»Wie sehr?«, fragte er.

Lacy warf einen Blick über die Schulter. Dann schaute sie wieder in die kleine Kamera. »Das kann ich dir im Moment nicht zeigen, aber ich glaube, du kannst es dir ausmalen.«

»Hmmm, ja. Das kann ich. Unter deinen Kleidern bist du ganz nackt …«

»Psssst.« Wieder schaute sie hinter sich. Dann seufzte sie. »Wann kommst du?«

»Du bist nicht bei mir. Also wird es noch dauern.«

»Du bist unmöglich«, kicherte sie. »Im Ernst. Ich warte seit einer Ewigkeit auf dich. Lange halte ich es nicht mehr aus.« Sie hauchte ihm einen Kuss zu. Dane sah, wie eine männliche Hand sich auf den Spaghettiträger auf ihrer Schulter legte. »Ich muss Schluss machen.« Das Display wurde schwarz.

Die Sehnsucht riss an seinem Herzen. Jede Minute ohne Lacy war eine Minute zu viel. Er stand auf und betrachtete die gerahmte Namensurkunde. *Der Lacy-Stern.* Dass man einen Stern taufen konnte, hatte Dane nicht gewusst. Den Tipp verdankte er seinem Bruder Treat, einem Großmeister in Sachen Romantik. *Gott, ich liebe sie. Und ich habe unverschämtes Glück, dass sie mich auch liebt.* Dane schüttelte den Stachel der Eifersucht ab und ging zum Kleiderschrank. Bevor er nach seinem Jackett griff, ließ er die Finger über Lacys Kleider gleiten. Sie hatten einiges umsortieren müssen, damit sie in seinen Schrank passten. Doch inzwischen konnte Dane sich schon nicht mehr erinnern, wie der Schrank vor ihrem Einzug ausgesehen hatte. Es war, als wäre Lacy schon immer hier gewesen. Oder hatte er sein ganzes Leben nur darauf gewartet, dass sie endlich bei ihm ankam? Er legte sein Jackett aufs Bett und putzte sich die Zähne. Beim Anblick ihrer Zahnbürste neben seiner durchrieselte ihn ein warmes Gefühl.

Er ging durch die Bordküche und berührte einen der Metallfische an der Wand. *Die wirken unfassbar echt*, hatte Lacy einmal gesagt. Wie der Abend damals geendet hatte, hatte er eine Zeit lang am liebsten vergessen wollen. Doch inzwischen wurde ihm immer klarer, dass sie es geschafft hatten. *Wir haben es geschafft.* Gemeinsam waren sie nach Wellfleet gefahren und hatten die Skulptur mit den vielen kleinen fliehenden Fischen gekauft. Das Kunstwerk sollte sie für immer daran erinnern, dass sie mit der Kraft ihrer Liebe jedes Hindernis überwinden konnten.

Oben an Deck sah er sie bei Rob und Sheila stehen, die beide ein Glas Eiswasser in der Hand hielten. Dane war froh und dankbar, dass Rob seinen Rückfall in alte Trinkerzeiten überwunden und sich von dem Unfall gut erholt hatte. In den nächsten Monaten, vielleicht sogar Jahren würde er noch zu vielen AA-Treffen gehen müssen. Aber Dane war stolz auf ihn. Lacy hatte einen Drink in der Hand. Ihr melodiöses Lachen stieg in die Nachtluft. Sein Vater trat zu ihr und legte ihr einen Arm um die Schultern, als hätte sie schon immer zur Familie gehört. Savannah und Hugh schoben sich neben ihn.

»Ich weiß nicht, wie du sie davon überzeugt hast, ihren Job zu kündigen und zu dir aufs Boot zu ziehen«, sagte Savannah.

»Sie hat nicht gekündigt. Sie ist immer noch bei World Geographic, nur dass sie jetzt von hier aus arbeitet. Und sie hat sogar die Stelle bekommen, auf die sie so lange aus war. Deshalb kann sie selbst entscheiden, mit welchen Firmen sie zusammenarbeitet und wo«, erklärte Dane.

Savannah legte ihren Arm um Danes Taille. »Ich bin schrecklich neidisch. Meine Brüder finden einer nach dem anderen die ganz große Liebe, und ich dümple dahin und frage mich, wann es bei mir endlich so weit ist.«

»Hey, *ich* bin nicht im Pärchenwahn.« Hugh prostete Lacy zu. »Sie ist ein tolles Mädchen, Dane. Und Himmel noch mal, sie ist völlig verknallt in dich. Sicher ist es dein Haijäger-Job, der dich für Frauen so unwiderstehlich macht.«

»Ich glaube, Lacy ist da eine Ausnahme«, sagte Dane. Er nahm einen Schluck von Savannahs Drink. »Es ist genau so, wie

Dad es mir gesagt hat, Savannah. Dass man die richtige Person gefunden hat, erkennt man daran, dass das Herz nicht mehr ohne sie leben kann.«

»Also mein Herz ist durstig, aber New York ist wie eine Wüste voller trockener, egoistischer Kerle.« Savannah nahm Dane ihr Glas aus der Hand. »Ach, hört einfach nicht hin. Vermutlich bin ich bloß urlaubsreif.«

»Was ist denn aus Connor Dean geworden?«, fragte Hugh.

»Bitte.« Sie verdrehte die Augen.

»Entschuldigt mich einen Moment. Bevor Rob und Sheila ihr Eheversprechen erneuern, möchte ich mich unbedingt kurz mit Lacy unterhalten.« Dane steuerte auf Lacy zu.

»Dein Kleid ist sündig schön.« Dane strich über die Rundung ihrer Hüfte.

»Benimm dich«, kicherte sie. Ein rosiger Schatten huschte über ihre Wangen.

»Ist dir schon mal aufgefallen, dass dein Mädchen jedes Mal ganz durcheinandergerät, wenn du in der Nähe bist, Sohn?«, frotzelte sein Vater.

Dane küsste Lacy auf die Wange. »Ich hoffe, das bleibt so.«

Sein Vater nahm den Arm von Lacys Schulter und hob sein Glas. »Bevor Rob und Sheila ihre Zeremonie beginnen, möchte ich sagen, dass ihr nun seit zehn Jahren zu unserem Leben gehört. Ihr seid ein Geschenk für uns, aber vor allem für Dane. Und ich hoffe, ihr bleibt uns lange erhalten.«

»Danke, Hal«, sagte Rob. »Wir haben gemeinsam überlegt.« Er griff nach Sheilas Hand. »Wir nehmen Danes Angebot an. Wenn Dane in der Nähe unseres Zuhauses arbeitet, steuere ich das Boot. Wenn er weiter weg ist oder sehr lange Touren fährt, halte ich im Büro die Stellung. Ich bin schon so lange bei der Brave Foundation und die Arbeit ist mir so wichtig, dass ich nicht einfach aufhören möchte. Außerdem will ich Dane nicht missen, den Bruder, den meine Mutter mir nicht schenken konnte.«

Dane hob sein Glas. »Dann geht es also weiter. Du bist der Beste, Bruder.« Dann flüsterte er Lacy ins Ohr. »Und für uns fängt jetzt alles erst richtig an.«

Danksagung

Man braucht ein ganzes Dorf, um ein Buch zu schreiben. Deshalb möchte ich meinen Leserinnen und Lesern danken, dass sie an mich glauben. Den vielen Bloggerinnen und Bloggern, die mich von Anfang an begleitet und angespornt haben, danke ich dafür, dass sie meine Bücher bekannt machen. Den Mitgliedern des Teams *Pay-it-forward* danke ich für die Unterstützung in guten und in schlechten Zeiten. Meinen »Schwestern« vom World Literary Café schicke ich dankbare Umarmungen. Ihr gebt mir Rückendeckung.

Ein besonderer Dank geht an Charles »Bud« Dougherty für seinen Input zum Thema Seefahrt. Eventuelle Fehler und künstlerische Freiheiten sind nur mir anzulasten. Danke, dass du mir so viel Zeit geschenkt hast, Bud. Denise Collier, du bist immer da und hilfst gerne. Nicht nur mir, sondern auch vielen anderen. Danke für alles, was du mir übers Tauchen erzählt hast. Ich habe viel gelernt über etwas, wozu mir ganz einfach der Mut fehlt. Keri Nola, deine psychologischen Ratschläge zu Lacys Ängsten waren ungeheuer wertvoll. Danke!

Kirsten Weber und Penina Lopez, ihr seid ein Musterbeispiel an Geduld und habt die schärfsten Adleraugen. Danke, dass ihr mich immer wieder auf den richtigen Weg bringt und meiner Arbeit den Feinschliff verpasst. Jenna Bagnini, Juliette Hill und Marlene Engel, ihr schaut meine Texte am Ende immer noch mal durch. Sicher wissen meine Leserinnen und Leser das ebenso zu schätzen wie ich. Danke für eure Zeit und für eure Sorgfalt.

Meinem eigenen Helden und Ehemann Les und meinen Kindern muss ich wie immer für ihre Geduld und für ihr Verständnis für meine verrückten Arbeitszeiten danken. Und dafür, dass sie meine Gespräche mit Personen ertragen, die nur in meinem Kopf existieren. Es ist unglaublich lieb von euch, dass ihr mit mir zusammen meine Geschichten weiterdenkt, obwohl ihr viel lieber eure Lieblingsserie *Dr. Who* anschauen würdet. Danke, dass ihr so seid, wie ihr seid. Ich liebe euch.

Abonnieren Sie Melissas Newsletter, um über Neuerscheinungen informiert zu werden:
www.melissafoster.com/Newsletter_German

Lesen Sie hier einen Auszug aus dem nächsten Band!

Liebe voller Abenteuer

Die Bradens (Weston, Colorado)

Love in Bloom – Herzen im Aufbruch

Eins

Das Motorengeräusch des kleinen Buschflugzeugs dröhnte Savannah Braden in den Ohren. Unter sich sah sie einen Wald, den der September in herrliche Rot-, Orange- und Gelbtöne getaucht hatte und der für ihren Geschmack viel zu schnell näher kam: Sie setzten zum Landeanflug in den Bergen von Colorado an. Das Flugzeug kippte nach rechts und beschrieb dann eine scharfe Linkskurve, sodass die Passagiere in ihren Sitzen zur Seite geworfen wurden. Savannah umklammerte die Armlehnen und starrte aus dem Fenster. Die Landebahn kam in Sicht. Und sie war verdammt kurz. Savannah flog schon ihr ganzes Leben lang, aber eine derart kurze Landebahn hatte sie noch nie zu Gesicht bekommen. *Na prima. Ich werde sterben, bevor ich überhaupt eine Chance hatte, mein Leben in den Griff zu kriegen.* Von dem Piloten hatte sie bisher nur den Hinterkopf mit dem dichten braunen Haar, die großen Kopfhörer auf den Ohren und das schwarze T-Shirt gesehen, das sich über seinen kräftigen Schultern spannte. Sie überlegte, wie der Mann wohl aussah, der sie gleich umbringen würde, und warum zum Teufel er meinte, eine Landebahn ansteuern zu müssen, die nicht größer als ein Heftpflaster war.

Angesichts des nahen Todes wirkte das Pärchen, das ihr gegenübersaß, merkwürdig ruhig. Die beiden trugen aus Hanffasern gefertigte Kleidung und abgewetzte Stiefel. Sie hatten sich als Elizabeth und Lou Merriman vorgestellt und waren mit ihrem sechsjährigen Sohn Aiden unterwegs. Sie schienen recht nett zu sein, aber Savannah konnte den Blick kaum von den rötlich braunen Dreadlocks wenden, die ihnen über die Schultern hingen. Sie sahen gar nicht wie Haare aus, sondern wie die rauen Seile, die ihr Vater zu Hause auf seiner Ranch in Weston verwendete.

»Äh, könnten Sie wohl …«

»Oh, Verzeihung«, sagte Savannah und ließ die Armlehne los, in die sie die Finger gekrallt hatte. Der junge Mann neben ihr hatte seine Strickmütze tief in die Stirn gezogen und saß mit nach vorn gekrümmten Schultern da. Er wirkte mürrisch und verschlossen. Während des Fluges hatte er kaum ein Wort mit ihr gesprochen und sie fragte sich, ob er vielleicht nicht nur der Zivilisation, sondern auch den Frauen abgeschworen hatte.

Dabei war Savannah ihrerseits nicht gut auf Männer zu sprechen, nachdem sie ihren On/Off-Freund Connor Dean wieder einmal mit einer anderen Frau im Bett ertappt hatte. Ihr stiegen die Tränen in die Augen, als sie an den Abend dachte, an dem ihre Beziehung ein stürmisches Ende gefunden hatte. Es war aus, diesmal endgültig. Irgendwann hatte sie in einem

Artikel gelesen, wie man nach einer Trennung sein Leben wieder in die Hand nahm. Und so hatte sie sich am Freitag spontan freigenommen, um an diesem viertägigen Survivalcamp teilzunehmen. In dem Artikel wurde es als das ideale Mittel angepriesen, um angeschlagenes Selbstbewusstsein zu stärken und neue Prioritäten zu setzen. Das Timing hätte nicht besser sein können. Zu Connor würde sie jedenfalls nicht zurückkehren, das hatte sie sich fest vorgenommen, und so hatte sie zugesehen, dass sie für eine Weile aus Manhattan verschwand, damit sie nicht wieder schwach wurde. Bisher hatte sie Connor mit seinem Charme immer wieder vergessen lassen, dass sie mehr verdiente als einen Mann, der sich wie ein Schulhofrüpel benahm und immer auf die nächste Eroberung aus war.

Das Flugzeug näherte sich mit beängstigender Geschwindigkeit dem Boden und Savannah zurrte ihren Sicherheitsgurt noch fester. Ihr drehte sich fast der Magen um, als sie das gequälte Jaulen des Motors hörte. Dann setzten die Räder des Flugzeugs auf, die Bremsen kreischten und mit einem Ruck blieb die Maschine stehen, sodass sie erst nach vorn katapultiert und dann wieder nach hinten in den Sitz geschleudert wurde.

»Shit!« Savannah riss die Augen auf. Alle sahen sie an: die Ökofreaks und ihr kleiner Sohn und natürlich der Schnösel neben ihr. Nur Josie, die junge Frau auf der anderen Seite des Ganges hinter den Merrimans, saß mit zugekniffenen Augen da und umklammerte die Armlehne so fest, dass ihre Knöchel weiß hervortraten. *Ich hätte mich besser neben sie gesetzt.*

»Tut mir leid«, sagte Savannah verlegen.

Sie sah aus dem Fenster. Die Landebahn lag gute fünfzehn Meter hinter ihnen, aber wenigstens hatten sie überlebt.

Vielleicht war das alles ein Fehler.

Der Motor schwieg und die anderen Passagiere standen auf

und reckten sich. Elizabeth und Lou lächelten entspannt, als hätten sie nicht gerade dem Tod ins Auge geblickt. *Mit denen stimmt doch was nicht!*

Josie kreischte: »Wir haben es geschafft!«

Der Typ mit der Wollmütze schüttelte den Kopf. Savannahs Herz schlug ihr bis zum Hals und sie betete, dass sie nicht in Ohnmacht fiel.

Der Pilot nahm die Kopfhörer ab. Als er einen Blick nach hinten warf, sah Savannah für einen Moment sein attraktives Gesicht und die durchdringenden Augen. Dann wandte er ihr wieder den Hinterkopf zu.

Savannah durchfuhr es wie ein Blitz.

Vielleicht war es doch kein Fehler.

Im nächsten Moment wurde ihr klar, dass dies der Mann war, den sie am Flughafen gesehen hatte. Sie war spät dran gewesen und musste rennen, um das Flugzeug zu erwischen. Dabei war sie gestolpert und auf dem Hinterteil gelandet. Ihre Taschen hatten sich auf dem ganzen Boden verteilt. Er war kalt und unnahbar gewesen – und viel zu gut aussehend.

Verdammter Mist.

Der Pilot und Survivaltrainer Jack Remington saß im Cockpit des kleinen Buschflugzeugs und hatte einen Knoten im Bauch. Er hatte nicht die geringste Ahnung, wie es mit ihm und seinem Leben weitergehen sollte. Dass sich sein Körper nun unmissverständlich daran erinnerte, was eine Frau war, konnte er am allerwenigsten gebrauchen. Seit zwei Jahren hatte er keine einzige angesehen. Sie hatten ihn einfach nicht interessiert, seit seine Frau Linda bei einem Autounfall ums Leben gekommen war. Und ausgerechnet heute, wo er sich verspätet hatte und sowieso schon geladen war, weil er an der Unfallstelle vorbeimusste, hatte er schließlich im Flughafen diese hinreißende Frau mit kastanienbraunem Haar auf dem Boden sitzen sehen. Eigentlich hatte er einfach an ihr vorbeigehen wollen, doch als er näher gekommen war, hatte er einen entschlossenen Zug an ihr wahrgenommen. Und hinter dieser Entschlossenheit hatte er etwas Weiches und Liebevolles gesehen. *Verdammt. Weich und liebevoll kann ich überhaupt nicht gebrauchen.* Er schob die Erinnerung an sie beiseite und ließ den Zorn wieder in sich aufwallen, der ihn seit zwei Jahren begleitete. Sobald er das vertraute Feuer in der Brust spürte, öffnete er die Tür.

Wenn er nach einem Flug wieder festen Boden unter den Füßen hatte, berührte er immer als Erstes die Erde. *Seine* Erde. Für Jack war jeder Grashalm, jeder Baum, jeder Strauch und jeder Fluss auf diesem Berg sein Eigentum. Nicht, dass er eine Besitzurkunde hätte vorweisen können. All das gehörte ihm in seinem Herzen. Dieses Land hatte die Wunde geheilt, die durch Lindas Tod entstanden war. Nein, das stimmte nicht. Er war noch lange nicht geheilt. Aber wenigstens konnte er wieder einigermaßen funktionieren. Er schaffte es noch immer nicht, in dem Chalet in Bedford Corners nördlich von New York zu übernachten, in dem er mit Linda gelebt hatte. Ein oder zweimal im Monat fuhr er hin, um nach dem Rechten zu sehen. Dann schlief er hinten auf der Terrasse und benutzte die Outdoordusche im Garten. Den größten Teil der vergangenen zwei Jahre hatte er in der Geborgenheit und Einsamkeit seines schlichten Holzhauses in den Bergen von Colorado verbracht, von dem nicht einmal seine Familie wusste.

Die vergangene Nacht hatte er jedoch wieder beim Chalet verbracht, weil er am Morgen früh losfliegen musste. Bevor er losgefahren war, hatte er vor dem Haus auf seinem Motorrad gesessen und der laufende Motor hatte ihm bewusst gemacht, dass er immer noch lebte. Am Ende der steilen Zufahrt war er nicht wie sonst direkt nach links abgebogen, sondern hatte nach rechts gesehen, zu der Stelle, wo der Unfall passiert war. *Siebenundachtzig Schritte. Nur drei Sekunden von unserer Zufahrt entfernt.* Er musste die Zähne zusammenbeißen, um sich gegen die schmerzhaften Erinnerungen zu wappnen. *Warum sie? Warum nicht ich?*

Plötzlich hatte er das Bedürfnis verspürt, die Schuldgefühle und den Zorn über ihren Verlust hinter sich zu lassen und nach vorn zu schauen. Er vermisste seine Brüder, seine Schwester, seine Eltern. Er vermisste ihre Stimmen, das Geplauder über ihren Alltag. Er vermisste sogar die Mahlzeiten im Familienkreis, bei denen es immer sehr laut zuging. Gleich darauf schob er jedoch den Gedanken, einen Weg zurück zu ihnen zu finden, in die dunkle Tiefe seiner Seele. Stattdessen streckten Zorn und Schuldgefühle ihre Klauen wieder aus, zermalmten den zarten Spross der Hoffnung und spannten jeden seiner starken Muskeln an, bevor er den Motor aufheulen ließ und davonfuhr. Jack hatte keine Ahnung, wie er nach vorn schauen sollte, und egal wie sehr er es sich auch wünschen mochte, er war sich nicht sicher, ob er es je herausfinden würde.

Er wandte sich der Gruppe zu, die er begleiten sollte. Yuppies, die ein Wochenende lang im Wald leben wollten. Sie sahen ihn erwartungsvoll an und lächelten nervös. Er leitete diese Survivalkurse, um den Kontakt zur Zivilisation nicht ganz zu verlieren, und obwohl Jack reichlich Geld hatte, gab ihm das zusätzliche Einkommen das Gefühl, ein nützliches Mitglied der Gesellschaft zu sein. Er ließ den Blick über die kleine Schar gleiten und zwang sich, höflich und geduldig zu sein.

Lou und Elizabeth Merriman standen hinter ihrem Sohn Aiden. Jeder von beiden hatte ihm eine Hand auf die Schulter gelegt. *Ökos wie sie im Buche stehen.* Von ihrem Anmeldeformular wusste er, dass sie umweltbewusst lebten, dass Elizabeth den flachsblonden Aiden zu Hause unterrichtete und dass sie sich vegan ernährten. Sie hatten sich für den Kurs entschieden, weil sie bei ihrem Sohn ein Bewusstsein für die Natur wecken wollten. Jack hatte schon viele dieser Ökofreaks in seinen Kursen gehabt. Sie glaubten, alles über das Leben und die Gesundheit zu wissen. In Wirklichkeit wussten sie überhaupt nichts. Ihm ging es nicht um das Leben. Jack war bisher noch niemandem begegnet, der ihm die Fragen beantworten konnte, auf die es ankam – die nach dem Tod und wie man damit umging.

Links neben den Merrimans stand Pratt Smith, ein grüblerischer Künstler mit braunen Haaren. Dann kam Josie Bales, eine dunkelhaarige Schönheit, die an einer Grundschule unterrichtete und wie Pratt etwa Mitte zwanzig war. Beide waren allein unterwegs – er, weil er es einfach mal ausprobieren wollte, und sie, weil sie auf der Suche nach sich selbst war – und beäugten sich gegenseitig aus den Augenwinkeln. *Na prima.* Jack hatte nichts dagegen, dass sich junge Leute zusammentaten, aber bitteschön nicht in seinen Kursen. Seine Aufgabe bestand darin, sie in die Wälder zu führen, ihnen Grundlagen des Überlebens in der Wildnis beizubringen, bis sie sich vorkamen wie der TV-Abenteurer Bear Grylls, und sie dann wieder nach Hause zu schicken. Das Letzte, was er gebrauchen konnte, war ein Pärchen, das sich auf der Suche nach Privatsphäre in den Wald stahl und sich womöglich verirrte oder von einem Bären gefressen wurde. Und ganz gewiss wollte er nicht jedes Mal, wenn er die beiden ansah, daran erinnert werden, wie gut es sich anfühlte, sich zu verlieben. Mit Lindas Tod hatte sich die Liebe für ihn ein für alle Mal erledigt.

Und wo zum Teufel war jetzt diese verdammte Frau, die vor drei Tagen angerufen und sich angemeldet hatte? Sie war ziemlich penetrant gewesen und hatte sich nicht von ihrem Vorhaben abbringen lassen, auch nicht, als er ihr sagte, dass die Teilnehmerliste für diesen Kurs schon geschlossen sei. Auf der anderen Seite des Flugzeugs sah er ein Paar Stiefel auf dem Boden landen. Sie ließ sich offenbar Zeit, dabei hatten sie heute noch einiges vor sich. Wahrscheinlich war sie eine dieser kapriziösen Diven, wie sie für Manhattan typisch waren. Er hatte schon genug von diesen weinerlichen Frauen gesehen und bis jetzt noch nicht begriffen, warum sie sich überhaupt für diese Wochenendkurse anmeldeten. Er drängte den Gedanken beiseite. Die Teilnehmer bezahlten ihn als Führer, nicht als Kritiker.

Er stellte sich aufrecht hin und breitete die Arme aus. »Willkommen beim Überlebenstraining. Ich denke, wir machen es unkompliziert und duzen uns einfach alle. Wie euch vielleicht bereits aufgefallen ist, gibt es keine offizielle Bezeichnung für meinen Kurs. Der Grund dafür ist denkbar einfach: Den Ernstfall bekommt man eben nicht hübsch verpackt mit einem netten Namen versehen geliefert. Bei uns geht es darum, das Überleben in der Wildnis zu trainieren. Ich habe mit jedem von euch —«

»Tut mir leid. Die Landung war ein bisschen aufreg–«, unterbrach ihn die Frau vom Flughafen mitten im Satz, während sie um das Flugzeug herumkam.

In diesem Moment fiel ihm ihr Name wieder ein. Savannah. *Savannah Braden.*

Ihre Blicke trafen sich. Ihr Lächeln erlosch, ihre grünen

Augen verengten sich. Sie war größer, rundlicher und noch viel schöner, als er es bei ihrer ersten Begegnung am Flughafen wahrgenommen hatte.

Jack spannte die Kiefermuskeln an. Er räusperte sich, sah weg und fuhr fort.

»Ich heiße Jack Remington und ich lebe hier auf diesem Land.« Sein Blick schweifte kurz zurück zu Savannah und er hielt einen Moment inne, dann setzte er noch einmal an. »Ich war acht Jahre lang bei den Special Forces in der Army. Wenn ihr zuhört und zusammenarbeitet, kann ich dafür sorgen, dass ihr dieses Wochenende lebend übersteht. Lasst uns gemeinsam die Umgebung sauber halten und freundlich miteinander umgehen.«

Wieder huschte sein Blick in Savannahs Richtung, ein Blick, in dem eher Hoffnung lag als der Schmerz, den er am Morgen bei seinem Aufbruch verspürt hatte. Sie war hochgewachsen und schlank, hatte kastanienbraunes Haar und hinreißende Brüste. *Viel zu hübsch.* Er musste sich zwingen, sie nicht anzustarren. Aus den Augenwinkeln nahm er wahr, wie sie sich etwas Schmutz von der Jeans wischte. Wie gebannt betrachtete er, wie ihre Hände über ihre Oberschenkel strichen. Als sie aufsah, senkte er schnell den Blick. *Cowgirlstiefel?* Er richtete seine Aufmerksamkeit wieder auf den Rest der Gruppe und schalt sich insgeheim dafür, dass er sie überhaupt angesehen hatte. Wie zum Teufel sollte er das Wochenende hinter sich bringen, ohne ständig dieses umwerfende Gesicht und diesen hinreißenden Körper anzustarren? *Mist. Ich bin wirklich von der Rolle.*

»Zuerst holen wir euer Gepäck. Dann gehen wir den Berg hoch zum Basislager. Wenn ihr mal müsst – der Wald ist von nun an eure Toilette.«

»Cool«, sagte Aiden.

»Finde ich auch.« Jack lächelte den Jungen an, der ihn mit großen Augen anstarrte. »Ich nehme an, ihr habt euch im Flugzeug alle bereits ein bisschen kennengelernt?«, fragte er die Gruppe dann.

»Ja, wir haben uns vorgestellt.« Lou schob sich eine filzige Strähne aus dem Gesicht. »Die meisten jedenfalls«, fügte er mit einem Seitenblick auf Pratt hinzu.

Pratt hatte die Hände in die Hosentaschen geschoben und der Gruppe den Rücken zugekehrt. *Verdammt, wieder so ein Depp.* Im selben Moment ermahnte Jack sich, nicht vorschnell zu urteilen. Manche Leute würden Jack auch für einen Idioten halten, und wahrscheinlich hätten sie sogar recht. Manch ein gebrochener Mann trat als ausgemachtes Arschloch auf. Das war eben so. Er nahm sich vor, mit Pratt zu reden, doch im Augenblick war es wichtig, diesen Unfug im Keim zu ersticken.

Er verengte die Augen und sprach so kalt, wie er es sonst nur mit schönen Frauen tat. Für die hatte er ebenso wenig übrig wie für junge Schnösel mit schlechten Manieren.

»Siehst du die Wälder dort?« Er wies mit dem Kopf hinter sich, doch Pratt starrte weiterhin unbeteiligt vor sich hin. »Da gibt es Bären, Schlangen, giftige Pflanzen und lauter andere Sachen, mit denen nicht zu spaßen ist. Es kann leicht passieren, dass du Hilfe von einem der anderen Teilnehmer benötigst, und wenn du dich wie ein … wenn du nicht nett zu den anderen bist, wird dir niemand helfen.« Er verschränkte die Arme. »Ich denke, du solltest dich vorstellen.«

Elizabeth und Lou tauschten einen verstohlenen Blick. Dann legten sie wieder jeder eine Hand auf die Schultern ihres Sohnes.

Jack wusste, dass seine Worte barsch klangen, aber er wusste auch, dass eine Haltung, wie Pratt sie an den Tag legte, leicht zu Unfällen führen konnte, und das wollte er unbedingt vermeiden.

Pratt presste die Lippen zusammen und starrte Jack unverwandt an. Trotz seiner Größe hatte er gegen die zwei Zentner, die Jack Remington auf die Waage brachte, nicht die geringste Chance, doch Jack erkannte den Schmerz und den Zorn in seinem Blick und wusste, dass er nicht handgreiflich werden würde. Allerdings musste Jack jetzt bei seiner harten Linie bleiben, sonst nahm ihn die Gruppe nicht mehr ernst.

Savannah legte Pratt die Hand auf die Schulter und sah Jack geradewegs in die Augen. Sie lächelte, doch hinter diesem Lächeln lag etwas Herausforderndes. Jacks Puls beschleunigte sich.

»Warum lässt du ihm nicht ein bisschen Zeit?«, schlug sie in einem Ton vor, der keinen Widerspruch duldete.

Jack hatte keine Ahnung, was Savannah im Schilde führte, und sah sie nachdenklich an. Dabei entging ihm nicht, wie sich ihre Jeans an die langen schlanken Beine schmiegten, sich der Rundung ihrer Hüfte anpassten und in der Taille verengten. Unter ihrem verschwitzten Tanktop malten sich ihre Brüste ab.

Sieh nicht hin. Sieh verdammt nochmal nicht hin.

Seine Augen gehorchten nicht. Er starrte sie an. »Ich habe hier das Sagen und ich leite diesen Kurs nach meinen Regeln. Entweder er gehört zum Team oder er ist draußen«, sagte er.

Savannah machte einen Schritt auf ihn zu und straffte die Schultern. »Was hast du vor? Willst du uns alle zum Flughafen zurückbringen und uns das Geld erstatten?«

Er hielt ihrem Blick stand. »Ja«, antwortete er schlicht.

In Savannahs Brust zog sich alles zusammen, als der verdammte Jack Remington sie mit seinen nachtschwarzen Augen anstarrte. Er sah aus wie Chris Hemsworth und benahm sich wie Alec Baldwin. Diese Mischung aus liebem und bösem Jungen fand sie plötzlich aufregend und sinnlich. Sie würde nicht wegsehen. Im Gerichtssaal hatte sie es schon mit ganz anderen Kalibern aufgenommen. Sie verschränkte die Arme und stellte sich so hin, wie ihr Bruder Rex es getan hätte. Vor Gericht und ab und zu in der U-Bahn hatte sie reichlich Gelegenheit gehabt, die typische Bradenhaltung zu kultivieren. Sie beherrschte das mindestens so gut wie ihre Brüder, auch wenn ihre Beine gerade ein wenig weich wurden.

Remington knickte nicht ein. Sein Gesicht war wie erstarrt, eine Maske aus angespannten Muskeln und Kraft. Savannah spürte die besorgten Blicke der anderen und wollte gerade nachgeben, als sie Pratts Stimme hörte.

»Pratt, okay? Ich heiße Pratt Smith. Ich bin achtundzwanzig, Künstler und hier, weil … ach, verdammt … ich weiß nicht, warum. Um mal etwas anderes zu machen. Können wir jetzt gehen?« Er senkte den Blick.

Jack hatte Savannah die ganze Zeit nicht aus den Augen gelassen. Wenn sie als Erste wegsah, hätte er gewonnen. Sie blieb standhaft, obwohl es nicht einfach war, ihm ins Gesicht zu sehen, statt seine muskelbepackten Arme zu begutachten.

Pratt nahm seinen Rucksack und wollte Richtung Wald gehen. Als Jack ihn am Arm packte und festhielt, musste er den Kampf der Blicke mit Savannah schließlich abbrechen.

»Ich gehe immer als Erster«, sagte Jack.

Savannah kochte innerlich. In einer Situation die Fäden in der Hand zu behalten, war eine Sache. Sich die ganze Zeit wie ein Arschloch aufzuführen, war eine andere. Es war offenkundig, dass Pratt aufgewühlt und durcheinander war. Warum konnte Jack mit seinem Herzen aus Eis das nicht sehen? Nun, Jack war nicht ihr Problem. *Ich bin hier, um mich um meine eigenen Probleme zu kümmern. Das wird schon schwierig genug.*

»Bevor wir losgehen, müssen wir die Sicherheitsregeln, den Tagesplan und andere Einzelheiten besprechen. Macht es euch bequem und lasst uns anfangen.« In der nächsten Stunde erklärte Jack den Teilnehmern, welche Risiken in den Bergen lauerten, angefangen bei wilden Tieren und giftigen Pflanzen bis hin zu gefährlichen Klippen und schlechtem Wetter. »Jeder trägt seine Ausrüstung und sein Zelt. Was ihr nicht tragen könnt, steht euch nicht zur Verfügung, wenn ihr es braucht. Wenn euch das Essen nicht schmeckt, nehmt ihr ein paar Kilo ab, während ihr hier seid. Denkt immer an die Dreierformel: Ein Mensch kann drei Minuten ohne Sauerstoff überleben, drei Tage ohne Wasser und drei Wochen ohne Nahrung. Kapiert?« Er wartete ihre Antworten nicht ab, sondern fuhr fort: »Und nun die Regeln. Regel Nummer eins: Steckt nichts in den Mund, ohne mich vorher zu fragen. Regel Nummer zwei …«

Savannah wusste, dass all das wichtig war, was er da erklärte, aber sie konnte sich nicht konzentrieren. Unwillkürlich richteten sich ihre Augen immer wieder auf ihren Survivaltrainer. Seine Stimme war tief und gebieterisch, und sie fragte sich, wie sie wohl in einem dunklen Schlafzimmer klingen würde. Sein Blick war so intensiv, dass ihr ein Schauder über den Rücken lief. An seinem Gürtel hing eine lange Lederscheide, aus der ein schwarzer Messergriff ragte. *Gefahr.* Das war es, was ihr in den Sinn kam, wenn sie Jack Remington betrachtete. Während sie sich an jedem Zentimeter seines gestählten Körpers weidete, würdigte er sie keines Blickes. Dass er sie kurz gemustert hatte, als sie hinter dem Flugzeug aufgetaucht war, hatte sie durchaus wahrgenommen, doch Savannah war es gewohnt, dass sie die Blicke der Männer auf sich zog. Mit ihren knapp einsachtzig war sie schließlich kaum zu übersehen. Dass er sie nicht beachtete, machte sie wütend.

»Wie weit gehen wir heute?«, fragte sie.

Jack antwortete ihr, sah dabei jedoch Aiden an. »Drei Meilen, und Aiden ist der Einzige, der dabei müde werden darf. Wenn er nicht mehr kann, machen wir es wie besprochen.« Lou nickte. »Sein Vater oder seine Mutter müssen ihn tragen.« Er legte Aiden die Hand auf die Schulter. »Hast du das gehört, Aiden? Wenn du müde wirst, müssen deine Eltern dich tragen, und das ist ganz schön anstrengend. Schließlich geht es die ganze Zeit bergauf. Meinst du, du schaffst es?«

Aiden nickte.

Jacks Mundwinkel gingen in die Höhe und ein Lächeln ließ seine Augen weicher erscheinen. Plötzlich wirkte er nicht mehr so barsch. »Klar schaffst du das.«

Vielleicht hast du tatsächlich eine sanftere Seite.

Zu Elizabeth und Lou gewandt sagte er: »Hier oben habt ihr kein Netz. Wir haben ja schon darüber gesprochen und ihr kennt die Risiken. Es ist allein eure Aufgabe, Aiden im Auge zu behalten. Weder ich noch einer der anderen Teilnehmer ist für ihn verantwortlich. Verstanden?«

Oder auch nicht. Du bist einfach ein Arsch.

Zehn Minuten später bahnten sie sich einen Weg durch den Wald. Anfangs waren sie einem Pfad gefolgt, der jedoch schon bald nicht mehr zu erkennen war. Savannah hatte keine Ahnung, woher Jack wusste, wo es langging. Sie befanden sich mitten in einem riesigen Waldgebiet, ohne Telefonnetz und mit einem Typen, für den der Begriff Empathie offenbar ein Fremdwort war. Wie um alles in der Welt sollte sie da ihre

Wunden heilen? Dann fiel ihr ein, dass sie sich gerade deshalb für diesen Kurs entschieden hatte, weil er durch ein Gelände führte, in dem ihr Handy keinen Empfang hatte. Wenn Connor sie nicht erreichen konnte, konnte er auch nicht versuchen, sie umzustimmen. *Egal, ob Jack ein Idiot ist oder nicht: Ich werde das hier durchziehen, und wenn ich nach Hause komme, werde ich umso stärker sein.*

Mit Beziehungen hatte sie bisher nicht allzu viel Glück gehabt, doch nachdem vier ihrer fünf Brüder die Liebe ihres Lebens gefunden hatten, sehnte sie sich nach mehr. Wenn ihre Brüder wüssten, wie Connor mit ihr umgesprungen war, würden sie ohne zu zögern auf ihn losgehen. Dass sie mit ihren vierunddreißig Jahren in der Lage war, ihre Angelegenheiten selbst zu regeln, wäre ihnen egal. Erst würden sie sich Connor vornehmen und dann würden sie sie trösten. Die Vorstellung, was danach kam, behagte ihr jedoch gar nicht. Sie würden sie mitleidig ansehen und nicht verstehen, wie ihre dickköpfige, vorlaute Schwester es zulassen konnte, dass ein Mann sie so behandelte. Deshalb hatte sie ihnen nie davon erzählt. *Es ist kompliziert.* Das war ihre Standardantwort gewesen, wenn sie sie nach ihrer Beziehung zu Connor gefragt hatten.

Unter ihren Anwaltskollegen galt sie als unerbittliche Streiterin für Recht und Gesetz. Bulldog Braden nannten sie sie. *Warum also kann ich nicht unerbittlich sein, wenn es um mein Herz geht?* Mit dieser Reise wollte sie versuchen, wieder die undurchdringliche Rüstung anzulegen, die sie früher einmal getragen hatte, und dann würde sie sich nie mehr so behandeln lassen, wie Connor sie behandelt hatte. Sie warf einen Blick auf Jack Remington, der sich mit entschlossenem Schritt einen Weg durch das dichte Gestrüpp bahnte. Seine Muskeln glänzten vor Schweiß. *Ach, soll er doch sexy aussehen. Wahrscheinlich ist er noch schlimmer als Connor.* Und wenn sie die Schatten in seinen Augen richtig deutete, war er überdies gefährlich. *Keine gute Mischung für eine Frau, die ihr Leben in den Griff kriegen will.* Sie dachte an den Artikel, der dieses Überlebenstraining als perfektes Mittel für Frauen angepriesen hatte, die ihr Selbstbewusstsein verloren hatten. Welch ein Unfug! Diese Reise war ein Fehler.

Ein einziger großer Fehler.

Ende des Auszugs

Wenn Ihnen die Vorschau gefallen hat, können Sie ***Liebe voller Abenteuer*** bei Ihrem Online-Buchhändler erwerben und gleich weiterlesen!

The Bradens (Peaceful Harbor)

Healed by Love
Surrender my Love
River of Love
Crushing on Love
Whisper of Love
Thrill of Love

The Remingtons

Game of Love
Strokes of Love
Flames of Love
Slope of Love
Read, Write, Love

Seaside Summers

Seaside Dreams
Seaside Hearts
Seaside Sunsets
Seaside Secrets
Seaside Nights
Seaside Embrace
Seaside Lovers
Seaside Whispers

Entdecken Sie Melissa Fosters Bücher auch auf:
www.melissafoster.com/herzen-im-aufbruch

www.ingramcontent.com/pod-product-compliance
Lightning Source LLC
Chambersburg PA
CBHW030522190726
48283CB00006B/1732